PIANISTKA

ELFRIEDE
JELINEK

przełożył Ryszard Turczyn

Wydawnictwo ab

Patronat medialny:

Tytuł oryginału: *Die Klavierspielerin*

Wydanie II poprawione
Warszawa 2004

I

Nauczycielka gry na fortepianie, Erika Kohut, wpada jak wicher do mieszkania, które dzieli z matką. Matka lubi nazywać Erikę swoim małym wicherkiem, ponieważ często tak bywa, że córeczka śmiga jak fryga. Stara się jakoś ujść matce. Erika dobija do czterdziestki. Jeśli idzie o wiek, matka zupełnie spokojnie mogłaby być jej babką. Erika przyszła swego czasu na świat dopiero po wielu latach trudnego małżeństwa. Ojciec natychmiast przekazał pałeczkę córce i ustąpił. Erika wstąpiła, ojciec ustąpił. Dzisiaj Erika stała się szybka z konieczności. Podobna tumanowi jesiennych liści wdziera się przez drzwi mieszkania, starając się dotrzeć do swego pokoju niezauważona. Lecz oto już staje przed nią mamuśka i stawia ją do raportu. Do raportu i pod ścianę, inkwizytor i pluton egzekucyjny w jednej osobie, przez państwo i przez rodzinę uznana jednogłośnie w prawach matki. Matka dopytuje się, dlaczego Erika zjawia się w domu dopiero teraz, o tak późnej porze? Ostatni uczeń poszedł do domu już trzy godziny temu, obsypany przez Erikę szyderstwami. Pewnie ci się zdaje, że się nie dowiem, gdzie byłaś?

Dziecko z własnej woli udziela matce odpowiedzi, której jednak ta nie daje wiary, ponieważ dziecko lubi kłamać. Matka czeka jeszcze chwilę, ale tylko tak długo, ile trwa liczenie do trzech.

Już kiedy doliczyła do dwóch, córka zgłasza się z mocno odbiegającą od prawdy odpowiedzią. Matka wyrywa jej wypchaną nutami aktówkę, z której od razu wyziera gorzka odpowiedź na wszelkie pytania. Cztery zeszyty z sonatami Beethovena z niesmakiem dzielą skromną przestrzeń z nową sukienką, po której od razu widać, że dopiero co została kupiona. Matka natychmiast wybucha gniewem na tę szatę. W sklepie, nieco wcześniej, sukienka, jeszcze przewiercona hakiem, wyglądała tak kusząco, tak kolorowo i zwiewnie, a teraz leży niby sflaczała ścierka i przewiercają ją spojrzenia matki. Pieniądze za sukienkę były przeznaczone do kasy oszczędności! A teraz zostały przedwcześnie wydane. Można by w każdej chwili mieć przed oczami tę sukienkę w postaci zapisu w książeczce oszczędnościowej kasy oszczędnościowej austriackiego towarzystwa oszczędnościowego, gdyby tylko chciało się pokonać drogę do bieliźniarki, w której książeczka oszczędnościowa wyziera zza stosu lnianych ściereczek. Dziś jednak książeczka odbyła wycieczkę, dokonano wypłaty, a skutek widać teraz: Erika powinna wkładać tę sukienkę za każdym razem, kiedy pojawi się pytanie, gdzie podziały się kochane pieniążki. Matka krzyczy: Przeputałaś w ten sposób czekającą cię później nagrodę! Miałybyśmy później nowe mieszkanie, ale ponieważ nie umiałaś poczekać, to masz teraz tylko ten łach, który za chwilę będzie niemodny. Matka wszystko chce później. Niczego nie chce natychmiast. Za to dziecka chce przez cały czas, i cały czas chce wiedzieć, gdzie w razie potrzeby można dziecko zastać, gdyby mamie groził atak serca. Mama chce na razie oszczędzać, aby potem móc korzystać. A tu Erika kupuje jakąś sukienczynę, coś bardziej nawet przemijającego niż odrobina majonezu na kanapce z rybą. Ta sukienka kompletnie wyjdzie z mody i to nie dopiero w przyszłym roku, ale już za miesiąc. Pieniądze nigdy nie wychodzą z mody.

Oszczędza się na duże wspólne mieszkanie. Wynajmowane mieszkanie, w którym na razie jeszcze się gnieżdżą, już dziś jest tak przestarzałe, że w zasadzie można je tylko wyrzucić. Będą sobie mogły wcześniej wybrać wspólnie nie tylko szafy wnękowe, ale nawet rozmieszczenie ścian działowych, bo ich mieszkanie będzie budowane według całkiem nowego systemu. Wszystko wykonuje się tam dokładnie według życzeń danej osoby. Kto płaci, decyduje. Matka, która ma jedynie mikroskopijną rentę, decyduje, za co ma płacić Erika. W tym nowiuteńkim mieszkaniu, zbudowanym przyszłościową metodą, każdy otrzyma swoje własne królestwo, Erika tu, matka tam, obydwa królestwa starannie oddzielone od siebie. Będzie jednak wspólny salon, gdzie będzie się można spotykać. Jeśli będzie się miało ochotę. Ale matka i dziecko z natury rzeczy chcą się spotykać zawsze, ponieważ należą do siebie. Już tutaj, w tym ulegającym powolnemu rozkładowi chlewie, Erika ma swoje królestwo, w którym decyduje i jest rządzona. To tylko prowizoryczne królestwo, ponieważ matka w każdej chwili ma do niego wolny dostęp. W drzwiach do pokoju Eriki nie ma zamka, poza tym dzieci nie miewają tajemnic.

Przestrzeń życiowa Eriki składa się z małego pokoiku, w którym może robić, co chce. Nikt jej nie przeszkadza, ponieważ ten pokój w całości należy do niej. Królestwo matki to wszystko inne w tym mieszkaniu, ponieważ gospodyni domowa, która dba o wszystko, gospodarzy wszędzie, podczas gdy Erika korzysta tylko z owoców prac domowych wykonywanych przez matkę. Erika nigdy nie musiała harować w domu, ponieważ środki czyszczące niszczą ręce pianisty. Jedyne, co napawa matkę troską w rzadkich chwilach oddechu, to jej wielopostaciowa własność. Bo nie zawsze wiadomo, gdzie dokładnie wszystko się znajduje. Gdzież się znowu podziewa ta rozbiegana własność? W jakich to miejscach poniewiera się sama lub nie sama? Erika, to żywe srebro, wymykające się z rąk maleństwo, być może w tej właśnie chwili krąży nie wiadomo gdzie i robi jakieś głupstwa. Lecz każdego dnia od nowa córka z dokładnością co do sekundy zjawia się tam, gdzie jej miejsce: w domu. Matkę bardzo często opada niepokój, albowiem każdy właściciel uczy się jako pierwszej rzeczy i uczy się boleśnie: zaufanie to dobra rzecz, ale kontrola jest wskazana. Główny problem mamy polega na tym, by możliwie skutecznie unieruchomić swoją własność w jednym miejscu, tak aby nie uciekła. Temu celowi służy telewizor, który przesyła do domu piękne obrazki, piękne melodie, prefabrykowane i opakowane. To z jego powodu Erika prawie zawsze jest, a kiedy zdarzy jej się wyjść, wiadomo dokładnie, gdzie ją nosi. Czasami Erika idzie wieczorem na koncert, lecz robi to coraz rzadziej. Albo siedzi przy fortepianie, katując klawisze na poczet dawno już pogrzebanej definitywnie kariery pianistki, albo unosi się niby zły duch nad jakąś próbą ze swoimi uczniami. Tam też można w razie potrzeby do niej zadzwonić. Albo też siedzi ku swemu zadowoleniu, muzykując i podśpiewując, na muzycznym wieczorze z kolegami, jej podobnymi. Tam też można do niej zadzwonić. Erika walczy z matczynymi więzami i po raz kolejny prosi, żeby do niej nie dzwonić, co matka może ignorować, bo to ona sama ustala zasady. Matka ustala też popyt na swoją córkę, co kończy się tym, że coraz mniej osób chce się z córką zobaczyć czy z nią porozmawiać. Zawód Eriki jest jednocześnie jej ukochaniem: niebiańska potęga – muzyka. Muzyka bez reszty wypełnia czas Eriki. Na żaden inny czas nie ma już tam miejsca. Nic nie sprawia tak wielkiej radości, jak najwyższej klasy muzyczne wykonanie, autorstwa najlepszych z najlepszych.

Kiedy raz w miesiącu Erika siedzi w kawiarni, matka wie, w której, i może tam zadzwonić. Bardzo swobodnie korzysta z tego prawa. Domowej roboty rusztowanie z zabezpieczeń i przyzwyczajeń.

Czas wokół Eriki powoli zastyga jak gips. Osypuje się natychmiast, gdy tylko matka mocniej walnie weń pięścią. W takich razach Erika siedzi z resztkami ortopedycznego kołnierza czasu wokół cienkiej szyi, wystawiona na kpiny pozostałych i zmuszona jest przyznać: muszę iść do domu. Do domu. Kiedykolwiek spotyka się Erikę na ulicy, prawie zawsze właśnie jest w drodze do domu.

Matka oświadcza: właściwie Erika odpowiada mi taka, jaka jest. Więcej już pewnie z niej nie będzie. Wprawdzie gdyby opiekę nad nią powierzono tylko mnie, matce, to zwłaszcza przy jej zdolnościach mogłaby zostać pianistką o sławie większej niż lokalna! Lecz Erika, wbrew woli matki, dostawała się czasem pod obce wpływy; urojona męska miłość groziła odciągnięciem od studiów; rzeczy płytkie, takie jak szminki i fatałaszki, zaczęły podnosić swoje wstrętne łby; i już kariera się kończy, zanim zdążyła się na dobre rozpocząć. Ale coś pewnego udało się zapewnić: klasę fortepianu w konserwatorium miasta Wiednia. I nawet nie musiała wyjeżdżać na lata wędrówki i nauki do żadnej z filii, w rodzaju okręgowej szkoły muzycznej, gdzie już wielu oddało swoje młode życie, poszarzałe, przygarbione – przelotny, szybko zarzucony pomysł pana dyrektora.

I tylko ta duma. Ta przeklęta duma. Duma Eriki sprawia kłopoty matce i wbija się jej cierniem w oczy. Ta duma to już ostatnia rzecz, z której Erika powinna powoli zacząć uczyć się rezygnować. Lepiej teraz niż później, bo na starość, która jest tuż-tuż, duma stanowi szczególny ciężar. A już sama starość jest dostatecznym ciężarem. Ach, ta Erika! Czy wielcy w dziejach muzyki byli dumni? Nie byli. Jedyne, czego musi jeszcze pozbyć się Erika, to duma. Jeśli zajdzie taka potrzeba, matka wyszlifuje ją w tym celu do zupełnej gładkości, żeby nie mogło do niej przylgnąć nic zbędnego.

Toteż dzisiaj mama usiłuje wymotać nową sukienkę z kurczowo zaciśniętych palców córki, lecz te palce nazbyt są wyćwiczone. Puszczaj, mówi matka, daj mi to! Musi cię spotkać kara za pożądanie rzeczy miałkich. Dotychczas życie ukarało cię brakiem zainteresowania, a teraz twoja matka ukarze cię takim samym brakiem zainteresowania, chociaż obwieszasz się i pacykujesz jak klaun. Dawaj mi tę sukienkę!

Erika rzuca się nagle w stronę szafy z ubraniami. Ogarnia ją mroczne podejrzenie, które już kilkakrotnie okazało się prorocze. Dziś na przykład znowu czegoś brakuje, mianowicie ciemnoszarego jesiennego kostiumu. Co się z nim stało? W tej samej sekundzie, kiedy Erika spostrzega, że coś zginęło, potrafi też powiedzieć, kto za to odpowiada. To jedyna osoba wchodząca w rachubę. Ty szmato, ty szmato jedna, drze się Erika z wściekłością na nadrzędną instancję, i wczepia się palcami w ufarbowane na ciemny blond włosy matki z siwymi odrostami. Fryzjer też swoje kosztuje i najlepiej do niego nie chodzić. Erika raz w miesiącu farbuje matce włosy pędzlem i płynem koloryzującym. Erika targa teraz upiększane przez nią samą włosy. Szarpie je wściekle. Matka płacze. Kiedy Erika przestaje szarpać, dłonie ma pełne powyrywanych włosów, patrzy na nie w milczeniu i ze zdumieniem. Chemia swoją drogą osłabiła ich odporność, ale nie były też majstersztykiem samej natury. Erika nie od razu wie, co zrobić z tymi włosami. Wreszcie idzie do kuchni i wrzuca kępki ciemnoblond, często niedokładnie ufarbowanych włosów do kubła ze śmieciami.

Matka, chlipiąc, stoi ze zredukowanym owłosieniem w salonie, w którym Erika często daje prywatne koncerty, a jest wtedy najlepszą z najlepszych, ponieważ w tym salonie nikt poza nią nie gra na fortepianie. Nową sukienkę matka wciąż jeszcze trzyma w drżącej dłoni. Jeśli Erika chce ją sprzedać, to musi to zrobić jak najszybciej, bo takie słoneczniki wielkości główki kapusty nosi się tylko jednego roku i nigdy potem. Głowa boli matkę w miejscach, gdzie brakuje włosów.

Córka wraca zapłakana ze zdenerwowania. Wyzywa matkę od perfidnych kanalii, mając jednocześnie nadzieję, że matka zaraz się z nią przeprosi. Pełnym czułości pocałunkiem. Matka grozi, że Erice ręka odpadnie, bo uderzyła matkę i szarpała ją za włosy. Erika szlocha coraz głośniej, bo nagle zaczyna być jej żal, bo przecież mamusia całe życie poświęca się dla niej bez reszty. Cokolwiek Erika zrobi przeciwko matce, bardzo szybko zaczyna tego żałować, ponieważ kocha swoją mamusię, którą zna już od najwcześniejszego dzieciństwa. W końcu, tak jak można się tego było spodziewać, Erika mięknie, wybuchając gorzkim szlochem. Ochoczo, aż nazbyt ochoczo, matka ustępuje, przecież nie może się serio gniewać na swoją córeczkę. Teraz zaparzę nam kawki i sobie razem wypijemy. Podczas sjesty Erice robi się jeszcze bardziej żal matki, a ostatki gniewu rozpływają się przy kawałku babki. Sprawdza dziury w owłosieniu matki. Nie wie jednak, co powiedzieć, podobnie jak przedtem nie wiedziała, co zrobić z kępkami wyrwanych włosów. Znowu pochlipuje troszkę w nawrocie żalu, bo matka jest już stara i kiedyś przecież umrze. I dlatego, że jej, Eriki, młodość też już minęła. No i w ogóle dlatego, że wciąż coś przemija, a rzadko kiedy przychodzi coś nowego.
Matka wyjaśnia teraz swemu dziecku, dlaczego śliczna dziewczyna nie musi się sztafirować. Dziecko przyznaje jej rację. Tyle tych sukienek, które Erika trzyma w szafie, po co to komu? Nigdy żadnej nie włożyła. Sukienki wiszą tylko niepotrzebnie, żeby przyozdabiać szafę. Matce nie zawsze uda się zapobiec zakupowi, natomiast jeśli idzie o noszenie sukienek, to jest władczynią absolutną. Matka decyduje, w jakim stroju Erika wyj-

dzie z domu. Żebyś mi się nie ważyła wyjść z domu tak ubrana, mówi matka w obawie, że Erika wejdzie tak do obcych domów z obcymi mężczyznami. Sama Erika także zdecydowała, że nigdy nie będzie wkładać swoich sukienek. Obowiązkiem matki jest pomagać w podejmowaniu decyzji i zapobiegać decyzjom niewłaściwym. Nie trzeba potem mozolnie opatrywać ran, bo w ogóle nie dopuszczono do skaleczenia. Matka woli sama kaleczyć Erikę i potem doglądać procesu gojenia.

Rozmowa wychodzi poza pierwotne ramy i zmierza do punktu, kiedy to zaczyna się pluć jadem na wszystkich, którzy z lewej i prawej wyprzedzają Erikę albo wygląda na to, że ją wyprzedzą. Wcale nie musi tak być, wystarczy nie pozwalać im na wszystko, czego chcą! A ty im to jeszcze ułatwiasz! Równie dobrze mogłabyś ich przecież przyhamować, ale na to jesteś zbyt mało zręczna, Eriko. Jeśli wykładowczyni podejmuje zdecydowane kroki, to – przynajmniej w jej klasie – żadna z młodszych nie wyrwie do przodu i nie zrobi poza rozkładem żadnej niepożądanej kariery jako pianistka. Skoro tobie się nie udało, to dlaczego mają to zrobić zamiast ciebie inne, w dodatku pochodzące z twojej pianistycznej stajni?

Wciąż jeszcze pociągając nosem, Erika bierze w ramiona biedną sukienkę i wiesza ją, niepocieszona i milcząca, w szafie, gdzie wiszą już inne sukienki, żakiety, spódnice, płaszcze i kostiumy. Nigdy żadnego z nich nie nosi. Chodzi tylko o to, aby na nią czekały, kiedy wraca do domu wieczorem. Wtedy je rozkłada, drapuje na sobie i ogląda. Bo: one są jej! Matka może je wprawdzie odebrać i sprzedać, ale nie może ich sama nosić, bo matka jest niestety za gruba na te wąskie tutki. Nie pasują na nią. Wszystko to jest tylko i wyłącznie jej. Jej. Należy do Eriki. Sukienka nawet się nie domyśla, że właśnie gwałtownie zakończyła karierę. Właśnie niewykorzystana weszła i nigdy już nigdzie nie wyjdzie. Erika chce ją tylko posiadać i na nią patrzeć. Patrzeć z daleka. Nawet nie ma ochoty jej przymierzyć, wystarczy, że przyłoży ten poemat z materii i barwy do siebie i będzie się z gracją poruszać. Zupełnie jakby muskał ją wiosenny wietrzyk. Erika przymierzyła wcześniej sukienkę w butiku i więcej już tego nie zrobi. Erika już nie pamięta przelotnego wrażenia, jakie sukienka zrobiła na niej w sklepie. Teraz ma jedne sukienkowe zwłoki więcej, ale przynajmniej jest to jej własność.

W nocy, kiedy wszyscy śpią i tylko ona czuwa samotnie, podczas gdy luba część tej skutej więzami krwi pary, pani mamusia, w niebiańskim spokoju śni o nowych metodach tortur, Erika otwiera czasem, bardzo rzadko, drzwi szafy i gładzi dłonią świadków swych ukrytych pragnień. Te pragnienia nie są zresztą aż tak bardzo ukryte, krzyczą z niej na cały głos, ileż to ją kosztowały i na co teraz to wszystko? Kolory krzyczą razem z nimi drugim i trzecim głosem. Gdzie coś takiego w ogóle się nosi, żeby nie zostać od razu usuniętym przez policję? Normalnie Erika ma na sobie zawsze spódnicę i sweter, albo – latem – bluzkę. Niekiedy coś wyrywa matkę ze snu i instynktownie wie: ta próżna dziewucha znowu ogląda swoje kiecki. Matka jest tego pewna, ponieważ drzwi szafy nie skrzypią tylko dla swej prywatnej przyjemności.

Najgorsze, że to kupowanie sukienek odsuwa w nieskończoność termin, kiedy wreszcie będzie się można wprowadzić do nowego mieszkania, a Erika wciąż narażona jest na niebezpieczeństwo, że oplotą ją więzy miłosne – wówczas w domu zagościłoby jakieś męskie kukułcze jajo. Rano, przy śniadaniu, Erikę na pewno spotka surowa połajanka za lekkomyślność. Matka mogła poprzedniego dnia umrzeć na miejscu od ran owłosienia, z samego szoku. Erice zostanie wyznaczony termin zwrotu pieniędzy, niech zwiększy liczbę udzielanych lekcji.

Tylko ślubnej sukni nie ma na szczęście w tej smutnej kolekcji. Matka nie życzy sobie być matką panny młodej. Chce pozostać zwyczajną matką, zadowala się tym statusem.

Ale dzisiaj jest dzisiaj. Teraz już definitywnie pora spać! Tego też żąda matka ze swojego małżeńskiego łoża, lecz Erika wciąż jeszcze okręca się przed lustrem. Matczyne rozkazy trafiają ją w plecy niby sierpowe. Szybko dotyka jeszcze tej szykownej wieczorowej sukni w kwiaty, tym razem rąbka. Te kwiaty nigdy nie oddychały świeżym powietrzem, wody także nie znają. Jak zapewnia Erika, suknia pochodzi z pierwszorzędnego domu mody w centrum miasta. Jakość i wykończenie starczą na wieczność, to jak będzie leżała, zależy od figury Eriki. Żadnego nadmiaru słodyczy ani mącznych potraw! Erika już po pierwszym rzucie oka na suknię miała wizję: coś takiego mogę nosić latami, bez obawy, że stanie się choćby odrobinę niemodne. Ta suknia przez całe lata będzie w zgodzie z trendami w modzie! Taki argument marnotrawi się dla matki. Sukienka w ogóle nigdy nie wyjdzie z mody. Niech matka surowo wejrzy w swe sumienie, czy aby nie nosiła podobnie wyciętej sukienki w młodości, co, mamusiu? Matka

zaprzecza dla zasady. Mimo to Erika stwierdza, że ten nabytek się opłacił; ponieważ sukienka się nie zestarzeje, jeszcze za dwadzieścia lat Erika będzie ją nosić tak samo jak dziś.
Mody szybko się zmieniają. Sukienka pozostanie nienoszona, chociaż nadal jak najbardziej w kursie. Nikt jednak nie przyjdzie i nie będzie chciał jej zobaczyć. Jej najlepszy czas przeminął bezproduktywnie i już nie wróci – a jeśli nawet, to dopiero za dwadzieścia lat.
Niektórzy uczniowie stawiają zdecydowany opór swojej nauczycielce gry na fortepianie, ale ich rodzice zmuszają ich do uprawiania sztuki. Dlatego także pani profesor Erika Kohut może ze swej strony stosować przymus. Większość walących w klawisze jest jednak grzeczna i zainteresowana sztuką, którą chcą opanować. Co więcej, wręcz przejmują się nią, gdy słuchają wykonań innych, niezależnie czy w towarzystwie muzycznym, czy na sali koncertowej. Porównują, rozważają, mierzą i liczą. Do Eriki przychodzi wielu cudzoziemców, z roku na rok coraz więcej. Wiedeń – miasto muzyki! Tylko to, co sprawdzało się dotychczas, sprawdzi się w tym mieście także w przyszłości. Guziki strzelają na grubym białym brzuszysku kultury, która, jak każdy topielec pozostawiony w wodzie, z roku na rok wzdyma się jeszcze bardziej.
Szafa wchłania w siebie nową sukienkę. Jeszcze jedną! Matka patrzy niechętnym okiem, kiedy Erika wychodzi z domu. Ta sukienka jest zbyt wyzywająca, nie pasuje do jej dziecka. Matka mówi, w którymś momencie trzeba powiedzieć stop, ale nie wie, co miała teraz na myśli. Tylko dotąd, i ani kroku dalej, to miała na myśli.

Matka wykazuje Erice, że ona, Erika, nie jest jedną z wielu, tylko tą jedną jedyną, niepowtarzalną. Ten rachunek zawsze się matce zgadza. Dziś już Erika mówi o sobie, że jest indywidualistką. Udaje, że nie potrafi się niczemu i nikomu podporządkować. Z trudem też udaje jej się włączyć w jakikolwiek porządek. Ktoś taki jak Erika trafia się tylko raz i nigdy więcej. Jeśli coś jest szczególnie wyjątkowe i niepowtarzalne, to na pewno ma na imię Erika. Gardzi unifikacją w każdej formie, także w formie reformy szkolnej, nieuwzględniającej cech indywidualnych. Erika nie daje się ująć tak jak inni, żeby nawet byli nie wiedzieć jak podobnie myślący. Natychmiast by odstawała. Ona to ona. Jest po prostu taka, jaka jest, i niczego w tym nie potrafi zmienić. Matka wietrzy złe wpływy wszędzie tam, gdzie nie może jej mieć na oku i stara się uchronić Erikę przede wszystkim przed uformowaniem w coś innego przez mężczyznę. Erika bowiem to istota indywidualna, jakkolwiek pełna sprzeczności. Te wewnętrzne sprzeczności zmuszają Erikę do zdecydowanego sprzeciwu wobec roztapiania się w masie. Erika jest bardzo silnie rozwiniętą odrębną osobowością i zupełnie sama staje wobec wielkiej rzeszy swoich uczniów, jedna przeciw wszystkim, i to ona trzyma ster tego stateczku sztuki. Żadne skrótowe ujęcie nie dałoby właściwego o tym pojęcia. Kiedy jakiś uczeń pyta, jakie stawia sobie cele, ona mówi o humanizmie i w tym duchu ujmuje na użytek uczniów sens heiligenstadzkiego testamentu Beethovena, wpychając się tym samym na cokół obok herosa sztuki komponowania.
Z tych ogólnoartystycznych i indywidualnoludzkich przemyśleń Erika wyciąga pierwiastek: po wszystkich

latach, przez które podporządkowywała się matce, nigdy nie potrafiłaby się podporządkować mężczyźnie. Matka jest przeciwna zamążpójściu Eriki w przyszłości, ponieważ moja córka nigdzie nie umie się przyporządkować i nigdy nie umie się podporządkować. Taka już jest. Erika nie powinna wybierać partnera życiowego, ponieważ jest nieugięta. Nie jest też już młodym drzewkiem. Jeśli ktoś nie potrafi się ugiąć, małżeństwo źle się kończy. Lepiej zostań sobą, powtarza matka Erice. W końcu to matka zrobiła z Eriki to, czym ona teraz jest. Pani jeszcze niezamężna, pani Eriko, pyta pani ze sklepu z nabiałem i pyta rzeźnik. Sami państwo rozumieją, żaden mi się jeszcze nie spodobał, odpowiada Erika.
W ogóle tak się składa, że pochodzi z rodziny samotnie sterczących w niebo masztów sygnałowych. Niewiele ich jest. Z wielkimi oporami i dosyć oszczędnie się rozmnażają, tak samo zresztą jak z oporami i oszczędnie traktuje wszystko w życiu. Erika dopiero po dwudziestu latach małżeństwa rodziców przyszła na ten świat, od którego zwariował jej ojciec, tak że umieszczono go w zakładzie, aby nie stanowił dla tego świata zagrożenia.

Uprzejmie milcząc, Erika kupuje ósemkę masła. Ma jeszcze mateńkę, więc nie musi starać się o męża. Ledwie w tej rodzinie dorasta jakiś krewny, a już zostaje odepchnięty i odrzucony. Zrywa się z nim stosunki, gdy tylko – zgodnie z przewidywaniami – okaże się bezużyteczny i do niczego. Matka po kolei opukuje członków rodziny młoteczkiem, jednego po drugim eliminując. Sortuje i odrzuca. Sprawdza i wyklucza. W ten sposób nie dojdzie do powstania pasożytów, które cały czas chcą czegoś, co my chcemy zatrzymać dla siebie. Zostaniemy we własnym gronie, prawda, Eriko, nikogo nie potrzebujemy.

Czas upływa, a my upływamy wraz z nim. Zamknięte razem pod szklanym kloszem do serów: Erika, jej eleganckie ochronne powłoki, jej mama. Klosz można podnieść tylko wówczas, gdy ktoś z zewnątrz chwyci ręką za szklaną kulkę i uniesie go w górę. Erika jest jak owad zatopiony w bursztynie – bez czasu, bez wieku. Erika nie ma historii i nie wyprawia żadnych historii. Ten owad dawno już utracił zdolność chodzenia i poruszania się. Erika została zapieczona w cukierniczej formie nieskończoności. Tę nieskończoność radośnie dzieli ze swymi ukochanymi kompozytorami, choć w żadnej mierze nie dorównuje im popularnością. Erika walczy o swoje skromne miejsce, z którego byłoby jeszcze widać wielkich twórców muzyki. Jest to miejsce, o które toczy się zacięta walka, bowiem cały Wiedeń marzy, aby mieć tam chociażby altankę działkową. Erika pilnie ogradza to swoje miejsce i zaczyna robić wykop. Jak najuczciwiej zasłużyła sobie na to miejsce swoimi studiami i interpretacjami! W końcu odtwórca to także rodzaj twórcy. Zawsze doprawia zupę swojej gry odrobiną czegoś własnego, czegoś od siebie. Wpuszcza w nią krople krwi serdecznej. Nawet interpretator ma swój skromny, bo skromny, ale jednak cel: dobrze zagrać. Z tym że nawet on musi się podporządkować twórcy dzieła, powiada Erika. Dobrowolnie przyznaje, że jest to dla niej problem. Bo ona za nic nie potrafi się podporządkować.

Jest jednak główny cel, który łączy Erikę ze wszystkimi innymi interpretatorami: być lepszą od innych!

Do tramwajów wciąga JĄ ciężar instrumentów muzycznych, dyndających na niej z przodu i z tyłu, do tego wypchane teczki z nutami. Objuczony motyl. Zwierzę czuje, że drzemią w nim siły, którym nie wystarcza sama muzyka. Zwierzę zaciska piąstki na uchwytach futerałów skrzypiec, altówek, fletów. Chętnie używa swych sił nieodpowiednio, chociaż mogłoby wybierać. Wybór podsuwa matka – szeroki wachlarz strzyków na wymieniu krowy muzyki.

Szturcha swymi instrumentami szarpanymi i blaszanymi oraz ciężkimi teczkami nut plecy i przody współpasażerów. Tłuste boki, które odbijają jej broń niby gumowe bufory. Czasem, w zależności od humoru, bierze instrument i teczkę do jednej ręki, a pięść drugiej złośliwie wraża w obce płaszcze zimowe, peleryny czy lodenowe marynarki. Hańbi austriacki strój narodowy, uśmiechający się do niej bezczelnie rogowymi guzikami. Na podobieństwo kamikadze sięga po samą siebie jako broń. Kiedy indziej znów wali cienkim końcem instrumentu, raz są to skrzypce, innym znów razem trochę cięższa altówka, w ciżbę brudnych od pracy ludzi. Kiedy jest duży tłok, powiedzmy, około szóstej, to już niewielkim machnięciem można uszkodzić sporo osób. Na prawdziwy zamach nie ma miejsca. ONA jest wyjątkiem od reguły, jaka w odpychający sposób rzuca jej się w oczy dookoła, a matka lubi wyjaśnić jej dobitnie, że istotnie jest takim wyjątkiem, ponieważ jest jedynym dzieckiem swojej matki i musi trzymać się wyznaczonej drogi. W tramwaju widzi codziennie, kim nigdy nie chciałaby być. Przeoruje szare pole tych z biletami i bez, tych co się dosiedli i tych, szykujących się do wysiadania, którym tam, skąd przychodzą, z nicze-

go nic nie wyszło i których tam, dokąd idą, nic nie czeka. Nie są eleganccy. Niektórzy wysiadają, zanim jeszcze na dobre weszli do środka.
Jeśli wskutek gniewu ludu zmuszają ją do opuszczenia tramwaju na przystanku zbytnio jeszcze oddalonym od domu, to posłusznie wysiada z wagonu, ale tylko po to ustępuje przed kułakiem gniewu, który nawinął się jej pod kułak, żeby cierpliwie poczekać na następny skład, który jak amen w pacierzu niebawem się pojawi. To więzy, które nigdy nie puszczają. Potem ze świeżymi siłami przystępuje do nowego ataku. Obwieszona instrumentami, mozolnie wtacza się między powracających z pracy i eksploduje między nimi jak kartacz. Czasami naumyślnie staje szczególnie niedogodnie i mówi, przepraszam, ale chciałabym tu wysiąść. Wszyscy od razu są jak najbardziej za. Mówią, że ma natychmiast opuścić ten porządny środek komunikacji publicznej! Bo komunikacja publiczna nie jest dla takich jak ona! Płacący za bilet pasażerowie nie pozwolą, żeby coś takiego miało miejsce.
Patrzą na uczennicę i myślą sobie, że muzyka już tak wcześnie podniosła jej wrażliwość, podczas gdy tak naprawdę ona podniosła tylko pięść. Czasami niesprawiedliwie oskarżają szarego młodego człowieka z jakimiś obrzydliwymi rzeczami w wyszarganym marynarskim worku, bo bardziej wygląda na sprawcę. Każą mu wysiadać i wynosić się do kumpli, bo inaczej dostanie nauczkę od mocarnego ramienia lodenowej marynarki. Gniew ludu, który przecież zapłacił co do grosza, ma zawsze rację za te swoje trzy szylingi od osoby i w razie kontroli biletów może tego dowieść. Z dumą okazuje skasowany bilet i ma cały tramwaj tylko dla siebie.

Tym samym oszczędza sobie całych tygodni wysoce nieprzyjemnego czyśćca wypełnionego strachem, czy nie zjawi się kontroler.
Jakaś dama, która tak jak ty odczuwa ból, wydaje głośny wrzask: jej piszczel, ta jakże żywotna część, na której częściowo spoczywa ciężar ciała, został poważnie nadwerężony. Przy tak niebezpiecznym dla życia tłoku nie sposób wykryć winnego na zasadach ustalenia sprawstwa. Ludzka ciżba zostaje pokryta zaporowym ogniem oskarżeń, przekleństw, wyzwisk, obelg i skarg. Skargi na własny los płyną z toczących pianę ust, oskarżenia wylewa się na innych. Ludzie stoją stłoczeni ciasno jak sardynki w puszce, co wcale nie znaczy, że każdy już naoliwiony, na to przyjdzie czas po fajrancie. Kopie wściekle twardą kość należącą do jakiegoś mężczyzny. Któregoś dnia jedna z jej szkolnych koleżanek, pod którą niby dwa wieczne światełka żarzą się dwa cudowne, wysokie obcasy i która ma na sobie najnowszy model skórzanego płaszczyka na futerku, pyta uprzejmie: Co ty tak taszczysz i jak to się nazywa? Chodzi mi o to pudło, co masz w ręku, a nie o twoją głowę. To tak zwana altówka, odpowiada ONA uprzejmie. A co to takiego ta „alatówka", nigdy nie słyszałam tej nazwy, mówią z rozbawieniem uszminkowane usta. No bo ktoś spaceruje z czymś, co się nazywa „alatówka", i nie wiadomo do czego służy. Wszyscy muszą ustępować, tyle miejsca potrzebuje to coś. Chodzi z tym publicznie po ulicy i nikt jej nie aresztuje na gorącym uczynku.
Ci, co ciężko zwisają na uchwytach tramwaju i tych niewielu budzących zazdrość szczęściarzy, którzy mają miejsca siedzące, daremnie wychodzą ze swych zuży-

tych korpusów. Jak okiem sięgnąć, nie mogą wypatrzyć nikogo, na kim mogliby się odegrać za to, że ktoś maltretuje ich nogi czymś twardym. A teraz ktoś mi nastąpił na palce, wylewa się z czyichś ust potok złej literatury. Kto jest sprawcą? Zebrał się osławiony w całym świecie Pierwszy Wiedeński Sąd Tramwajowy, aby upomnieć i wydać wyrok. W każdym filmie wojennym zgłasza się choć jeden ochotnik, nawet jeśli zadanie jest samobójcze. Ale ten śmierdzący tchórz kryje się za naszymi cierpliwymi plecami. Cała gromada przypominających szczury rzemieślników tuż przed emeryturą, z przewieszonymi przez ramię torbami pełnymi narzędzi, przepychając się i depcząc, tłoczy się do wyjścia. Teraz ci ludzie ze średnią ochotą cały przystanek przejdą piechotą! Kiedy wśród tych wszystkich owieczek zebranych w tramwaju jakiś baran zakłóci porządek, jak najszybciej trzeba zaczerpnąć świeżego powietrza, a znaleźć je można na dworze. Dmuchawa gniewu, którą potem w domu potraktuje się małżonkę, potrzebuje świeżego tlenu, inaczej może się zdarzyć, że nie zadziała. Coś nieokreślonej barwy i kształtu chwieje się, traci równowagę, coś innego drze się jak zarzynane prosię. W ten sposób narodową łączkę zasnuwa gęsta mgiełka wiedeńskiego jadu. Ktoś domaga się wręcz kata, ponieważ ktoś przedwcześnie zepsuł mu wolny wieczór. Tak bardzo się złoszczą. Ich wieczorny wypoczynek, który miał się rozpocząć już dwadzieścia minut temu, dziś nie nastąpił. Albo też został raptownie przerwany, tak jak przerywa się pokryte kolorowymi nadrukami opakowanie z życiem ofiary – wraz z załączoną instrukcją obsługi – tak że nie można go już odstawić z powrotem na półkę. Ofiara nie może teraz tak po

prostu sięgnąć dyskretnie po nowe, nienaruszone opakowanie, bo zostałaby zatrzymana przez sprzedawczynię jako złodziej sklepowy. Proszę dyskretnie za mną! Lecz drzwi, które prowadzą do biura kierownika, które wydawały się tam prowadzić, to drzwi na niby, a poza nowiuteńkim supermarketem nie ma już żadnych specjalnych ofert tygodnia, jest tam tylko nic, absolutnie i zupełnie nic, tylko ciemność, i klient, który nigdy nie był skąpy, spada w przepaść. Ktoś mówi charakterystycznym dla tego miejsca językiem pisanym: Proszę niezwłocznie opuścić pojazd! Z pokrywy jego czaszki wykwita bródka kozicy, bo mężczyzna jest przebrany za myśliwego.
ONA jednak zdążyła się skulić, aby zastosować nowy brzydki trik. Najpierw jednak musi odstawić muzyczne rupiecie. Tworzą one jakby ogrodzenie wokół niej. Niby to zawiązuje sznurówkę, z której zaraz ukręci stryczek na swojego sąsiada z tramwaju. Zupełnie od niechcenia szczypie mocno w łydkę to jedną, to drugą kobietę, która wygląda dokładnie tak samo, jak pierwsza. Ta wdowa siniaki ma jak w banku. Zeszpecona w ten sposób kobieta wystrzela w górę, jaskrawy, podświetlony strumień fontanny nocną porą, który nareszcie znalazł się w centrum uwagi, krótko i precyzyjnie nakreśla swoją sytuację rodzinną i grozi, że ta sytuacja (zwłaszcza jej nieżyjący małżonek) dotkliwie da się we znaki dręczycielce. Następnie żąda wezwania policji! Policja się nie zjawia, bo nie może zajmować się wszystkim.

ONA naciąga na twarz niewinny uśmiech kogoś rozkochanego w muzyce. Udaje, jakby właśnie oddawała się tym oddziałującym w tajemniczy sposób, stale dążącym do kulminacji, przesyconym uczuciami siłom muzycznego romantyzmu i nic innego nie było jej w głowie. W tej sytuacji lud jak jeden mąż stwierdza: To na pewno nie lepiej ta dziewczynka z karabinem maszynowym! Jak to bywało wielokrotnie, lud pomylił się i tym razem.

Czasami któryś zastanowi się trochę lepiej i wynik jest taki, że wskazuje prawdziwą sprawczynię: To ty! Pytają JĄ wówczas, co też ma do powiedzenia w jaskrawym słońcu dorosłej wyrozumiałości. ONA nic nie mówi. Blokada, którą umieścili jej operacyjnie za podniebieniem miękkim ci, którzy wyrabiali w niej odruchy warunkowe, skutecznie uniemożliwia jej nieświadome przyznanie się do winy. Nie broni się. Kilka osób rzuca się na siebie z pretensjami, że oto oskarża się głuchoniemą. Głos rozsądku stwierdza, że ktoś, kto gra na skrzypcach, w żadnym razie nie może być głuchoniemy. Może jest tylko niema albo niesie skrzypce dla kogoś. Nie mogą się dogadać i odstępują od swoich zamiarów. W głowach szumi im już młode wino pite w weekendy i niszczy parę kilogramów materiału myślowego. Alkohol dokona reszty. Kraj alkoholików. Miasto muzyki. Ta dziewczynka zagląda w bezmiar świata uczuć, a jej oskarżyciel w najlepszym razie zbyt głęboko zagląda do kufla z piwem, więc milknie trwożliwie pod jej spojrzeniem.

Przepychanie się jest poniżej JEJ godności, bo przepycha się motłoch, skrzypaczka i altowiolistka tego nie robi. Dla tych drobnych radości przystaje nawet na to, że spóźnia się do domu, gdzie matka stoi ze stoperem i robi wymówki. Takie to trudy bierze jeszcze na siebie, chociaż przez całe popołudnie muzykowała i myślała, grała na skrzypcach i wyśmiewała się z gorszych od siebie. Chce nauczyć ludzi przestrachu i dreszczu przerażenia. Od takich właśnie uczuć pękają programy koncertów filharmonicznych.

Bywalec filharmonii korzysta ze słów wstępu wyczytanych w programie, by powiadomić innego bywalca, jak bardzo w najgłębszej głębi jego serce drży od bólu zawartego w tej muzyce. Właśnie przed chwilą wyczytał te i podobne słowa. Ból Beethovena, ból Mozarta, ból Schumanna, ból Brucknera, ból Wagnera. Wszystkie te bóle są od tej chwili jego wyłączną własnością, on zaś z kolei jest właścicielem fabryki butów Pöschl albo składu materiałów budowlanych Kotzler. Beethoven porusza dźwigniami strachu, za to oni napędzają strachu załogom swoich fabryk. Pewna pani doktorowa od dawna jest z bólem na ty. Już od dziesięciu lat zgłębia ostateczną tajemnicę *Requiem* Mozarta. Na razie nie posunęła się ani o krok, ponieważ dzieło to jest niezgłębione. Nie sposób go pojąć! Pani doktorowa mówi, że to najgenialniejsze powstałe na zamówienie dzieło w historii muzyki, co dla niej i paru innych osób jest oczywiste. Pani doktorowa jest jedną z niewielu wybranek, które wiedzą, że istnieją rzeczy, których przy najlepszej nawet woli nie dla się zgłębić. Cóż tu więcej wyjaśniać? Nie da się wyjaśnić, jak coś takiego w ogóle mogło powstać. To samo dotyczy paru wierszy, których także nie ma co analizować. Za *Requiem* zapłacił jakiś tajemniczy nieznajomy w czarnym dorożkarskim płaszczu. Pani doktorowa i inni, którzy widzieli ten film o Mozarcie, wiedzą: to była śmierć we własnej osobie! Tą myślą wygryza dziurę w powłoce jednego z bardzo wielkich i wpycha się do jego wnętrza. W rzadkich wypadkach rośnie się wówczas wraz z tym wielkim.

Bezustannie tłoczą się wokół NIEJ wstrętne ludzkie tłumy. Ciągle ktoś wpycha się w JEJ pole postrzegania. Motłoch nie tylko zawłaszcza sztukę bez najmniejszych po temu uprawnień, o, nie, on w dodatku wprowadza się do wnętrza artysty. Zakwaterowuje się w artyście i natychmiast wybija kilka okien na świat zewnętrzny, aby widzieć i być widzianym. Taki buc Kotzler obmacuje spoconymi paluchami coś, co przecież należy tylko do NIEJ. Nieproszeni i niepytani przyłączają się do śpiewania kantylen. Poślinionym palcem wskazującym przesuwają po temacie w takt muzyki, szukają odpowiadającego mu tematu pobocznego, nie znajdują go, przytakując sobie zatem głową, zadowalają się odnalezieniem w repryzie tematu głównego, który służalczo rozpoznają. Dla większości zasadniczy urok sztuki polega na rozpoznawaniu w niej czegoś, co wydaje im się, że znają.
Ogrom emocji zalewa pana właściciela masarni. Nie może się przed nimi obronić, choć nawykł do krwawego rzemiosła. Nieruchomieje ze zdumienia. Nie sieje, nie orze, nie słyszy najlepiej, ale przynajmniej każdy może go zobaczyć na publicznym koncercie. Obok niego żeńskie części rodziny, które wyraziły chęć pójścia.
Kopie jakąś staruszkę w prawą piętę. Ona potrafi przyporządkować każdej frazie należne jej miejsce. Tylko ONA jedna umie wszystko, co usłyszy, umieścić tam, gdzie trzeba, na właściwym miejscu. Niewiedzę tych beczących baranów opakowuje w swoją pogardę i w ten sposób wymierza im karę. Jej ciało to jedna wielka lodówka, w której doskonale przechowuje się sztuka.
JEJ instynkt czystości jest niesamowicie wrażliwy. Brudne ciała tworzą wokół niej lepki las. Nie tylko brud

cielesny, nieczystość najgorszego rodzaju, dająca o sobie znać z łon i pach, subtelna woń moczu wydzielana przez staruszkę, płynący z sieci żył i porów nikotynowy zapach staruszka, owe niezliczone kupy jedzenia najniższej jakości, których opary wydostają się z żołądków; JEJ powonienie, JEJ receptory węchowe dręczy nie tylko mdły woskowy odór kołtuna na głowie, strupa, nie tylko ten leciusieńki, lecz dla wprawnego węchu przenikliwy smród mikroskopijnych skrawków gówna pod paznokciami – pozostałości procesu spalania bezbarwnych produktów spożywczych, owych szarych, skórzastych używek, jeśli w ogóle można mówić o jakimkolwiek użyciu – nie, najdotkliwsze jest dla NIEJ to, jak mieszkają jeden w drugim, jak bezwstydnie przywłaszczają sobie siebie nawzajem. Co gorsza, każdy wdziera się jeszcze w dodatku w myśli drugiego, w jego najgłębszą uwagę.

I za to będą ukarani. Przez NIĄ. A mimo to nie potrafi się od nich uwolnić. Rozrywa ich, szarpie nimi jak pies zdobyczą. A mimo to niepytani grzebią w niej, patrzą na JEJ najgłębsze wnętrze i ośmielają się twierdzić, że nie bardzo wiedzą, po co im ono i że nawet się im nie podoba! Ośmielają się także twierdzić, że nie podoba im się Webern czy Schönberg.

Matka, za każdym razem bez uprzedzenia, odkręca pokrywę JEJ czaszki, zuchwale sięga ręką od góry do środka, szpera i grzebie. Przewraca wszystko do góry nogami i nie odkłada niczego na dawne miejsce. Po krótkim zastanowieniu wybiera coś, ogląda przez lupę, a potem wyrzuca. Coś innego z kolei bierze ostrożnie i pucuje szczotką, gąbką i ściereczką do kurzu. Potem

energicznie wyciera do sucha i przykręca z powrotem. Zupełnie jak nóż w maszynce do mielenia mięsa.
Ta staruszka właśnie wsiadła, nie zgłaszając tego konduktorowi. Myśli sobie, że uda jej się zataić swoje wejście tu, do wagonu. W zasadzie dawno już wysiadła ze wszystkiego i ma tego świadomość. Nie wiadomo, za co miałaby płacić. Bilet na tamten świat ma już przecież w torebce. A taki bilet musi być ważny także na tramwaj.
Teraz jakaś pani pyta JĄ o drogę, a ona nie odpowiada. Nie odpowiada, chociaż doskonale tę drogę zna. Pani nie przestaje przekopywać całego wagonu i roztrącać ludzi, żeby pod ich ławkami wypatrywać szukanej ulicy. Groźna z niej wędrowczyni po leśnych drogach, która nabrała zwyczaju wyrywania niewinnych mrowisk z kontemplacji łechtaniem za pomocą cienkiego kijka. Prowokuje niepokojone owady, by strzykały kwasem. To jedna z tych osób, które dla zasady odwrócą każdy kamień, aby sprawdzić, czy aby nie ma pod nim węża. Każdą polankę, żeby była nie wiadomo jak mała, pani ta z pewnością przeczesze w poszukiwaniu grzybów i jagód. Tacy to są ludzie. Z każdego dzieła sztuki wycisną ostatnie soki i na cały głos oznajmią to wszem i wobec. W parkach przecierają ławki chusteczkami, zanim na nich usiądą. Sztućce w restauracji polerują serwetką. Garnitur bliskiego krewnego wyczeszą dokładnie szczotką w poszukiwaniu włosów, listów, tłustych plam.
Pani oburza się teraz na cały głos, że nikt nie potrafi jej podać informacji. Twierdzi, że nikt nie chce jej udzielić tej informacji. Pani ta jest teraz przedstawicielką niewiedzącej większości, która jednego za to ma

w nadmiarze – woli walki. Jeśli trzeba, będzie się potykać z każdym.

ONA wysiada właśnie przy tej uliczce, o którą pytała pani, i mierzy ją przy tym szyderczym spojrzeniem. Tępaczka doznaje olśnienia i z wściekłości zacierają się jej tłoki. Zaraz przedstawi ten fragment swego życia jakiejś przyjaciółce przy wołowinie z groszkiem, niejako przedłużając to życie samą chwilą opowiadania, gdyby nie to, że kiedy opowiada, czas jednak nadal upływa niepowstrzymanie. I zabiera miejsce dla nowych przeżyć tej pani.

Przed wyruszeniem znajomą drogą do znajomego domu kilkakrotnie ogląda się na całkowicie zdezorientowaną panią. Uśmiecha się przy tym krzywo, zapominając, że za parę minut żar płomienia matczynego palnika do cięcia metalu zamieni ją w kupkę popiołu, dlatego że za późno wróciła do domu. I żadna sztuka nie będzie wówczas dla NIEJ pocieszeniem, chociaż wiele się sztuce przypisuje, przede wszystkim, że jest pocieszycielką. Czasem jest tak, że to właśnie ona sprowadza cierpienie.

Erika*, polny kwiatek. Od tego kwiatka wzięła swoje imię. Jej matce marzyło się przed porodem coś nieśmiałego i delikatnego. Kiedy potem spojrzała na grudkę gliny, która wyskoczyła z jej łona, natychmiast przystąpiła do bezwzględnego jej formowania, by uzyskać coś czystego i subtelnego. Tu urwać kawałek, a tam jeszcze trochę. Każde dziecko instynktownie idzie

* Erika to po niemiecku zarówno imię żeńskie, jak i wrzos (przyp. tłum.).

tam, gdzie brud, jeśli się go w porę nie odciągnie. Dla Eriki matka bardzo wcześnie przeznacza dowolny artystyczny zawód, aby z mozolnie wywalczonej subtelności dało się wycisnąć jakieś pieniądze, podczas gdy przeciętni ludzie będą stać w zachwycie wokół artystki i bić brawo. Teraz Erika jest już nareszcie wydelikacona jak należy, teraz powinna ustawić swój muzyczny wóz na właściwym pasie ruchu i zacząć uprawiać sztukę. Taka dziewczynka nie jest przecież stworzona do robienia byle czego, do ciężkiej pracy fizycznej, do prac domowych. Jej przeznaczeniem są od urodzenia subtelności tańca klasycznego, śpiewu, muzyki. Światowej sławy pianistka, to by był ideał matki, aby więc dziecko mogło odnaleźć drogę wśród intryg, na każdym rogu matka wbija w ziemię drogowskazy i Erikę razem z nimi, jeśli nie chce ćwiczyć. Matka ostrzega Erikę przed zawistną hordą, która bezustannie usiłuje zniszczyć to, co się właśnie zdobyło, i która prawie bez wyjątku jest płci męskiej. Nie pozwól się rozpraszać! Na żadnym stopniu, jaki osiągnęła Erika, nie wolno jej odpocząć, nie wolno ciężko dyszącej wesprzeć się na alpinistycznym czekanie, bo trzeba od razu iść dalej. Do następnego stopnia. Leśne zwierzęta podchodzą niebezpiecznie blisko i także chcą skaptować Erikę. Konkurenci pragną zwabić Erikę na skraj urwiska pod pretekstem pokazania jej pięknych widoków. Lecz jakże łatwo runąć w dół! Matka poglądowo przedstawia otchłań, aby dziecko się jej wystrzegało. Na szczycie panuje światowa sława, jakiej większość nigdy nie osiąga. Wieje tam zimny wiatr, artysta jest samotny i mówi o tym. Dopóki matka żyje, tkając przyszłość Eriki, dla dziecka w grę wchodzi tylko jedno: absolutny światowy szczyt.

Mamusia popycha od dołu, bo ona stoi twardo obiema nogami na ziemi. I już wkrótce Erika nie stoi na swojskim matczynym gruncie, tylko na plecach kogoś innego, kogo udało jej się wykolegować. Jakiż chwiejny jest ten grunt! Erika stoi, opierając się czubkami palców na ramionach matki, wyćwiczonymi paluszkami wpija się w szczyt, który niestety bardzo szybko okazuje się zaledwie skalnym występem, tylko udającym szczyt, napina mięśnie ramion i podciąga się, podciąga się w górę. Nos wystaje już ponad krawędź, ale tylko po to, by Erika mogła dojrzeć kolejną skałę, jeszcze bardziej szorstką niż poprzednia. Fabryka lodowców sławy ma tu już jednak filię i składuje swoje produkty w blokach, dzięki czemu koszty ich składowania nie są zbyt wygórowane. Erika liże jeden z bloków i szkolny koncert jawi jej się jak wygrana w Konkursie Chopinowskim. Wydaje się jej, że brakuje zaledwie milimetrów, i już będzie na samej górze!

Matka wbija Erice szpile z powodu zbytniej skromności. Zawsze jesteś najostatniejsza! Uprzejma powściągliwość do niczego nie prowadzi. Zawsze trzeba być co najmniej w pierwszej trójce, wszystko, co poniżej, ląduje w śmieciach. Tak mówi matka, która chce jak najlepiej, i dlatego nie wypuszcza dziecka na dwór, żeby nie brało udziału w żadnych sportowych zabawach i nie zaniedbywało ćwiczeń.

Erika nie lubi rzucać się w oczy. Zachowuje uprzejmą powściągliwość i czeka, aż inni coś za nią osiągną, skarży się urażona samica na swoje małe. Matka żali się gorzko, że musi wszystko sama załatwiać dla swojego dziecka, i z radosnym okrzykiem rzuca się w wir walki. Erika dostojnie podąża za nią, ale nie dostanie za to nawet paru groszy na pończochy czy bieliznę. Matka z przejęciem rozgłasza wszystkim przyjaciołom i znajomym, których niewielu już zostało, bo wcześniej całkowicie się od nich odsunęła i odizolowała od ich wpływu dziecko, że oto wydała na świat geniusza. Coraz wyraźniej to widać, ogłasza pępek matki. Erika to geniusz, jeśli idzie o grę na pianinie, tyle tylko że nie została jeszcze tak naprawdę odkryta. Inaczej dawno już, niby kometa, zalśniłaby nad szczytami gór. W porównaniu z tym narodziny Jezusa to był pryszcz.

Sąsiedzi przytakują z ochotą. Lubią słuchać, kiedy dziewczynka ćwiczy. Jest wtedy zupełnie jak w radiu, tyle że nie trzeba płacić abonamentu. Wystarczy otworzyć okna i ewentualnie jeszcze drzwi, a już dźwięki wpadają do mieszkania, rozchodząc się po najdalszych kątach i zakamarkach jak trujący gaz. Oburzający się na hałas świat zewnętrzny na każdym kroku zaczepia Erikę i prosi o ciszę. Matka opowiada Erice o sąsiedzkich zachwytach z powodu jej znakomitych wykonań artystycznych. Wątły strumyczek matczynego zachwytu niesie Erikę ze sobą jak plwocinę. Później Erika dziwi się, kiedy jakiś sąsiad się skarży. O żadnych skargach matka nigdy jej nie wspominała! Z upływem lat Erika zaczyna nawet przewyższać matkę w patrzeniu na innych z góry. W końcu ci laicy zupełnie się nie liczą, mamo, ich oceny są niekompetentne, ich wrażliwość także jest niedojrzała, w moim zawodzie liczą się tylko specjaliści. Matka powiada: nie drwij z pochwał zwykłych ludzi, którzy słuchają muzyki sercem i odczuwają przy tym większą radość niż ci przerasowani, rozpieszczeni, zblazowani. Sama matka nie

ma pojęcia o muzyce, ale swojemu dziecku siłą zakłada jarzmo muzyki. Powstaje uczciwa konkurencja nienawiści między matką a córką, ponieważ córka już wkrótce wie, że muzycznie przerosła swoją matkę. Córka staje się złotym cielcem matki, która żąda za to od swego dziecka ledwie drobnej opłaty: jego życia. Matka chce sama decydować o wartości życia swego dziecka. Erice nie wolno przestawać ze zwyczajnymi ludźmi, wolno jej natomiast zawsze słuchać ich pochwał. Specjaliści niestety Eriki nie chwalą. Dyletancki, niemuzykalny los wybrał sobie takiego Guldę i Brendela, taką Argerich, Polliniego i innych. Obok takiej Kohut natomiast przeszedł z hardo odwróconą głową. W końcu los stara się być bezstronny i nie daje się zwieść uroczej maseczce. Erika nie jest ładna. Gdyby zechciała być ładna, matka natychmiast by jej tego zabroniła. Daremnie Erika wyciąga ręce do losu, który nie robi z niej pianistki. Erika spada na ziemię jak wiór podczas heblowania. Erika nie wie, jak to się dzieje, bo przecież tak samo dobra jak wielcy jest już od dawna.
Potem Erika ma kompletnie nieudany występ w czasie ważnego koncertu końcowego w Akademii Muzycznej, nieudany występ przed zebranymi w sali rodzinami jej konkurentów i przed występującą w pojedynkę matką, która wydała ostatnie pieniądze na koncertowy strój Eriki. Po koncercie Erika dostaje od matki w twarz, bo nawet kompletny muzyczny laik mógł wyczytać z jej twarzy, jak fatalnie jej poszło, nawet jeśli nie umiał tego wyczytać z jej rąk. W dodatku Erika nie wybrała utworu odpowiedniego dla szeroko rozlewającej się ludzkiej masy, tylko Messiaena – przed czym matka wyraźnie ją ostrzegała. W ten sposób jej córka nie zdo-

ła się przemycić do serc tych mas, którymi zarówno matka jak i córka od dawna już pogardzają, ta pierwsza dlatego, że zawsze była tylko malutką i niepozorną ich cząstką, ta druga zaś dlatego, że nigdy nie chciała być tylko ich malutką i niepozorną cząstką.
Wśród drwin Erika chwiejnie schodzi z podium, w poczuciu hańby odbiera ją adresatka, mamusia. Także jej nauczycielka, znana niegdyś pianistka, gwałtownie ruga Erikę za brak koncentracji. Oto niewykorzystana została wielka szansa i nigdy już nie wróci. Wkrótce nadejdzie dzień, w którym już nikt nie będzie zazdrościł Erice i w którym Erika nie będzie niczyim pragnieniem.
Cóż pozostaje jej innego, jak zmienić wydział. Trudny krok dla pianisty wirtuoza, który nagle znajduje się z powrotem wśród jąkających się początkujących i bezdusznych zaawansowanych. Konserwatoria i szkoły muzyczne, a także prywatne nauczanie muzyki, cierpliwie wchłaniają sporo z tego, co właściwie nadaje się na śmietnik albo w najlepszym razie na boisko piłki nożnej. Wielu młodych ludzi wciąż jeszcze, jak za dawnych czasów, ciągnie do sztuki, większość z nich zapędzają tam rodzice, którzy sami nie mają pojęcia o sztuce, a tylko ledwie wiedzą, że coś takiego jest. I tak bardzo się z tego cieszą! Wielu jednak sztuka potem od siebie odpycha, bo są przecież jakieś granice. W swojej późniejszej działalności nauczycielskiej Erika z największym upodobaniem kreśli granicę między zdolnymi i niezdolnymi, takie odsiewanie rekompensuje jej wiele, w końcu ją samą kiedyś oddzielono jak plewy od ziarna. Uczniowie i uczennice Eriki są, najkrócej mówiąc, mieszaniną wszelkich możliwych typów i nikt wcześniej tej mieszaniny w najmniejszym nawet stopniu nie

dosmaczył. Z rzadka tylko trafia się wśród nich jakaś czerwona róża. Z niektórych już w pierwszym roku udaje się Erice z powodzeniem wykrzesać jakąś sonatinę Clementiego, podczas gdy inni, chrumkając, wciąż ryją w etiudach Czernego, przerabianych przez wszystkich początkujących, i wylatują przy pierwszym egzaminie, ponieważ za nic nie udaje im się znaleźć nawet listka, nawet ziarenka, podczas gdy ich rodzice są święcie przekonani, że ich dzieci już wkrótce będą jadać same paszteciki.
Trochę mieszanej radości przysparzają Erice pilni zaawansowani, którzy zadają sobie trud. Z nich wyrywają się sonaty Schuberta, *Kreisleriana* Schumanna, sonaty Beethovena – te kulminacyjne punkty w życiu uczących się gry na fortepianie. Narzędzie pracy, fortepian Bösendorfer, rozwarstwia splątane wątki muzycznej materii, a obok stoi nauczycielski Bösendorfer, na którym wolno grać tylko Erice, chyba że właśnie ćwiczy się coś na dwa instrumenty.
Co trzy lata uczeń przechodzi na kolejny, wyższy szczebel, w tym celu zdaje egzamin kwalifikacyjny. Najwięcej pracy przy tym egzaminie ma Erika, której zadaniem jest podkręcić leniwy uczniowski silnik na wyższe obroty przez gwałtowniejsze dodanie gazu. Czasami poddany takiemu zabiegowi nie chce tak do końca zaskoczyć, ponieważ woli oddawać się czemuś zupełnie innemu, co z muzyką ma tyle wspólnego, że jak muzykę sączy on słowa do uszka dziewczęcia. Na takie rzeczy Erika patrzy niechętnym okiem i gdy tylko może, stara się to ukrócić. Często przed egzaminem prawi uczniom kazania, że pomyłka jest mniej szkodliwa niż zagranie całości w niewłaściwym duchu, niepasującym do

dzieła. Jej słowa odbijają się od uczniowskich uszu, bo te pozamykał strach. Dla wielu spośród tych uczniów bowiem muzyka oznacza awans z dołów robotniczej egzystencji na wyżyny artystycznej czystości. Później również zostaną nauczycielami i nauczycielkami gry na fortepianie. Boją się, że w czasie egzaminu ich znarkotyzowane strachem, spocone palce, popędzane przyśpieszonym biciem serca ześlizną się na niewłaściwy klawisz. Niech sobie Erika mówi o interpretacji, co chce, im zależy tylko na tym, żeby wygrać do samego końca wszystkie nuty.
Myśli Eriki radośnie schodzą na Waltera Klemmera, ładnego blondynka, który ostatnio przychodzi z rana jako pierwszy, a wieczorem wychodzi jako ostatni. Pilny z niego uczeń, sama Erika musi to przyznać. Jest studentem politechniki, gdzie zgłębia tajniki prądu elektrycznego i związanych z nim dobrodziejstw. Ostatnimi czasy asystuje przy wszystkich uczniach, i to od pierwszych, pełnych wahania uderzeń w klawisze po ostatni kiks w *Fantazji f-moll* op. 49 Chopina. Wygląda tak, jakby miał mnóstwo zbędnego czasu, co u studenta w ostatniej fazie studiów wydaje się nieprawdopodobne. Erika zapytała go pewnego dnia, czy nie wolałby poćwiczyć Schönberga, zamiast siedzieć tu bezproduktywnie. Czy nie ma nic do nauki na swoich studiach? Żadnych wykładów, ćwiczeń, nic? Dowiaduje się, że jest przerwa semestralna, o której nie pomyślała, chociaż ma wielu studentów. Przerwy w klasie fortepianu nie pokrywają się z przerwami w zajęciach na innych uczelniach, ściśle mówiąc, w sztuce nie ma nigdy urlopu, ona towarzyszy nam wszędzie i artyście jak najbardziej to odpowiada.

Erika dziwi się: dlaczego zawsze przychodzi pan tak wcześnie? Jeśli ktoś, tak jak pan, ćwiczy *Klavierstücke* op. 33b Schönberga, to niemożliwe, aby sprawiało panu przyjemność wysłuchiwanie utworów ze zbioru *Wesołe nutki*. Dlaczego zatem tak pilnie się pan przysłuchuje? Pilny pan Klemmer kłamie, że zawsze i wszędzie można się czegoś nauczyć, nawet jeśli będzie tego odrobinka. Ze wszystkiego można wyciągnąć jakąś naukę dla siebie, powiada ten oszust, niemający nic więcej do roboty. Kłamie, że kiedy jest żądza wiedzy, to nawet od najmniejszego i najskromniejszego z naszych braci można się czegoś nauczyć. Tylko że trzeba to w miarę szybko przekroczyć, żeby iść dalej. Uczeń nie może poprzestawać na najmniejszym i najskromniejszym, bo zaraz wkraczają jego przełożeni.

Poza tym młody człowiek lubi się podobno przysłuchiwać, kiedy pani nauczycielka coś gra, nawet jeśli jest to tylko jakieś hejże-ha tralala czy gama H-dur. Erika mówi, niechże pan nie prawi swojej starej nauczycielce komplementów, panie Klemmer, a on odpowiada, określenie „starej" to absolutne nadużycie, nie ma też mowy o prawieniu komplementów, ponieważ takie jest moje najszczersze i najgłębsze przekonanie! Niekiedy temu ładnemu chłopakowi udaje się wyprosić przywilej przekraczających jego pensum, dodatkowych ćwiczeń, ponieważ jest nadgorliwy. Patrzy wyczekująco na swoją nauczycielkę i czeka na skinienie. Czyha na drobny gest dłoni. Nauczycielka, która siedzi na wysokim koniu, studzi zapał młodego człowieka, stwierdzając ironicznie, z aluzją do jego Schönberga: aż tak dobrze to go pan znowu nie gra. Jakże chętnie uczeń oddaje się takiemu ciału pedagogicznemu, nawet jeśli spogląda ono na niego z góry, mocno trzymając w dłoniach cugle.

Coś mi się zdaje, że ten picuś się w tobie kocha, marudzi matka, kiedy znów przychodzi po Erikę do konserwatorium, aby obie panie, trzymając się pod ręce i w skomplikowany sposób splecione ze sobą nawzajem, mogły odbyć spacer przez centrum miasta. Pogoda gra tak, jak panie jej zagrają. Na wystawach jest do oglądania mnóstwo rzeczy, których Erika pod żadnym pozorem nie powinna zobaczyć, po to w końcu matka przyszła po nią do konserwatorium. Eleganckie buty, torebki, kapelusze, biżuteria. Z tego powodu matka zwabia Erikę na spacer okrężną drogą, pod fałszywym pretekstem, że pójdziemy sobie dzisiaj okrężną drogą ze względu na piękną pogodę. W parkach wszystko zaczyna już kwitnąć, przede wszystkim róże i tulipany, które też nie kupują sobie sukienek. Matka opowiada Erice o naturalnym pięknie, niewymagającym sztucznego poprawiania. Jest piękna sama z siebie, Eriko, tak samo jak ty. Po cóż więc ta cała tandeta?

I już wita ich ósma dzielnica ciepłem domowej nędzy, w stajni czeka świeże sianko. Matka oddycha z ulgą, mijając butiki, ciągnie córkę w stronę podejścia do lądowania na Josefstädterstrasse. Matka cieszy się, że i tym razem spacer nie kosztował więcej niż tylko jej zelówki. Lepsze zdarte zelówki, niż żeby ktoś miał potraktować panie Kohut per noga.

Jeśli idzie o trzon mieszkańców, ta dzielnica jest nieco przestarzała. Mieszkają tu głównie starsze panie. Na szczęście jednej z tych starszych pań, mamie Kohut, udało się zdobyć młodszy dodatek, z którego może być dumna i którym może się opiekować, dopóki śmierć ich nie rozłączy. Tylko śmierć może je rozdzielić, i ona właśnie widnieje na metryczkach przy walizkach Eriki jako port przeznaczenia. Niekiedy w dzielnicy tej zdarza się seria morderstw i parę starych babć umiera w swoich lisich norach doszczętnie zarośniętych makulaturą. Gdzie się podziały ich książeczki oszczędnościowe, wie jeden Pan Bóg i wie też tchórzliwy morderca, który zajrzał pod materac. Biżuteria, tych parę błyskotek, także zniknęła. I jedyny syn, komiwojażer handlujący sztućcami, nic już nie dostanie. Ósma dzielnica Wiednia to ulubiona dzielnica mieszkaniowa, jeśli idzie o morderstwa. Bez najmniejszych trudności można ustalić, gdzie mieszka któraś z tych starszych pań. Faktycznie jest tak, że zupełnie jak na złość innym lokatorom, w każdym domu mieszka co najmniej jedna taka babuleńka, która grzeczniutko otwiera każdemu rzekomemu inkasentowi z gazowni, podszywającemu się pod osobę urzędową. Ostrzegano je niezliczoną ilość razy, ale nadal otwierają swoje serca i drzwi, bo są bardzo samotne. Tak przemawia stara pani Kohut do młodej pani Kohut, aby wzbudzić w niej strach przed zostawianiem matki samej.

Poza tym sami spokojni drobni urzędnicy. Mało dzieci. Kwitną kasztany, w Praterze znowu zakwitają drzewa. W Lasku Wiedeńskim zieleni się już wino. Niestety panie Kohut muszą porzucić wszelkie marzenia, by choć raz przyjrzeć się temu dokładniej, ponieważ nie mają samochodu.

Nierzadko natomiast jadą tramwajem na starannie wybraną pętlę końcową, gdzie wysiadają razem ze wszystkimi i uradowane ruszają przed siebie. Matka i córka, na pierwszy rzut oka przypominające

bohaterki austriackich filmów z serii *Szalone ciotki* Charleya Frankensteina, z plecakami na plecach. To znaczy, tylko córka niesie plecak, kryjący przed spojrzeniami ciekawskich także kilka drobiazgów matki. Turystyczne buty na mocnych podeszwach. Nie zapomniano także o ubiorze przeciwdeszczowym, jak zaleca przewodnik. Lepsza przezorność niż obchodzenie się smakiem. Obie panie żwawo kroczą przed siebie. Nie nucą piosenki, ponieważ jako znające się co nieco na muzyce nie chcą hańbić muzyki swoim śpiewem. Zupełnie jak w romantycznych czasach Eichendorffa, szczebiocze matka, bo chodzi tu o ducha, o stosunek do przyrody! A nie o samą przyrodę. Tego ducha obie panie niewątpliwie posiadają, albowiem potrafią cieszyć się przyrodą, gdziekolwiek przyjdzie się im z nią zetknąć. Jeśli tylko pojawi się szemrzący strumyczek, z miejsca piją z niego świeżą wodę. Można tylko mieć nadzieję, że żadna sarenka do niej nie nasikała. Za to gdy tylko pojawi się jakiś gruby pień drzewa czy gęste krzaki, od razu można samemu tam nasikać, przy czym zawsze pilnują po kolei, żeby nikt ich nie zaskoczył i bezczelnie nie podglądał.
Wszystko to służy obu paniom Kohut do nabierania energii na następne dni robocze, w czasie których matka ma mniej do roboty, z córki zaś uczniowie wysysają ostatnie soki. Mocno się dzisiaj naszarpałaś, niezmiennie pyta matka każdego wieczora niedoszłą pianistkę. Nie, można wytrzymać, odpowiada córka, która nadal ma jeszcze nadzieję, systematycznie rozkładaną na części przez matkę. Matka uskarża się na niedostateczną ambicję córki. Córka słucha tych fałszywych tonów już ponad trzydzieści lat. Córka udająca, że ma nadzie-

ję, wie, że maksimum tego, co ją jeszcze czeka, to tytuł profesorski, którego używa już teraz i który przyznaje pan prezydent. W czasie skromnej uroczystości, za wieloletnie zasługi. Gmina Wiedeń jest wspaniałomyślna, lecz w zawodzie artystycznym jest tak, że oficjalna emerytura uderza weń jak grom. Jeśli kogoś trafia, to już trafia na dobre. Gmina Wiedeń brutalnie przerywa przekazywanie sztuki z pokolenia na pokolenie. Obie panie powtarzają sobie, jak bardzo cieszą się już myślą, że Erika przejdzie kiedyś na emeryturę! Mają już liczne plany związane z tą chwilą. Do tego momentu własnościowe mieszkanie będzie już dawno urządzone i spłacone. Ponadto panie będą jeszcze właścicielkami działki budowlanej w Dolnej Austrii. Powstanie tam domek, tylko dla pań Kohut. Kto planuje, wygrywa. Przezorny ma, gdy zajdzie potrzeba. Matka będzie miała wtedy tak pod sto lat, ale nadal oczywiście będzie żwawa.
Liście Lasku Wiedeńskiego rozbłyskują jasno na zboczu w promieniach słońca.
Tu i ówdzie z ziemi odważyły się już wychylić wiosenne kwiatki, zostają przez matkę i córkę zerwane i schowane. Dobrze im tak. Bezczelność musi zostać ukarana – co do tego pani Kohut seniorka nie ma wątpliwości. Po prostu aż za dobrze pasują do tego jasnozielonego okrągłego wazonu, przytakuje Erika, polny kwiatek.

Dojrzewająca dziewczynka żyje w rezerwacie z nieprzerwanym okresem ochronnym. Chroni się ją przed wpływami i nie wystawia na pokusy. Okres ochronny nie dotyczy pracy, lecz tylko przyjemności. Matka i babka, kobieca brygada, stoją z bronią u nogi, aby chronić ją przed myśliwym-mężczyzną czyhającym pod drzwiami, a w razie potrzeby udzielić myśliwemu czynnego ostrzeżenia. Obie starsze panie z zarośniętymi, wyschłymi genitaliami zastępują drogę każdemu mężczyźnie, aby nie mógł dobrać się do ich maleństwa. Nie wolno dopuścić, by maleństwu zaszkodziła miłość, zaszkodziło pożądanie. Kwasokrzemowo stężałe wargi sromowe obydwu starszych pań kłapią przy akompaniamencie suchego zgrzytu jak szczypce umierającego jelonka rogacza, lecz nic nie wpada w ich macki. Trzymają się zatem młodego ciała córki i wnuczki i powoli rozrywają je na sztuki, a ich pancerze trzymają wartę przed młodą krwią, aby nie pojawił się nikt inny i jej nie zatruł. Zatrudniają działających w sporym promieniu szpicli, którzy szpiegują zachowanie się żeńskiego potomka poza domem i potem przy filiżance kawy jak najuprzejmiej wsypują go przed żeńskimi posiadaczkami praw opiekuńczych. Informują o wszystkim, do tego jest ciasto domowej roboty. Potem wywiadowczynie mówią, co widziały przy starym jazie: cenne dziecię ze studentem z Grazu! Od tej pory dziecko nie zostanie wypuszczone z domowych pieleszy, dopóki się nie poprawi i nie wybije sobie z głowy tego mężczyzny.

Ich własna chłopska chata spogląda na dół, w dolinę, gdzie mieszkają szpieginie, a te z przyzwyczajenia odpowiadają spojrzeniem przez lornetki. Ani im w głowie pilnować własnego nosa i zaniedbują własne gospodarstwa, gdy wreszcie przybywają lokatorzy ze stolicy, bo nastało lato. Przez łąkę płynie szemrzący strumyczek. Rozrośnięty krzak leszczyny gwałtownie dla oka obserwatora przerywa bieg strumyka, strumyk wpływa niewidzialnie po drugiej stronie gęstwiny na pole sąsiada.

Na lewo od domu wznosi się stromo górska łąka, kończąc się w lesie, z którego do nich należy tylko kawałek, bo reszta jest państwowa. Wokoło gęsty las iglasty mocno ogranicza widoczność, ale i tak dokładnie widać, co porabia sąsiad, a on też ze swej strony widzi, co porabiamy my. Drogami krowy idą na łąki. Z tyłu po lewej widać opuszczony mielerz do wypalania węgla drzewnego, z tyłu po prawej polanę porośniętą maliniakiem. Pionowo w górze chmury, ptaki, między innymi jastrzębie i myszołowy.
Jastrząb matka i myszołów babka zabraniają powierzonemu sobie dziecku opuszczania gniazda. Grubymi pajdami odcinają JEJ życie, a sąsiadki pracują nad stopniowym uszczuplaniem jej czci. Każda warstwa, w której tli się choćby odrobina życia, zostaje uznana za przegniłą i ciachnięta. Zbyt długie przechadzki szkodzą studiom muzycznym. Tam, przy jazie, młodzi chłopcy chlapią wodą, tam JĄ ciągnie. Śmieją się w głos i nurkują jeden przez drugiego. Tam mogłaby brylować pośród wiejskich ślicznotek. Wytresowano ją właśnie do brylowania. Została nauczona, że jest słońcem, wokół którego wszystko się kręci, wystarczy tylko, aby się nie ruszała, a już niezwłocznie pojawią się satelity i zaczną ją adorować. Ona wie: jest lepsza, bo wszyscy bez przerwy jej to mówią. Lepiej tego jednak nie sprawdzać.
Z niechęcią skrzypce podchodzą pod brodę, uniesione niechętną ręką. Na dworze śmieje się słońce, wabiąc do kąpieli. Słońce wabi, aby rozebrała się przed innymi, czego zabraniają staruszki z domu. Palce lewej dłoni przyciskają sprawiające ból stalowe struny do szyjki. Torturowany duch Mozarta z jękiem i wśród udręki

wyrywa się z korpusu instrumentu. Duch Mozarta krzyczy z piekieł, ponieważ instrumentalistka nic nie odczuwa, za to bez ustanku zmuszona jest wydobywać dźwięki. Krzycząc i pomstując, dźwięki wydobywają się z instrumentu. ONA nie musi obawiać się krytyki, grunt, aby coś rozbrzmiewało, bo to oznacza, że dziecko wspięło się po szczeblach gamy ku wyższym sferom, ciało zaś zostało na dole jako martwa powłoka. Zdjęta z córki cielesna powłoka zostaje starannie przepatrzona pod kątem śladów męskiego użycia, a następnie energicznie strzepnięta. Po zakończeniu gry można świeżutką naciągnąć na nowo, pięknie wyschniętą i szeleszczącą od krochmalu. Bez czucia i niewydaną na niczyje czucie.

Matka robi złośliwą uwagę, że ONA, gdyby tak pozwolić jej na wszystko, z pewnością wykrzesałaby z siebie więcej entuzjazmu dla jakiegoś młodzieńca niż dla gry na pianinie. To pianino tutaj trzeba każdego roku stroić na nowo, bo w tym surowym alpejskim klimacie nawet najlepszy strój zaraz puszcza. Stroiciel przyjeżdża koleją z Wiednia i, stękając, wspina się na górę, gdzie jacyś szaleńcy podobno postawili pianino, tysiąc metrów nad poziomem morza! Stroiciel prorokuje, że urządzenie to można będzie obrabiać jeszcze najwyżej rok albo dwa, bo potem rdza i próchno oraz grzyb razem wzięte zeżrą je do spodu. Matka dba o dobre nastrojenie instrumentu, bezustannie majstruje też przy kołkach naciągu u córki, nie dlatego, by martwiła się o jej nastrojenie, lecz tylko i wyłącznie, by wywierać matczyny wpływ na ten uparty, łatwy do wypaczenia, żywy instrument.

Matka upiera się, aby podczas tzw. koncertowania, czyli owej słodkiej zapłaty za pilne ćwiczenia, okna zawsze były szeroko otwarte, aby sąsiedzi również mogli się napawać słodkimi melodiami. Matka i babka uzbrojone w lornetkę stoją wysoko na górze i obserwują, czy sąsiadka wraz z całą rodziną spokojnie i karnie siedzi na przyzbie przed chatą i słucha jak trzeba. Sąsiadce zależy, żeby sprzedać mleko, ser, masło, jaja i warzywa, dlatego musi wyjść przed chałupę, żeby słuchać. Babka stwierdza z uznaniem, że stara sąsiadka nareszcie ma chwilę wytchnienia, by złożyć ręce na podołku i słuchać dźwięków. Czekała na to całe życie. Wreszcie na starość doczekała się. I znowu jest tak pięknie. Letnicy chyba też siedzą obok gospodarzy, słuchając Brahmsa. Mogą być pewni, radośnie szczebioce matka, że dostają prawdziwie świeżutką muzykę do swojego prawdziwie świeżego mleka prosto od krowy. Dzisiaj sąsiadce i jej gościom prezentuje się świeżo wszczepionego dziecku Chopina. Matka napomina, aby dziecko grało głośno, ponieważ sąsiadka powoli zaczyna tracić słuch. Tak więc sąsiedzi słyszą nową melodię, której dotychczas nie znali. Często jeszcze będą mieli szansę jej wysłuchać, tak że zaczną rozpoznawać ją w ciemności. Otwórzmy dodatkowo drzwi, żeby mogli lepiej słyszeć. Brudna fala klasyki wylewa się wszystkimi otworami domu i spływa po zboczach w dolinę. Sąsiedzi będą mieli wrażenie, jakby byli tuż-tuż. Wystarczy, aby otworzyli usta, a słodki udój z Chopina sam wpłynie im do gardeł. A potem jeszcze Brahms, ten muzyk dla niezaspokojonych, zwłaszcza kobiet.
Na moment zbiera całą swoją energię, rozpościera skrzydła i z impetem rzuca się na klawisze, które pędzą

ku niej jak ziemia w czasie lotu nurkowego. Dźwięk, którego nie uda jej się trafić za pierwszym razem, po prostu opuszcza. Tą subtelną zemstą na swoich muzycznie niedokształconych dręczycielkach, tym opuszczaniem dźwięków, dostarcza sobie mikroskopijnego dreszczyku zaspokojenia. Żaden laik nie zauważy pojedynczego opuszczonego dźwięku, za to dźwięk fałszywie zagrany gwałtownie podrywa wypoczywających z leżaków. Co to tam słychać z góry? Każdego roku słono opłacają gospodyni wiejską ciszę, a tu nagle ze wzgórza dudni jakaś muzyka.

Obydwie jadowite opiekunki przysłuchują się swojej ofierze, którą wyssały już niemal do cna, pajęczyce-krzyżaki. W regionalnych sukienkach z kwiecistymi fartuszkami. Nawet ubrania szanują bardziej niż uczucia swojej zakładniczki. Wygrzewają się teraz w cieple własnych przechwałek, jakie to dziecko pozostanie skromne, chociaż zrobi wszechświatową karierę. Córusia i wnusia na razie skrywana jest przed światem, aby potem nie należeć już do mamusi i babusi, tylko do tego świata w ogólności. Radzą światu uzbroić się w cierpliwość, dziecko zostanie mu powierzone dopiero później.

I znowu masz dzisiaj tylu słuchaczy! Popatrz no tylko, co najmniej siedem osób na leżakach w kolorowe paski. To sprawdzian. Gdy wreszcie kończy się brahmsolenie, to co słychać? Niby mało uprzejme echo tego, co właśnie słyszano, z gardeł letników wydobywa się gromki śmiech. Z czego oni się tak bezdusznie śmieją? Czyż dla niczego nie mają szacunku? Matka i córka uzbrojone w bańki na mleko ruszają w dół, aby w imieniu Brahmsa poprowadzić mściwą krucjatę za ten śmiech. Przy tej okazji letnicy uskarżają się na hałas, który zmącił spokój przyrody. Matka odpowiada z ostrością brzytwy, że w sonatach Schuberta kryje się więcej leśnego spokoju niż w spokoju samego lasu. Tyle że oni tego nie rozumieją. Wyniośle i z odwróconą wzgardliwie twarzą matka wspina się z powrotem na swoją samotną górę, niosąc ze sobą wiejskie masło i owoc żywota swego. Dumnie kroczy córka, taszcząc bańkę z mlekiem. Dopiero następnego wieczora obydwie ponownie pokażą się publicznie. Letnicy długo jeszcze rozprawiają o swoim hobby: piciu wiejskiej gorzałki.

ONA czuje się wyłączona ze wszystkiego, bo jest ze wszystkiego wyłączana. Inni idą dalej, niekiedy nawet ją przekraczają. Tak malutką wydaje się przeszkodą. Wędrowiec idzie dalej, a ona zostaje przy drodze jak zatłuszczony papier śniadaniowy, co najwyżej podfruwa odrobinę na wietrze. Papier nie może daleko ulecieć, butwieje tu, na miejscu. To butwienie trwa lata, lata pozbawione jakiejkolwiek odmiany.

Dla odmiany przyjechał z wizytą kuzyn i wypełnił dom swoim rozedrganym życiem. Nie dość na tym – on wprowadza jeszcze do domu dodatkowe życie, obce życie, które przyciąga, jak światło przyciąga latające robactwo. Kuzyn studiuje medycynę i przyciąga wiejską młodzież swoją buńczuczną żywotnością i wysportowaniem. Kiedy przyjdzie mu ochota, opowiada lekarskie kawały, i wszyscy mówią na niego Urwis, bo to chłopak, który lubi porozrabiać. Jak rafa wystaje z syczącej kipieli otaczającej go wiejskiej młodzieży, która we wszystkim chce go naśladować. Nagle do domu zawitało życie, bo przecież mężczyzna zawsze wnosi do domu życie. Z wyrozumiałym uśmiechem, lecz pełne dumy, kobiety tego domu spoglądają na młodzieńca, który musi się wyszumieć. Ostrzegają go tylko przed żmijami płci żeńskiej, które mogłyby sobie potem obiecywać małżeństwo. Ów młody człowiek najbardziej lubi się wyszumieć na oczach wszystkich, potrzebuje publiczności i ma ją. Nawet JEJ surowa matka zdobywa się na uśmiech. Mężczyzna musi w końcu wyjść na spotkanie wrogiemu życiu, za to córka będzie próbować w tym czasie, czy muzyką uwznioślić da się.

Urwis najchętniej chodzi w niezwykle skąpych kąpielówkach, a jeśli idzie o dziewczyny, to woli możliwie najbardziej skąpe bikini, będące nowością w modzie tej epoki. Wraz z przyjaciółmi przykłada centymetr do tego, co dziewczyna ma do zaoferowania, i szydzi z tego, czego nie oferuje. Z wiejskimi dziewczętami Urwis grywa w kometkę. Bardzo się stara wprowadzić dziewczęta w arkana tej sztuki, w której najbardziej liczy się koncentracja. Z upodobaniem prowadzi dziewczęce dłonie obejmujące rakietkę, podczas gdy dziewczyna wstydzi się w swoim bikini. Ten strój kąpielowy kupiła za pieniądze zaoszczędzone z pensji ekspedientki. Dziewczyna chciałaby wyjść za lekarza i prezentuje figurę, aby przyszły lekarz wiedział, co dostanie. Nie musi kupować kota w worku. Genitalia Urwisa są ledwie wciśnięte w woreczek przyszyty do dwóch tasiemek, które biegną przez biodra i wiązane są na kokardkę po lewej i po prawej stronie. Bardzo niedbale zresztą, bo Urwis nie przywiązuje do tego większej wagi. Czasami tasiemki puszczają i Urwis musi je supłać na nowo. Są to minikąpielówki.

Najchętniej jednak tu, na górze, gdzie jeszcze może liczyć na podziw, młodzieniec popisuje się najnowszymi sztuczkami zapaśniczymi. Zna też kilka co bardziej skomplikowanych chwytów judo. Często prezentuje nowe sztuczki. Laik niemający pojęcia o tej dyscyplinie sportu nie oprze się tym chwytom i szybko ląduje na ziemi. Z ust widzów wyrywa się ryczący śmiech, a powalony dobrotliwie śmieje się razem ze wszystkimi, aby nie narazić się na kpiny. Dziewczęta turlają się wokół Urwisa jak dojrzałe owoce spadłe z drzewa. Młody sportowiec nie musi robić nic więcej, tylko je podnieść i skonsumować. Dziewczęta wydają przeraźliwe okrzyki, starannie obserwując się przy tym nawzajem kątem oka i wykorzystując walory miejsca. Staczają się z pagórka i chichocą, lecą na żwir albo w osty i wrzeszczą. Młodzieniec stoi nad nimi i triumfuje. Ujmuje dziewczynę, która zgadza się na taką próbę, za nadgarstki i ściska, mocno ściska. Stosuje sekretną dźwignię, nie można dobrze zobaczyć jaką, ale poddana takiemu doświadczeniu osoba zmuszona przewagą jego siły i nieczystym trikiem osuwa się na kolana u stóp Urwisa. Na wpół on ją ciągnął, na wpół ona się osunęła. Któż zdołałby się oprzeć młodemu studentowi? Kiedy jest w szczególnie dobrym humorze, pozwala wijącej się przed nim na ziemi dziewczynie całować się w stopy, bo inaczej jej nie puści. Tak więc odbywa się całowanie stóp, a chętna ofiara ma przy tym nadzieję na dalsze całusy, znacznie słodsze, bo dawane i brane potajemnie.
Światło słońca igra na głowach: młodzież wychlapuje wysoko wodę z niewielkiego basenu, woda błyszczy. ONA ćwiczy grę na fortepianie i ignoruje dochodzące

ją raz po raz salwy śmiechu. JEJ matka poleciła jak najdobitniej nie zwracać na nie uwagi. Matka stoi na stopniach werandy i śmieje się, śmieje się, trzymając przy tym w ręku talerz z ciasteczkami. Matka mówi, że młodym jest się tylko raz, ale w ogólnym wrzasku nikt nie rozumie jej słów.

Jednym uchem ONA cały czas jest przy hałasie, jaki jej kuzyn wywołuje na dworze zabawą z dziewczętami. Nasłuchuje, jak on zatapia swoje zdrowe zęby w miąższu czasu, pożerając go z apetytem. ONA sama z każdą sekundą coraz boleśniej uświadamia sobie czas, jej palce jak mechanizm zegarka tykają sekundy na klawiszach. Okna pokoju, w którym ćwiczy, są zakratowane. Cień krat jest jak krzyż pokazywany barwnym igraszkom na dworze, niby wampirowi, który chce wyssać krew.

Młody człowiek rzuca się teraz w poszukiwaniu zasłużonej ochłody do basenu. Woda jest świeżo napuszczona, to lodowata woda ze studni, tylko śmiałek, do którego świat należy, waży się wstąpić w taki chłód. Prychając wesoło, Urwis jak wieloryb wynurza się z powrotem na powierzchnię. ONA to dostrzega, nie widząc. Wśród gromkich okrzyków podziwu świeżo upieczone przyjaciółki przyszłego lekarza też śpiesznie wskakują do basenu, ile ich się tylko zmieści. Co za rozbryzgi i plątanina ciał. Zawsze go we wszystkim naśladują, śmieje się matka. Także leciwa babka, którą ONA dzieli z kuzynem, przybiega popatrzeć na studenckie wybryki. Prastara babcia także zostaje opryskana, ponieważ dla Urwisa nic nie jest święte, nawet wiek. Ale wszystkie figle rozbrykanego wnuczka płci męskiej i tak kwituje się śmiechem. Matka robi całkiem rozsądną uwagę, że Urwis nie ochłodził sobie wcześniej okolicy serca, ostatecznie jednak sama zaczyna się w końcu śmiać jeszcze gwałtowniej od innych, i to zupełnie mimo woli; cała aż się trzęsie i dygoce ze śmiechu, kiedy Urwis wygłupia się, do złudzenia przypominając fokę. Wszystko w matce drga i dygoce, zupełnie jakby w jej wnętrzu obijały się o siebie szklane kulki. Urwis posuwa się teraz do tego, że rzuca w powietrze starą piłkę i łapie ją na nos, bo przecież żonglowanie też nie jest mu obce. Wszyscy skręcają się ze śmiechu, tarzają się i trzymają za brzuchy, po policzkach ciekną łzy. Ktoś głośno jodłuje. Ktoś wydaje głośny okrzyk, jak to bywa w górach. Zaraz będzie obiad. Lepiej ochłodzić się przedtem niż zaraz po, kiedy może to być niebezpieczne.

Ostatni dźwięk fortepianu milknie, wybrzmiewa, JEJ ścięgna rozluźniają się, budzik, osobiście nastawiony przez matkę, już dzwonił. Erika zrywa się w środku frazy i pełna skłębionych młodzieńczych emocji wypada na dwór, aby w miarę możności zaliczyć chociaż ostatni okruch ogólnych śpiewów i brykania. Kuzynka spotyka się z należnym przyjęciem. Znowu musiała tak długo ćwiczyć? Matka powinna ją zostawić w spokoju, przecież są wakacje. Matka prosi, żeby jej nie narowić córki. Urwis, niepalący i niepijący, wbija zęby w kanapkę z kiełbasą. Chociaż zaraz będzie obiad, panie domu nie potrafią odmówić swemu ulubieńcowi chleba. Potem Urwis szczodrze nalewa sobie do półlitrowej szklanicy soku malinowego, którego materiał wyjściowy zbiera się tutaj samemu, dopełnia wodą ze studni i wlewa w gardziel. Od razu poczuł przypływ nowych sił. Z lubością poklepuje się dłonią po

muskularnym brzuchu. Poklepuje też po innych mięśniach. Matka i babka godzinami potrafią dyskutować o błogosławionym apetycie Urwisa. Przerzucają się nawzajem pomysłowymi szczegółami kulinarnymi, całymi dniami kłócą się, co też Urwis najchętniej je: kotleciki cielęce czy wieprzowe. Matka pyta siostrzeńca, jak tam studia, a on odpowiada, że chciałby jakiś czas nie myśleć o studiach. Że chciałby czuć się naprawdę młody i sobie poszaleć. Bo przyjdzie taki moment, kiedy powie, że jego młodość to już zamierzchłe czasy.
Urwis kieruje na NIĄ spojrzenie i radzi jej, żeby się uśmiechnęła. Dlaczego jest taka poważna? Doradza jej zajęcie się sportem, który daje okazję do śmiechu i w ogóle wpływa pozytywnie. Z tej sportowej radości kuzyn wybucha tak głośnym śmiechem, że szczątki kanapki z kiełbasą wyfruwają mu z rozwartej paszczy. Stęka z rozkoszy. Aż się przeciąga. Okręca się wokół własnej osi jak bąk i pada na trawę, jakby był martwy. Zaraz jednak podrywa się na nogi, nie ma obawy. Teraz bowiem nadszedł moment, aby zademonstrować małej kuzyneczce, którą chcemy rozbawić, gwarantowany zapaśniczy chwyt. Kuzynka się z tego ucieszy, ciotka zezłości.
I już czuje pęd jazdy w dół, żegnamy. Podróż bez powrotu. Osuwa się wzdłuż osi podłużnej, jazda z tym koksem, a winda w górę; drzewa, malutka balustrada przy schodkach z różanym żywopłotem i stojący wokoło z oszałamiającą prędkością przemykają przed jej oczami, by zniknąć z pola widzenia. Raptownie pociągnięci w górę. Jej kości, włosy na piersi Urwisa giną gdzieś nad jej głową, przesuwa się granica widzenia, wnet w zasięgu wzroku pojawiają się tasiemki, na któ-

rych zawieszony jest pakiecik z jądrami. Zaraz potem nieubłaganie pojawia mały czerwony Mount Everest, a pod nim w zbliżeniu długie i jasne puszyste włosy na udach. Winda zatrzymuje się gwałtownie. Parter. Gdzieś z tyłu w plecach trzeszczą mało łagodnie jej kości, skrzypią zawiasy, z taką siłą zostają nagle ściśnięte. I już jest na kolanach, hurra. Po raz kolejny Urwisowi udało się zaskoczyć dziewczę. Klęczy teraz przed swoim kuzynem na letnich wakacjach, jeden wakacyjny gość przed drugim wakacyjnym gościem. Lekki werniks łez błyszczy na JEJ twarzy, którą teraz unosi, aby spojrzeć w roześmianą maskę, która o mało nie pęka w szwach. Ten łobuz naprawdę zrobił, co chciał, i bardzo się cieszy ze swego zwycięstwa. Zostaje wgnieciona w murawę hali. Matka podnosi krzyk, jak można na oczach wiejskiej młodzieży tak traktować jej dziecko, jej utalentowaną córkę, którą wszyscy podziwiają.

Czerwony pakiecik pełen genitaliów rozkołysał się, krąży uwodzicielsko przed JEJ oczami. Należy do uwodziciela, któremu żadna się nie oprze. Na króciusieńką chwilę opiera się o niego policzkiem. Sama nie wie, dlaczego. Pragnie raz tylko to poczuć, jeden jedyny raz chce dotknąć wargami tej błyszczącej choinkowej bombki. Przez krótką chwilę to ONA jest odbiorczynią tego pakieciku. Przesuwa po nim wargami, a może to była broda? I znowu był to jej własny, samodzielny zamiar. Urwis nie zdaje sobie sprawy, że wywołał kamienną lawinę u kuzynki. Ona patrzy i patrzy. Paczuszkę umieszczono przed nią jak preparat pod mikroskopem. Niechby ta chwila trochę potrwała, bo tak jest piękna.

Nikt nic nie zauważył, wszyscy skupili się wokół prowiantu. Urwis natychmiast puszcza JĄ i tanecznie odstępuje o krok. Ze względu na okoliczności odpada dzisiaj całowanie stóp, którym zazwyczaj kończy się całe ćwiczenie. Urwis wykonuje parę sprężystych ruchów, aby się rozluźnić, nieco skonfundowany skacze w górę i wybuchając śmiechem, sadzi przed siebie wielkimi susami. Połyka go łąka – panie wołają na posiłek.

Urwis odleciał, wyskoczył z gniazda. Nic nie mówi. Zaraz zniknie całkiem, a paru kolegów ochoczo pędzi za nim. Rozpoczyna się dziki pościg. Pod swoją nieobecność Urwis otrzymuje od matki dobroduszną połajankę za swoje wariactwa. Matka gotowała z wielkim mozołem, a teraz została na lodzie.

Urwis pojawia się z powrotem dopiero znacznie, znacznie później. Wszędzie już wieczorna cisza, tylko nad strumieniem słowik. Wszyscy grają w karty na werandzie. Na wpół ogłupiałe ćmy trzepocą wokół naftowej lampy. JEJ nie przyciąga żaden świetlisty krąg. ONA siedzi samotnie w swoim pokoju, oddzielona od tłumu, który o niej zapomniał, ponieważ tak niewiele waży. Nie odciska się na nikim. Z wielowarstwowego pakietu starannie odwija jedną żyletkę. Zawsze ma ją przy sobie, gdziekolwiek jest. Żyletka śmieje się do niej jak oblubieniec do oblubienicy. ONA ostrożnie próbuje ostrza – ostre jak brzytwa. Potem kilkakrotnie wciska żyletkę głęboko w grzbiet dłoni, ale przecież nie na tyle głęboko, aby uszkodzić ścięgna. W ogóle nic nie boli. Metal wrzyna się w ciało jak w masło. Przez moment w zamkniętej wcześniej tkance zieje szpara jak w skrzynce pocztowej, potem z trudem utrzymywana w ryzach krew tryska zza przeszkody. W sumie są cztery cięcia. To wystarczy, inaczej się wykrwawi. Żyletka zostaje wytarta i zapakowana. Przez cały czas jasnoczerwona krew płynie i kapie z ran, brudząc wszystko na swej drodze. Płynie ciepło i bezgłośnie i całkiem przyjemnie. Jest tak bardzo płynna. Płynie bez ustanku. Barwi wszystko na czerwono. Cztery przecięcia, z których wypływa bez ustanku. Na podłodze, a także na pościeli cztery cieniutkie strumyczki łączą się w rwącą rzekę. Śladem moich łez podążaj, strumyk przyjmie ciebie wnet. Tworzy się niewielka kałuża. A krew płynie dalej. Płynie i płynie i płynie i płynie.

Jak zwykle schludnie ubrana pani nauczycielka Erika bez żalu opuszcza już na dziś miejsce swej muzycznej działalności. Jej niepostrzeżonemu odejściu towarzyszą dźwięki rogów i puzonów oraz pojedynczy trel skrzypiec, wydobywające się przez okna. Jako akompaniament. Erika ledwie dotyka stopni schodów. Dziś matka nie czeka na nią. Erika zdecydowanie natychmiast rusza w drogę, którą zdążyła już odbyć wcześniej kilkakrotnie. Nie jest to zwykła droga do domu, może jakiś wspaniały wilk, zły wilk, stoi oparty o słup telegraficzny, wydłubując sobie spomiędzy zębów resztki mięsa po ostatniej ofierze. Erika chciałaby dokonać jakiego milowego kroku w swoim dość monotonnym, było nie było, życiu i zaprosić wilka spojrzeniem. Ujrzy go już z daleka, z daleka usłyszy rozdzieranie materiału i pękanie skóry. Potem zrobi się późny wieczór. Z mgły muzycznych półprawd wyłoni się przeżycie. Erika pilnie stawia stopy.

Otwierają się wąwozy ulic, by potem znów się zamknąć, ponieważ Erika nie decyduje się w nie wkroczyć. Patrzy tylko nieruchomo przed siebie, gdy jakiś mężczyzna przypadkiem puści do niej oko. To nie wilk, a jej płeć nie rozwiera się zapraszająco, lecz zakorkowuje na mur. Jak wielka gołębica Erika szarpie głową w bok, tak że mężczyzna od razu odchodzi, nie zatrzymując się dłużej. Jest zaszokowany osunięciem się ziemi, jakie spowodował. Pomysł, by tę kobietę osłonić lub nakłonić, wybija sobie z głowy. Erika ściąga twarz w arogancką minę; nos, usta – wszystko to razem tworzy wskazującą kierunek strzałę, która przeorując wszystko, co przed nią, ma informować: wszystko idzie do przodu. Banda wyrostków rzuca jakąś pogardliwą uwagę na temat damy Eriki. Nie wiedzą, że mają do czynienia z panią profesor, i nie okazują szacunku. Plisowana spódnica w kratkę zakrywa dokładnie kolana Eriki, ani o milimetr nad, ani na milimetr pod. Do tego jedwabna koszulowa bluzka, która, jeśli idzie o rozmiar, okrywa dokładnie tułów Eriki. Teczka z nutami jak zwykle ściśnięta pod pachą, zamek błyskawiczny szczelnie zasunięty. Wszystko, co w Erice ma jakieś zamknięcia, jest zamknięte.

Podjedźmy kawałek tramwajem, który przetransportuje nas na przedmieścia. Bilet trasowany nie jest tam już ważny, i Erika musi skasować dodatkowy. Normalnie nigdy tutaj nie jeździ. To okolice, których nie należy odwiedzać, jeśli to nie jest konieczne. Uczniowie także bardzo rzadko stąd pochodzą. Żadna muzyka nie trwa tu dłużej niż trzeba na odtworzenie płyty w grającej szafie.

Małe narożne knajpki plują już na chodnik światłami. Na wysepkach światła kłócące się grupki, bo ktoś pozwolił sobie na jakąś niestosowną uwagę. Erika nagląda się wielu rzeczy, których nie zna. Tu i tam słychać zapalane motorowery, albo ich silniki niespodziewanie wypuszczają w powietrze warkotliwe ściegi. Potem motorowery, oddalają się pośpiesznie, zupełnie jakby ktoś ich oczekiwał. Na przykład w domu parafialnym, gdzie jest wieczór rozmaitości i skąd natychmiast chcą się pozbyć motorowerzystów, ponieważ zakłócają spokój. Najczęściej na słabiutkim motorku siedzą dwie osoby, żeby maksymalnie wykorzystać miejsce. Nie każdego stać na motorower. Mikroskopijne auta zapełnia się tu, na przedmieściach, do ostatniego miejsca. Niejednokrotnie pośród krewnych siedzi dumnie prababcia, którą właśnie wywożą na spacer na cmentarz

Erika wysiada. Odtąd idzie dalej na piechotę. Nie patrzy w lewo, nie patrzy w prawo. Pracownicy zamykają wrota supermarketu, przed nimi ostatnie łagodnie pulsujące silniki rozmów gospodyń domowych. Jakiś dyszkant przebija się ponad barytonem, że winogrona były mocno zapleśniałe. Najgorzej z tymi na samym dnie plastikowej torby. Dlatego dzisiaj już ich nie kupiono, o czym na cały głos informuje się zgrzytliwie pozostałych, kupa odpadków składających się z żalów i skarg. Jakaś kasjerka walczy za zamkniętymi szklanymi drzwiami ze swoją maszyną. Za nic nie może znaleźć usterki. Jakieś dziecko na hulajnodze i drugie, biegnące obok i ryczące płaczliwie, że ono też by chciało się przejechać, tak jak mu obiecano. Pierwszy dzieciak ignoruje prośby będącego w gorszej sytuacji kolegi. W innych dzielnicach trudno już dzisiaj o hulajnogę, dziwi się

Erika. Ona też kiedyś dostała taką w prezencie i bardzo się z niej cieszyła. Niestety jednak nie wolno jej było na niej jeździć, bo ulica zabija dzieci.
Główka czteroletniego może dziecka odrzucona zostaje do tyłu huraganowym policzkiem wymierzonym przez matkę i na moment buja się bezradnie jak wańka-wstańka, która straciła równowagę i z najwyższym trudem powraca do pozycji pionowej. Wreszcie dziecięca główka wraca na miejsce i zaczyna wydawać z siebie przerażające dźwięki, wskutek czego zniecierpliwiona kobieta ponownie wybija ją z pionu. Dziecięca główka jest już naznaczona niewidzialnym atramentem, przewidziana do rzeczy jeszcze gorszych. Kobieta ma do dźwigania pełne zakupów torby i najchętniej widziałaby to dziecko znikające w kratce studzienki ściekowej. Bo żeby maltretować małą, za każdym razem musi stawiać na chwilę ciężkie torby na ziemi, a to oznacza dodatkowy wysiłek. Ale wygląda na to, że dodatkowy trud jej się opłaca. Dziecko uczy się języka przemocy, ale uczy się niechętnie i w szkole też nie będzie niczego zapamiętywać. Parę słów, tych najpotrzebniejszych, już opanowało, chociaż tylko częściowo rozpoznać je można w jego gaworzeniu.
Już wkrótce kobieta i głośne dziecko zostają w tyle za Eriką. Że też oni zawsze muszą przystawać! Nigdy nie potrafią dotrzymać kroku pędzącemu czasowi. Karawana o imieniu Erika idzie dalej. To dzielnica czysto mieszkaniowa, ale nie najlepsza. Zapóźnieni ojcowie rodzin wtaczają się bokiem w bramy, a potem spadają na swoje rodziny niby potworne ciosy młota. Słychać zatrzaskiwanie ostatnich drzwi aut, dumne i wyniosłe, ponieważ małolitrażowe samochody to zdeklarowani

ulubieńcy tutejszych rodzin i po prostu wszystko im wolno. Połyskując przyjaźnie, zostają przy krawężnikach, a ich właściciele śpieszą na spotkanie kolacji. Kto nie ma jeszcze własnego domu, pragnie go wprawdzie mieć, nigdy jednak nie uda mu się go wybudować, nawet przy oszczędzaniu na książeczce mieszkaniowej i daleko idącej pomocy kredytowej. Kto ma swój dom tutaj, właśnie tutaj, ten niejednokrotnie woli być ciągle w drodze niż tam przebywać.

Coraz więcej mężczyzn przecina ścieżkę Eriki. Jakby pod wpływem czarodziejskiego zaklęcia kobiety poznikały gdzieś w norach, zwanych tutaj mieszkaniami. O tej porze nie wychodzą same na ulicę. Tylko do piwiarni z rodziną albo w odwiedziny do krewnych. Tylko w towarzystwie dorosłego. Na każdym kroku ich nierzucające się w oczy, ale jakże koniecznie potrzebne działania i dziergania. Kuchenne wyziewy. Niekiedy ciche pobrzękiwanie garnków i skrobanie widelcem. Najpierw w jednym, potem w drugim, a potem w wielu innych oknach migotać zaczyna błękitna poświata przedwieczornego serialu familijnego. Błyszczące kryształki, którymi obsypuje się nadciągająca noc. Fasady domów zmieniają się w płaskie powierzchnie teatralnych kulis, za którymi nie ma już nic; wszystko jest takie samo i dołącza do tego samego. Tylko odgłosy z telewizorów są realne, one są tym, co tak naprawdę się dzieje. Wszędzie dokoła wszyscy ludzie w tym samym czasie przeżywają to samo, poza nielicznymi wypadkami, że jakiś indywidualista przełączył się na drugi program i ogląda *Z życia chrześcijan*. Tacy indywidualiści dowiadują się, że odbył się kongres eucharystyczny, co zostaje podparte stosownymi liczbami. Cóż, jest

jakaś cena, którą trzeba zapłacić, kiedy chce się być innym od wszystkich.
Tutaj: szczekliwe głoski tureckiej mowy. Natychmiast dołącza drugi głos – gardłowe serbochorwackie kontratenory. Jak wystrzelone z dziecięcego łuku stada mężczyzn, małe grupki, przybywające tu oddzielnie i zlewające się w jedno miejsce: łuk ulicy pod wiaduktem kolejki, w który wpasowano peep-show. W jeden z łuków wiaduktu, po którym górą pędzi kolejka. Starannie wykorzystano do tego celu najmniejszą nawet przestrzeń, nie uroniono ani milimetra. Turkom łukowata forma z pewnością kojarzy się leciutko z meczetem. Może wszystko to przypomina im o haremach. Łuk wiaduktu, z miejscem poniżej i pełen nagich kobiet. Jedna po drugiej, każdy się doczeka. Venusberg* w pomniejszeniu. Format miniaturowy. Już zbliża się Tannhäuser i puka w nią laską. Z cegieł zbudowany jest ten łuk miejskiej kolejki, a w środku już niejeden zapatrzył się na piękną kobietę. Ten niewielki przybytek, w którym prężą się i wiją nagie kobiece ciała, jest dokładnie wpasowany. Kobiety zmieniają się jedna po drugiej. Kierując się określoną zasadą nieprzyjemności, krążą między całą siecią peep-show, aby stały klient i wytrwały oglądacz w określonych odstępach czasu mógł zobaczyć inne ciało. Inaczej przecież przestałby przychodzić. Abonent. W końcu przynosi tutaj swoje cenne pieniądze i wrzuca je moneta po monecie w żarłocznie rozwartą szparę. A to dlatego, że zawsze dokładnie w momencie, kiedy robi się naprawdę ciekawie, musi

---

* Venusberg to po niemiecku zarówno wzgórek Wenery (wzgórek łonowy), jak i góra bogini Wenus z opery Ryszarda Wagnera *Tannhäuser* (przyp. tłum.).

dorzucić kolejnego dziesiątaka. Jedna dłoń wrzuca, druga bezsensownie wypompowuje męską siłę za okno. W domu taki mężczyzna je za trzech, żeby tutaj bez skrupułów wychlapywać ją na podłogę.
Co dziesięć minut z hukiem przelatują górą wagony Wiedeńskiej Kolei Miejskiej. Wstrząsają całym stropem, ale dziewczęta bynajmniej niewstrząśnięte przewalają się dalej. Znają to już. Można się przyzwyczaić, że od czasu do czasu rozlega się głuche dudnienie. Szpara na monetę zostaje nakarmiona, trzask okienka i ukazuje się różowe ciało – prawdziwe cudo techniki. Nie wolno tego różowego ciała dotknąć, zresztą nawet by się nie dało, bo jest jeszcze szklana przegroda. Okno wychodzące na ścieżkę dla rowerzystów zostało zalepione czarnym papierem. Dla ozdoby umieszczono na nim piękne ornamenty w żółtym kolorze. W papier wpuszczone jest małe lusterko, aby można było na siebie patrzeć. Nie wiadomo po co, może żeby potem przyczesać sobie włosy. Obok znajduje się niewielki sex-shop. Można tam kupić, na co ma się ochotę. Kobiet nie można nabyć, za to na pocieszenie są mikroskopijne nylonowe majteczki z mnóstwem rozcięć, do wyboru z przodu albo z tyłu. Zakłada się je żonie w domu i można się do niej dobierać bez konieczności zupełnego ich zdejmowania. Są też pasujące do nich koszulki; mają u góry dwa okrągłe otwory, przez które kobieta wystawia piersi. Resztę zakrywa przezroczysty materiał. Wszystko oblamowane delikatnymi koroneczkami. Można wybierać, czy bielizna ma być w kolorze ciemnoczerwonym, czy czarnym. Blondynce lepiej w czarnym, brunetce bardziej pasuje kolor czerwony. Są też jeszcze książki i pisma, filmy na wąskiej taśmie do projektorów

i kasety wideo w różnych stadiach zakurzenia. Te artykuły zupełnie tutaj nie idą. Klienci nie mają w domu odpowiednich urządzeń. Gumowe artykuły higieniczne o różnorodnych fakturach powierzchni idą już lepiej, także nadmuchiwane imitacje kobiet. Najpierw oglądają w środku prawdziwą kobietę, potem kupują w sklepiku imitację. A to dlatego, że klient nie może niestety zabrać ze sobą pięknych nagich pań, żeby używać ich aż do rozerwania w ciszy własnego pokoju. Te kobiety nie przeżyły jeszcze niczego głębokiego, bo inaczej nie wystawiałyby się tak na widok publiczny. Tylko od razu z dobrej woli szłyby do klientów, zamiast robić to na pół gwizdka. Ten zawód nie jest dla kobiety. Najchętniej brałoby się taką od razu do domu, obojętne którą, bo w zasadzie wszystkie są jednakowe. Nie ma między nimi zasadniczych różnic, co najwyżej kolor włosów, podczas kiedy mężczyźni to już osobowości bardziej zindywidualizowane, z których jeden woli to, drugi zaś to. Rozpalona zdzira w okienku, czyli niejako po drugiej stronie barykady, na pocieszenie pragnie tylko jednego, żeby tym baranom za ścianą kutasy poodpadały od brandzlowania. W ten sposób każdy dostaje coś od każdego i atmosfera jest dość spokojna. Żadnej usługi bez rewanżu. Oni płacą i dostają, co się należy. Torebkę, którą Erika nosi dodatkowo w teczce na nuty, wypychają uzbierane dziesięcioszylingowe monety. Prawie nie zdarza się, aby zapędziła się tutaj jakaś kobieta, ale Erika zawsze chce mieć dla siebie coś specjalnego. Taka już jest. Jeśli większość robi to, czy to, to ona z zasady musi robić odwrotnie. Jeśli wszyscy mówią hetta, ona jedna mówi wiśta i jeszcze jest z tego dumna. Tylko w ten sposób Erika może zwrócić na siebie

uwagę. Teraz ma ochotę iść właśnie tam. Tureckie i jugosłowiańskie enklawy i wyspy językowe cofają się w onieśmieleniu przed tym zjawiskiem z innego świata. Nagle nie potrafią zliczyć do trzech, chociaż gdyby tylko mogli, najchętniej zhańbiliby tę kobietę. Za plecami Eriki wykrzykują rzeczy, których ona na szczęście nie rozumie. Idzie z wysoko uniesioną głową. Nikt nie próbuje jej dotknąć, nawet ci najbardziej pijani. Poza tym jest tu taki starszy pan, który pilnuje. Właściciel, ajent? Pojedynczo tylko występujący tubylcy przemykają pod murem. Ich samopoczucia nie wzmacnia żadna grupa, poza tym zmuszeni są przeciskać się tutaj między ludźmi, którym na co dzień schodzą z drogi. Dochodzi do kontaktu z niechcianymi ciałami, natomiast ten z chcianymi nie następuje. Niestety męski popęd jest silny. Na prawdziwego sztosa nie starcza, jest przed pierwszym. Tubylcy z wahaniem kroczą pod ścianą wiaduktu. Pod łukiem przed wielkim show wciśnięty jest jeszcze specjalistyczny sklep z nartami, a łuk wcześniej sklep z rowerami. Te już śpią, w środku jest zupełnie ciemno. Stąd natomiast wydobywa się radosny blask światła i wabi te nocne motyle, zwariowane ćmy. Tych, którzy chcą coś zobaczyć za swoje pieniądze.
Wszyscy są szczelnie oddzieleni jeden od drugiego. W środku znajdują się dokładnie wymierzone kabiny ze ściankami z dykty. Kabiny są ciasne i małe, bo ich czasowi mieszkańcy są niewielkiego wzrostu. Poza tym – im mniejsze rozmiary, tym więcej kabin. W ten sposób stosunkowo wielu w stosunkowo krótkim czasie może znaleźć wyraźne zaspokojenie. Troski zabierają z powrotem ze sobą, za to ich cenna sperma zostaje na miejscu. Sprzątaczki bezustannie zacierają ślady spustu

surówki. Chociaż, jeśli zapytać, to każdy z nich uważa się za wyjątkowo wartego przetrwania w potomstwie. Przeważnie wszystkie kabiny są zajęte. Ten lokal to żyła złota, prawdziwy skarb. Cudzoziemscy robotnicy cierpliwie stoją grupkami w kolejce. Zabijają czas dowcipami o kobietach. Ciasnota kabin jest wprost proporcjonalna do ciasnoty ich mieszkań, w których niekiedy mają dla siebie tylko kąt. Nawykli więc do ciasnoty, a w dodatku ścianka działowa odseparowuje ich od innych. Do każdego boksu może wejść tylko jeden z nich. Tam jest tylko sam ze sobą. Gdy tylko wrzuci monetę, w wizjerze ukazuje się piękna kobieta. Dwa pomieszczenia do występów solo dla bardziej wymagających klientów prawie zawsze stoją puste. Rzadko kiedy bowiem znajduje się jakiś mężczyzna, który miałby specjalne życzenia.

Erika wchodzi do lokalu – nauczycielka całą gębą.

Jakaś ręka już, już wyciąga się z wahaniem w jej stronę, zaraz jednak cofa się gwałtownie. Erika nie idzie do części dla pracowników, lecz tam, gdzie klienci. To ważniejsza część. Ta kobieta chce sobie obejrzeć coś, co o wiele taniej mogłaby obejrzeć w lustrze. Mężczyźni dziwią się głośno, ponieważ oni pieniądze, z którymi przychodzą tu potajemnie na swoje kobiece łowy, muszą sobie odejmować od ust. Myśliwi na ambonach. Wyglądają przez te swoje wizjery, a pieniądze kończą się szybko. Nic nie może ujść ich oczom.

Także Erika chce tylko patrzeć. Tu, w tej kabinie, staje się niczym. Nic nie wchodzi w Erikę, za to ona idealnie wchodzi w tę pustelnię. Erika to zwartej budowy urządzenie w ludzkiej postaci. Wygląda na to, że natura nie zostawiła w niej żadnych otworów. Tam, gdzie u prawdziwej kobiety cieśla zostawił dziurę, Erika czuje drzewo, i to masyw. Jest to gąbczaste, spróchniałe, samotne drzewo w wysokopiennym lesie, a zgnilizna postępuje. Za to jednak Erika chodzi dumnym krokiem władczyni. Rozkłada się wewnętrznie, ale Turków odpycha spojrzeniami. Turcy chcą ją obudzić do życia, odbijają się jednak od jej wyniosłości. Erika, władczyni całą gębą, wkracza do groty bogini Wenus. Turcy nie zdobywają się na żadną uprzejmość, ale też nie ma nieuprzejmości. Po prostu pozwalają Erice wejść do środka z teczką pełną nut. Nawet wolno jej się bezkarnie przepchnąć bez kolejki. Ma rękawiczki. Człowiek przy wejściu odważnie tytułuje ją szanowną panią. Proszę, niech pani wejdzie, prosi ją od razu niejako do salonu, gdzie nad biustami i cipami refleksyjnie płoną lampki. Mają rozbłyskami akcentować krzaczaste trójkąty, bo to jest to, na co najpierw mężczyzna patrzy, taka jest reguła. Mężczyzna patrzy na Nicość, patrzy na czysty Brak. Najpierw patrzy na Nicość, dopiero potem dochodzi do tego reszta mamuśki.

Erika dostaje osobisty przydział na kabinę *de luxe*. Nie musi czekać, wielka dama Erika. Za to pozostali będą czekać dłużej. Pieniądze trzyma w pogotowiu, tak jak lewą rękę w czasie gry na skrzypcach. W ciągu dnia wylicza sobie czasem, ile to razy będzie mogła patrzeć za zaoszczędzone dziesiątaki. Oszczędza te pieniądze na podwieczorku. Ciało muska teraz błękitny reflektor. Używają nawet specjalnych barwnych świateł! Erika podnosi z podłogi zupełnie zaskorupiałą od spermy papierową chusteczkę i podtyka sobie pod nos. Wdycha głęboko zapach tego, co ktoś inny wyprodukował

w toku ciężkiej pracy. Wdycha i patrzy i zużywa przy tej okazji trochę ze swego życia.
Są kluby, gdzie wolno fotografować. Każdy sam wybiera sobie tam modelkę, w zależności od humoru i gustu. Erika nie chce jednak wykonywać żadnych działań, chce tylko patrzyć. Chce po prostu nieruchomo siedzieć i patrzyć. Przypatrywać się. Erika, która przypatruje się bez dotykania. Erika nie ma takiej potrzeby ani okazji, żeby sama się pieścić. Matka śpi w łóżku obok i uważa na ręce Eriki. Te ręce mają ćwiczyć, nie mogą śmigać jak mrówki pod kołdrę i dobierać się tam do słoika z konfiturami. Nawet kiedy Erika się skaleczy albo ukłuje, prawie nic nie odczuwa. Tylko jeśli idzie o zmysł wzroku, to doprowadziła go do niezwykłego rozkwitu.
Kabina cuchnie środkiem dezynfekcyjnym. Sprzątaczki to też kobiety, tyle że na to nie wyglądają. Beznamiętnie zgarniają wychlapaną spermę tych myśliwych z przypadku do brudnego kubła. Na podłodze leży kolejna zmięta i stężała na beton papierowa chusteczka. Jeśli idzie o Erikę, spokojnie mogłyby w tym względzie spauzować i dać odpocząć steranym kościom. Ciągle muszą się schylać. Erika po prostu siedzi i patrzy do środka. Nie zdejmuje nawet rękawiczek, żeby niczego w tym cuchnącym lochu nie dotknąć. Może zostaje w rękawiczkach, żeby nie było widać jej kajdanek. Kurtyna w górę dla Eriki, widać ją, jak za kulisami pociąga sznurki. Wszystko to odbywa się tylko dla niej! Niekształtnych kobiet się tu nie przyjmuje. Liczy się uroda i zgrabna figura. Każda z kandydatek musi najpierw poddać się szczegółowym oględzinom ciała, żaden właściciel nie kupi kota w ubraniu. Czego nie

zdołała dokonać Erika na koncertowym podium, dokonują teraz inne kobiety zamiast niej. Ocena wedle rozmiarów kobiecych krągłości. Erika patrzy bezustannie. Ledwie odwróci na moment wzrok, już parę szylingów idzie na marne.

Jakaś czarnowłosa przybiera twórczą pozycję, w której można zajrzeć jej do środka. Obraca się dokoła na czymś w rodzaju koła garncarskiego. Lecz kto wprawia to koło w ruch? Najpierw trzyma uda razem, nic nie widać, lecz ciężka woda przedsmaku radości wzbiera w ustach. Potem z wolna rozkłada nogi i przesuwa się wzdłuż położonych trochę dalej okienek. Niekiedy mimo dążenia do sprawiedliwego podziału dóbr jedno okienko widzi więcej niż inne, ponieważ koło stale się obraca. Słychać nerwowe trzaskanie okienek. Kto się odważy, wygrywa, kto odważy się jeszcze raz, może wygrać ponownie.

Tłum wokoło pracowicie ugniata i miesi, ze swej strony przez cały czas będąc starannie rozrabiany przez wielkiego niewidocznego ugniatacza ciasta. Dziesięć małych stacji pomp pracuje pełną parą. Niektórzy międlą sobie potajemnie już pod drzwiami, żeby wydać mniej pieniędzy, do czasu aż wreszcie wystrzelą. Towarzyszy im przy tym jedna z dam.

Dygocąc i podrygując, dzyndzle w sąsiednich pustelniach pozbywają się swojego cennego ładunku. Wkrótce napełnią się od nowa i znowu trzeba będzie koić swe tęsknoty. Gdy się ma zahamowania, trzeba się czasem liczyć z wydatkiem czterdziestu, pięćdziesięciu szylingów. Zwłaszcza jeśli się człowiek zapatrzy i zapomni o wałkowaniu. Dlatego tak często wchodzą nowe ko-

biety, żeby odwrócić uwagę. Tępaki gapią się tylko, zapominając o robocie.
Erika się przygląda. Obiekt jej żądzy oglądania właśnie wsadza sobie rękę między uda i składając usta w małe „o", pokazuje, jak wielką mu to sprawia przyjemność. Z zachwytu, że tylu się przygląda, zamyka oczy, by otworzyć je po chwili wywrócone białkami do góry. Unosi obie ręce i masuje sobie brodawki sutkowe, żeby sterczały sztywno. Rozsiada się wygodnie i mocno rozkłada nogi, teraz można z żabiej perspektywy zajrzeć kobiecie do środka. Ręka zręcznie bawi się włosami łonowymi. Kobieta wyraźnym ruchem oblizuje wargi, podczas gdy przed nią ten i ów myśliweczek składa się już do strzału. Całą twarzą daje do zrozumienia, jak wspaniale byłoby, gdyby tylko mogła być razem z nim. Niestety, ze względu na wielki popyt jest to niemożliwe. W ten sposób wszyscy coś z tego mają, a nie tylko jeden.
Erika przygląda się bardzo dokładnie. Nie po to, żeby się uczyć. Nadal nic w niej nie drgnęło ani nie poruszyło się. Mimo wszystko czuje potrzebę patrzenia. Dla własnej przyjemności. Za każdym razem, kiedy chce już wyjść, coś energicznie przyciska od góry jej elegancko ufryzowaną głowę do szybki, i patrzy dalej. Obrotowa tarcza, na której siedzi ładna kobieta, kręci się. Erika nic na to nie poradzi. Po prostu musi patrzyć, i koniec. Sama stanowi dla siebie tabu. O dotykaniu nie ma mowy.
Po lewej i prawej stronie rozlegają się radosne jęki i stękania. Osobiście nie całkiem rozumiem powód, odpowiada na to Erika Kohut, spodziewałam się czegoś więcej. Mokry glut uderza z plaśnięciem o ściankę

działową. Ścianki są łatwo zmywalne, bo mają gładkie powierzchnie. Gdzieś z boku, po prawej, jakiś pan klient z atencją wydrapał w drewnie poprawną niemczyzną słowa „Maryja zapijaczona dziwka". Nieczęsto ktoś wydrapuje tu cokolwiek na ścianie, bo taki ktoś się koncentruje na czym innym. Z pisaniem też przeważnie jest na bakier. Przeważnie ma wolną tylko jedną rękę, a i to nie zawsze. No i jeszcze trzeba jakoś wrzucać kolejne monety.
Ufarbowana na rudo drapieżna lady ukazuje teraz w okienku swój lekko tłustawy rewers. Na jej domniemanym cellulitis tani masażyści zdarli już sobie palce do krwi. Lecz w jej przypadku mężczyźni dostają za swoje pieniądze więcej. Kabiny z prawej widziały już tę kobietę z przodu, teraz jej awers muszą jeszcze podziwiać kabiny po lewej. Niektórzy wolą oceniać kobiety od przodu, inni z kolei od tyłu. Rudowłosa porusza teraz muskulaturą, z której pomocą zazwyczaj chodzi lub siedzi. Dziś zarabia nią pieniądze. Masuje się prawą dłonią z nasadzonymi krwistoczerwonymi szponami. Lewą dłonią przejeżdża po piersiach. Szpiczastymi sztucznymi paznokciami odciąga brodawkę sutkową jak gumę, a potem puszcza. Brodawka odstaje od ciała jak jakieś obce ciało. W tym momencie ruda dzięki wprawie już wie: kandydat zdobył 99 punktów! Kto nie może teraz, ten już nie będzie mógł. Kto teraz jest sam, rad nierad pozostanie taki na długo.
Erika dotarła do granicy. Tylko dotąd, i ani kroku dalej. Tego już jednak za wiele, mówi sobie, jak już nieraz przedtem. Wstaje. Dawno wyznaczyła sobie granice, zabezpieczając je niedającymi się anulować traktatami. Ale za to spogląda na wszystko z wysokiej strażnicy

i odpowiednio daleko sięga wzrokiem w głąb kraju. Daleka perspektywa to warunek. I tym razem Erika nie chce wiedzieć, co będzie dalej. Idzie do domu.
Samym tylko spojrzeniem Erika odsuwa na bok ustawionych za drzwiami w wyczekujących pozach panów klientów. Jeden z nich natychmiast łapczywie zajmuje jej miejsce. Powstaje szpaler, przez który Erika kroczy do wyjścia i oddala się. Idzie i idzie, zupełnie mechanicznie, zupełnie tak, jak przed chwilą patrzyła i patrzyła. Jeśli już Erika coś robi, to robi to na całego. Żadnych połowiczności, żądała zawsze matka. Żadnego rozmydlania. Żaden artysta nie ścierpi w swoim dziele czegoś niegotowego, połowicznego. Czasami dzieło nie zostaje skończone, ponieważ artysta za wcześnie umiera. Erika oddala się. Nic nie jest rozerwane, nic nie jest zaplamione. Nic nie zbielało. Nic jej to nie dało. Nie ma niczego, czego by wcześniej nie było, i nic, czego wcześniej nie było, po tym nie doszło.
W domu łagodny wyrzut ze strony matki spływa na ciepły inkubator, który wspólnie zamieszkują. Matka ma nadzieję, że Erika nie przeziębiła się w czasie tej swojej podróży, na której temat coś tam matce skłamała. Erika zaraz wkłada ciepły szlafrok. Erika z matką jedzą nadziewaną kasztanami i całą resztą kaczkę. Marony wyłażą z kaczki wszystkimi szwami, matka przedobrzyła, jak to ma w zwyczaju. Pieprzniczka i solniczka są częściowo srebrne, sztućce całkiem. Córeczka ma dzisiaj prawdziwie rumiane policzki, co matkę cieszy. Miejmy nadzieję, że rumieniec na policzkach nie jest wynikiem gorączki z choroby. Matka sonduje wargami czoło Eriki. Na deser sprawdza jeszcze dodatkowo

termometrem. Szczęśliwie gorączka odpada jako przyczyna. Erika jest całkowicie zdrowa, ta dobrze odkarmiona rybka w wodach płodowych mamuśki.

Potoki neonowego światła w lodowatym zimnie przelewają się przez lodziarnie, przez sale taneczne. Grona brzęczących świateł zwisają na masztach ponad placami do minigolfa. Mrugający potok zimna. Postaci w JEJ wieku z cudownym spokojem przyzwyczajenia koczują przy nerkowatych stolikach ze szklanymi kielichami, w których kołyszą się długie łyżeczki – łodygi chłodnych kwiatów. Brąz, żółć, róż. Czekolada, wanilia, malina. Górne oświetlenie nadaje parującym kolorowym kulkom niemalże jednostajną tonację szarości. Błyszczące łyżki do porcjowania lodów czekają w napełnionych wodą pojemnikach, na wodzie włókienka lodów. W niewymuszonej radości, która nie musi siebie bez przerwy udowadniać, młode sylwetki koczują wokół lodowych gór, z których wystają papierowe parasolki. Wśród tego poukrywane zwałowiska wisienek koktajlowych, kostek ananasa, czekoladowych wiórków. Bezustannie wkładają łyżeczkami zimne kęsy do swoich lodowych grot, zimne do zimnego, albo obojętnie pozwalają się lodom topić, bo mają sobie do opowiedzenia sprawy ważniejsze od zimnej rozkoszy.
Już przez sam fakt, że na to patrzy, na JEJ twarzy pojawia się wyraz buntu. Swoje odczucia uważa za wyjątkowe, kiedy przygląda się drzewu, w jednej jodłowej szyszce dostrzega cały cudowny wszechświat. Małym młoteczkiem opukuje rzeczywistość ta pilna dentystka języka; zwyczajne wierzchołki świerków spiętrzają się

dla niej w samotne śnieżne szczyty. Cała paleta barw lakieruje horyzont. Jakieś trudne do rozpoznania bardzo wielkie maszyny przejeżdżają gdzieś w oddali, ich łagodne dudnienie jest ledwie słyszalne. To giganci sztuki kompozycji i giganci sztuki poezji, szczelnie otuleni olbrzymimi siatkami maskującymi. Kilkaset tysięcy informacji przebiega przez JEJ tresowany w tym celu mózg, obłędny, jakby pijany grzyb dymu wystrzela na sekundę w górę, by w akcie popielatoszarego odruchu wymiotnego z wolna lec z powrotem na ziemi. Drobniutki szary pył szybko pokrywa aparaturę, wszystkie te rurki włosowate i kolby, wszystkie probówki i spirale chłodzące. JEJ pokój staje się absolutnym kamieniem. Szary. Nie zimny i nie ciepły. Średni. Szeleści nylonowa zasłona na oknie, nieporuszona tchnieniem wiatru. W środku akuratnie porozstawiane meble. Niezamieszkałe. Niezasiedziane.
Klawisze fortepianu zaczynają śpiewać pod palcami. Gigantyczny ogon, utworzony z odpadków cywilizacji z cichym szelestem przysuwa się ze wszystkich stron, milimetr po milimetrze zamyka się pierścień okrążenia. Brudne puszki po konserwach, upaćkane talerze z resztkami jedzenia, uświnione sztućce, zapleśniałe resztki owoców i chleba, połamane płyty gramofonowe, porwany, zmięty papier. W innych domostwach parujące strumienie gorącej wody z sykiem wpadają do wanien. Jakaś dziewczyna bezmyślnie wypróbowuje nową fryzurę. Inna dobiera odpowiednią bluzkę do odpowiedniej spódniczki. Gdzieś stoją nowe, bardzo szpiczasto zakończone buty, które kiedyś zostaną po raz pierwszy włożone na nogi. Dzwoni telefon. Ktoś podnosi. Ktoś się śmieje. Ktoś coś mówi.

Niezmierzony pas śmieci rozciąga się między NIĄ a INNYMI. Ktoś robi sobie nową trwałą. Ktoś dobiera nowy lakier do paznokci do szminki. Staniol błyszczy w słońcu. Promień światła tańczy na widelcu, na ostrzu noża. Łyżka jest łyżką. Nóż jest nożem. Spłoszone leciutką bryzą łupiny cebuli unoszą się łagodnie, unosi się papierowa serwetka, poklejona słodkawym sokiem malinowym. Zbutwiałe, leżące pod spodem starsze warstwy, które uległy już rozkładowi, rozpadają się w proch, podszewka dla gnijących okrawków żółtego sera i skórek melonów, dla szklanych okruchów i sczerniałych kłębków waty, które czeka ten sam los.
A matka mocno pociąga za JEJ sznurki. Już obie dłonie mkną do przodu i powtarzają Brahmsa, tym razem lepiej. Brahms staje się całkiem zimny, kiedy dziedziczy po klasykach, jest natomiast wzruszający, kiedy oddaje się marzeniom lub smutkom. Matki jednak wcale nie daje się tym wzruszyć.
Metalowa łyżeczka tkwi sobie po prostu w topiących się lodach poziomkowych, ponieważ dziewczyna ma coś pilnego do powiedzenia, z czego ta druga się śmieje. Druga dziewczyna poprawia sobie ogromną, połyskującą perłowo plastikową spinkę w wysoko upiętych włosach. Obie mają wielką wprawę w kobiecych ruchach! Kobiecość bije z ich ciał jak czyściutkie drobne strumyczki. Puderniczka z bakelitu zostaje otwarta, w blasku lusterka poprawia się coś chłodnym różem, podkreśla się coś czernią.
ONA jest zmęczonym delfinem, bez większej ochoty zbierającym się do finałowej sztuczki. Wyczerpana już dostrzega śmieszną kolorową piłkę, którą zwierzę rutynowym ruchem bierze na nos. Nabiera głęboko powiet-

rza i puszcza swój aparat w kolisty ruch. W *Psie andaluzyjskim* Buñuela stoją sobie dwa koncertowe fortepiany. I jeszcze te dwa osły, na wpół rozkładające się, ciężkie od krwi łby zwieszające się nad klawiaturą. Martwe. Przegniłe. Poza wszystkim. W całkowicie pozbawionym powietrza pomieszczeniu.
Paseczek sztucznych rzęs zostaje naklejony na rzęsy naturalne. Płyną łzy. Silnie zaznacza się łuk brwi. Ta sama kredka do brwi maluje czarny punkcik na znamieniu tuż przy brodzie. Grzebień kilkakrotnie zanurza się w wysoko natapirowanym koku, aby nieco rozluźnić ten stóg siana. Potem spinka do włosów coś przytrzymuje. Pończochy na nogach zostają podciągnięte, szew wyrównany. Podrywa się w górę i zostaje gdzieś porwana lakierowana torebka. Pod taftowymi spódnicami szeleszczą halki. Już zapłaciły, teraz wychodzą.
Przed NIĄ otwiera się świat, którego inni nawet się nie domyślają. Jest to świat klocków lego, minimundus, świat w zupełnej w miniaturze, utworzony z czerwonych, niebieskich i białych plastikowych kamyczków. Z brodawek, którymi można pospinać sobie świat, rozbrzmiewa, również w miniaturze, świat muzyki. JEJ szponiasto usztywniona lewa ręka, porażona nieuleczalną niezręcznością, skrobie lekko kilka klawiszy. Pragnie ulecieć ku czemuś egzotycznemu, oszałamiającemu zmysły, rozsadzającemu rozum. Nie udaje jej się nawet stacja benzynowa z klocków lego, do której jest bardzo precyzyjna instrukcja. JEST po prostu niezdarnym sprzętem. Obarczonym ciężkim, powolnym rozumem. Ołowiany martwy ciężar. Hamulec! Nigdy niewypalająca broń przeciw samej sobie. Metalowy zacisk.

Rozlega się wycie orkiestr ze stu niemal fletów prostych. Fletów najróżniejszego rodzaju i wielkości. Wdmuchiwane są w nie dziecięce ciałka. Dźwięki wydobywają dziecięce oddechy. Nie przywołuje się do pomocy żadnych instrumentów klawiszowych. Matki uszyły z plastiku futerały na flety. W futerałach znajdują się także niewielkie okrągłe szczoteczki do czyszczenia. Korpusy fletów pokrywają się ciepłą mgiełką oddechów. Ta wielość tonów wydobywana jest za pomocą powietrza wydychanego przez małe dzieci. Bez najmniejszego wsparcia fortepianu!

Całkowicie prywatny domowy koncert odbywa się w gronie dobrowolnie zainteresowanych w starym patrycjuszowskim mieszkaniu nad Kanałem Dunajskim, druga dzielnica, gdzie rodzina polskich emigrantów w czwartym pokoleniu otworzyła w tym celu klapy dwóch fortepianów i okładki bogatego zbioru partytur. Ponadto tam, gdzie inni miewają samochody, mianowicie bardzo blisko serca, mają też zbiór starych instrumentów. Nie mają pojazdu, mają za to kilka ładnych skrzypiec i altówek z czasów Mozarta oraz zupełnie wyjątkową violę d'amore wiszącą na ścianie, bez przerwy strzeżoną przez jednego z członków rodziny, gdy w mieszkaniu wybucha domowe muzykowanie, i zdejmowaną jedynie w celach badawczych. Albo w razie pożaru.
Ludzie ci kochają muzykę i chcą doprowadzić do tego, by inni też ją pokochali. Cierpliwością i miłością, a jeśli trzeba, przemocą. Starają się uprzystępnić muzykę nawet ledwie podrosłym dzieciom, ponieważ samotne

uprawianie tego poletka nie sprawia takiej radości. Jak alkoholicy czy narkomani czują nieodpartą potrzebę dzielenia swojej namiętności z możliwie wieloma. W wyrafinowany sposób podsyła się im dzieci. Zarówno przywiązanego do dziadków grubego wnuczka, którego wilgotne włosy kleją się do czaszki i który z najmniejszego powodu woła pomocy, podobnie jak dziecko przywiązane do klucza na szyi, które broni się gwałtownie, ale wreszcie musi się poddać. W czasie koncertów nie roznosi się przekąsek. A podniosłej ciszy też nie da się ugryźć. Żadnych okruszków chleba, żadnych tłustych plam na wyściełanych meblach. Żadnych plam z czerwonego wina na pokrowcu fortepianu numer jeden i pokrowcu fortepianu numer dwa. Absolutnie żadnej gumy do żucia! Dzieci są przesiewane w celu sprawdzenia, czy nie przynoszą ze sobą żadnych śmieci z dworu. Co bardziej gruboziarniste pozostają na sicie i nigdy niczego nie osiągną na swoim instrumencie.

Ta rodzina nie porywa się na żadne niepotrzebne wydatki, muzyka ma wywierać wpływ sama z siebie i przez samą siebie. Ma wydeptać sobie ścieżkę do serc. Bo przecież na siebie też prawie nic nie wydają.

Erika wysyłała tam wszystkich swoich uczniów w zwartych grupach. Jedno skinienie małego palca pani profesor w zupełności wystarczyło. Maluchy przyprowadzają matkę, dumnego ojca albo jedno i drugie i jako pełne rodziny wypełniają pomieszczenia. Wiedzą, że dostaną złą ocenę z lekcji fortepianu, gdyby się tu nie włączyli. Tylko śmierć może być powodem stronienia od sztuki. Innych powodów zawodowy miłośnik sztuki nie potrafi pojąć. Erika Kohut bryluje.

Na otwarcie drugi z koncertów Bacha na dwa fortepiany. Na drugim fortepianie gra starzec, który w swoim wcześniejszym życiu występował raz w sali imienia Brahmsa Wiedeńskiego Towarzystwa Muzycznego i w dodatku miał wówczas fortepian wyłącznie do swojej dyspozycji. Te czasy minęły, lecz najstarsi ludzie jeszcze je pamiętają. Zbliżająca się kostucha w żaden sposób nie dodaje temu panu, który nazywa się dr Haberkorn, bodźca do większych osiągnięć, jak mu się to jeszcze udawało przy Mozarcie czy Beethovenie, a także Schubercie. A już naprawdę niewiele czasu mu zostało. Starzec wita swoją partnerkę przy drugim fortepianie, panią profesor Erikę Kohut, jak to jest tutaj w zwyczaju, składając pełen galanterii pocałunek na jej dłoni, zanim wspólnie zaczniemy.
Drodzy miłośnicy muzyki i goście. Goście rzucają się do stołu i mlaszczą, pochłaniając barokowe ragoût. Uczniowie od samego początku szurają nogami*, szykując się do czegoś niemiłego, ale na wykonanie braknie odwagi. Nie uciekają z tego kurnika artystycznej podniosłości, chociaż jego deszczułki są wystarczająco cienkie. Erika ma na sobie skromną, sięgającą ziemi spódnicę z czarnego atłasu i jedwabną bluzkę. Przy tym mierzy tego i owego ucznia wzrokiem, który mógłby przeciąć szkło, jednocześnie z lekka kręci głową. Jest to dokładnie ten sam gest, z jakim matka strzeliła Erikę w twarz po spapranym przez nią koncercie. Ci dwaj uczniowie przeszkadzali już swoim gadaniem w słowie wstępnym wygłaszanym przez gospodarza. Drugiego upomnienia nie będzie. W pierwszym rzędzie, obok

* Tak niemieccy studenci okazują dezaprobatę wykładowcy (przyp. tłum.).

małżonki gospodarza, siedzi matka Eriki w specjalnie dostawionym fotelu i jako jedyna napawa się pudełkiem cukierków oraz szacunkiem, jaki otacza jej córkę. Światło zostaje na siłę przytłumione przez zasłonięcie lampy przy fortepianie poduszką, przez którą przebiega drżenie pod smagnięciami szydełkowanej w splecione wzory kontrapunktycznej materii. Poduszka otula grających demoniczną czerwoną poświatą. Poważnie szemrze Bach*. Uczniowie mają odświętne ubrania lub coś, co rodzice za takowe uważają. Rodzice wtłaczają to, co kiedyś wydali na świat, do tej polskiej sieni, żeby mieć spokój od dzieci i aby dzieci nauczyły się zostawać w spokoju. Sień Polaków przyozdobiona jest ogromnym secesyjnym lustrem, przedstawiającym nagą dziewczynę z liliami wodnymi, przed którym zawsze przystają mali chłopcy. Później, w muzycznym mieszkaniu na górze, mali siedzą z przodu, a duzi z tyłu, ponieważ widzą ponad wszystkim. Starsi pomagają gospodarzom, kiedy trzeba uspokoić któregoś z młodszych kolegów. Walter Klemmer nie opuścił jeszcze żadnego wieczoru, od kiedy w słodkim wieku siedemnastu lat zaczął nie tylko dla zabawy obrabiać fortepian. Pobiera tu w żywej gotówce inspiracje dla swojej własnej gry.
Nurt Bacha nabiera wartkości i Klemmer, czując budzący się samoistnie głód, taksuje od tyłu odcięte poniżej siedzenia ciało swojej nauczycielki gry na fortepianie. Niczego więcej z jej figury nie może poddać ocenie. Z przedniej części jego nauczycielki nic nie da się zobaczyć z powodu jakiejś tłustej matki dzieciom, która usiadła przed nim. Jego stałe miejsce jest dzisiaj zajęte.

---

* Nieprzetłumaczalna gra słów: Bach to po niemiecku strumyk, strumień (przyp. tłum.).

W czasie lekcji Erika siedzi zawsze obok niego przy drugim fortepianie. Obok matczynej fregaty przycupnęła jej mikroskopijna łódka ratunkowa w postaci synusia w czarnych spodniach, białej koszuli i czerwonej muszce w białe groszki. Dziecko już teraz zwisa z krzesła jak pasażer samolotu, któremu zrobiło się niedobrze i który marzy tylko o jak najszybszym lądowaniu. Erika unosi się na skrzydłach sztuki w wyższych korytarzach powietrznych i niemalże wyfruwa gdzieś poza eter. Walter Klemmer patrzy na nią lękliwie, ponieważ się od niego oddala. Nie tylko on mimo woli po nią sięga, także matka śpieszy uchwycić linkę latawca o imieniu Erika. Żeby tylko nie wypuścić linki! Także matka zostaje zmuszona do stanięcia na palcach. Wicher wyje głośno, jak zwykle na tych wysokościach.
Przy ostatniej części Bacha na lewym i prawym policzku pana Klemmera wykwitają czerwone rozety. W dłoni trzyma pojedynczą czerwoną różę, aby ją przekazać na zakończenie. Bezinteresownie podziwia technikę gry Eriki oraz to, jak jej plecy poruszają się w rytm muzyki. Przygląda się, jak przechyla głowę, ważąc jakieś niuanse, które przychodzi jej wygrywać. Widzi grę mięśni ramion i to zderzenie ciała i ruchu go podnieca. Ciało jest posłuszne wewnętrznemu ruchowi poprzez muzykę i Klemmer modli się, aby jego nauczycielka zechciała być kiedyś posłuszna jemu. Kręci się na krześle. Jedna z jego dłoni mimowolnie wyrywa się w stronę obrzydliwego oręża jego męskości. Uczeń Klemmer z trudem się opanowuje i w duchu ocenia ogólne wymiary Eriki. Porównuje górną część tułowia z dolną, która jest być może odrobinę za gruba, co jednak w gruncie rzeczy jemu dość się nawet podoba. Przykłada górę do dołu.

Góra: z kolei odrobinę za chuda. Dół: tu trzeba postawić plus. Całościowy obraz Eriki mu się podoba. Osobiście uważa, że panna Kohut to całkiem smakowita kobieta. Gdyby jeszcze trochę z tego, czego u dołu jest za dużo, pacnęła na górę, przypuszczalnie wszystko by grało. Mogłoby też oczywiście stać się odwrotnie, ale tego mniej by sobie życzył. Gdyby zheblowała nieco u dołu, też by to dosyć współgrało. Ale wtedy z kolei byłaby za chuda! Właśnie ta drobna niedoskonałość czyni damę Erikę w oczach dorosłego ucznia godną pożądania, bo bardziej osiągalną. Świadomością cielesnego niedostatku można przywiązać do siebie każdą kobietę. Poza tym akurat ta kobieta wyraźnie staje się coraz starsza, a on jest jeszcze młody. Uczeń Klemmer ma oprócz muzyki pewien uboczny zamysł, który teraz analizuje w myślach do końca. Jest zwariowany na punkcie muzyki. Skrycie wariuje też na punkcie swojej nauczycielki muzyki. Osobiście jest zdania, że panna Kohut to taka właśnie kobieta, jakiej może pragnąć młody człowiek jako wprawki do życia. Młody człowiek zaczyna skromnie i szybko pnie się w górę. Każdy musi kiedyś zacząć. Już wkrótce będzie mógł wyjść poza początki, tak samo jak początkujący kierowca, który najpierw kupuje sobie jakiś niewielki używany samochód, a potem, kiedy już opanuje tajniki jazdy, przesiada się na większy i nowszy model. Panna Erika cała składa się z muzyki i właściwie wcale nie jest taka stara – ocenia uczeń swój ćwiczebny model. Klemmer zaczyna nawet o stopień wyżej, nie od volkswagena, ale od opla kadeta. Skrycie zakochany Klemmer wgryza się w resztki jednego z paznokci. Klemmer ma już całkowicie czerwoną twarz – rozety rozprzestrzeniły się –

i średnio długie ciemnoblond włosy. Jest w miarę modny. Jest w miarę inteligentny. W niczym się nie wybija, nie ma w nim żadnej przesady. Właśnie zapuścił trochę dłuższe włosy, ale tylko tak, żeby nie wyglądać za bardzo na dzisiejszego ani też za bardzo na wczorajszego. Nie nosi brody, chociaż nieraz miał taką pokusę. Jak dotąd, zawsze udawało mu się tej pokusie oprzeć. Zamierza wycisnąć na ustach swojej nauczycielki długi pocałunek i obmacać jej ciało. Zamierza ją skonfrontować ze swoimi zwierzęcymi instynktami. Zamierza kilkakrotnie jakby przypadkiem silnie się o nią otrzeć. Będzie przy tym udawał, jakby ktoś niezręczny go na nią popchnął. Wtedy przyciśnie się do niej mocniej, przepraszając przy tym. Później zamierza się kiedyś przycisnąć do niej z rozmysłem i – jeśli na to pozwoli – silnie o nią ocierać. Będzie robił, co ona mu powie, chciałby skorzystać coś na tym w swoim przyszłym, poważniejszym już życiu. Obcując z taką o wiele starszą od siebie kobietą – z którą nie trzeba się tak troskliwie obchodzić – chciałby się nauczyć, jak sobie radzić z młodymi dziewczynami, które na mniej pozwalają. Ciekawe, czy to kwestia wyrobienia? Młody człowiek musi najpierw wyznaczyć sobie pewne granice, aby potem skutecznie je przekraczać. Wkrótce pocałuje swoją nauczycielkę tak, że ona niemal straci dech. Będzie ją ssał wszędzie tam, gdzie mu będzie wolno. Będzie ją kąsał tam, gdzie mu pozwoli. Ale potem świadomie posunie się do skrajnych intymności. Zacznie od jej dłoni i będzie się przesuwał w górę. Nauczy ją kochać albo przynajmniej akceptować własne ciało, które ona jak dotąd neguje. Ostrożnie nauczy ją wszystkiego, czego jej potrzeba do miłości, ale potem zwróci się ku bardziej opłacalnym celom i trudniejszym zadaniom, jeśli idzie o zagadkę kobiecości. Wieczną zagadkę. Teraz on będzie jej nauczycielem. Nie lubi też tych wiecznych granatowych plisowanych spódnic i koszulowych bluzek, które zawsze nosi, i to w dodatku mało świadomie. Powinna się ubierać młodo i kolorowo! Kolory! Wyjaśni jej, co rozumie przez kolory. Pokaże jej, co to znaczy naprawdę być młodym i barwnym i słusznie się z tego powodu cieszyć. A kiedy ona już potem zrozumie, jak bardzo naprawdę jest młoda, on opuści ją dla młodszej. Mam wrażenie, pani profesor, że gardzi pani swoim ciałem i uznaje tylko sztukę. Mówi Klemmer. Dopuszcza pani do głosu tylko najbardziej podstawowe potrzeby, ale przecież jedzenie i spanie to za mało! Panno Kohut, pani się wydaje, że pani cielesność jest wrogiem i tylko muzyka jest pani przyjacielem. Proszę spojrzeć w lustro, tam zobaczy pani siebie i nigdy nie będzie pani miała przyjaciela lepszego niż pani sama. Więc proszę się troszkę podmalować, panno Kohut. Jeśli wolno mi się tak do pani zwracać.

Pan Klemmer bardzo chciałby zostać przyjacielem Eriki. Przecież ten nieforemny zewłok, ta nauczycielka gry na fortepianie, na której dokładnie znać profesję, może się w końcu jeszcze rozwinąć, bo ten sflaczały wór tkanek wcale nie jest jeszcze aż tak stary. Jest nawet stosunkowo młoda, w porównaniu ze swoją matką. Ta chorobliwie powykręcana, trzymająca się ideału dziwaczna istota, zidiociała i ogłupiała, żyjąca tylko duchem, zostanie przez tego młodego człowieka ukierunkowana na doczesność. Już ona pozna miłosne radości, poczekaj no tylko! Walter Klemmer pływa latem, a nawet już wczesną wiosną kajakiem po

szalejących wodach, potrafi przy tym nawet mijać bramki. Okiełznuje żywioł, i Erikę Kohut, swoją nauczycielkę, też jeszcze kiedyś ujarzmi. Pewnego pięknego dnia zademonstruje jej nawet, jak zbudowany jest kajak. Na koniec będzie musiała pojąć, jak utrzymać się w nim na wodzie. Do tego czasu on będzie ją już nazywał po imieniu: Erika! Ten dziwny ptaszek o imieniu Erika poczuje jeszcze, jak rosną mu skrzydła, już on o to zadba.
Po prostu jeden lubi to, a pan Klemmer to.
Bach uspokoił się. Jego bieg się zakończył. Obydwoje mistrzowie, pan mistrz i pani mistrzyni, wstają z taboretów i skłaniają głowy, cierpliwe konie przed workami z owsem budzącej się na nowo codzienności. Wyjaśniają, że chylą głowy bardziej przed geniuszem Bacha niż przed tym skąpo bijącym brawo tłumkiem, który nic nie rozumie i jest za głupi nawet na to, by zadać jakieś pytania. Tylko matka Eriki klaszcze w dłonie do opuchnięcia. Woła: brawo! Brawo! Uśmiechając się z lekka, pomaga jej w tym pani domu. Zebrany z kupy gnoju tłum, wzorzysty kolorami wymykającej się wszelkiej ocenie brzydoty, ze swej strony ocenia Erikę. Mrużą oczy w świetle. Ktoś usunął poduszkę sprzed lampy, teraz może ona bez przeszkód świecić i razić. A więc taka jest właśnie publiczność Eriki. Gdyby o tym nie było wiadomo, trudno byłoby uwierzyć, że to ludzie. Erika wznosi się ponad każdego z nich, lecz oni już tłoczą się przy niej, ocierają się o nią, gadają jakieś nieskładne brednie. Tę młodocianą publiczność sama wyhodowała w swoim inkubatorze. Przygnała ją tutaj nieczystymi środkami szantażu, ciężkiego przymusu, niebezpiecznych gróźb. Z własnej woli przyszedłby jedynie pan Klemmer, pilny, dokształcający się uczeń.

Reszta wolałaby coś w telewizji, mecz tenisowy, książkę i inne bzdury. Wszyscy muszą przyjść. Sprawiają wrażenie, jakby wręcz cieszyli się swoją przeciętnością! Ale na Mozarta, na Schuberta to mają śmiałość! Rozsiadają się, tłuste wyspy pływające na wodach płodowych dźwięków. Chwilowo żywią się nimi, ale nie mają pojęcia, co piją. Instynkt stadny w ogóle przecież najwyżej ceni przeciętność. Wychwala to jako coś cennego. Uważają, że są silni, bo tworzą większość. W warstwie średniej nie ma żadnych obaw, żadnych lęków. Tłoczą się dla złudzenia ciepła. W przeciętności człowiek z niczym nie bywa samotny, a już na pewno nie sam ze sobą. A do tego jacy oni są z tym szczęśliwi! Nic w ich istnieniu nie jest dla nich powodem jakiegokolwiek zarzutu, nikt też nie może im uczynić zarzutu z ich istnienia. Nawet zarzuty Eriki, że jakaś interpretacja jest nieudana, odbiłyby się od tej cierpliwej, miękkiej ściany. Ona, Erika, stoi bowiem samotnie po drugiej stronie i zamiast być z tego dumna, mści się. Przepędzając ich wszystkich do słuchania raz na trzy miesiące przez bramkę, którą otwiera, żeby barany mogły się przecisnąć. W różnych nastrojach, od samozadowolenia po nudę, gnają teraz, mecząc, zderzając się ze sobą, z powrotem, przewracając się nawzajem, gdy zatrzymuje ich jakiś pozbawiony rozumu osobnik, bo powiesił płaszcz gdzieś na samym spodzie i teraz nie może go znaleźć. Najpierw wszyscy chcą do środka, potem wszyscy jak najszybciej chcą się wydostać. I zawsze wszyscy naraz. Wydaje im się, że im szybciej znajdą się na tej innej łące, na łące muzyki, tym szybciej będą ją potem mogli opuścić. Ale teraz dochodzi jeszcze ten cały Brahms, po krótkiej pauzie, którą teraz zrobimy, drodzy państwo. Drogie uczennice i drodzy uczniowie. Raz jeden, właśnie dzisiaj, wyjątkowość Eriki nie jest winą, lecz zaletą. Bo wszyscy gapią się teraz na nią, nawet jeśli w duchu jej nienawidzą.

Pan Klemmer, który przepycha się do niej, patrzy promiennie swymi odświętnymi w nastroju niebieskimi oczami. Ujmuje w obie dłonie dłoń pianistki, mówi całujęrączki i brak mu słów, pani profesor. Mama Eriki wbija się między nich i z naciskiem zakazuje uścisku dłoni. Nie może być żadnego znaku przyjaźni i przywiązania, ponieważ mogłoby to naciągnąć ścięgna, a to wpłynęłoby ujemnie na grę. Dłoń powinna z łaski swojej pozostać w naturalnym ułożeniu. No cóż, jak dla tej publiczności trzeciego sortu może być, prawda, panie Klemmer? Trzeba ich tyranizować, trzeba ich kneblować i wziąć pod but, żeby w ogóle coś do nich dotarło. Trzeba ich walić maczugami! Potrzebują cięgów i kupy namiętności, które dany kompozytor musi jeszcze zamiast nich przeżyć i starannie zapisać. Chcą czegoś krzykliwego, bo inaczej sami musieliby bez przerwy głośno krzyczeć. Z nudów. Szarości, subtelnych stopni pośrednich, delikatnych cieniowań i tak nie potrafią odebrać. A do tego w muzyce, jak zresztą w ogóle w świecie sztuki, o wiele łatwiej jest zestawiać ze sobą jaskrawe kontrasty, brutalne przeciwności. Ale to już jest tandeta, nic więcej! Te jagniątka tego nie wiedzą. W ogóle niewiele wiedzą. Erika poufale ujmuje Klemmera pod ramię, które natychmiast zaczyna drżeć. No chyba nie marznie pośród tej zdrowo ukrwionej hordy nastolatków. Nażarci do syta barbarzyńcy w kraju, w którym w ogóle pod względem kulturalnym panuje barbarzyństwo. Wystarczy, żeby się pan przyjrzał gazetom: są jeszcze bardziej barbarzyńskie niż to, o czym informują. Człowiek, który starannie kawałkuje własną małżonkę oraz dzieci i wsadza do lodówki w celu późniejszej konsumpcji, nie jest bardziej barbarzyński od gazety, która to wszystko opisuje. No niech pan tylko spróbuje to sobie dokładnie wyobrazić! A teraz, jeśli nie ma pan nic przeciwko temu, przywitam się z panią profesor Vyoral. Za chwilę jeszcze do pana wrócę.

Matka natychmiast narzuca jej na ramiona własnoręcznie zrobiony na drutach kaftanik z angory, żeby płyn smarowniczy nie zastygł w przegubach kulowych, zwiększając siły tarcia. Kaftanik wygląda jak ocieplacz na czajniczku z herbatą. Czasami też pewne pożyteczne przedmioty, jak na przykład rolki papieru toaletowego, mają takie robione domowym sposobem szkatułki, na których rozsiadają się kolorowe pompony. Potem przyozdabiają półki pod tylnymi szybami samochodów. Dokładnie pośrodku. Pomponem Eriki jest jej własna głowa, dumnie stercząca do góry. Erika rusza w kierunku starszej koleżanki, aby z fachowych ust otrzymać gratulacje. Stąpa dostojnie po gładkim lodzie parkietu, który dzisiaj w szczególnie narażonych miejscach przykryty jest tanimi chodnikami. Matka przez cały czas delikatnie popycha ją od tyłu. Matka trzyma jedną dłoń na jej plecach, położyła ją na kaftaniku z angory, na prawej łopatce Eriki.

Walter Klemmer wciąż jeszcze nie pali i nie pije, mimo to jego energia jest zdumiewająca. Zupełnie jak przytwierdzony przyssawkami, podąża za swoją nauczycielką, przebijając się przez roztrajkotaną hordę. Jest jak przyklejony. Jeśli będzie go potrzebowała, on jest pod

ręką. Gdyby potrzebowała męskiego ramienia. Wystarczy, żeby się odwróciła, i od razu się z nim zderzy. On wręcz doprasza się tego bodiczka. Zaraz skończy się krótka pauza. Wdycha obecność Eriki rozdętymi nozdrzami, zupełnie jakby znajdował się na wysoko położonej górskiej hali, gdzie rzadko ktoś dociera, i dlatego człowiek szczególnie głęboko wdycha tamtejsze powietrze. Żeby zabrać ze sobą do miasta szczególnie dużo tlenu. Usuwa włos z rękawa kaftanika i otrzymuje za to słowa podziękowania, jak miło z pana strony. Matka domyśla się czegoś mgliście, nie może jednak nie pochwalić jego uprzejmości i poczucia obowiązku. Stoi to w jaskrawej sprzeczności ze wszystkim, co w obecnych czasach stało się zwyczajem i koniecznością między płciami. Pan Klemmer jest dla matki młodym człowiekiem, lecz jego obyczaje są starej daty.
Jeszcze zdawkowa rozmowa przed początkiem ostatniej rundy. Klemmer jest ciekaw, a zarazem żałuje, że takie eleganckie domowe koncerty z wolna stają się instytucją zamierającą. Najpierw wymarli mistrzowie, potem umrze muzyka, bo wszyscy chcą słuchać już tylko szlagierów, popu i rocka. Takich rodzin jak ta dzisiaj już nie ma. Dawniej były liczne. Całe pokolenia laryngologów syciły się późnymi kwartetami Beethovena, żeby nie powiedzieć, że się na nich zdzierały. Za dnia pędzlowali pozdzierane gardła, wieczorami przychodziła zapłata i sami zdzierali siebie na Beethovenie. Dzisiaj akademicy co najwyżej tupią w takt monstrualnych trąb Brucknera i wychwalają tego trochę lepszego rzemieślnika rodem z Górnej Austrii. Pogardzać Brucknerem to młodzieńcza głupota, która stała się już udziałem niejednego, panie Klemmer. Jego zaczyna się rozumieć

dopiero znacznie później, niech mi pan wierzy. Radzę powstrzymać się od modnych osądów do czasu, aż będzie pan więcej rozumieć, drogi kolego Klemmer. Adresat tych słów jest szczęśliwy z powodu formy „kolego" z tak kompetentnych ust i natychmiast zaczyna rozprawiać z użyciem barwnych fachowych określeń o mrocznieniu Schumanna i późnego Schuberta. Mówi o subtelnych odcieniach ich brzmień, a sam brzmi przy tym w molowatym odcieniu szarego w szarym.

Następuje duet Kohut–Klemmer w jadowitej cytrynowej żółci, krajowym życiu koncertowym. Molto vivace. Ten duet dobrze wyćwiczyli. Obydwoje w żaden sposób w tym życiu nie uczestniczą. Mogą w nim uczestniczyć jedynie jako konsumenci, lecz przecież ich kwalifikacje są o wiele wyższe! Pozostają jednak tylko słuchaczami i żywią złudzenia co do swojej wiedzy. O mały włos część z nich mogła stać się częścią tego życia: Erika. Ale do tego nie doszło.

Teraz we dwójkę wędrują zwiewnie przez luźno usypany pył pośrednich tonów, światów i dziedzin, bo na tym zna się warstwa średnia. Mroczniejący niepostrzeżenie Schubert otwiera cały korowód, czy też, jak pisze Adorno, mrocznienie w *Fantazji* C-dur Schumanna. I płynie w dal, w nicość, ale bez przeradzania się w apoteozę świadomego gaśnięcia! Mrocznienie bez uświadamiania sobie tego, ba, bez myśli o sobie samym! Obydwoje milczą przez chwilę, aby smakować to, co głośno wypowiadają w tak mało odpowiednim miejscu. Każde z nich myśli sobie, że rozumie to lepiej niż drugie, jedno z powodu swojej młodości, drugie z powodu swojej dojrzałości. Na zmianę przerzucają się gniewem na tych niewiedzących, nierozumiejących, tutaj na przykład zebrało się ich całe mnóstwo. Niech pani na nich popatrzy, pani profesor! Niech pan się im tylko dokładnie przyjrzy, panie Klemmer! Więzy pogardy łączą wychowawczynię z wychowankiem. To dogasanie światełka życia Schuberta, Schumanna to przecież skrajne przeciwieństwo tego, co sądzą zdrowe masy, kiedy tradycję nazywają zdrową i tarzają się w niej z lubością. Zdrowie – diabła tam. Zdrowie to uwznioślenie tego, co jest. Pismaki zapełniające programy koncertów filharmonicznych, aż wierzyć się nie chce, czynią ze zdrowia główne kryterium znaczącej muzyki. No ale zdrowie zawsze trzyma ze zwycięzcami – to, co słabe, odpada. Przepada u tych klientów saun i obszczymurków. Beethoven, mistrz uznawany przez nich za zdrowego, był niestety głuchy. Także ten do głębi zdrowy Brahms. Klemmer waży się na spostrzeżenie (i trafia kulą w płot), że również Bruckner zawsze wydawał mu się bardzo zdrowy. Zostaje za to surowo przywołany do porządku. Erika skromnie pokazuje rany, jakie odniosła w osobistych tarciach z muzycznym życiem Wiednia i prowincji. Zanim zrezygnowała. Wrażliwy musi spłonąć jak delikatna ćma. I dlatego właśnie, powiada Erika Kohut, ci dwaj w najwyższym stopniu chorzy, mianowicie Schumann i Schubert, mający wspólną pierwszą sylabę, są najbliżsi mojemu zmaltretowanemu sercu. Nie ten Schumann, którego opuściła już ostatnia myśl, lecz ten tuż-tuż przed! O włos przedtem! Już przeczuwa ucieczkę umysłu, już cierpi z tego powodu każdą cząstką swego ciała, żegna się ze świadomym życiem na drodze ku chórom aniołów i demonów, lecz jeszcze po raz ostatni się go chwyta, już nie całkiem siebie samego świadomy. Jeszcze tylko tęskne nasłuchiwanie, smutek z powodu

utraty tego, co najcenniejsze: siebie samego. Faza, w której jeszcze wiemy, co tracimy w swojej osobie, zanim jest już całkiem po nas.
Erika mówi z łagodną muzycznością, że jej ojciec, z całkowicie zamroczonym umysłem, zmarł w zakładzie w Steinhof. Dlatego w zasadzie trzeba mieć wzgląd na nią, bo ma już za sobą ciężkie przeżycia. W otoczeniu całego tego dumnie pyszniącego się zdrowia Erika nie chce dalej o tym mówić, ale to i owo daje do zrozumienia. Erika pragnie wydobyć z Klemmera pewne uczucia i bez skrupułów pracuje dłutem. Za swoje cierpienie ta kobieta zasługuje na każdy gram męskiej sympatii, jaki tylko da się wyłuskać. Zainteresowanie młodego człowieka natychmiast wybucha jaskrawo od nowa.
Koniec przerwy. Proszę ponownie zająć miejsca. Następują pieśni Brahmsa w wykonaniu świeżo upieczonej sopranistki. A potem zaraz koniec, bo po duecie Kohut–Haberkorn niczego lepszego i tak już być nie mogło. Brawa są jeszcze głośniejsze niż przed przerwą, ponieważ wszyscy odczuwają ulgę, że już po wszystkim. Jeszcze więcej okrzyków „brawo", tym razem nie tylko matki Eriki, lecz także najlepszego ucznia Eriki. Matka i najlepszy uczeń mierzą się nawzajem kątem oka, obydwoje krzyczą głośno i energicznie, litrami nabierając przy tym podejrzeń. Jeden chce czegoś, tamta za to nie ma ochoty tego dać. Zapalają się wszystkie światła, dodatkowo nawet żyrandol pod sufitem – na niczym się nie oszczędza w tej pięknej chwili. Pan domu ma łzy w oczach. Erika zagrała na bis Chopina i pan domu biegnie myślami do Polski, skąd pochodzi. Śpiewaczka oraz Erika, jej urocza akompaniatorka,

otrzymują gigantyczne bukiety kwiatów. Pojawiają się też dwie matki i jeden ojciec, także wręczający wiązanki kwiatów pani profesor, która uczy ich dzieci. Utalentowana młoda koleżanka śpiewaczka dostaje tylko jeden bukiet. Matka Eriki dobrotliwie pomaga zabalsamować kwiaty do transportu, pakując je w cienki papier. Musimy się dostać z tymi pięknymi kwiatami na przystanek, a potem już tramwaj wygodnie dowiezie nas prawie pod same drzwi. Oszczędzanie zaczyna się od taksówki, a na mieszkaniu kończy. Niezbędni w takich razach przyjaciele i pomocnicy oferują podwiezienie własnym samochodem, ale matka uznaje ich wszystkich za zbędnych. Dziękujemy bardzo. Nie korzystamy z niczyich przysług i sami ich nie wyświadczamy.

Podchodzi Walter Klemmer i podaje swojej pani profesor od fortepianu zimowy płaszcz z kołnierzem z lisów, tak dobrze mu znany z zajęć. Ma w talii pasek, no i właśnie ten bogaty futrzany kołnierz. Przyobleka matkę w czarne futro z łapek karakułowych. Pragnie kontynuować rozmowę, którą trzeba było przedtem przerwać. Natychmiast mówi coś o sztuce i literaturze na wypadek, gdyby panna Kohut była już wyczerpana muzyką, po tym triumfie, jaki stał się jej udziałem. Przysysa się do niej, wbija w Erikę wianuszek zębów. Pomaga jej znaleźć rękawy, ma nawet tyle śmiałości, aby wyjąć jej dość długie włosy spod kołnierza płaszcza i porządnie ułożyć na wierzchu. Oferuje się, że odprowadzi obie panie do przystanku.

Matka domyśla się czegoś, czego na razie nie można nawet głośno powiedzieć. Erika czuje mieszaną radość z okruchów uwagi, jakie się na nią sypią. Miejmy nadzieję, że nie będzie to grad wielkości kurzych jaj, który powybija w niej dziury! Otrzymała jeszcze wielką bombonierę, niesie ją teraz Walter Klemmer, który wydarł ją jej z rąk. Dokładają mu też bukiet pomarańczowych lilii czy innych podobnych kwiatów. Przygnieceni najróżniejszymi ciężarami, z których muzyka nie jest wcale najmniejszym, cała trójka, kiedy już pożegnaliśmy się serdecznie z gospodarzami, zmierza do tramwaju. Młodzi niech idą pierwsi, mama nie może tak szybko podążać za młodymi stopami. Ale z tyłu mama ma lepszy widok i lepszą pozycję do nasłuchiwania. Już w tym wczesnym stadium Erika chwilę się waha, bo biedna mamusia musi dreptać z tyłu, całkiem sama. Zazwyczaj obie panie Kohut, idąc pod ramię, w drodze powrotnej oddają się omawianiu i bezwstydnemu chwaleniu sukcesów Eriki. A dzisiaj jakiś młody przybłęda zajmuje miejsce sprawdzonej od lat mamusi, która, przygnieciona i zaniedbana, robi za straż tylną. Matczyne więzi napinają się i ciągną Erikę do tyłu w okolicach krzyża. Bardzo ją uwiera, że matka musi iść sama z tyłu. To, że sama to zaproponowała, tylko pogarsza całą sprawę. Gdyby pan Klemmer nie był pozornie tak niezbędny, Erika mogłaby wygodnie kroczyć obok swojej rodzicielki. Mogłyby wspólnie przeżuwać to, co właśnie przeżyły, i być może nawet podjadać z bombonierki. Przedsmak swojskiego ciepełka i wygody, która zaraz otoczy je w ich pokoju. Nikt nie wypuścił z niego ciepła. Może jeszcze uda im się zdążyć na nocny film w telewizji. To by był najlepszy akcent końcowy jakże pełnego akcentów dnia. A ten uczeń przysuwa się coraz bliżej. Czy nie potrafi utrzymać dystansu? To takie żenujące, czuć obok siebie parujące, ciepłe ciało. Ten młody człowiek wydaje się tak strasznie niewinny i beztroski, że Erika wpada w panikę. No chyba nie zechce narzucić jej swego zdrowia? Coś zdaje się zagrażać domowej samotności we dwoje, w której nikt nie ma prawa uczestniczyć. Któż, jeśli nie matka, potrafi lepiej zagwarantować spokój, porządek i bezpieczeństwo we własnych czterech ścianach? Najdrobniejszym włókienkiem ciała Erika tęskni do ciepłego telewizyjnego fotela, drzwi zamknięte na cztery spusty. Ona ma swoje własne miejsce, matka ma swoje, a jeszcze dodatkowo kładzie swoje często opuchnięte nogi na perskim pufie. Do rodzinnej harmonii zakrada się dysonans, bo ten Klemmer nie chce się zabierać. Chyba nie ma zamiaru wtargnąć w jej domowe pielesze? Erika najchętniej z powrotem wśliznęłaby się do matczynego łona, łagodnie kołysała w ciepłych wodach płodowych. Na zewnątrz tak ciepło i wilgotno jak we wnętrzu ciała. Erika sztywnieje przed matką, gdy Klemmer za bardzo się przysuwa.

Klemmer nadal nic, tylko mówi i mówi. Erika milczy. Przez głowę przebiegają jej rzadkie doświadczenia z płcią przeciwną, lecz wspomnienia te nie są przyjemne. Rzeczywistość swego czasu też nie była lepsza. Raz było to z jakimś komiwojażerem, który tak długo zagadywał ją w kawiarni, aż ustąpiła, żeby wreszcie się zamknął. Żałosną kolekcję bladoskórych wymoczków uzupełniają pewien młody prawnik i młody nauczyciel gimnazjalny. Tymczasem jednak przychodziły i odchodziły całe lata. Każdy z dwu ostatnich po jakimś koncercie niespodziewanie celował w nią rękawami jej płaszcza jak lufami karabinów maszynowych. Rozbrajali tym Erikę, bo przecież mieli do dyspozycji znacznie groźniejsze narzędzia. Za każdym razem Erika marzyła

tylko o tym, aby jak najszybciej znaleźć się z powrotem u matki. Matka niczego się w tym względzie nie domyślała. Zaliczyła w ten sposób dwie czy trzy kawalerki z aneksem kuchennym i krótką wanną. Gorzkie żniwo, jak na koneserkę sztuki.
Początkowo sprawiało jej pewną przyjemność, że może się nadymać jako pianistka, choć chwilowo w stanie spoczynku. U żadnego z tych osobników nigdy wcześniej nie siedziała na kanapie pianistka. Każdy z nich natychmiast nabiera wtedy rycerskich manier, a kobieta może napawać się szeroką perspektywą, z pominięciem mężczyzny. Lecz w akcie miłosnym żadna kobieta nie zachowa na długo dostojeństwa. Dość szybko młodzi panowie zaczynali sobie pozwalać na szarmanckie gesty, demonstrowane także publicznie. Nikt już nie otwiera drzwi auta, zaczyna się częstowanie szyderstwami z powodu drobnych niezręczności. Kobieta jest potem okłamywana, zdradzana, męczona i nie dość często się do niej dzwoni. Umyślnie pozostawia się ją w domysłach na temat zamysłów. Dwa, trzy listy pozostają bez odpowiedzi. Kobieta czeka i czeka, z tym że na próżno. I nie zastanawia się, dlaczego czeka, ponieważ odpowiedzi boi się bardziej niż samego czekania. A tymczasem mężczyzna definitywnie już aplikuje kurację innym kobietom w innym życiu.
Młodzi panowie budzili u Eriki żądze, a potem te żądze gasili. Zakręcali jej kurek. Ledwie wolno jej było powąchać gazu. Erika starała się przywiązać ich do siebie namiętnością i pożądaniem. Gwałtownie tłukła pięściami w kołyszący się nad nią martwy ciężar, nie umiała powstrzymać krzyku zachwytu. Paznokciami celowo rozorywała plecy przeciwnika. Ona nie czuła nic.

Udawała obezwładniające pożądanie, żeby mężczyzna w końcu przestał. Przestawał wprawdzie, ale przychodził następny raz. Erika nic nie czuje i nigdy nic nie czuła. Jest tak samo niewrażliwa, jak kawał papy na deszczu.
Każdy z panów wkrótce opuszczał Erikę, a teraz ona nie chce już mieć nad sobą żadnego pana. Od mężczyzny, który sam zadaje sobie mało trudu, wychodzą słabiutkie bodźce. Oni nie chcą się wysilać dla tak niezwykłej kobiety, jaką jest Erika. A przecież nigdy więcej nie poznają takiej kobiety. Bo ta kobieta jest jedyna w swoim rodzaju. Zawsze już będą żałowali, ale mimo wszystko tak robią. Widzą Erikę, odwracają się na pięcie i odchodzą. Nie zadają sobie nawet tyle trudu, żeby dokładniej zbadać naprawdę jedyne w swoim rodzaju artystyczne uzdolnienia tej kobiety, wolą się zajmować własnymi przeciętnymi umiejętnościami i szansami. Ta kobieta jest chyba zbyt twardym orzechem dla ich tępych nożyków. Godzą się, że ta kobieta wkrótce wyschnie i zwiędnie. Nie odbiera im to ani minuty snu. Erika kurczy się w mumię, a oni zajmują się swoimi nudnymi interesami, zupełnie jakby ten rzadki kwiat nie wymagał podlewania.
Pan Klemmer, nie mając nawet pojęcia o tych wydarzeniach, niby żywy bukiet kwiatów kołysze się obok pani Kohut junior, z panią Kohut senior za plecami. Jest taki młody. Nawet się nie domyśla, jak bardzo jest młody. Rzuca swojej nauczycielce pełne uwielbienia porozumiewawcze spojrzenie. Dzieli z nią sekret rozumienia sztuki. Ta kobieta obok niego na pewno tak samo jak on zastanawia się, w jaki sposób unieszkodliwić na chwilę mamuśkę. Jak to zrobić, żeby zaprosić Erikę

na kieliszek wina, żeby ten dzień zakończył się odświętnym akcentem. O niczym więcej nie myśli. Pani nauczycielka jest dla niego samą czystością. Odprawić matkę, wyprowadzić Erikę. Erika. Wypowiada jej imię. Ona udaje, że nie zrozumiała, i przyśpiesza kroku, żebyśmy trochę nadgonili i żeby młodemu człowiekowi nie przyszła do głowy jakaś dziwna myśl. Niechby już sobie wreszcie poszedł! Tyle tu dróg, którymi mógłby się wynieść. Kiedy on już wreszcie się odczepi, ona będzie mogła szczegółowo poplotkować z matką, jak to ten uczeń skrycie ją adoruje. Będzie pan jeszcze dzisiaj oglądał ten film z Fredem Astaire'em? Bo ja tak! Na pewno go nie przepuszczę. Teraz pan Klemmer już wie, czego się dzisiaj spodziewać, mianowicie niczego.
Na ciemnej kładce nad torami kolejki dochodzi do szaleńczej próby odwagi Klemmera, ponieważ niezwłocznie chwyta dłoń pani profesor. Niech mi pani poda dłoń, Eriko. Ta dłoń tak cudownie gra na fortepianie. Dłoń zaraz zimno wyślizguje się przez oka sieci i już jej nie ma. Podniósł się łagodny wietrzyk, teraz znowu wszystko zastygło w bezruchu. Ona zachowuje się tak, jakby w ogóle nie dostrzegła próby zbliżenia. Pierwsze pudło. Dłoń odważyła się tylko dlatego, że mama przez krótki odcinek szła obok. Mama staje się bocznym koszem motocykla, aby móc nadzorować przednią fasadę młodej pary. O tej porze nie zagraża już żaden samochód, a chodnik jest w tym miejscu wąski. Córka dostrzega niebezpieczeństwo i natychmiast umieszcza swoją odważną matkę z powrotem na trotuarze. Przy tej okazji na lodzie zostaje dłoń Klemmera.
Jako następne w ochoczą podróż udają się usta Klemmera. Otwierają się one i zamykają bez delikatnych

zmarszczek wokół, znamionujących wiek. Bez jakiegokolwiek trudu. Pragnie wymienić się z Eriką treścią pewnej książki. Książki Normana Mailera, którego Klemmer podziwia jako mężczyznę i artystę. Dostrzegł w książce to i to, może Erika widzi to kompletnie inaczej? Erika nie czytała tej książki i wymiana utyka. A więc żadnych szans na korzystną wymianę. Erika bardzo chętnie wymieniłaby się teraz na swoją przeszłą młodość, a Klemmer chciałby liczyć na wzajemność. Młoda twarz młodego człowieka połyskuje miękko w świetle latarni i oświetlonych wystaw sklepowych, przy nim skręca się nauczycielka gry na fortepianie, kartka papieru płonąca w piecu żądzy. Nie ma odwagi popatrzyć na mężczyznę. Jeśli zajdzie taka potrzeba, matka z pewnością odważy się na ewentualne rozdzielenie tej pary. Erika odpowiada monosylabami i bez zainteresowania, i traci je coraz bardziej, im bliżej są swego tramwajowego celu. Matka uniemożliwia transakcję między młodzieżą z przodu, mówiąc o przeziębieniu i od razu we wszystkich szczegółach odmalowując obrazowo objawy. Córka przyznaje jej rację. Trzeba się chronić przed zarażeniem, jutro może być już za późno. Pan Klemmer po raz ostatni rozpaczliwie rozpościera skrzydła i obwieszcza na głos, że zna doskonały środek zapobiegawczy: odpowiednio wczesne zahartowanie się. Zaleca wizytę w saunie. Zaleca parę porządnych długości basenu. Zaleca sport w ogólności, a w szczególności jego bodaj najbardziej ekscytującą dyscyplinę: kajakarstwo górskie. Teraz, zimą, na przeszkodzie stoi lód, trzeba więc chwilowo przerzucić się na inne dyscypliny. Ale już wkrótce, na wiosnę, będzie najpiękniej, ponieważ strumienie wypełnione są wodą z topniejących śniegów i porywają ze sobą wszystko, co się tam znajdzie. Na koniec Klemmer po raz kolejny zaleca wizytę w saunie. Zaleca wszelkiego rodzaju biegi na wytrzymałość, biegi leśne i jogging. Erika nie słucha, lecz jej spojrzenie prześlizguje się po nim, natychmiast umykając w bok, zmieszane. Jakby bezwiednie wygląda z więzienia swego starzejącego się ciała. Nie będzie przepiłowywać jego krat. Matka nie pozwoli jej tych krat nawet tknąć. Klemmer, który, cokolwiek powie Erika, zawsze jest przeciwnego zdania, ten zacięty zawodnik, odważnie posuwa się jeden krok do przodu, młody byczek, który obchodzi ogrodzenie, chce się dostać do krowy czy tylko na nową łąkę? Tego nie wiadomo. Zaleca sport, bo w ten sposób doświadcza się radości i w ogóle poznaje się własne ciało i uczy zdrowego stosunku do niego. Nie uwierzyłaby pani, pani profesor, ile radości może niekiedy sprawić człowiekowi własne ciało! Wystarczy je zapytać, czego chce, a ono na pewno odpowie. Najpierw takie ciało wygląda może niepozornie, ale za to potem – ho, ho! Nabiera sprawności i ma lepsze mięśnie. Przeciąga się na świeżym powietrzu. Zna też jednak swoje granice. Również w tym wypadku jest tak samo: najwięcej daje jego ulubiona dyscyplina – kajakarstwo górskie. Przez głowę Eriki przebiega mgliste wspomnienie, że coś takiego widziała już kiedyś w telewizji – kajakarze górscy. Było to przy okazji jakiegoś przedłużonego bloku sportowego w weekend, przed rozpoczęciem głównego filmu. Przypomina sobie takich kajakarzy w pomarańczowych kamizelkach ratunkowych i obłych hełmach na głowach. Siedzieli w malutkich łódeczkach czy czymś takim jak gruszki w butelce likieru. Często się

przy tym wywracali. Erika uśmiecha się. Przez moment myśli o jednym z tych panów, dla których głośno krzyczała, i natychmiast znowu o nim zapomina. Pozostaje jakieś mgliste pragnienie, o którym też natychmiast zapomina. No, zaraz będziemy na miejscu!
Słowa zastygają panu Klemmerowi w ustach. Z trudem wydusza z siebie coś na temat jazdy na nartach, na co właśnie zaczyna się sezon. Nawet nie trzeba wyjeżdżać daleko za miasto, a już człowiek może znaleźć wspaniały stok o dowolnym nachyleniu. Czy to nie wspaniałe? Proszę się kiedyś ze mną wybrać, pani profesor, bo w gruncie rzeczy młodość ciągnie do młodości. Spotkamy tam ludzi w moim wieku, którzy znakomicie się panią zaopiekują, pani profesor. Nie jesteśmy za bardzo usportowione, ucina rozmowę matka, która jeszcze nigdy nie oglądała żadnego sportu z odległości innej niż odległość od ekranu telewizora. Na zimę wolimy się zawczasu gdzieś schować z pasjonującym kryminałem w ręku. My w ogóle lubimy się schować, wie pan, obojętne, o co by chodziło. Skąd się to wszystko wzięło, już wiemy, a czym to się je, wolimy raczej nie wiedzieć. Łatwo można sobie przy tym złamać nogę.
Pan Klemmer mówi, że w zasadzie w każdej chwili może pożyczyć od ojca samochód, jeśli tylko odpowiednio wcześnie go o tym uprzedzi. Jego dłoń gmera gdzieś w ciemnościach, by na koniec wynurzyć się z nich kompletnie pusta.
W Erice budzi się coraz silniejsza niechęć; żeby tak już sobie wreszcie poszedł! Swoją dłoń spokojnie może zabrać ze sobą. Precz! Dla niej, dla Eriki, jest to przerażające wyzwanie życia, a ona zwykła stawiać czoło jedynie wyzwaniom związanym z wierną interpretacją

dzieł muzycznych. Wreszcie widać już przystanek, kojąco oświetlona jest ta plastikowa chatka z małą ławeczką w środku. Żadnego rabusia na horyzoncie, a z Klemmerem we dwie jakoś dadzą sobie radę. Światło latarni. Są nawet dwie inne opatulone czekające, też kobiety, bez towarzystwa, bez opieki. O tak późnej godzinie interwały między kolejnymi tramwajami są duże, a Klemmer niestety wciąż nie chce ich opuścić. Chociaż na razie nie widać nigdzie mordercy, to może się jeszcze zjawi, i Klemmer się przyda. Erika czuje przestrach, niechby ta bliskość wreszcie się skończyła, niechby to już minęło. Jest tramwaj! Zaraz omówi to wszystko dokładnie z matką, już z oddali, gdy tylko Klemmer zniknie. Najpierw musi odejść, a wtedy zostanie szczegółowo omówiony. Wrażenia nie większe niż przy dotknięciu piórkiem miejsca na skórze. Tramwaj nadjeżdża i zaraz potem raźno odjeżdża z obiema paniami Kohut. Pan Klemmer macha, lecz panie są całkowicie pochłonięte portmonetkami i biletami nabytymi w przedsprzedaży.

Dziecko, o którego talentach tak szeroko się mówi, a które jednak porusza się tak, jakby tkwiło po szyję w worku, z przerażającą bezradnością przewraca się o różne sprzęty czy nisko zawieszone sznury. Machając rękami i nogami. Głośno narzeka, że to nieuwaga innych piętrzy przeszkody na jego drodze. Ona sama nie jest niczemu winna. Nauczyciele, którzy to widzą, pozdrawiają i pocieszają nadmiernie obciążoną muzycznie dziewczynkę, która z jednej strony cały swój wolny czas poświęca muzyce, z drugiej zaś strony ośmiesza się przed innymi. Ale jest w nauczycielach jakby lekkie obrzydzenie, delikatny odcień niechęci, kiedy jej mówią, że ONA jako jedyna nie myśli po szkole wyłącznie o głupotach. Głębokim żalem kładą się na JEJ duszy bezsensowne upokorzenia, na które w domu użala się matce. Matka pędzi potem pośpiesznie do szkoły i podniesionym głosem składa zażalenie na koleżanki córki, które próbują do cna zepsuć jej cudowną latorośl. W następstwie tego skumulowana złość koleżanek wyładowuje się na niej w dwójnasób. Jest to zamknięty obieg skarg i coraz mocniejszych powodów do skarg. Metalowe stojaki na butelki z mlekiem dla uczniów z upodobaniem stają na JEJ drodze, domagając się uwagi, której im nie poświęca. Cała jej uwaga skrycie skupia się na chłopcach, których ukradkiem wypatruje kątem oka, podczas gdy wysoko zadarta głowa steruje w zupełnie innym kierunku, niby nie zauważając nawet obecności przyszłego mężczyzny. Czy może tego, co chce się wprawiać w męskości. Różne przeszkody czyhają w śmierdzących pomieszczeniach klas. Przedpołudniami pocą się tam najzwyklejsi uczniowie, których rodzice gorączkowo manipulują przy pulpitach rozdzielczych ich umysłów, żeby osiągnęli chociaż przeciętny poziom klasy. Popołudniami klasy wyobcowane ze swojego właściwego celu przez utalentowanych nadzwyczajnie i do nadzwyczajnych rzeczy: uczniów uczęszczających do dokwaterowanej tam szkoły muzycznej. Hałaśliwe urządzenia spadają na ciche sanktuaria myśli jak szarańcza. Przez cały dzień natomiast szkołę zalewają wartości, które są trwałe, a więc wiedza i muzyka. Uczniowie szkoły muzycznej są w różnym wieku i różnego wzrostu, bywają wśród nich nawet maturzyści i studenci! Wszystkich ich jednoczy staranie, by indywidualnie lub w grupie spowodować, by coś rozbrzmiało.

ONA coraz gwałtowniej wczepia się w nieosiągalnie wysoko szybujące baloniki wewnętrznego życia, o którym inni nie mają pojęcia. W samym środku swojej istoty jest piękna jak nieziemskie zjawisko, a środek ten sam z siebie skupił się w jej głowie. Inni nie dostrzegają tego piękna. JEJ się wydaje, że jest piękna, i w duchu widziała siebie z twarzą z okładek ilustrowanych magazynów, którą sobie nakładała. Matka na pewno by jej tego zabroniła. Te twarze może dowolnie zmieniać, raz coś z brunetki, raz coś z blondynki, mężczyźni takie właśnie kochają dziewczynki. I tym się właśnie kieruje, bo przecież też chce być kochaną. Można o niej powiedzieć wszystko, tylko nie to, że jest piękna. Jest utalentowana, dziękuję bardzo, proszę bardzo, ale nie piękna. Jest raczej niepozorna i w dodatku stale upewnia ją w tym matka, żeby przypadkiem nie przyszło jej mimo wszystko do głowy uważać się za piękną. Tylko swoimi umiejętnościami i swoją wiedzą zdoła kiedykolwiek przykuć drugiego człowieka, grozi jej matka w najobrzydliwszy sposób. Grozi córce, że ją zatłucze, jeśli kiedykolwiek zobaczy ją z mężczyzną. Matka stoi na czujce, kontroluje, szuka, wylicza, wyciąga konsekwencje, karze.

ONA jest opleciona sznurkami swoich codziennych obowiązków jak egipska mumia, lecz nikt nie pali się, by na nią patrzeć. Przez trzy lata wytrwale marzy o pierwszych butach na wysokim obcasie. Nigdy nie rezygnuje przez zapomnienie. Potrzeba jej wytrwałości dla marzeń. Taką wytrwałość w czekaniu na nowe buty może wykorzystać jednocześnie do ćwiczenia sonat Bacha, za których opanowanie złośliwa matka obiecuje te buty. Nigdy tych butów nie dostanie. Będzie je dopiero mogła kupić sama, kiedy zarobi własne pieniądze. Te buty bez przerwy są gdzieś przed nią jako marchewka. W ten sposób matce udaje się z niej wymusić jeszcze jeden kawałek i jeszcze jeden kawałek Hindemitha, i za to matka kocha dziecko, czego nigdy nie zdołałyby zrobić buty.

W każdym czasie ONA jest ponad innymi. W tym czasie matka zawsze odrywa ją od innych. ONA pozostawia ich daleko za sobą i daleko pod sobą.

Z biegiem lat JEJ niewinne marzenia przekształcają się w destrukcyjną żądzę, żądzę niszczenia. To, co mają inni, ona też musi koniecznie mieć. Czego mieć nie może, pragnie to zniszczyć. Zaczyna kraść drobiazgi. Z atelier na strychu, gdzie odbywają się zajęcia z rysunków, znikają całe armie farb wodnych, kredek, pędzelków, linijek. Znikają też całe okulary przeciwsłoneczne z plastiku, których szkła – modna nowinka – mienią się kolorowo! Ze strachu, wyrzuca natychmiast na ulicy zrabowany łup, który nigdy niczemu dobremu nie służy, do pierwszego kosza na śmieci, żeby nie znaleziono go wśród jej rzeczy. Matka szuka i zawsze coś udaje się jej znaleźć; coś, co wiąże się z potajemnie kupioną czekoladą czy potajemnie wygospodarowanym z pieniędzy na bilety tramwajowe lodem.

Zamiast okularów przeciwsłonecznych najchętniej przywłaszczyłaby sobie nowy szary kostium z flaneli, noszony przez jedną z dziewczynek. Ale kostiumu nie da się tak łatwo podprowadzić, kiedy ta druga osoba cały czas w nim tkwi. Zamiast tego w toku mistrzowskiej pracy detektywistycznej odkrywa, że ten kostium został własnym ciałem zarobiony metodą dziecięcej prostytucji. Całymi dniami skradała się za szarym wilczym cieniem właścicielki kostiumu; zarówno konserwatorium, jak i bar Bristol wraz z biznesmenami w wieku średnim, którzy dzisiaj, moja malutka, są tacy samotni, znajdują się w tej samej dzielnicy. Koleżanka ze szkoły jest dopiero słodką szesnastką i dla porządku zostaje zadenuncjowana z powodu tego wykroczenia. ONA opowiada matce, o jakim to marzy kostiumie i gdzie mogłaby sama na niego zarobić. Ze sztucznie odgrywaną dziecięcą niewinnością płyną z jej ust słowa, aby matka mogła się cieszyć naiwnością swego dziecięcia i je za to pochwalić. Matka natychmiast przypina ostrogi do myśliwskich butów. Sapiąc, pieniąc się i podrzucając głową, mamuśka mknie do szkoły i powoduje spektakularne wyrzucenie. Szary kostium wraz z właścicielką wylatuje ze szkoły, ale nie powoduje to zniknięcia kostiumu z myśli, w których długo jeszcze straszy, wydrapując krwawe bruzdy i szramy. Właścicielka kostiumu zostaje za karę ekspedientką w perfumerii w centrum miasta i musi do końca życia obywać się bez radości ogólnego wykształcenia. Nigdy nie została tym, kim mogłaby zostać.

W nagrodę za szybkie doniesienie o zagrożeniu wolno JEJ własnoręcznie zmajstrować sobie tyleż ekstrawagancką, co dziwaczną torbę do szkoły z tanich ścinków skóry. Dzieje się to z myślą o pożytecznym zagospodarowaniu wolnego czasu, którego ona nie ma. Bardzo długo to trwa, zanim torba jest gotowa. Ale za to powstaje coś, czego nie ma nikt inny i nie chciałby mieć.

Tylko ONA jedna ma taką nadzwyczajną torbę i w dodatku jeszcze odważa się wyjść z nią na ulicę! Przyszli mężczyźni, a obecni nastoletni muzycy, z którymi domowo muzykuje i przymusowo orkiestruje, budzą szarpiącą tęsknotę, która jakby od dawna już głęboko się w niej czaiła. Dlatego na zewnątrz demonstruje niesłychaną dumę, tylko z czego? Matka błaga i zaklina, żeby tylko na nic sobie nie pozwalała, bo nigdy sobie tego później nie wybaczy. ONA nie może sobie pozwolić na najmniejszy nawet błąd, bo potem całymi miesiącami uwiera ją i gniecie. Często nachodzi ją uporczywa myśl, co też ona powinna zrobić inaczej, ale teraz już na to za późno! Powstaje niewielka orkiestra dobrych chęci, prowadzona osobiście przez nauczycielkę gry na skrzypcach, pierwszy skrzypek jest w niej ucieleśnieniem najwyższej władzy. Ona pragnie trzymać z potężnymi, aby pomagali jej piąć się w górę. Zawsze trzyma z potęgą, od kiedy po raz pierwszy ujrzała matkę. W przerwach w graniu młody człowiek, którego reszta skrzypiec słucha, jak wiatr słucha chorągiewki na dachu, czyta ważne książki do zbliżającego się egzaminu dojrzałości. Mówi, że dla niego już wkrótce zacznie się życie poważne, mianowicie studia. Snuje plany i odważnie o nich mówi. Niekiedy w roztargnieniu patrzy na NIĄ niewidzącym wzrokiem, powtarzając być może jakąś matematyczną albo godną światowca formułkę. Jej spojrzenia nie miał szansy nigdy uchwycić, ponieważ ona dawno już spogląda wyniośle w sufit. Nie widzi w nim człowieka, tylko muzykanta; nie widzi go i on ma zauważyć, że jest dla niej powietrzem. W środku nieomal topi się od żaru. Jej knot płonie jaśniej niż tysiąc słońc, świecąc na to obrzydliwe coś, co nazywa się płcią. Żeby zwrócił na nią wzrok, pewnego dnia upuszcza gwałtownie wieko drewnianego futerału skrzypiec na lewą dłoń, tak przecież potrzebną w grze. Wydaje głośny okrzyk bólu, żeby ewentualnie na nią spojrzał. Może odniesie się do niej z galanterią. Ale nie, on wybiera się do wojska, żeby szybciej mieć to za sobą. Z drugiej strony korci go też, żeby zostać profesorem w gimnazjum, uczyć przyrody, niemieckiego i muzyki. Muzyka to jedyna z tych trzech rzeczy, którą już teraz dość dobrze opanował. Aby zdobyć jego uznanie jako kobieta, aby w notatniku jego pamięci zostać wpisaną jako istota żeńska, w przerwach całkiem sama grywa solo na fortepianie, tylko dla niego. W grze na fortepianie jest bardzo biegła, lecz on ocenia ją jedynie wedle jej przeraźliwej ofermowatości w codziennym użytkowym życiu. Wedle wpadek, którymi na pewno nie wydepce ścieżki do jego serca.

Postanawia: nikomu nie będzie się oddawać do najostatniejszego krańca swego Ja, do ostatniej resztki siebie. Wszystko zatrzyma dla siebie, a jeśli się da, jeszcze coś sobie doda. Jesteśmy tym, co mamy. Usypuje strome góry, JEJ wiedza i zdolności stanowią szczyt, na którym leży ujeżdżony na gładko śnieg. Tylko najodważniejszy z narciarzy zdołałby się tam wspiąć. Taki młody człowiek w każdej chwili może ześliznąć się na jej stokach, runąć w bezdenną otchłań pęknięcia w lodzie. To ONA powierza kluczyk do swego wspaniałego serca, do swego wygładzonego soplowego ducha, dlatego w każdej chwili może mu go z powrotem odebrać.

Czeka zatem niecierpliwie, aż JEJ wartość jako przyszłej czempionki muzyki pójdzie

w górę na giełdzie życia. Czeka cicha, coraz cichsza, żeby ktoś się na nią zdecydował, a wtedy ona natychmiast z najwyższym szczęściem zdecyduje się na niego. Będzie to utalentowany muzycznie, wyjątkowy człowiek, pozbawiony próżności. Ten jednak dawno już wybrał: główny przedmiot studiów angielski albo niemiecki. Jego duma jest uzasadniona.
Za oknem macha do niej coś, w czym świadomie nie uczestniczy, żeby móc się pysznić, że nie uczestniczyła. Pragnęłaby medali, plakietek za zakończone sukcesem niebranie udziału, aby nie być zmuszoną poddawać się mierzeniu, ważeniu. Ona, słabo pływające zwierzę o poprzebijanych błonach pławnych między tępymi szponami, strachliwie wyciągając głowę, wiosłuje, w ciepłej matczynej jusze, zrywami, gdzież się podział ten zbawczy brzeg? Krok ku górze w mgliście otuloną suchość jest zbyt niedogodny, zbyt często ześlizgiwała się po gładkim stoku.
Tęskni za mężczyzną, który dużo wie i gra na skrzypcach. Ale on zacznie ją głaskać dopiero wówczas, gdy ona położy go trupem. Ten gotowy do natychmiastowej ucieczki kozioł wspina się już wprawdzie po kamienistym zboczu, nie ma jednak dość energii, by wyczuć jej pogrzebaną pod gruzami kobiecość. Jest zdania, że kobieta to kobieta. Następnie pozwala sobie na mały żarcik na temat znanej chwiejności uczuciowej kobiet, mówiąc: ach, te kobiety! Kiedy daje jej sygnał, żeby zaczęła grać, że teraz JEJ wejście, patrzy na nią, nie widząc jej tak naprawdę. On nie decyduje wbrew NIEJ, on decyduje bez NIEJ.
ONA nigdy nie wdałaby się w sytuacje, w których mogłaby sprawiać wrażenie słabej czy wręcz gorszej.

Dlatego zostaje tam, gdzie jest. Przechodzi tylko znane stadia uczenia się i posłuszeństwa, nie odwiedza żadnych nowych okolic. Skrzypi gwint prasy, tej prasy, która wyciska spod paznokci krew. Uczenia się wymaga od niej sam rozum, bo dopóki do czegoś dąży, dopóty żyje, jak jej oświadczono. Posłuszeństwa wymaga matka. I jeszcze: kto naraża się na niebezpieczeństwo, ten ginie, tej rady także udziela matka. Kiedy nikogo nie ma w domu, umyślnie kaleczy sobie ciało. Nigdy nie może się doczekać momentu, kiedy niewidziana przez nikogo będzie mogła się pociąć. Ledwie przebrzmi odgłos zamykania drzwi, a ona już wyjmuje ojcowską uniwersalną żyletkę, swój mały talizman. Wyłuskuje żyletkę z odświętnego płaszczyka z pięciu warstw dziewiczego plastiku. W obchodzeniu się z żyletkami ma dużą wprawę, bo przecież musi golić ojca, ten miękki ojcowski policzek pod całkowicie pustym ojcowskim czołem, którego nie mąci już żadna myśl i nie marszczy żaden przejaw woli. Ta żyletka przeznaczona jest do JEJ ciała. Cieniutka elegancka blaszka z błękitnawej stali, giętka, elastyczna. Siada z rozłożonymi nogami przed powiększającą stroną lusterka do golenia i dokonuje cięcia, które ma powiększyć otwór będący bramą do wnętrza jej ciała. Zdążyła już nabrać doświadczenia, że takie cięcie za pomocą żyletki nie boli, bo jej ręce, dłonie i nogi często już służyły jej do prób. Jej hobby to rozcinanie własnego ciała.
Podobnie jak jamę ustną, także i ten wchodząco-wychodzący otwór ciała trudno nazwać ładnym, ale jest potrzebny. Jest zdana na swoją łaskę i niełaskę, co i tak jest lepsze niż być zdaną na łaskę i niełaskę innych. To ona trzyma to w ręku, a ręka czuje. Dokład-

nie wie, jak często i jak głęboko. Otwór zostaje przytrzymany śrubką mocującą lusterko, okazja do wykonania cięcia zostaje wykorzystana. Szybko, zanim ktoś wróci. Z małą znajomością anatomii i jeszcze mniejszym szczęściem zbliża zimną stal i tnie tam, gdzie się jej wydaje, że powinna powstać dziura. Ciało się rozwiera, przeraża się zmianą i wypływa krew. Nic nadzwyczajnego w tym widoku krwi, który jednak nic na tej zwyczajności nie zyskuje. Jak zwykle, nic nie boli. Zrobiła jednak cięcie nie w tym miejscu i rozdzieliła to, co Pan Bóg i Matka Natura w niezwykłej zgodzie ze sobą złączyli. Człowiek nie powinien ważyć się tego rozłączać, i to się mści. Nic nie czuje. Przez moment obydwie rozcięte połówki ciała patrzą na siebie zaskoczone, bo nagle powstał między nimi dystans, którego przecież wcześniej nie było. Przez tyle lat dzieliły ze sobą smutki i radości, a teraz się je od siebie oddziela! W lusterku połówki widzą się na dodatek odwrotnie, tak że żadna nie wie, która jest która. Chwila zdążyła minąć i krew zaczyna płynąć. Kropelki krwi kapią, cieknął, mieszają się ze swymi przyjaciółkami, tworzą nieprzerwany strumyczek. A potem robi się z nich czerwony, jednostajnie i uspokajająco płynący strumyk, kiedy poszczególne strumyczki łączą się ze sobą. Ponieważ wszędzie jest krew, nie widzi, co tak właściwie rozcięła. Było to jej własne ciało, ale jest ono dla niej przerażająco obce. Przedtem nie pomyślała, że nie da się teraz kontrolować przebiegu cięcia, tak jak przy krojeniu sukienki, gdzie po poszczególnych liniach utworzonych z kropek, kresek lub na przemian kropek i kresek można przejechać radełkiem, zachowując w ten sposób kontrolę i orientację. Na razie musi jakoś

zatrzymać krwotok, i opada ją strach. Podbrzusze i strach to jej dwóch zaprzyjaźnionych sojuszników, prawie zawsze występują razem. Kiedy któryś z tej dwójki przyjaciół wejdzie nagle do jej głowy, nie zapukawszy do drzwi, może być pewna, że ten drugi też jest niedaleko. Matka może sobie kontrolować, czy ONA nocą trzyma ręce na kołdrze, ale żeby mieć pod kontrolą ten strach, musiałaby najpierw unieść dziecku pokrywę czaszki i osobiście ten strach wyskrobać.
Dla zatrzymania krwi wygrzebuje ulubiony ligninowy pakiecik, którego zalety zna i ceni każda kobieta, zwłaszcza podczas uprawiania sportu i w ogóle w ruchu. Pakiecik szybko zastępuje tekturową koronę na głowie małej dziewczynki wysyłanej na kinderbal w charakterze księżniczki. Z tym że ONA na karnawałowe kinderbale nigdy nie chodziła, nigdy nie poznała korony. Nagle królewski klejnot wśliznął się w majtki, i już kobieta zna swoje miejsce w życiu. To, co kiedyś z dziecięcą dumą pyszniło się na główce, wylądowało teraz tam, gdzie kobiece drewno zmuszone jest czekać na siekierę. Księżniczka jest już dorosła i tu zaczynają się rozbieżności: jeden pan chciałby ładnie fornirowany, niezbyt rzucający się w oczy mebelek, inny cały komplet z prawdziwego kaukaskiego orzecha, trzeci z kolei myśli niestety tylko o składaniu w wysokie sągi drewna na opał. Ale i przy tej okazji pan może się wykazać: może ułożyć stos drewna bardzo funkcjonalnie i ekonomicznie. Do takiej drewutni wchodzi więcej drewna niż do takiej, w której drewno poniewiera się porozrzucane. Takie domowe ognisko płonie dłużej od tamtego, bo jest więcej drewna w zapasie.

Tuż za drzwiami mieszkania na Erikę K. czekał szeroko otwarty świat, który koniecznie chciał jej towarzyszyć. Im bardziej Erika go od siebie odpychała, tym pośpieszniej świat się narzucał. Gwałtowne wiosenne wietrzysko porwało ją silnymi podmuchami. Wdarło się jej pod rozkloszowaną spódniczkę, ale zaraz potem markotnie pozwoliło jej z powrotem opaść. Spalinowe powietrze biło w nią grubymi poduchami, stanowiąc poważną przeszkodę w zaczerpnięciu oddechu. Coś zazgrzytało i walnęło z hukiem w jakiś mur.

W małych sklepikach modnie, kolorowo ubrane matki, poważnie traktujące swoje zadania, pochylają się nad towarem, chwiejąc się pod naciskiem ściany wiatru. Dzieci hasają na długiej smyczy, podczas gdy młode kobiety wypróbowują swoją wiedzę zaczerpniętą z luksusowych czasopism kulinarnych na niewinnych bakłażanach i innych egzotycznych owocach. Na widok pośledniej jakości kobiety te wzdrygają się jak na widok żmii zygzakowatej, która unosi swój obrzydliwy łeb spomiędzy cukinii. Żaden zdrowy dorosły człowiek nie kręci się o tej porze po ulicy, gdzie nic po nim. Sprzedawcy jarzyn i owoców poustawiali wokół wejść spiętrzone skrzynki z barwnymi źródłami witamin we wszystkich stadiach gnicia i rozkładu. Ze znajomością rzeczy kobieta grzebie w ich zawartości. Zapiera się przed wichrem. Z obrzydzeniem dotyka każdej sztuki, żeby sprawdzić świeżość i stopień twardości. Albo obecność środków konserwujących i owadobójczych na skórce, co w wykształconej młodej matce budzi oburzenie. Tu, na tym winogronie, widać pleśniowy osad, który na pewno jest trujący, te grona ordynarnie spryskano jeszcze w winnicy. Owoc zostaje z obrzydzeniem pokazany ekspedientce w granatowym fartuchu, na dowód, że znów chemia zatriumfowała nad naturą, co może ewentualnie złożyć w dziecku młodej matki zarodek raka. W tym kraju fakt, że produkty spożywcze bezustannie trzeba sprawdzać na zawartość trucizn jest znany powszechniej niż nazwisko trującego starego kanclerza, mówią jednoznacznie wyniki ankiet. Także klientka w średnim wieku zważa na jakość gleby, w którym wzrastał kartofel. Klientka jest przecież niestety, ze względu na swój zaawansowany wiek, bardzo zagrożona. A teraz jeszcze czyhające na nią niebezpieczeństwo drastycznie się zwiększyło. Ostatecznie kupuje pomarańcze, ponieważ pomarańcze można obrać, wyraźnie redukując w ten sposób wpływ zatrutego środowiska. Tej kobiecie nic nie pomoże, że próbuje zainteresować kogoś w sklepie swoją wiedzą o toksynach, ponieważ Erika już przeszła obok niej, nie poświęcając jej ani sekundy uwagi, a wieczorem mąż tej kobiety również nie będzie zwracał na nią uwagi, tylko czytał gazetę z następnego ranka, którą kupił w drodze do domu, żeby pod względem poinformowania wyprzedzić swój czas. Także dzieci nie pochwalą ugotowanego z miłością obiadu, ponieważ są już dorosłe i nie mieszkają w domu. Dawno już same pozakładały rodziny i same pilnie kupują trujące owoce. Kiedyś staną nad grobem tej kobiety i trochę zapłaczą, a wkrótce potem czas sięgnie i po nie. Teraz pozbyły się troski o matkę, a już za chwilę ich własne dzieci będą się musiały troszczyć o nie.

Tak sobie myśli Erika.

W drodze do szkoły Erika niemalże wszędzie bez wyjątku widzi tylko obumieranie ludzi i jedzenia, z rzadka tylko dostrzega, że coś rośnie i rozwija się. Co najwyżej w parku przy ratuszu albo w parku publicznym, gdzie rozpychają się mięsiste róże i tulipany. Lecz i one cieszą się przedwcześnie, ponieważ kryje się już w nich czas więdnięcia. Tak sobie myśli Erika. Wszystko potwierdza takie jej myślenie. Tylko sztuka, jej zdaniem, ma nieco większą trwałość. Jest ona przez Erikę pielęgnowana, przycinana, pielona i wreszcie żęta. Któż jednak wie, co z tego wcześniej bez żadnego prawa zniknęło i przebrzmiało? Każdego dnia umiera jakiś utwór muzyczny, jakieś opowiadanie albo wiersz, ponieważ w dzisiejszych czasach nie mają uzasadnienia. Rzekomo nieprzemijające mimo wszystko przemija, nikt już tego nie zna. Chociaż zasłużyło na dalsze trwanie. W klasie fortepianu Eriki już dzieci bębnią Mozarta i Haydna, zaawansowani prześlizgują się po dziełach Brahmsa i Schumanna, pokrywając swoim ślimaczym śluzem ściółkę literatury fortepianowej.

Erika K. desperacko rzuca się w wiosenny wiatr i ma nadzieję wyłonić się cała i zdrowa po drugiej stronie – musi przejść przez otwarty plac przed ratuszem. Pies obok niej także czuje pierwszy powiew wiosny. Wszystko, co fizjologiczne i cielesne, jest dla Eriki wstrętne i bezustannie upośledza jej prosto wytyczoną drogę. Być może Erika nie jest upośledzona jak kaleka, ale niewątpliwie ma ograniczoną swobodę ruchu. Większość ludzi mianowicie porusza się czule w stronę jakiegoś Ty, w stronę partnera. To jest to, czego mogliby pragnąć. Jeśli jakaś koleżanka w konserwatorium weźmie Erikę pod rękę, Erika aż się wzdryga od takiej bezczelności. Nikt nie ma prawa dotykać Eriki, może się na niej osadzać jedynie lekkie jak piórko

brzemię sztuki, które przy najmniejszym powiewie grozi wzbiciem się w powietrze i przeniesieniem gdzie indziej. Erika tak mocno przyciska rękę do boku, że ręka jakiejś drugiej muzykantki nie ma szans przebić muru między Eriką a ręką Eriki i onieśmielona opada. O takiej osobie mówi się zazwyczaj, że jest nieprzystępna. I nikt do niej nie przystępuje. Wszyscy wolą ją omijać. Godzą się na opóźnienie i czekanie, żeby tylko nie wejść w styczność z Eriką. Niektórzy na cały głos zwracają na siebie uwagę, Erika nie. Niektórzy machają, Erika nie. Są tacy i tacy. Jedni podskakują w miejscu, jodłują, wydzierają się. Erika nie. Bo oni wiedzą, czego chcą. Erika nie.
Dwie uczennice, czy może już pracujące dziewczyny, zbliżają się, głośno chichocąc, ciasno objęte, z głową przy głowie, jak dwa plastikowe paciorki. Tak się siebie trzymają, słodziutkie. Z pewnością natychmiast rozluźniłyby swoje sploty, gdyby podszedł do nich chłopak jednej czy drugiej. Natychmiast wyrwałyby się z przyjacielskiego uścisku, aby skierować swoje przyssawki w jego stronę i wwiercić mu się pod skórę jak miny talerzowe. Kiedyś później głośno eksploduje niechęć i kobieta odejdzie od mężczyzny, aby rozwinąć późny talent, który dotąd leżał odłogiem.
Samodzielnie ludzie prawie nie umieją iść czy stać, występują stadami, jakby pojedynczo nie stanowili dostatecznego obciążenia powierzchni ziemi, myśli sobie indywidualistka Erika. Bezkształtne, nagie ślimaki bez oparcia i kręgosłupa, niczego się niedomyślające! Nigdy niemuśnięte ani nieowładnięte żadnym czarem, czarem muzyki. Kleją się do siebie futerkami, których włosem nie porusza żaden wiew.

Erika otrzepuje się dłońmi. Lekkimi smagnięciami przejeżdża po spódnicy i sukiennej kurtce. Z pewnością przywarł do nich jakiś kurz, kiedy tak wieje i dmucha. Przechodniom Erika schodzi z drogi, zanim jeszcze zdążą pojawić się w zasięgu wzroku.

Był to jeden z tych groźnie rozmigotanych wiosennych dni, kiedy panie Kohut umieściły całkowicie już niekontaktującego i niespełna rozumu ojca w sanatorium w Dolnej Austrii, zanim przyjął go i zaprosił do pozostania państwowy dom wariatów Am Steinhof, który nawet osoby z innych stron znają z ponurych ballad. Na tak długo, na ile chce. Wedle życzenia.

Ich stały masarz, znany powszechnie z własnoręcznego zarzynania zwierząt, któremu jednak nigdy nie przyszło do głowy zarżnąć się samemu, dobrowolnie zaproponował transport swoim szarym volkswagenem busem, w którym zazwyczaj kołyszą się połówki cieląt. Tatuś podróżuje sobie przez wiosenny krajobraz i oddycha. Wraz z nim podróżuje, sztuka w sztukę, starannie opatrzony monogramami jego bagaż, na każdej skarpetce wyraźnie widoczne własnoręcznie haftowane K., niezwykle żmudna ręczna robota, której podziwiać czy choćby tylko docenić on dawno już nie jest w stanie, chociaż ta zręczność palców to dla jego dobra, bo przecież zapobiega sytuacji, w której jakiś pan Novotny czy pan Vytvar bez żadnych złych zamiarów bezprawnie użyje jego skarpet. Ich nazwiska zaczynają się od innych liter, ale co z takim sklerotycznym panem Kellerem, który robi pod siebie? No tak, mieszka w innym pokoju, jak z zadowoleniem przekonają się zaraz Erika z matką. Jadą i wkrótce są na miejscu. Już niedługo dojadą! Przejeżdżają obok Rudolfshöhe i Feuersteinu, obok Jeziorka Wienerwaldzkiego i wzgórz Kaiserbrunnenberg, Jochgrabenberg i Kohlreitberg, na które w dawnych czasach – wcale nie były one dobre – wspinali się razem z ojcem, i jeszcze prawie tuż obok Buchbergu, gdyby nie to, że wcześniej skręcili. A po drugiej stronie gór czeka przecież Królewna Śnieżka! Delikatnej urody i roześmiana z czystej radości, że znowu ktoś zajeżdża do jej krainy. W całkowicie przebudowanym domu dwurodzinnym, ale należącym tylko do jednej rodziny o wiejskim pochodzeniu i ukrywanych przed fiskusem dochodach, urządzonym z myślą o dobrym ludzkim celu przechowywania wariatów oraz finansowym ich przetworzeniu. W ten sposób dom ten służy nie dwom rodzinom, lecz mnóstwu, mnóstwu wariatów jako miejsce opieki i schronienia przed nimi samymi i przed innymi. Pensjonariusze mogą wybierać między majsterkowaniem albo spacerami. Przy jednym i przy drugim są nadzorowani. Przy majsterkowaniu powstają odpadki, a przy spacerowaniu powstaje niebezpieczeństwo (ucieczka, pogryzienie przez zwierzęta, skaleczenie), dobre wiejskie powietrze gratis. Każdy może go wdychać, ile chce i ile potrzebuje. Każdy pacjent płaci przez swego urzędowego pełnomocnika pokaźną cenę, żeby zostać przyjętym i takim też pozostać, co kosztuje wiele dodatkowych napiwków, w zależności od dawki nieczystości i ciężaru pacjenta. Kobiety mieszkają na drugim piętrze i w pokojach mansardowych, mężczyźni na pierwszym i w skrzydle bocznym, które oficjalnie przestało być garażem po przebudowie, a stało się prawdziwym małym domkiem z bieżącą zimną wodą i cieknącym dachem. Zakładowych

samochodów osobowych nikt nie chce narażać na grzyba i zgniliznę, one stoją pod gołym niebem. Także w kuchni leży czasem ktoś wśród produktów z wyprzedaży i promocji i czyta sobie, przyświecając latarką. Dobudówka była robiona na rozmiar powiedzmy, opla kadetta, opel commodore już by się w niej zaklinował i nie ruszył ani w tył, ani w przód. Dobra, mocna druciana siatka wokół, jak okiem sięgnąć. Rodzina dopiero co dostarczonego nie może go tak od razu zabrać z powrotem, skoro z takim mozołem go dostarczyła i zapłaciła za niego krocie. Z pieniędzy, które dwurodzina pobiera za swoich mało ważnych gości, z pewnością zakupiła sobie pałac w innym miejscu, gdzie nie musi patrzeć na głupków. I na pewno zamieszkuje go solo, żeby móc odpocząć od całej tej opieki nad innymi.
Ojciec ze ślepnącym spojrzeniem, lecz prowadzony pewną ręką, zmierza w stronę swojego przyszłego przytułku, chociaż dopiero co opuścił dotychczasowy. Przydzielono mu ładny pokój, już na niego czeka; ktoś musiał najpierw przewlekle umrzeć, aby można było przyjąć kogoś nowego. A i ten będzie musiał kiedyś zwolnić to miejsce. Upośledzeni na umyśle potrzebują więcej przestrzeni niż wersja normalna, nie dają się zbyć byle wymówką i muszą mieć co najmniej tyle spaceru, co średniej wielkości wilczur. Zakład oświadcza, zawsze mamy komplet i moglibyśmy nawet zwiększyć liczbę łóżek! Lecz poszczególni pensjonariusze, którzy przecież najczęściej leżą, bo w ten sposób mniej brudzą i są efektywniej składowani, to element wymienny. Niestety nie da się ni stąd, ni zowąd inkasować podwójnie za daną osobę, bo inaczej już by tak

robiono. Ci, co tu leżą, dzióbią okruszki i płacą – dwurodzinie się to opłaci. A jeśli ktoś tu leży, to tak już zostanie, bo jego krewni tak każą. Może co najwyżej trafić jeszcze gorzej: Steinhof! Gugging! Pokój jest starannie podzielony między poszczególne łóżka, każdy ma swoje własne łóżeczko, a łóżeczka te są malutkie, bo tak się więcej w pokoiku upchnie. Między posłaniami zostawiono mniej więcej trzydzieści centymetrów miejsca, szerokość ledwie ludzkiej stopy, żeby zawartość łóżka w razie potrzeby mogła wstać i się wypróżnić, czego nie może robić w łóżku, bo wówczas wymaga intensywniejszej opieki personelu. A wtedy kosztuje więcej niż wart jest jego wkład w łóżko i zostaje przeniesiony w jeszcze straszniejsze miejsca. Często pojawia się powód, by postawić pytanie, kto spał w moim łóżeczku, kto jadł z mojego talerzyka czy grzebał w mojej skrzyneczce. Ach, te krasnoludki! Gdy rozlegnie się gong, ten wytęskniony, na obiad, krasnoludki chaotycznymi stadami, przepychając się i tłocząc, zmierzają w stronę sali, gdzie ich Królewna Śnieżka czeka na każdego w swej zwiewnej obecności. Każdego lubi, każdego przyciska do serca, ta dawno zapomniana kobiecość o skórze białej jak śnieg i włosach czarnych jak heban. Lecz tam jest tylko olbrzymi stół refektarza, dla tych świń, stół z kwasoodpornym, zmywalnym, odpornym na zadrapania laminowanym blatem, bo oni nie wiedzą, jak się zachowywać przy stole; a zastawa jest plastikowa, żeby żaden z tych głupków nie mógł przywalić sobie albo komuś innemu, i nie ma nożyków, nie ma widelczyków, są tylko łyżeczki. Gdyby podawano mięso, co się nie zdarza, podawano by je pokrojone. A oni wgniatają sobie wzajemnie ciała, popychają się, szturchają i szczypią, broniąc jedni przed drugimi swoich mikroskopijnych krasnalich miejsc. Ojciec nie pojmuje, dlaczego się tu znalazł, bo przecież nigdy tu nie mieszkał. Wielu rzeczy mu się zabrania, a i pozostałe nie są mile widziane. Cokolwiek zrobi, jest źle, ale do tego już oczywiście przywykł dzięki małżonce. Nie wolno mu nic brać do ręki i nie wolno się ruszać, ma zwalczać swój niepokój i leżeć spokojnie, spacerowicz jeden. Nie wolno mu wnosić brudu ani wynosić własności dwurodziny. To, co na zewnątrz, i to, co wewnątrz, nie może się ze sobą mieszać, wszystko ma swoje miejsce, i kiedy wychodzi się na zewnątrz, trzeba nawet zmieniać albo dodatkowo wkładać ubranie, które przedtem własnoręcznie ukradł sąsiad z łóżka, żeby popsuć ojcu wyjście. Ojciec jednak stara się natychmiast wyjść, ledwie znalazł się w segregatorze, zostaje jednak zatrzymany i skłoniony do pozostania. Jakże bowiem inaczej rodzina pozbyłaby się burzyciela jej wygody, a dwurodzina nabyła swoich bogactw? Jedni potrzebują jego niebytu, drudzy, jego pobytu. Jedni żyją z tego, że on do nich przyszedł, inni z tego, że od nich poszedł i już im się nie pokazuje na oczy. Do widzenia, było tak pięknie. Ale wszystko kiedyś się kończy. Kiedy odjeżdżają, ojciec, podtrzymywany przez niedobrowolnego pomocnika w białym fartuchu, ma pomachać swoim dwóm paniom. Zamiast jednak machać, ojciec nierozsądnie zasłania sobie dłonią oczy i błaga, żeby go nie bić. Rzuca to złe, jaskrawe światło na odjeżdżającą kadłubową rodzinę, bo tatusia nigdy nikt nie bił, a jakże. Ciekawe, skąd się to u taty wzięło, rzuca w świeże, górskie powietrze rodzinny tułów. Ale powietrze nie odpowiada. Masarz jedzie szybciej niż poprzednio i lżejszy o jedną niebezpieczną osobę; chce jeszcze pójść z dziećmi na boisko, bo jest niedziela. Jego dzień odpoczynku. Pociesza za pomocą kilku starannie przedtem dobranych słów. Wyszukanymi zdaniami wyraża współczucie paniom K; ludzie interesu mają doskonale opanowany język dobierania i wyszukiwania. Rzeźnik mówi tak, jakby chodziło o wybór pomiędzy schabem a żeberkami. Mówi swoim normalnym zawodowym językiem, chociaż dzisiaj niedziela, dzień języka czasu wolnego. Sklep zamknięty. Lecz dobry rzeźnik jest zawsze w pracy. Panie K. wylewają z siebie potok jeszcze parujących wnętrzności, zdatnych co najwyżej na pokarm dla kotów, jak ocenia fachowiec. Smędzą, że ten czyn, na który z takim ciężkim sercem się zdecydowały, był wprawdzie przykry, ale przecież konieczny i w dodatku wręcz spóźniony. Przelicytowują się nawzajem. Dostawcy rzeźnika zazwyczaj robią odwrotnie. Ale ten akurat ma stałe ceny i wie, czego za nie żąda. Ogon wołowy kosztuje tyle, żeberka tyle, a udziec jeszcze inaczej. Panie mogą sobie darować gadanie. Za to przy kupowaniu mięs i wędlin powinny okazywać wzmożoną wielkoduszność, teraz mają zobowiązania wobec masarza, który nie na darmo wyjechał w niedzielę na spacer. Za darmo jest tylko śmierć, a i ona kosztuje życie; i wszystko ma kiedyś swój koniec, tylko kiełbasa ma dwa, mówi chętny do pomocy człowiek interesu, wybuchając salwami śmiechu. Panie K. przytakują mu nieco melancholijnie, ponieważ ubył im jeden członek rodziny, ale przecież wiedzą, jak powinny się zachować wieloletnie stałe klientki. Masarz, który może je zaliczać

do najściślejszego grona swoich klientów, nabiera więc odwagi: „Nie możesz darować zwierzęciu życia, to podaruj mu przynajmniej szybką śmierć". Bardzo teraz spoważniał ten przedstawiciel krwawego rzemiosła. Panie K. i tym razem śpieszą mu przytaknąć. Lepiej jednak, żeby bardziej uważał na drogę, bo inaczej ani się obejrzą, a ta dewiza sprawdzi się w najokropniejszy z możliwych sposób. Na drogach panuje niewprawny weekendowy ruch. Rzeźnik mówi na to, że prowadzenie samochodu dawno już weszło mu w krew. Żeńskie przedstawicielki rodziny K. nie mają co temu przeciwstawić, jak tylko własną krew, której nie chcą przelewać. W końcu dopiero co zmuszone były umieścić jakże drogie im ciało i krew, i to jak drogo, w ciasno wypełnionej sypialni. Niech sobie pan rzeźnik nie myśli, że łatwo im to przyszło. Zostawiły tam kawałek siebie w tym zakładzie w Neulengbach. A który konkretnie kawałek, pyta fachowiec.
Wkrótce potem wchodzą do swojego trochę teraz bardziej pustego mieszkania. To zagłębienie opiekuńczo zamykające się wokół, teraz mają więcej miejsca na swoje hobby niż kiedykolwiek przedtem; mieszkanie nie przyjmie byle kogo, tylko tego, kto jest stąd!
Podniósł się nowy podmuch i jak nadnaturalnej wielkości miękka dłoń olbrzyma przycisnął panią Kohut junior do szyby wystawowej sklepu optycznego, gdzie aż błyszczało od okularów. Ogromne okulary z fioletowymi szkłami wystają daleko poza sklep, chybocąc, zagrożenie dla przechodniów, pod smagnięciami wiatru. A potem nagle zrobiło się cicho, zupełnie jakby przestworza właśnie nabierały oddechu i czegoś się przestraszyły. Matka pewnie właśnie w tym momencie

zwija się wygodnie w kulkę w kuchni i smaży coś na tłuszczyku na wspólny wieczór, co zostanie podane na zimno, a potem już czekają na nią ręczne robótki, biała koronkowa serweta.

Na niebie znajdują się ostro obrysowane chmury, czerwonawe na brzegach. Chmury zdają się nie wiedzieć, dokąd mają płynąć, więc na łeb na szyję pędzą raz tu, raz tam. Erika zawsze wie już kilka dni wcześniej, co ją czeka przez kilka dni później, mianowicie służba muzyce w konserwatorium. Również w jakiś inny sposób łączy się to zawsze z muzyką, tą pijawką, która wchłania Erikę w najróżniejszych postaciach, w konserwie albo prosto z rusztu, to jako papkę, to znów jako suchy prowiant, sama albo poprzez innych.

Już kilka przecznic przed instytutem Erika wytęża wzrok, jak to ma w zwyczaju, szukając i węsząc wokoło, doświadczony pies myśliwski podejmujący trop. Może przyłapie dzisiaj jakiegoś ucznia albo uczennicę, którzy, nieobłożeni jeszcze żadnym muzycznym pensum, mają za dużo czasu i oddają się własnemu prywatnemu życiu? Wedrzeć się, wtargnąć pragnie Erika na te rozległe ziemie, które mimo że niekontrolowane przez nią, rozciągają się, podzielone na poletka. Krwawe góry, pola życia, w które trzeba się wgryźć. Nauczyciel ma do tego pełne prawo, ponieważ zastępuje rodziców. Erika koniecznie chce wiedzieć, co się dzieje w innych żywotach. Ledwie jakiś uczeń zdoła przed nią ujść, ledwie wleje się w swoją rozkładaną plastikową wolną przestrzeń i uważa, że nikt go nie obserwuje, już K. z drżeniem gotowa jest niepostrzeżenie i potajemnie przyłączyć się do niego.

Ten naładowany energią duch z butelki raptownie wyskakuje zza rogów, niespodziewanie wyłania się z korytarzy, materializuje się w kabinach wind. Aby kształcić swój muzyczny gust, a następnie wmuszać go uczniom, chodzi czasami na koncerty. Porównuje różnych wykonawców i niszczy uczniów swoją miarą osiągnięć, której tylko najwięksi sięgnąć mogą swoją sztuką. Śledzi, będąc poza zasięgiem wzroku ucznia, zawsze jednak mając go w zasięgu swego wzroku; obserwuje samą siebie w szybach wystawowych idącą obcym śladem. Potocznie można by ją określić mianem dobrej obserwatorki, lecz Erika nie ma nic wspólnego z potocznością, nic wspólnego z ludem. Należy do tych, którzy ludem kierują i mu przewodzą. Choć jest wessana w próżnię absolutnej bezwładności swego ciała, to otwarcie butelki z hukiem wyrywa ją na zewnątrz i rzuca w sam środek wybranego wcześniej lub pojawiającego się niespodzianie obcego istnienia. Jej szpiegowania nigdy nie da się zdemaskować jako zamierzonego. A jednak z różnych stron zaczynają się pojawiać podejrzenia. Nagle pojawia się w chwili, kiedy ktoś nie życzy sobie świadków. Każda nowa fryzura jakiejś uczennicy daje jeszcze w domu asumpt do półgodzinnej gwałtownej dyskusji z matką, włącznie z obwinieniem jej, że umyślnie trzyma córkę bez przerwy w domu, żeby nie mogła się swobodnie poruszać i czegoś przeżyć. W końcu przecież i jej, córce, jak najbardziej przydałaby się nowa koafiura. Ale ta matka, która nie ma już odwagi złoić córce skóry, nadal wisi na niej, Erice, jak rzep czy pijawka; matka wysysa jej szpik z kości. To, co Erika wie dzięki potajemnym obserwacjom, to wie, a czym Erika jest w rzeczywistości,

czyli geniuszem, nikt nie wie lepiej od jej mamy, która zna swoje dziecko od zewnątrz i od środka. Kto szuka, ten zawsze znajdzie coś gorszącego, na co skrycie liczy.
Przed kinem Metro przy Johannesgasse Erika już od trzech pogodnych wiosennych dni, kiedy zmieniono program, znajduje ukryte skarby, bo zatopiony w sobie i swoich wewnątrzmózgowych świństwach uczeń dawno już pogrzebał swoją podejrzliwość. Jego wyostrzone zmysły skupiają się w ognisku fotosów filmowych. W kinie grają właśnie jakieś softporno, chociaż w jego bezpośredniej bliskości dzieci przechodzą w stronę muzyki. Jeden ze stojących tu uczniów szczegółowo ocenia każde zdjęcie pod względem tego, co na nim widać, inny kieruje się bardziej urodą wywieszonych kobiet. Jeszcze inny uparcie domaga się tego, czego nie widać, mianowicie wnętrza ciała pań. Dwa egzemplarze młodych mężczyzn in spe właśnie rozpoczęły straszliwą kłótnię na temat wielkości kob. biustu, kiedy między nimi eksploduje przywiana podmuchem wichru pani nauczycielka gry na fortepianie, co ma taki skutek jak wybuch ręcznego granatu. Jej twarz w milczeniu przybrała karcący wyraz z lekką domieszką ubolewania, nikt by nie uwierzył, że ona i te kobiety z fotosów należą do tej samej płci, mianowicie do płci pięknej, nieznający się na rzeczy mógłby je wręcz zaliczyć do zupełnie odrębnych kategorii gatunku homo sapiens. Gdyby opierać się na wyglądzie zewnętrznym. Zdjęcie jednak nie ukazuje życia wewnętrznego, więc wszelkie porównania byłyby niesprawiedliwe dla p. Kohut, której życie wewnętrzne jest właśnie tym, które rozkwita i toczy soki. Erika Kohut bez słowa odchodzi. Nie było

żadnej rozmowy, lecz uczeń i bez tego zna czekający go zarzut, że znowu za mało ćwiczył, ponieważ jego zainteresowania niestety są skupione na czym innym niż na fortepianie.

W szklanej gablocie mężczyźni i kobiety zaharowują się na sobie nawzajem, sczepieni w wieczności pożądania, w mozolnym balecie ciał. Pot leje się z nich od tej pracy. Mężczyzna pracuje to tu, to tam na ciele kobiety i może publicznie poszczycić się rezultatami tej harówki. Mianowicie, kiedy z niego wytryska i spada na ciało kobiety. Podobnie jak w życiu mężczyzna najczęściej musi wyżywić kobietę i oceniany jest wedle swojej zdolności do wyżywienia, tak i tutaj dostarcza kobiecie ciepłego pożywienia, które jego wnętrzności same ugotowały na oszczędnym ogniu. Kobieta wydaje głośny jęk, mówiąc obrazowo, ale dosłownie widać po niej ten krzyk; cieszy się darem i cieszy się jego dostarczycielem, i jej krzyki się mnożą. Na fotosach jest to oczywiście całkowicie bezdźwięczne, lecz w kinie dźwięk już czeka na człowieka, gdy kobieta krzyczy w podzięce za męskie trudy, wystarczy tylko, aby widz nabył uprzednio bilet wstępu.

Przyłapany uczeń człapie za Eriką w podyktowanej szacunkiem odległości. Wyrzuca sobie, że uraził jej kobiecą dumę, taksując wzrokiem nagie kobiety. Być może ona też uważa się za kobietę i jest teraz głęboko dotknięta. Następnym razem jego wewnętrzny zegar będzie już głośno tykał, kiedy nauczycielka zacznie się podkradać.

Później, w czasie lekcji fortepianu, Erika rozmyślnie omija tego ucznia wzrokiem, trędowatą ofiarę żądzy. Już przy Bachu, zaraz po gamach i palcówkach, powszechnie przeważa niepewność. Ta misterna, wielowątkowa materia znosi jedynie pewną rękę mistrza, subtelnie operującego cuglami. Temat główny został zamazany, głosy towarzyszące za bardzo się narzucają, całość daleka od jakiejkolwiek przejrzystości. Zamazana olejem szyba samochodu. Erika szydzi z Bacha w interpretacji ucznia, bo ze strumienia przemienił się w wątły strumyczek, który niepewnie, wstrzymywany przez kamienne i ziemne wały, sączy się pełnym zanieczyszczeń korytem. Erika wyjaśnia teraz dokładniej dzieło Bacha: to dzieło cyklopa, jeśli idzie o *Pasje*, i dzieło lisa, jeśli idzie o *Das wohltemperierte Klavier* i inne formy kontrapunktyczne na instrumenty klawiszowe. Erika, w świadomym zamiarze poniżenia ucznia, wynosi dzieło Bacha w niebotyczne sfery; twierdzi, że Bach, gdziekolwiek rozbrzmi, muzycznie wznosi od nowa gotyckie katedry. Erika czuje mrowienie między nogami, które dane jest tylko komuś wybranemu przez sztukę i dla sztuki, kiedy mówi o sztuce, i kłamie, stwierdzając, że faustyczna tęsknota do Boga powołała do istnienia zarówno katedrę w Strasburgu, jak i wstępne partie chóralne w *Pasji według świętego Mateusza*. A to, co on przed chwilą zagrał, niezbyt przypominało katedrę. Erika nie może sobie darować aluzji, że w końcu Bóg stworzył także kobietę. Pozwala sobie na drobny męski dowcip, że uczynił to, kiedy już nic lepszego nie przychodziło mu do głowy. Zaraz jednak wycofuje się z tego dowcipu, jak najpoważniej pytając ucznia, czy on wie, jak należy patrzyć na zdjęcie kobiety? Otóż z szacunkiem, bo także jego mamusia, która go nosiła pod sercem i wydała na świat, jest kobietą, ni mniej, ni więcej. Uczeń przyrzeka to i owo z tego, czego domaga się od niego Kohutowa. W zamian dowiaduje się, że kunszt Bacha to triumf rzemiosła w jego najrozmaitszych kontrapunktycznych formach i sztuczkach. Na pracy rąk Erika się zna, bo gdyby liczyło się tylko ćwiczenie, zwyciężyłaby innych na punkty, a nawet przez nokaut! Ale Bach to coś więcej, triumfuje Erika, to wyznanie wiary w Boga, obowiązujący zaś w tym kraju podręcznik historii muzyki, część pierwsza, wyd. przez austr. Bundesverlag, idzie jeszcze dalej, waląc prosto z mostu, że dzieło Bacha to wyznanie wiary w odrębność człowieka nordyckiego, który walczy o łaskę tegoż Boga.

Uczeń postanawia, że w miarę możności nigdy więcej nie da się przyłapać na oglądaniu zdjęcia nagiej kobiety.

Palce Eriki chodzą jak pazury dobrze wychowanego drapieżnika. W czasie lekcji łamie wolę za wolą. W głębi siebie jednak czuje gwałtowną potrzebę bycia posłuszną. Od tego ma matkę w domu. Lecz stara kobieta jest coraz starsza. Co będzie, jeśli kiedyś całkiem się rozpadnie i stanie się przygnębiającym przypadkiem chorobowym, który będzie musiał słuchać jej, Eriki? Erika cała płonie pragnieniem, by postawiono przed nią trudne zadania, które potem źle wypełni. Wtedy trzeba ją za to ukarać. Ten zdominowany przez własną krew młody człowiek nie jest żadnym przeciwnikiem, zawiódł już przecież w konfrontacji z cudownym dziełem Bacha. A jak bardzo dopiero by zawiódł, gdyby dano mu do grania żywego człowieka! Nie będzie miał nawet odwagi wziąć go twardym chwytem; branie fałszywych tonów za bardzo stało się dlań wstydliwą teraźniejszością. Jedną uwagą, jednym pogardliwym

spojrzeniem jest w stanie natychmiast rzucić go na kolana, tak że będzie się wstydził i podejmował różne postanowienia, których później nie będzie potrafił zrealizować. Gdyby komuś udało się osiągnąć tyle, że posłuchałaby jego rozkazu – musiałby to być rozkazodawca inny niż jej matka i wyorane przez nią piekące bruzdy w woli Eriki – ten mógłby dostać od niej WSZYSTKO. Oprzeć się o twardy mur, który nie ustąpi!
Coś ją ciągnie, coś skubie ją w łokieć, obciąża rąbek jej spódniczki, maleńka ołowiana kulka, mikroskopijny, skumulowany ciężar. Erika nie wie, co by ona mogła narobić, gdyby kiedyś spuścić go z łańcucha, tego złego psa, który szczerzy kły, sunąc wzdłuż krat, sierść nastroszona na karku, lecz przez cały czas dokładnie o centymetr od ofiary, ponury warkot w głębi gardła, czerwony błysk w źrenicy.
Czeka na ten jeden jedyny rozkaz. Na żółtą, parującą dziurę w całej tej masie śniegu, malutką filiżaneczkę pełną szczyn; mocz jest jeszcze ciepły i dziura zamarznie wkrótce w żółtą rurkę prowadzącą w głąb śniegowej góry, ślad dla narciarza, saneczkarza, wędrowca, że przez chwilę groziła tutaj obecność człowieka, lecz człowiek ów poszedł dalej.
Erika dysponuje wiedzą o formie sonatowej i budowie fugi. Jest nauczycielką tego przedmiotu. A jednak: jej łapki podrygują tęsknie w oczekiwaniu ostatecznego, definitywnego posłuszeństwa. Ostatnie ośnieżone pagórki, wzniesienia, znaki na pustkowiu z wolna rozrzedzają się w równiny, wygładzają się w dali, stają się lustrzanymi płaszczyznami lodu, ani kroku na nich, ani śladu. To inni zostają zwycięzcami w biegach narciarskich, pierwsze miejsce w biegu zjazdowym mężczyzn,

pierwsze miejsce w biegu zjazdowym kobiet, i odpowiednio pierwsze miejsca w kombinacji alpejskiej!
Na Erice nie odstaje żaden włosek, na Erice nie furkocze rękaw, na Erice nie spocznie żadna drobina kurzu. Pojawił się lodowaty wicher i oto ona wyjeżdża na pole, łyżwiarka figurowa w krótkiej sukience i białych bucikach z łyżwami. Najgładsza powierzchnia z możliwych sięga od jednego krańca horyzontu po drugi i jeszcze dalej! Świst na lodzie! Organizatorzy imprezy zapodziali gdzieś właściwą taśmę, tak że tym razem nie rozbrzmiewa żaden podkład muzyczny i pozbawiony akompaniamentu zgrzyt stalowych ostrzy łyżew coraz bardziej zmienia się w metalicznie-śmiertelne drapanie, krótki rozbłysk, niezrozumiały dla nikogo znak Morse'a na krańcu czasu. Łyżwiarka nabiera rozpędu, gigantyczny kułak ściska ją w sobie, skumulowana energia ruchu, która w jedynej możliwej dziesiętnej części sekundy rozpręża się w wyprowadzonego z milimetrową precyzją podwójnego aksla, dokręconego do końca, lądowanie także dokładnie w punkt. Impet skoku ponownie przygniata łyżwiarkę, spoczywa na niej co najmniej podwójny ciężar jej własnego ciała, wciskając je w powierzchnię lodu, który nie ustępuje. Aparat ruchu łyżwiarki wgryza się w diamentowej twardości zwierciadło, w delikatne rusztowanie jej więzadeł, aż do granicy wytrzymałości konstrukcji kostnej. A teraz piruet w pozycji kucznej. Wszystko z tego samego pędu! Łyżwiarka staje się cylindryczną rurą, głowicą świdra do robienia odwiertów; powietrze odrywa się na boki, ze zgrzytem sypie się lodowy pył, ulatnia się para oddechu, słychać jękliwe borowanie, lecz lód jest niezniszczalny, ani śladu uszkodzenia! Obroty łagodnieją, już

można znowu rozpoznać zarysy uroczej postaci, niewyraźny jasnoniebieski krążek jej spódniczki zaczyna falować i starannie układać się w fałdy. Jeszcze tylko ostatni dyg przed widzami z prawej i przed widzami z lewej, i łyżwiarka zjeżdża na bok, machając dłonią i kwiatami. Widzowie jednak pozostają niewidzialni; może łyżwiarka tylko sobie roi, że tam ktoś jest, bo wyraźnie słyszała brawa? Szybkimi ruchami dziewczyna odjeżdża, jest już małym punkcikiem w dali, nie ma większego spokoju niż tam, gdzie skraj jasnoniebieskiego kostiumu łyżwiarki spoczywa na jędrnych, oblepionych różowymi rajstopami udach, i uderza o nie, podskakuje, podwiewa, faluje, ośrodek wszelkiego uspokojenia – ta krótka sukienka, te atłasowo miękkie klosze i fałdy, to ciasno przylegające ciało z haftami przy dekolcie.

Porannokawna matka siedzi w kuchni i ciurczy swoje rozkazy gdzie popadnie. Potem, kiedy córka wyjdzie z domu, włącza telewizor na przedpołudniowy program, uspokojona, bo wie, dokąd poszła córka. Co tam sobie teraz obejrzymy? Coś kulturalnego czy bieg zjazdowy kobiet?

Po trudach dnia córka wrzeszczy na matkę, żeby ta wreszcie pozwoliła jej prowadzić własne życie. Już choćby ze względu na wiek powinna mieć do tego prawo, drze się córka. Matka każdego dnia odpowiada, że matka wie lepiej niż dziecko, bo nigdy nie przestaje być matką.

Lecz to wytęsknione przez córkę samodzielne życie ma zbiec się w kulminacyjny punkt wszelkich dających się pomyśleć posłuszeństw, aż otworzy się mikroskopijna, wąska uliczka, z miejscem ledwie dla jednej osoby, i tędy właśnie musi przejść przyzywana. Wartownik da wolną drogę. Gładkie, starannie wypolerowane mury po prawej i lewej, wspinające się stromo, żadnych bocznych odgałęzień czy korytarzy, żadnych nisz ani grot, tylko ta jedna wąska droga, którą musi przejść na drugą stronę. A tam, tego jeszcze nie wie, czeka zimowy krajobraz ciągnący się w dal, krajobraz, gdzie nie wznosi się żaden zbawczy zamek, do którego nie ma żadnej innej ścieżki. Albo co najwyżej czeka pokój bez drzwi, umeblowane pomieszczenie ze staromodną toaletką z dzbankiem i ręcznikiem, i ustawicznie zbliżające się kroki właściciela mieszkania, który tu nigdy nie dochodzi, bo przecież nie ma drzwi. W tej nieskończonej oddali albo w tej nader ograniczonej, pozbawionej wyjścia ciasnocie stawi się kiedyś zwierzę przepełnione pięknym strachem, stawi się przed innym jeszcze większym zwierzęciem lub tylko przed tą małą toaletką na kółkach, która po prostu stoi tu, żeby z niej korzystać, tylko po to.

Erika przemaga się tak długo, aż nie czuje już żadnego popędu. Wyłącza swoje ciało, ponieważ nikt nie śpieszy do niej skokiem pantery, aby szarpnąć to ciało ku sobie. Ona czeka i niemieje. Stawia temu ciału surowe zadania i może jeszcze dowolnie zwiększać stopień trudności, wmontowując w nie ukryte pułapki. Erika przysięga przed sobą samą, że za popędem może iść każdy, nawet człowiek pierwotny, jeśli nie waha się rozładować go na wolnym powietrzu. Erika K. poprawia Bacha, łata różne miejsca. Jej uczeń spuszcza wzrok na splecione dłonie. Nauczycielka patrzy na przestrzał przez niego, za nim jednak widzi tylko ścianę, na której wisi pośmiertna maska Schumanna.

Przez przelotną chwilę czuje chęć złapania głowy ucznia za włosy i ciśnięcia jej we wnętrze ciała fortepianu, żeby krwawe kiszki strun z jękiem wybryznęły spod wieka. Bösendorfer nie wyda już potem z siebie ani dźwięku. Pragnienie to zwiewnie, na czubkach palców, przemyka przez czaszkę nauczycielki i rozpływa się bez żadnych konsekwencji.
Uczeń obiecuje, że się poprawi, nawet gdyby miał poświęcić dodatkowy czas. Erika wyraża taką samą nadzieję i żąda od niego Beethovena. Uczeń bezwstydnie dąży do uzyskania pochwały, jakkolwiek nie jest tak żądny pochwał jak pan Klemmer, którego zawiasy przez większość czasu skrzypią z pilności.
Tymczasem w witrynach kina Metro bez przeszkód kuszą różowe ciała w najróżniejszych postaciach, wydaniach i kategoriach cenowych. Plenią się i wylewają na ulicę, ponieważ Erika K. w tym czasie nie może stać na posterunku pod kinem. Ceny miejsc są znormalizowane, z przodu jest taniej niż z tyłu, chociaż z przodu jest bliżej i można nawet lepiej zaglądać do wnętrza ciał. W jedną kobietę wwiercają się wyjątkowo długie, lakierowane na czerwono paznokcie, w inną natomiast wwierca się jakiś szpiczasty przedmiot, to palcat. Robi zagłębienie w ciele i pokazuje widzowi, kto tu jest panem, a kto nie; także widz czuje się panem. Erika wręcz fizycznie odczuwa to wwiercanie się. Dobitnie jej to przypomina, że jej miejsce jest po stronie widowni. Twarz jednej z kobiet wykrzywia grymas radości, bo przecież mężczyzna tylko z jej wyrazu może poznać, ile rozkoszy jej sprawia, a ile rozkoszy bezproduktywnie się zmarnowało. Twarz innej kobiety z ekranu wykrzywia grymas bólu, bo właśnie jest bita, jakkolwiek

lekko. Kobieta nie może zademonstrować swojej rozkoszy jako czegoś materialnego, dlatego mężczyzna jest całkowicie zdany na informacje prosto od niej. Wyczytuje rozkosz z jej twarzy. Kobieta miota się, aby nie stanowić dobrego celu. Zamknęła oczy i odrzuciła głowę do tyłu. Jeśli oczy nie są zamknięte, to mogą być ewentualnie wywrócone. Rzadko tylko spoglądają na mężczyznę; wysiłek mężczyzny jest tym bardziej potrzebny, że on nie może dowolnie podwyższyć rezultatu i zebrać dodatkowych punktów za pomocą wyrazu twarzy. Z tej swojej rozkoszy kobieta nie widzi mężczyzny. Nie widzi tego, co ma pod samym nosem. Jest zapatrzona tylko w głąb siebie. Mężczyzna, ten wykwalifikowany mechanik, obrabia zepsuty samochód, przedmiot o nazwie kobieta. W ogóle w filmach pornograficznych więcej jest pracy niż w filmach o świecie pracy.

Erika jest szczególnie wyćwiczona w przypatrywaniu się ludziom, którzy mocno się starają, ponieważ pragną osiągnąć jakiś rezultat. Pod tym względem tak wielka zazwyczaj różnica między muzyką a żądzą okazuje się raczej nikła. Przyrodzie Erika przygląda się mniej chętnie, nigdy nie jeździ do podmiejskiej leśnej dzielnicy, gdzie inni artyści adaptują stare chłopskie gospodarstwa. Nigdy nie wspina się na górę. Nigdy nie nurkuje w jeziorze. Nigdy nie leży na brzegu. Nigdy nie jedzie szybko po śniegu. Mężczyzna gromadzi orgazmy, aż w końcu zlany potem, nieruchomieje tam, skąd wyruszył. Ale za to znacznie poprawił dziś stan swego konta. Erika już dawno oglądała ten film w podmiejskim kinie, gdzie zupełnie nikt jej nie zna (poza kasjerką, która ją już poznaje i tytułuje szanowną panią), i to nawet dwa razy. Więcej razy nie pójdzie, bo jeśli chodzi o porno, to woli bardziej pikantne potrawy. Te przyjemnie dla oka ukształtowane egzemplarze gatunku homo sapiens tutaj, w śródmiejskim kinie, działają bez żadnego bólu i bez żadnej szansy na ból. Czysta konfekcja. Sam ból jest tylko konsekwencją woli rozkoszy, woli zniszczenia, wykończenia, a także, w swojej najwyższej formie, rodzajem rozkoszy. Erika bardzo chętnie przekroczyłaby granicę mordu na samej sobie. W nieporadnych dymankach na przedmieściu jest więcej nadziei na kształtowanie bólem, przyozdobienie bólem. Ci obrzydliwi, złachani aktorzy niezawodowi pracują o wiele ciężej, są też o wiele bardziej wdzięczni, że mogą zaistnieć w prawdziwym filmie. Są pokancerowani, na ich skórze widać plamy, pryszcze, blizny, zmarszczki, strupy, cellulitis, fałdy sadła. Niedokładnie ufarbowane włosy. Pot. Brudne nogi. W filmach o wyższych wymaganiach estetycznych, puszczanych w eleganckich kinach z wyściełanymi fotelami, widać prawie wyłącznie powierzchnię kobiety i mężczyzny. Jedni i drudzy powleczeni są nieprzyjmującymi brudu nylonowymi skórami, kwasoodpornymi, żaroodpornymi, niewrażliwymi na kopniaki. W dodatku w tanim pornosie pożądanie, z jakim mężczyzna wdziera się w ciało kobiety, jest bardziej bezpośrednie. Kobieta nic nie mówi, a jeśli już, to tylko: jeszcze! Jeszcze! Na tym wyczerpuje się dialog, ale nie mężczyzna, bo on chciwie kolekcjonuje swoje szczytowania i pragnie dorzucić jeszcze możliwie dużo nowych.

Tutaj, w łagodnym pornosie, wszystko jest zredukowane do zewnętrzności. To nie wystarcza wybrednej Erice, temu żeńskiemu koneserowi, ponieważ wgryzając

się w ciała sczepionych ze sobą ludzi, pragnie zgłębić, co się za tym wszystkim kryje, co w tym jest takiego obezwładniającego dla zmysłów, że każdy chce to robić albo przynajmniej się temu przyglądać. Wlot prowadzący do wnętrza ciała wyjaśnia to w stopniu niedostatecznym, pozostawia miejsce na wątpliwości. Nie można przecież rozkrawać ludzi, żeby wydobyć z nich wszystko do samego dna. W tanim filmie można zajrzeć głębiej, jeśli idzie o kobiety. W przypadku mężczyzny nie da się tak głęboko wniknąć. Lecz ostatecznego końca nikomu nie jest dane oglądać; nawet gdyby tak rozciąć kobietę, można by zobaczyć tylko jelita i narządy wewnętrzne. Aktywnie nastawiony do życia mężczyzna też rośnie raczej na zewnątrz. Na koniec osiąga spodziewany rezultat, albo i nie, ale jeśli tak, to można go z każdej strony jawnie obejrzeć, a jego twórca cieszy się z cennego, swojskiego produktu.
Mężczyzna pewnie często ma takie wrażenie, myśli sobie Erika, że kobieta ukrywa przed nim coś istotnego w tym chaosie swoich narządów. I właśnie te najostatniejsze z ostatnich skrytości popychają Erikę do tego, by starać się dojrzeć coś jeszcze nowszego, głębszego, bardziej zabronionego. Stale poszukuje nowego niesłychanego wglądu. Jej własne ciało nigdy jeszcze, nawet w standardowej pozycji, z rozkraczonymi nogami przed lusterkiem do golenia, nie wyjawiło swoich milczących sekretów, nie wyjawiło nawet swojej właścicielce! Toteż i ciała na ekranie zachowują wszystko dla siebie: zarówno przed mężczyzną, który chciałby się rozejrzeć, jakie tam są nowości na rynku kobiet, których jeszcze nie zna, jak i przed Eriką, zamkniętym w sobie widzem.

Uczeń Eriki zostaje dzisiaj poniżony i w ten sposób ukarany. Erika swobodnie zakłada nogę na nogę i tonem pełnym szyderstwa rzuca coś na temat jego tylko na wpół gotowej interpretacji Beethovena. Więcej nie trzeba, zaraz się rozpłacze.
Erika nawet nie uważa dzisiaj za stosowne zagrać mu tego fragmentu, o którym mówi. On już dzisiaj niczego nie wydobędzie ze swojej nauczycielki gry na fortepianie. Jeśli sam nie widzi swoich błędów, to ona mu nie pomoże.

Czy dawny zwierz z dziczy, a obecnie z areny kocha swego tresera? Jest to możliwe, ale niekonieczne. Jeden jak najbardziej wymaga drugiego. Jeden potrzebuje drugiego, aby za pomocą jego sztuczek w świetle reflektorów i z towarzyszeniem muzycznego tuszu nadymać się jak ropucha gigant, drugi potrzebuje pierwszego, aby mieć jakiś punkt oparcia w ogólnym chaosie, który go oślepia. Zwierzę musi wiedzieć, gdzie jest góra, a gdzie dół, bo inaczej nagle okaże się, że stoi na głowie. Bez swego trenera zwierzę byłoby zmuszone bezradnie runąć w dół albo dryfować w przestrzeni i bez przyglądania się, co to, przegryzać, rozorywać pazurami i pożerać wszystko, co stanie mu na drodze. A tak zawsze jest ktoś, kto mu mówi, czy coś nadaje się do spożycia. Czasami takie łakocie zwierzę dostaje już wstępnie przeżute, po kawałeczku, pod sam nos. Bardzo męczące niekiedy szukanie pożywienia zupełnie odpada. A wraz z nim przygody w dżungli. Bo tam taki lampart jeszcze wie, co dla niego dobre, i bierze to sobie, czy to będzie antylopa, czy biały myśliwy, który był nie dość ostrożny. A teraz zwierzę w ciągu dnia prowadzi żywot refleksyjny, przypominając sobie sztuczki, które będzie musiało wykonać wieczorem. Przeskakuje wówczas przez płonące obręcze, wspina się na taborety, zaciska szczęki wokół szyj, nie rozszarpując ich, wykonuje taneczne kroki do taktu wespół z innymi zwierzętami albo samo, i to ze zwierzętami, którym w swojej dziczy bez nadmiernego dziczenia od razu skoczyłoby do gardła albo przed którymi by zrejterowało, jeśli miałoby jeszcze taką szansę. Zwierzę nosi idiotyczne ozdoby na łbie albo na grzbiecie. Widywano już niektóre z nich, jak cwałują na końskich grzbietach przykrytych skórzanymi pokrowcami! A jego pan, treser, strzela z bicza! Chwali lub gani, to zależy. Zależy od tego, na co zasłużyło zwierzę. Ale nawet najcwańszy treser nigdy jeszcze nie wpadł na pomysł, żeby kazać jakiemuś lampartowi czy lwicy paradować z futerałem na skrzypce. Niedźwiedź na rowerze to maksimum tego, co człowiek potrafi sobie wyobrazić.

II

Ostatni kęs dnia rozkrusza się jak resztka ciasta w czyichś niezręcznych palcach, nadchodzi wieczór i łańcuch uczniów przesuwa się wolniej. Coraz większe przerwy między nimi, podczas których nauczycielka potajemnie odgryza w klozecie kawałek złożonej kanapki, za każdym razem starannie pakując ją z powrotem w papier. Wieczorem przychodzą do niej dorośli, którzy w ciągu dnia ciężko pracują, tylko po to, żeby potem móc jeszcze zajmować się muzyką. Ci, co chcą zostać zawodowymi muzykami, przeważnie nauczycielami przedmiotu, którego teraz uczą się jako uczniowie, przychodzą w ciągu dnia, ponieważ nie mają nic innego poza muzyką. Chcą jak najszybciej całkowicie i do końca nauczyć się muzyki, żeby zdać egzamin państwowy. Zazwyczaj przysłuchują się jeszcze kolegom i w zgranym duecie z panią prof. Kohut poddają ich miażdżącej krytyce. Nie wstydzą się poprawiać u innych błędów, które sami też popełniają. Często coś tam słyszą, ale nie czują tego ani nie portafią powtórzyć. Po ostatnim uczniu łańcuch przesuwa się przez noc do tyłu, aby o godzinie dziewiątej rano, zapełniony świeżymi

kandydatami, znowu ruszyć przed siebie. Kółka zębate zaskakują, tłoki boksują, przykłada się i zdejmuje palce. Coś rozbrzmiewa.
Pan Klemmer przesiedział już na krześle trzech południowych Koreańczyków i milimetr po milimetrze ostrożnie przysuwa się do swojej nauczycielki. Nie powinna się zorientować, ale w którymś momencie nagle znajdzie się prosto w niej. A tuż przedtem będzie w pewnej odległości za nią. Koreańczycy rozumieją po niemiecku tylko podstawowe rzeczy, dlatego raczy się ich osądami, przesądami i naganami po angielsku. Pan Klemmer przemawia do p. Kohut międzynarodowym językiem serca. Przedstawiciele Dalekiego Wschodu podkładają do tego akompaniament, w swoim tradycyjnym spokoju ducha niewrażliwi na drgania przechodzące między właściwie nastrojoną nauczycielką a uczniem, który chce absolutu.
Erika mówi w obcym języku o grzechach przeciwko duchowi Schuberta – Koreańczycy mają się wczuwać, a nie tępo imitować płytę Alfreda Brendela. Bo w ten sposób Brendel zawsze będzie o ten porządny kawałek lepszy! Klemmer wypowiada się niewzywany i nieproszony na temat duszy dzieła muzycznego, którą bardzo trudno z niego wypędzić. Ale jednak są tacy, którym się to udaje! Powinni zostać w domu, skoro nie potrafią jej wyczuć. W kącie sali tej duszy się nie znajdzie, szydzi z Koreańczyka Klemmer, wzorowy uczeń. Uspokaja się powoli i stwierdza słowami Nietzschego, z którym się utożsamia, że nie jest dość szczęśliwy i dość zdrowy, jak na muzykę romantyzmu (włącznie z Beethovenem, którego dodaje do kompletu). Klemmer zaklina swoją nauczycielkę, aby zechciała wyczytać jego

nieszczęście i jego chorobę z jego cudownej gry. Potrzebna byłaby muzyka, przy której zapomina się o cierpieniu. Animalizm życia! powinno się je ubóstwiać. Chce się tańczyć, triumfować. Lekkie, swobodne rytmy, złote, delikatne harmonie, tego ni mniej, ni więcej żąda filozof wybuchającego z powodu małości gniewu, a Walter Klemmer przyłącza się do tego żądania. Kiedy pani właściwie żyje, Eriko, pyta uczeń, sugerując, że wieczorem byłoby dość czasu na życie, gdyby się umiało ten czas znaleźć. Jedna połowa czasu należy do Waltera Klemmera, drugą rozporządza sama. Ale ona musi przesiadywać ze swoją matką. Obie kobiety wydzierają się na siebie. Klemmer mówi o życiu tak, jakby to były złote muszkatowe winogrona, które pani domu układa dla gościa na paterze, aby mógł jeść także oczami. Gość z wahaniem sięga po jedno grono, potem po następne, aż zostają same oskubane gałązki, a do tego swobodnie zaimprowizowana kupka pestek.
Tej kobiecie, której ducha i sztukę się szanuje, grożą przypadkowe dotknięcia. Grożą może włosom, a może ramieniu, na którym luźno spoczywa włóczkowy kaftanik. Fotel nauczycielki zostaje przesunięty nieco do przodu, głęboko zanurza się śrubokręt, wydobywając ostatnią resztkę treści z wiedeńskiego księcia pieśni, który dzisiaj dochodzi do głosu wyłącznie fortepianowo. Koreańczyk gapi się w nuty, które kupił jeszcze w ojczyźnie. To mrowie czarnych punkcików oznacza całkowicie mu obcy krąg kulturowy, którym będzie się potem chełpił w domu. Klemmer kroczy pod sztandarem zmysłowości, nawet w muzyce napotkał już zmysłowość! Nauczycielka doradza solidną technikę, specjalistka od podcinania skrzydeł. Jego lewa ręka jeszcze

się nie umywa do prawej. Są specjalne palcówki, powodują one koordynację lewej ręki z prawą, a jednocześnie uczą ją niezależności. U niego jedna ręka ciągle pozostaje w konflikcie z drugą, tak samo jak sam przemądrzały Klemmer, który bezustannie ściera się z innymi ludźmi. Koreańczyk ma już na dziś wolne.

Erika Kohut czuje za plecami ludzkie ciało i przechodzi ją dreszcz. Żeby tylko nie zbliżył się na tyle, by się o nią otrzeć. On przechodzi z tyłu w jedną stronę, i zaraz z powrotem. Pokazuje, że jest bez żadnych zamiarów. Kiedy wreszcie dostrzega go kątem oka w drodze powrotnej, rozgniewanego i szarpiącego głową jak gołąb, złośliwie trzymającego swoją jakże młodą twarz w stożku światła lampy, tam gdzie jest najjaśniejsze, Erika robi się w środku całkiem sucha i mała. Zewnętrzna powłoka unosi się nieważko nad skurczonym jądrem ziemi. Jej ciało przestaje być żywe, coś napiera na nią, jednocześnie się unaoczniając. Cylindryczna metalowa rurka. Bardzo prosto zbudowany aparat, który przykłada się, aby go wepchnąć. I obraz tego przedmiotu o nazwie Klemmer w rozżarzonej projekcji pojawia się w jamie brzusznej Eriki, zostaje rzucony w postaci odwróconej na jej ścianę wewnętrzną. Wyraziście stoi w niej na głowie; i w tym samym momencie, gdy stał się dla niej ciałem fizycznym, którego można dotknąć dłońmi, stał się całkowicie abstrakcyjny, utracił cielesność. Już w chwili, gdy obydwoje stali się dla siebie ciałami fizycznymi, zerwali ze sobą wszystkie międzyludzkie kontakty. I nie ma już żadnych parlamentariuszy, których można by wysłać z wiadomościami, listami, znakami. Już nie jest tak, że jedno ciało obejmuje sobą drugie, lecz jedno staje się dla drugiego

środkiem, atrybutem inności, w którą pragnie się boleśnie wedrzeć, a im głębiej się wdziera, tym gwałtowniej postępuje rozkład tkanki ciała, staje się ono lekkie jak puch, ulatuje od tych dwu obcych i wrogich kontynentów, które z hukiem walą o siebie, a potem walą się razem w dół, i zostaje tylko rozklekotany stelaż ze strzępami ekranu, które przy najlżejszym dotknięciu odrywają się i rozpadają w proch.
Twarz Klemmera jest gładka jak lustro, nietknięta. Twarz Eriki zaczyna już być naznaczona czekającym ją rozkładem. Skóra jej twarzy zaczyna się fałdować, powieki wybrzuszają się lekko jak kartka papieru pod wpływem gorąca, delikatna tkanka pod oczami pokrywa się błękitną siateczką. Powyżej nasady nosa dwa ostre kanty, których za nic nie da się już rozprasować. Twarz stała się od zewnątrz za duża i proces ten będzie się jeszcze utrzymywał przez lata, aż ciało pod skórą skurczy się, zniknie, a skóra ciasno przylgnie do trupiej czaszki, która nie będzie jej już ogrzewać. We włosach pojedyncze siwe nitki, które nieustannie mnożą się, sycone zastałymi sokami, aż powstaną z nich obrzydliwosiwe gniazda, które niczego nie wysiadują, niczego troskliwie nie otulają i Erika także nigdy niczego nie otulała ciepłem, nawet własnego ciała. Bardzo chętnie jednak dałaby się otulić. Niech jej pożąda, niech za nią chodzi, niech leży u jej stóp, niech ją bez przerwy ma w swoich myślach, niech nie będzie dla niego ucieczki. Erikę rzadko można gdzieś spotkać. Także matka przez całe życie tak robiła i rzadko się ją widywało. Siedzą w swoich czterech ścianach i niechętnie nawiedzane są przez gości. W ten sposób człowiek się tak nie zużywa. Z tym że nawet przy okazji

sporadycznych publicznych występów nikt nie miał paniom Kohut szczególnie wiele do zaoferowania.
Rozkład puka już pośpiesznymi palcami do drzwi Eriki. Lekko zaznaczające się schorzenia ciała, zaburzenia krążenia w nogach, ataki reumatyzmu, zapalenia stawów zaczynają się w niej panoszyć. (Takie choroby dziecko zna rzadko. Także Erika dotąd ich nie znała.) Klemmer, żywa reklama zapewniającego zdrowie sportu kajakowego, taksuje nauczycielkę wzrokiem, jakby miał ją zaraz zapakować i zabrać ze sobą albo nawet zjeść na miejscu, jeszcze w sklepie. Może to już ostatni, który mnie pożąda, myśli sobie Erika z wściekłością, niedługo umrę, jeszcze trzydzieści pięć lat, myśli Erika z gniewem. Trzeba wskoczyć do tego pociągu, póki się da, bo jak umrę, to nic już nie będę słyszała, nie będę czuła zapachów ani smaków!
Jej szpony drapią klawisze. Jej stopy bezsensownie i z zakłopotaniem szurają po podłodze, niepewnie skubie i poprawia coś na sobie, mężczyzna budzi w kobiecie nerwowość i odbiera jej oparcie, odbiera muzykę. Matka w domu zaczyna już czekać. Spogląda na kuchenny zegar, to niezmordowane wahadło, które najpóźniej za pół godziny sprowadzi córkę swoim tykaniem. Lecz matka, która nie ma żadnych innych trosk, woli już teraz czekać na zapas. Może któregoś dnia Erika niespodziewanie wróci wcześniej, bo jakiś uczeń nie przyjdzie, a wtedy mogłoby się okazać, że matka nie czekała.
Erika siedzi nadziana na taboret przy fortepianie, a jednocześnie coś ją ciągnie do drzwi. Potężny napór domowej ciszy przenikniętej jedynie dźwiękiem telewizora, to miejsce absolutnego bezwładu i spokoju, już

teraz staje się w niej wręcz fizycznym bólem. Żeby się ten Klemmer w końcu wyniósł! Co on tu jeszcze gada i gada, podczas kiedy tam, w domu, woda już się tak gotuje, że aż zaparował sufit.
Klemmer nerwowo rujnuje czubkiem buta parkiet i niby kółka papierosowego dymu wydmuchuje z siebie małe, niezwykle ważne fakty pianistycznej kultury uderzenia, podczas kiedy kobieta wewnętrznie zmierza już do siebie. Pyta, co stanowi o brzmieniu, i sam sobie odpowiada: kultura uderzenia. W bogactwie słów wypływa z jego ust cała ta niejasna, niepojęta reszta utworzona z dźwięków, barw, światła. Nie, to o czym pan tutaj mówi, to nie jest muzyka, jak ja ją rozumiem, gdacze Erika, domowa kurka, i pragnie znaleźć się w końcu w swoim ciepłym domku. A właśnie że to i tylko to, wyrywa się młodemu człowiekowi. To, co niemierzalne, niewyważalne stanowi dla mnie kryterium sztuki, mówi Klemmer, odmawiając racji nauczycielce. Erika zamyka wieko fortepianu, sprząta różne rzeczy. Ledwie ten mężczyzna przypadkowo napotkał ducha Schuberta w jednej ze skrytek swego wnętrza, a już próbuje to wykorzystać. Im bardziej duch Schuberta przechodzi w zapach, barwę, myśl, tym bardziej jego wartość przenosi się poza zasięg opisywalnego. Wartość staje się gigantycznie wielka, nikt już nie pojmuje tej wielkości. Pozór jest zdecydowanie ważniejszy od bytu, mówi Klemmer. Tak, rzeczywistość to zapewne jedna z największych pomyłek w ogóle. A zatem kłamstwo jest ważniejsze od prawdy, wnioskuje mężczyzna ze swoich własnych słów. Nierealne jest ważniejsze od realnego. A sztuka zyskuje dzięki temu na jakości.

Domowa radość kolacji, która dzisiaj niezamierzenie się odwleka, to czarna dziura dla gwiazdy o nazwie Erika. Ona wie, że to matczyne oplecenie skończy się pożarciem jej bez reszty i przetrawieniem, a jednak zupełnie magicznie ją ono przyciąga. Odkłada się karminem na jej kościach policzkowych i rozbudowuje swoje pozycje. Niech się ten Klemmer od niej odwali i znika. Erika nie chce, aby nawet drobina kurzu z jego butów mu o nim przypominała. Łaknie długiego, najgorętszego z gorących uścisku, aby potem, kiedy uścisk się już dokona, po królewsku odepchnąć go od siebie – ta wspaniała kobieta. Klemmer nigdy jeszcze nie był dalszy od tego, by opuścić tę kobietę, bo przecież musi jej jeszcze zakomunikować, że sonaty Beethovena w ogóle potrafi kochać dopiero od opusu 101. Bo dopiero wówczas, plecie Klemmer, stają się one tak prawdziwie śpiewne, mają płynne przejścia, stają się rozlewne, rozmywają się na krawędziach, nie oddzielają się ostro od siebie, wymyśla Klemmer. Wyciska z siebie ostatnią resztkę tych myśli i odczuć i mocno zaciska koniec, żeby kiełbasiane nadzienie nie mogło wypłynąć.
Zmieniając całkowicie temat, muszę pani jeszcze powiedzieć, i zaraz wyjaśnię to dokładniej, że człowiek dopiero wówczas osiąga najwyższą wartość, kiedy porzuci rzeczywistość i uda się do królestwa zmysłów, co dotyczy także pani. Tak samo jak Beethovena i Schuberta, moich ukochanych mistrzów, z którymi czuję się osobiście związany, przez co, nie wiem na jakiej zasadzie, ale czuję że tak jest, dotyczy to także mnie, że gardzimy rzeczywistością, czyniąc jedyną naszą rzeczywistością sztukę i zmysły. Dla Beethovena i Schuberta

to się już skończyło, ale ja, Klemmer, właśnie zaczynam. Obwinia Erikę Kohut, że tego jej jeszcze brakuje. Że trzyma się kurczowo rzeczy powierzchownych, ale mężczyzna potrafi abstrahować i oddzielić istotne od zbędnego. Jego słowa to bezczelna uczniowska odpowiedź. Odważył się na to.
W głowie Eriki jedno jedyne źródło światła, rozświetlające wszystko jak za dnia, zwłaszcza zaś tabliczkę, na której widnieje napis: do wyjścia. Wygodny fotel telewizyjny szeroko rozpościera ramiona, cicho rozbrzmiewa sygnał programu *Czas w obrazach*, spiker beznamiętnie porusza się nad krawatem. Na stoliku obok w przykładnej obfitości i rozmaitości poustawiana kolekcja miseczek z różnymi łakociami, z których obie panie częstują się na zmianę lub jednocześnie. Kiedy są już puste, natychmiast uzupełnia się ich zawartość, całkiem jak w krainie pieczonych gołąbków, gdzie też nic się nie kończy i nic nie zaczyna.

Erika przemieszcza różne rzeczy z jednego końca pomieszczenia w drugi i z powrotem, wymownie spogląda na zegarek i daje niewidzialny sygnał ze swego wysokiego masztu, pokazując, jak bardzo jest zmęczona po tym trudnym dniu pracy, w czasie którego po dyletancku marnotrawiono sztukę, aby zaspokoić rodzicielskie ambicje.

Klemmer stoi i patrzy na nią.
Erika nie chce dopuścić do wybuchu milczenia i mówi jakąś powszedniość. Sztuka to dla Eriki chleb powszedni, ponieważ ona żywi się sztuką. O ileż łatwiej artyście, mówi kobieta, wyrzucić z siebie uczucie czy namiętność. Zwrot ku dramatyzmowi, który pan tak ceni, panie Klemmer, oznacza przecież, że artysta sięga po

środki pozorne, zaniedbując te prawdziwe. Erika mówi, aby nie wybuchło milczenie. Jako nauczycielka jestem za sztuką niedramatyczną, za Schumannem na przykład, dramat jest zawsze łatwiejszy! Uczucia i namiętności to zawsze tylko namiastka, surogat czegoś uduchowionego. Za trzęsieniem ziemi, za hukiem wiatru spadającego na nią w dzikim podmuchu tęskni nauczycielka. Oszalały Klemmer z gniewu niemal wwierca głowę w ścianę, klasa klarnetu obok, do której ostatnio uczęszcza raz w tygodniu jako posiadacz drugiego instrumentu, z pewnością byłaby zdumiona, gdyby nagle rozsierdzona twarz Klemmera wychynęła ze ściany obok pośmiertnej maski Beethovena. Ta Erika, ta Erika nie czuje, że tak naprawdę mówi tylko o niej i oczywiście o sobie! Wprowadza siebie i Erikę we wspólny zmysłowy kontekst, wypierając tym samym umysł, tego wroga wszelkich zmysłów, tego arcywroga ciała. Ona myśli, że on mówi o Schubercie, a on ma na myśli siebie, tak jak zawsze ma na myśli siebie, gdy mówi.

Nagle zwraca się do Eriki przez ty, ona radzi mu, proszę do rzeczy. Bez jej woli i bez jej udziału jej usta wykrzywiają się w zmarszczoną rozetkę, już nad nimi nie panuje. Panuje wprawdzie nad tym, co te usta mówią, ale nie nad tym, jak one się prezentują na zewnątrz. Jej ciało pokrywa gęsia skórka, wszędzie.

Klemmer przestraszył się sam siebie, chrumkając z zadowolenia, tapla się w ciepłej wannie swoich myśli i słów. Rzuca się na fortepian i sam się sobie podoba. W znacznie przyśpieszonym tempie wygrywa dłuższą frazę, którą przypadkowo umie na pamięć. Chciał coś na przykładzie tej frazy zademonstrować, zastanawia się co. Erika Kohut cieszy się z tego cichego przerywnika, rzuca się uczniowi naprzeciw, żeby zatrzymać ten pociąg pośpieszny, zanim całkiem się rozpędzi. Gra pan o wiele za gwałtownie, a także za głośno, panie Klemmer, dowodząc w ten sposób tylko tyle, jakie to wyrwy potrafi wyrwać w interpretacji brak elementu rozumowego.

Mężczyzna katapultuje się do tyłu w fotel. Jest maksymalnie pod parą jak koń wyścigowy, który ma już na swoim koncie wiele zwycięstw. Żeby nagrodzić jego zwycięstwa i zapobiec porażkom, wymaga znakomitego traktowania i najstaranniejszej opieki, co najmniej takiej jak srebrna zastawa na dwanaście osób.

Erika chce do domu. Erika chce do domu. Erika chce do domu. Udziela dobrej rady: niech pan sobie pochodzi po Wiedniu i powdycha głęboko powietrze. A potem zagra pan Schuberta, tylko już właściwie!

To ja też już pójdę, Walter Klemmer gwałtownie łapie zwarty stosik swoich nut i robi wyjście jak Joseph Kainz*, tyle tylko, że nie przygląda się temu tak wiele osób. Ale on sam jednocześnie gra widzów. Gwiazda i publiczność w jednej osobie. I grzmiące oklaski na bis.

Blond włosy powiewają za Klemmerem, kiedy wpada do męskiej ubikacji, gdzie wlewa w siebie pół litra wody prosto z kranu, co jednak nie może wywołać zbyt wielkiego spustoszenia w jego zaprawionym w walkach z wodą ciele. Chlusta sobie w twarz mnóstwem wody

* Joseph Kainz (1858–1910) wielki aktor austriacki, uważany za twórcę nowoczesnego, podbudowanego środkami psychologicznymi aktorstwa (przyp. tłum.).

biorącej swój początek ze źródeł w wysokogórskich terenach. Woda kończy swój bieg na twarzy Klemmera. Wszystko, co piękne, zawsze muszę zbrukać błotem, myśli przy tym. Marnuje się sławna, teraz już nieco zatruta wiedeńska woda. Klemmer szoruje się z energią, której nie mógł inaczej spożytkować. Bierze w tym celu mydło jodłowe z dozownika, raz po raz, i jeszcze. Bryzga i bulgoce. Powtarza proces mycia w różnej kolejności. Macha rękami w powietrzu, moczy sobie przy okazji włosy. Wydaje ustami sztuczne dźwięki, które poza sztuką nie znaczą nic konkretnego. Dlatego że jest zakochany. Strzela nawet z tego powodu palcami i wyłamuje stawy. Czubkiem buta maltretuje ścianę pod ślepym okienkiem na podwórze, ale i tak nie może z niego wyjść to, co jest w nim zamknięte. Parę kropel wprawdzie tryska z niego u góry, ale reszta pozostaje w swoim pojemniku i z wolna jełczeje, ponieważ nie może zawinąć do kobiecego portu przeznaczenia. Tak, nie ulega wątpliwości, że Walter Klemmer jest mocno zakochany. Wprawdzie nie po raz pierwszy, ale na pewno nie po raz ostatni. Kocha się jednak bez wzajemności. Jego uczucie nie zostało od razu odwzajemnione. Budzi to jego odrazę, czego dowód daje, wydobywając z siebie ślinę i umieszczając ją hałaśliwie w łożu umywalki. Miłosne łożysko Klemmera. Zakręca kran tak mocno, że jego następca przy kraniku na pewno nie zdoła go odkręcić, chyba że też będzie pianistą, a więc człowiekiem o stalowych stawach i palcach. Ponieważ nie spłukał, resztki plwociny Klemmera wiszą na sitku odpływu – kto spojrzy dokładnie, zobaczy je snadnie.

W tej samej sekundzie wpada prosto z egzaminu jakiś blady jak trup kolega po fortepianie, albo i nie, rzuca się do jednej z kabin i rzyga do muszli, i jest to zupełnie jak jakieś zjawisko przyrodnicze. W jego ciele zdaje się szaleć trzęsienie ziemi; wiele się już zawaliło, łącznie z nadzieją na bliską maturę. Tak długo kandydat musiał powstrzymywać swoje podenerwowanie, no bo w końcu w egzaminie uczestniczył sam pan dyrektor. Teraz podenerwowanie energicznie domaga się występu, żeby dostać się do klozetowej muszli. Kandydatowi nie udała się *Etiuda Ges-dur* „na czarnych klawiszach", w ogóle od razu rozpoczął ją w dwukrotnie szybszym tempie, czego żaden człowiek nie jest w stanie wytrzymać, i Chopin także. Klemmer gardzi zamkniętymi drzwiami kibla, za którym jego kolega muzyk walczy teraz z rozwolnieniem. Pianista, który tak silnie zdominowany jest fizjologią, nie ma szansy dodać czegoś istotnego do gry. Z pewnością patrzy na muzykę tylko jak na rzemiosło i niepotrzebnie się zamartwia, kiedy jedno z jego dziesięciu rzemieślniczych narzędzi zawiedzie. Ten etap Klemmer ma już za sobą, teraz zważa bardziej na wewnętrzną prawdę utworu. Dla niego na przykład nie ma co dyskutować na temat sforzand w sonatach fortepianowych Beethovena, bo po prostu trzeba je wyczuć, niejako bardziej zasugerować słuchaczowi niż je grać. Klemmer mógłby godzinami wymądrzać się na temat duchowej wartości dodanej utworu muzycznego, która to wartość zawsze jest wprawdzie tuż pod ręką, ale sięgnąć po nią potrafią tylko najodważniejsi. Chodzi o wyraz i uczucie, a nie tylko o samą konstrukcję formalną dzieła. Podnosi w górę teczkę na nuty i dla podkreślenia tej tezy kilka razy wali nią z całej siły w porcelanową umywalkę, żeby wycisnąć z siebie resztki energii, na wypadek, gdyby coś jeszcze zostało. Lecz Klemmer jest wewnętrznie pusty, jak sam zauważa. Wyczerpał się przy tej kobiecie do dna, mówi Klemmer słowami słynnej powieści. Zrobił przy niej, co tylko mógł. Teraz muszę spasować, mówi Klemmer. Zaoferował jej najlepszą część siebie – siebie w całości. Nawet wielokrotnie sam siebie interpretował! Teraz pragnie tylko jednego: weekend wypełniony ostrym wiosłowaniem, żeby odzyskać orientację. Może Erika Kohut już zbyt przyżółkła, żeby go zrozumieć. Rozumie tylko jego poszczególne części, a nie wielką całość. Ten, który przepadł na etiudzie, wyłazi z kabiny i przed lustrem, nieco pocieszony swoim opalizującym odbiciem, nadaje włosom artystyczną linię, ostatni szlif, żeby zrekompensować to, czego nie zdołały dokonać jego ręce. Walter Klemmer pociesza się, że także jego nauczycielka zawaliła karierę, potem tak głośno, że słychać z daleka, wypluwa na podłogę resztkę piany, jaka powstała, kiedy się zagotował. Współpianista spogląda karcąco na charki, bo wyniósł z domu przyzwyczajenie do porządku. Sztuka i porządek, zwaśnieni krewni. Klemmer namiętnie wyrywa dziesiątki papierowych ręczników z pojemnika, zwija je w wielką piłkę i ciska nią o włos od kosza na śmieci, a stojący z boku kolega nieudacznik waży ją w myślach i znajduje zbyt lekką. Ten oburza się już po raz drugi, tym razem z powodu marnotrawienia dóbr będących własnością miasta Wiednia. Pochodzi z drobnomieszczańskiej rodziny straganiarzy i będzie do niej musiał wrócić, jeśli nie zda egzaminu przy drugim podejściu. Wtedy rodzice przestaną płacić za jego utrzymanie. Będzie zmuszony zmienić zawód z „art." na „handl.", co z pewnością zostanie odnotowane w jego ogłoszeniu matrymonialnym. Żona i dzieci będą zmuszone drogo za to zapłacić. W ten sposób wszystko wróci na miejsce. Czerwone od mrozu parówkowate palce, które tak często musiały pomagać w sklepie, wykrzywiają się w drapieżne szpony, kiedy ich właściciel o tym myśli.

Walter Klemmer całkiem rozsądnie idzie z sercem do głowy i gruntownie analizuje te kobiety, które już posiadał i których potem za bezcen się pozbył. Dał im za to szczegółowe wyjaśnienia. Na tym nie oszczędzał; kobiety, choć z bólem, miały się przynajmniej nauczyć rozumieć. Jeśli mężczyzna ma ochotę, potrafi odejść i bez słowa. Anteny kobiety, podobne czułkom, nerwowo szukają w powietrzu, bo przecież kobieta to istota czująca. To nie rozum u niej dominuje, co odbija się także w jej grze na fortepianie. Kobieta poprzestaje najczęściej na zasygnalizowaniu swych umiejętności, tym się zadowala. Klemmer natomiast jest człowiekiem, który zawsze stara się dotrzeć do sedna.

Walter Klemmer nie może przed sobą ukryć, że chciałby wziąć swoją nauczycielkę w obroty. Konsekwentnie pragnie ją zdobyć. Klemmer tratuje słoniowato dwa białe kafelki terakoty na myśl, że miłość ta ma pozostać bez nagrody. Zaraz wypadnie z łazienki jak ekspres Arlberg z tunelu o tej samej nazwie, znajdzie się w lodowatym, zimnym krajobrazie, zdominowanym przez rozum. Krajobraz ten jest zimny także dlatego, że Erika Kohut nie zapaliła w nim światełka. Klemmer radzi tej kobiecie poważnie zastanowić się nad swoimi skromnymi możliwościami. Młody człowiek wręcz żyły sobie dla niej wypruwa. Chwilami istnieje między nimi myślowa płaszczyzna, potem jednak zostaje nagle usunięta i Klemmer siedzi sam w swoim kajaku.

Na korytarzu konserwatorium, już całkowicie opuszczonym, dudnią echem jego kroki. Schodzi po schodach, sprężyście akcentując każdy stopień, jak gumowa piłka, z gałęzi na gałąź, i z wolna odzyskuje dobry humor, który cały czas cierpliwie na niego czekał. Za fortepianowymi drzwiami Eriki Kohut żadnego szmeru. Czasami grywa sobie jeszcze trochę po zakończeniu zajęć, ponieważ fortepian, który ma w domu, jest o wiele gorszy. Tyle się już dowiedział. Sprawdza krótko klamkę, żeby przynajmniej dotknąć czegoś, czego dzień w dzień dotyka jego nauczycielka, lecz drzwi pozostają zimne i nieme. Nie ustępują ani na milimetr, ponieważ są zamknięte. Koniec zajęć. Jest już pewnie w połowie drogi do swojej zwapniałej matki, z którą razem przesiadują w gniazdku, przy czym obie panie niemal bez przerwy poszturchują się i zderzają. Mimo to nie potrafią się rozstać, nawet w czasie urlopu, kiedy to podszczypują się nawzajem w swoim letnim domku w Styrii. I to od dziesięcioleci! To chora sytuacja dla wrażliwej kobiety, która, jeśli to arytmetycznie rozważyć ze wszystkich stron, w zasadzie nie jest jeszcze taka stara; aż tak pozytywnie myśli Klemmer o swojej kochance w pozycji wyczekującej, ruszając w końcu w drogę do swoich rodziców, u których mieszka. Wyprosił sobie tam wyjątkowo pożywną kolację, z jednej strony, aby uzupełnić zmarnowane na Erikę Kohut zapasy energii, z drugiej zaś strony dlatego, że następnego dnia chce wyruszyć na zajęcia sportowe, i to możliwie wcześnie rano. Obojętne, na jakie zajęcia, ale przypuszczalnie znowu będzie to klub kajakarski. Odczuwa całkiem osobistą potrzebę harówki aż do granic wyczerpania, z jednoczesnym wdychaniem zupełnie niezużytego powietrza, a nie takiego, które już tysiące innych ludzi wdychały i wydychały przed nim. Powietrza, z którym Klemmer nie będzie zmuszony, czy tego chce, czy nie, wdychać wyziewów z silników oraz taniej żywności spożywanej przez szarych ludzi. Chciałby wchłonąć trochę tego, co alpejskie drzewa świeżo wytworzyły za pomocą chlorofilu. Pojedzie do Styrii, tam, gdzie region jest najciemniejszy i najmniej zamieszkany. Tam, w pobliżu starego jazu, spuści na wodę kajak. Jaskrawopomarańczowa plama, widoczna już z daleka, co bierze się od kapoka, wodoszczelnego fartucha i hełmu, będzie mknęła między dwiema ścianami lasu, to tu, to tam, lecz zawsze w jednym kierunku: do przodu, zgodnie z biegiem dzikiego strumienia. Jak tylko się da, trzeba omijać kamienie, złomy skalne. Byle bez wywrotki! A przy tym jeszcze w odpowiednim tempie! Jakiś kolega, jeśli idzie o kajakarstwo, będzie płynął tuż za nim, ale w tej dyscyplinie na pewno nie zdoła go wyminąć i pędzić przed nim. Koleżeństwo w sporcie kończy się tam, gdzie ten drugi zaczyna być niebezpiecznie szybki. Kolega będzie po to, by mógł mierzyć swoje siły ze słabszymi siłami tamtego i zwiększać nad nim przewagę. W tym celu Walter Klemmer znacznie wcześniej wyszukuje sobie starannie mniej wytrenowanego kajakarza. Należy do tych, którzy zarówno w grze, jak i w sporcie niechętnie przegrywają. Dlatego tak bardzo złości go sprawa z Eriką Kohut. Kiedy w czasie dyskusji słownej zaczyna tracić punkty, nie rzuca ręcznika, tylko na koniec gniewnie ciska rozmówcy

w twarz wypluwkę, zwymiotowany pakiecik z kosteczek, niestrawnych włosów, kamyków i źdźbeł trawy, spogląda na niego pogardliwie, przebiega w myślach wszystko, co mógł wykorzystać, a co niestety nie zostało powiedziane, i wściekły opuszcza towarzystwo.
Z tylnej kieszeni spodni wyjmuje teraz, ponieważ jest już na ulicy, swoją miłość do panny Kohut. Ponieważ przypadkiem jest całkiem sam i nie może nikogo pokonać na sportowej niwie, wspina się po tej miłości aż do punktu kulminacyjnego, który jest zarówno duchowy, jak i fizyczny. Jak po niewidzialnej drabince sznurowej. Sprężystymi susami gna Johannesgasse do Kärntnerstrasse i potem Kärntnerstrasse do Ringu. Mijające się jak jaszczury tramwaje przed Operą stanowią dla Klemmera naturalną barierę, trudną do przejścia, toteż mimo zuchwałości zmuszony jest zjechać ruchomymi schodami w głąb trzewi skrzyżowania.
Już chwilę przedtem z jednej z bram wyłoniła się postać Eriki Kohut. Erika widzi mijającego ją w pędzie młodego człowieka i jak lwica trzyma się jego tropu. Niewidziana, niesłyszana, dlatego jej myśliwska wyprawa pozostaje niebyła. Nie mogła wiedzieć, że on tak długo zostanie w toalecie, ale czekała. Czekała. Musiał ją dzisiaj minąć w tym miejscu. Tylko gdyby poszedł w przeciwnym kierunku, który jednak nie jest jego, nie przeszedłby obok niej. Erika zawsze jest gdzieś, gdzie cierpliwie wyczekuje. Obserwuje w miejscu, w którym nikt by się jej nigdy nie spodziewał. Gładziutko odcina postrzępione brzegi spraw, które w bezpośredniej bliskości eksplodują, detonują bądź tylko spokojnie spoczywają, i zabiera je ze sobą do domu, gdzie sama lub wespół z matką obraca je na wszystkie strony, spraw-

dząjąc, czy w szwie nie zaplątały się jakieś okruszki, paproszki, resztki brudu czy oderwane części ciała, które można by poddać analizie. Odpadki życia lub śmierci innych, możliwie zanim ich życia zostaną oddane do pralni. Wiele da się tam wybadać i znaleźć. Dla Eriki właśnie te ścinki są najistotniejsze. Panie K., osobno lub we dwójkę, pilnie pochylają się nad swoją domową lampą operacyjną i przykładają płomyki świec do resztek materiału, aby wypróbować, czy są to włókna czysto roślinne, czysto zwierzęce, mieszane lub całkowicie sztuczne. Rozpoznaje się to bezbłędnie po zapachu i konsystencji spalonego fragmentu, a wtedy można zdecydować na tej podstawie, do czego być może się to obcięte coś wykorzysta.
Matka i dziecko wkładają w siebie głowy, jakby były jednym człowiekiem, a to obce leży przed nimi pewne, oderwane od swojego pierwotnego kotwicowiska, nie dotyka ich, nie zagraża im, ale przecież ciężarne grzesznymi uczynkami innych, i czeka, kiedy wezmą je pod lupę. Nie może uciec, i uczniowie najczęściej też nie mogą uciec przed urzędową władzą swojej nauczycielki fortepianu, która dosięgnie ich wszędzie, jeśli nie pozostaną na wzburzonych wodach ćwiczeń.
Klemmer przed Eriką raźno wyrzuca nogi do przodu. Pewny celu pędzi w jednym kierunku, bez nadkładania drogi. Erika umyka przed wszystkim i wszystkimi, ale: jeśli ktoś żwawo umyka przed nią, ona natychmiast podąża za nim jak za Mesjaszem, z miejsca, zupełnie jak przyciągana gigantycznym magnesem.
Erika Kohut śpiesznie podąża ulicami za Walterem Klemmerem. Klemmer, w którym płonie wściekłość na niespełnione i gniew na niechciane, nie domyśla się, że

miłość, właśnie ona, podąża za nim, i to w dodatku w tym samym tempie, w jakim on pędzi przed siebie. Erika podejrzliwie spogląda na młode dziewczyny, których wymiarami i strojami gardzi, próbując je ośmieszyć. Jakże będą z nich razem z matką szydziły, kiedy już do niej wróci! Niewinnie przecinają drogę niewinnego Klemmera, ale przecież mogą wsączyć się w jego ucho jak śpiew syren, aż ślepo podąży za nimi. Uważa, które spojrzenie Klemmera spoczywa na jakiejś kobiecie, a następnie starannie je wymazuje. Młody człowiek, który gra na fortepianie, ma prawo stawiać wysokie wymagania, którym żadna nie sprosta. Oby nie znalazł żadnej, chociaż wiele chętnie znalazłoby jego. Takimi właśnie okrężnymi i błędnymi dróżkami przemierza ta para dzielnicę Josefstadt. Jeden, by wreszcie się ochłodzić, druga, by rozpalić się z zazdrości.
Erika ciaśniej okrywa się ciałem, tym nieprzenikalnym płaszczem, najmniejsze dotknięcie byłoby nie do zniesienia. Pozostaje zamknięta sama w sobie. A jednak coś każe jej podążać za tym uczniem. Ogon ciągnący się za głową komety. O powiększeniu składu ubrań dzisiaj nie myśli. Myśli natomiast o tym, żeby na następne zajęcia włożyć coś z zapasów, odpicuje się modnie, teraz, kiedy zbliża się wiosna.
W domu matka nie chce już dłużej czekać, kiełbaski, które gotuje, także nie lubią czekania. Pieczeń byłaby już nie do zjedzenia, jak podeszwa. Kiedy Erika wreszcie przyjdzie, matka z urażonej dumy zrobi tak, żeby dzięki drobnej sztuczce znanej gospodyniom domowym parówki pękły i złośliwie nabrały wody, wtedy będą już zupełnie niesmaczne. To wystarczy jako ostrzeżenie. Erika niczego nie przeczuwa.

Podąża za Klemmerem, a Klemmer idzie przed nią. I tak jedno łączy się z drugim. Zawsze w odpowiednim miejscu. Stopa Eriki staje tam, gdzie chwilę wcześniej stąpała stopa Klemmera. W tym biegu Erice nie do końca oczywiście udaje się ukarać sklepowe wystawy niezwracaniem na nie uwagi. Kątem oka lustruje witryny butików. To okolica, gdzie, jeśli idzie o ubrania, nie przeprowadzała jeszcze badań. Chociaż cały czas poszukuje nowych, wspaniałych kreacji. Pilnie potrzebowałaby nowej sukni na koncerty, ale takiej tutaj nie widzi. Te rzeczy lepiej kupować w centrum. Radosne karnawałowe serpentyny i konfetti obsypują pierwsze wiosenne modele i ostatnie zimowe wyprzedaże. Do tego błyszczące stroje, które w najlepszym razie mogłyby się w zupełnych ciemnościach uważać za eleganckie i wieczorowe. Dwa ekstrawagancko zaaranżowane, wypełnione sztuczną cieczą kieliszki do szampana, na które z wyszukaną nonszalancją rzucono boa z piór. Kilka par prawdziwych włoskich sandałków na wysokich obcasach, w dodatku posypanych błyszczącym pyłkiem. Przed nimi dama w średnim wieku, całkiem zadumana, której stopy nie zmieściłyby się nawet w papucie numer 41 z wielbłądziej wełny, tak są powykręcane od wykonywanych na stojąco przez całe życie mało interesujących zajęć. Erika rzuca spojrzenia na pałającą demoniczną czerwienią szyfonową suknię z riuszkami przy dekolcie i rękawach. Poinformowanie lepsze niż studiowanie. To tutaj jej się podoba, tamto mniej, bo aż tak stara jednak jeszcze nie jest.

Erika Kohut podąża za Walterem Klemmerem, który ani razu nie oglądając się za siebie, wchodzi do bramy mieszczańskiej kamienicy wyższej kategorii, aby udać się do mieszkania swoich rodziców na pierwszym piętrze, gdzie czeka jego rodzina. Erika Kohut nie wchodzi razem z nim. Sama mieszka całkiem niedaleko, jeszcze w tej samej dzielnicy. Z danych osobowych uczniów wie, że Klemmer mieszka niedaleko, symbol naszej wewnętrznej wspólnoty. Może rzeczywiście jedno z nich jest przeznaczone dla drugiego, a to drugie musi to po walkach i sprzeczkach zrozumieć.

Paróweczki nie będą już musiały długo czekać, Erika jest w drodze do nich. Wie już teraz, że Walter Klemmer nigdzie się nie zatrzymywał, tylko niezwłocznie udał do domu, toteż może na dziś zakończyć nadzór. Ale coś się z nią stało i Erika zabiera wynik tego stania się do domu, gdzie najpierw musi schować to do kasetki, żeby matka nie znalazła.

W wiedeńskim wesołym miasteczku na Praterze zabawiają się pociechy, na błoniach Prateru ci, żądni uciechy, każdy na swój sposób. W wesołym miasteczku napchani po brzegi pieczenią wieprzową, knedlami, piwem albo winem rodzice sadzają swoje równie napchane pociechy do garnków albo na barwnie lakierowane (plastikowe) koniki, słonie, samochody, złe smoki, i wprowadzone w ruch obrotowy dziecko zwraca wszystko, co z takim trudem przedtem w nie wepchano. Dostaje za to lanie, bo jedzenie w barze coś tam przecież kosztowało i nie co dzień na coś takiego sobie pozwalamy. Rodzice zatrzymują posiłek przy sobie, bo ich żołądki są silne, a ich dłonie szybkie jak błyskawice, kiedy spadają na potomków. Tylko kiedy rodzice zbyt wiele wypili, może się zdarzyć, że źle zniosą szybki zjazd kolejką widokową. Dla sprawdzenia odwagi i gotowości do ryzyka, najnowsze pokolenie ma też sterowane elektronicznie zabawki przedostatniej generacji chipów. Urządzenia te mają nazwy zaczerpnięte z kosmonautyki, płynnie i z szumem unoszą się w powietrze i obracają się tam na wszystkie strony, precyzyjnie sterowane, przy czym łatwo w nich pomylić górę z dołem. Wchodzi się do nich tylko przy dużej odwadze, w zasadzie pomyślane są dla nastolatków, którzy już zahartowali się w świecie, ale jeszcze nie ponoszą odpowiedzialności, także za swoje ciała. Oni jakoś to znoszą, kiedy dół nagle staje się górą i odwrotnie. Prom kosmiczny to winda składająca się z dwóch wielkich kolorowych metalowych łupin z ludźmi. Na ziemi tymczasem kawalerowie zestrzeliwują dla narzeczonych plastikowe lalki, które te mogą potem zabrać do domu. Jeszcze po latach rozczarowana już zazwyczaj żona widzi, ile kiedyś była dla swojego chłopaka warta. Na zielonych przestrzeniach częściowo dość zdziczałego Prateru bywa już rozmaicie. W jednej części króluje pic i pompa: z pięknych wielkich albo złośliwie szybkich samochodów wychodzą ubrane odpowiednio do jazdy konnej osoby, które, odpowiednio do okazji, zasiadają na końskich grzbietach. Niekiedy oszczędzają na elemencie najważniejszym, mianowicie koniu, i kupują tylko strój, w którym dumnie się przechadzają. Rujnują się tutaj sekretarki, bo przecież także na dzień powszedni z szefem muszą nabyć elegancką garderobę. Księgowi wypruwają sobie żyły, żeby w sobotę po południu przez godzinkę męczyło się pod nimi jakieś zwierzę. W tym celu chętnie wezmą nawet nadgodziny. Szefowie działu kadr i kierownicy podchodzą już do sprawy swobodniej, bo oni wprawdzie mogą sobie na to pozwolić, ale wcale nie muszą. I tak wszyscy widzą, kim oni są, tak że powoli zaczynają przymierzać się do golfa.

Z pewnością są ładniejsze okolice do jazdy konnej, ale nigdzie indziej nie jest się podziwianym przez tak wiele niewinnych rodzin z niewinnymi dziećmi i pieskami na smyczy, rodzin, które mówią: O, ale konik, i dziecko od razu chce się na nim przejechać, za co dostaje w łeb, kiedy zbyt głośno się dopomina. Nie stać nas na to. Zamiast tego chłopczyk albo dziewczynka zostają usadowieni na rozkołysanym plastikowym koniku karuzeli, gdzie mogą sobie dalej przeraźliwie ryczeć. Pozwala to dziecku wyciągnąć jakąś naukę, mianowicie, że większość rzeczy ma swoje tanie kopie, zarezerwowane właśnie dla niego. Niestety, dziecko myśli tylko o tym, czego mu nie dano, i nienawidzi rodziców.

Są jeszcze takie miejsca, jak Krieau i Freudenau, gdzie konie harują profesjonalnie, kłusaki nie mogą „zgubić kroku", a galopujące muszą się śpieszyć. Wszędzie ziemia usłana jest puszkami po napojach, kuponami loterii i innymi śmieciami, których natura nie potrafi przetrawić. Radzi sobie co najwyżej z delikatnym papierem, takim, z jakiego robi się chusteczki higieniczne; papier był niegdyś produktem naturalnym, ale dużo czasu minie, zanim się z powrotem w taki zmieni. Tekturowe talerzyki pokrywają udeptaną ziemię jak nienadający się do spożycia materiał siewny. W wyrafinowany sposób karmione, znakomicie umięśnione czworonożne szybkobiegi odchodzą, kołyszą się pod derkami, troskliwie prowadzone. Nie muszą się o nic martwić, poza jednym, mianowicie jaką taktyką wygrać w trzeciej gonitwie, a i to podpowie im we właściwym czasie ich dżokej czy jeździec, zanim zagrozi im przegrana.

Dopiero gdy zgaśnie światło dnia i zapadnie noc z lampką i robótkami albo kastetem i bronią palną, zaczynają się występy ludzi, którzy w życiu rzadko bywają prowadzeni, przeważnie kobiet. Rzadko, choć i to się zdarza: bardzo młodych mężczyzn, bo kiedy są już starsi, są dla swoich klientów jeszcze mniej warci niż stare kobiety. Które dla homoseksualisty nie mają oczywiście żadnej wartości, niezależnie od stadium. O tej porze bowiem otwiera swe podwoje pigalak na Praterze.

Wiedzą o nim wszyscy, cały Wiedeń, nawet najmniejsze dziecko, które słyszy ostrzeżenia, żeby po zapadnięciu ciemności za żadne skarby nie zbliżało się zanadto do tego miejsca: chłopcy na lewo, dziewczynki na prawo. Można tu spotkać wiele starszych kobiet, na krawędzi zawodu i życia. Często spotyka się też już tylko ich rozstrzelane i wyrzucone z pędzącego samochodu szczątki. Policja prowadzi potem bezsensowne dochodzenie, bo sprawca przybył z doskonale uporządkowanego spokoju i do niego też wrócił. Jeśli oczywiście nie był to alfons, mający alibi. To tutaj wynaleziono i po raz pierwszy zastosowano przenośny materac. Kto nie ma mieszkania, pokoju, hotelu, spelunki, samochodu, musi dysponować przynajmniej przenośną podkładką, która ogrzeje, i na której w miarę miękko można wylądować, gdy rzuci nas na ziemię pożądanie. Tutaj wiedeńskość w swej niczym nieograniczonej złośliwości wypuszcza najpiękniejsze kwiaty, kiedy na przykład zwinny Jugol czy szybki ślusarz z przedmieścia, którzy chcieli zaoszczędzić pieniędzy, pędzą przed siebie, ścigani przez rzucającą mięsem profesjonalistkę oszukaną przy zapłacie. Ale ślusarz z przedmieścia niczego tak nie pragnie, jak nowych czterech ścian dla siebie i swojej narzeczonej, gdzie można ukryć świństwa swojego prywatnego życia. Doskonale i pewnie można tam przechować książki, aparaturę stereo z kolumnami i płytami, telewizor, radio, kolekcję motyli, akwarium, narzędzia do majsterkowania i różności, różności, różności z dala od oczu ciekawskich. Ktoś, kto przyjdzie z wizytą, ujrzy tylko zabejcowane palisandrowe zasieki, chaosu za nimi nie dostrzeże. Zobaczy może – i o to chodzi – mały domowy barek, pełen kolorowych butelek oraz pasujące do nich, gniewnie błyszczące, bez końca polerowane kieliszki. Które przynajmniej w pierwszych latach małżeństwa starannie się poleruje. Potem pobiją je dzieci albo umyślnie zapomni się o polerowaniu, bo mąż zawsze tak późno wraca i chleje poza domem. Zwierciadlany bar z wolna zaczyna pokrywać się kurzem. Jugosłowianin, a także Turek, z natury pogardza kobietą, ślusarz pogardza nią tylko wtedy, kiedy jest niechlujna albo bierze za bzykanie pieniądze. Te pieniądze lepiej wydać na coś innego, co na dłużej starczy. Nie widzi potrzeby płacenia za coś, co trwa tak krótko jak wytrysk, bo przecież w końcu kobieta ma z nim przyjemność, jakiej z innymi nie zaznała. Swoim własnym życiem długo i mozolnie wytwarzał spermę. Kiedy umrze, i tak już nie będzie więcej produkował żadnych soków, ku utrapieniu kobiet. Ślusarz nie może zbyt często robić takich numerów, bo będą go już tutaj znali i bezlitośnie prześladowali. Lecz w momencie gwałtownej mizerii finansowej, bo trzeba spłacić raty, ryzykuje, że mu

spuszczą lanie albo nawet zrobią coś gorszego. Jego tęsknota za odmianą, jeśli idzie o damską vaginę, nie zawsze idzie w parze z jego finansowymi aspiracjami i możliwościami.
Szuka więc sobie kobiety, która nie wygląda na taką, żeby ktokolwiek miał ochotę ją jeszcze ochraniać. Z pewnością będzie mu jeszcze specjalnie wdzięczna, bo ślusarz to muskularny kawał chłopa. Wybrał sobie typową samotniczkę imperium zmysłów, trochę starszawą mamuśkę. Jugol albo Turek nie może zbyt często tego ryzykować, bo kobiety nieczęsto takich jak oni w ogóle do siebie dopuszczają. W każdym razie nie bliżej niż na rzut kamieniem. Taka, która przyjmie go jako klienta, najczęściej niewiele może za to żądać, bo jej praca równie niewiele jest warta. Turek na przykład, który dla swojego pracodawcy jest równie mało wart, o czym zresztą przekonuje się przy wypłacie, brzydzi się swojej partnerki. Odmawia założenia prezerwatywy, bo to jego boginia jest świnia, a nie on. A jednak mimo wszystko, tak jak i ślusarza, nęci go ten niemiły, ale przecież niedający się zaprzeczyć fakt, który zwie się kobietą. Nie lubią tej kobiety, nigdy dobrowolnie nie znaleźliby się w jej towarzystwie. Ale skoro ona już jest, to co się nasuwa jako pierwsze, żeby z nią robić?
Ślusarz z dzielnicy Fünfhausen co najmniej przez tydzień będzie zaszczycał swoją narzeczoną dobrym traktowaniem. Powie o niej, że jest czysta i pracowita. Powie swoim kolegom, że nie musi się jej wstydzić, a to już bardzo dużo! Może się z nią pokazać w każdej dyskotece, i, ponieważ ona nie ma zbyt wielkich aspiracji, niewiele od niego wymaga. Dostaje jeszcze mniej, ale nawet tego nie dostrzega. Jest o wiele młodsza od

niego. Pochodzi z nieporządnego domu, tym bardziej więc potrafi docenić porządny. On ma jej coś do zaoferowania. O Turku nie można nic prywatnie powiedzieć, bo tak właściwie to on nawet nie jest. On pracuje. A po pracy musi się gdzieś przechować, gdzie będzie chociaż trochę osłonięty przed niepogodą, ale nikt nie wie, gdzie to jest. Pewnie w tramwaju, bez kasowania biletu. Dla swego nietureckiego otoczenia jest jak taka postać z tektury, do której celuje się na jarmarcznych strzelnicach. W razie zapotrzebowania zostaje wyciągnięty za pomocą silniczka elektrycznego, ktoś do niego strzela, on zostaje trafiony albo i nie, i na drugim końcu strzelnicy chowa się ponownie, niewidocznie przemieszcza się – nikt nie wie, co się z nim dzieje, ale przypuszczalnie nic się nie dzieje – za górskim masywem z papier mâché z powrotem na pozycję wyjściową i ponownie wkracza w scenerię sztucznego krzyża na szczycie, sztucznej szarotki i sztucznego krokusa, gdzie już czeka na niego świeżo uzbrojony wiedeńczyk, podbechtywany przez odświętnie odzianą małżonkę, bulwarową „Kronenzeitung" i dorastającego syna, który chciałby wkrótce pobić ojca w strzelaniu i tylko czeka na jego wpadkę. Trafienie nagradza się małą plastikową laleczką. Są też kwiaty na drutach i pozłacane róże, lecz cokolwiek jest, jest przykrojone na potrzeby pani, która czeka na zwycięskiego strzelca, ze swej strony jako największa nagroda dla niego. I wie też, że on dla niej wysila się i złości, gdy spudłuje. W obydwu wypadkach ona za to odpokutuje. Kiedy mąż się wścieknie, że spudłował, może wręcz dojść do morderczej kłótni. W tej sytuacji kobieta tylko pogarsza sprawę, ofiarowując się z pomocą i pociechą.

Za karę zostaje przez niego wyjątkowo po chamsku pokryta, bez najmniejszej wstępnej przekąski. A jeśli jeszcze na dodatek nie chce dać od tyłu, dostaje wciry, że hej. Przyjeżdża na sygnale policja, wyskakuje z radiowozu i pyta kobietę, dlaczego się tak wydziera. Jeśli już sama nie może spać, to niech przynajmniej da spać sąsiadom. Potem dostaje adres schroniska dla maltretowanych kobiet.

Czółenko Erika luźniutko przeplata się przez rewir, rozciągający się na całą zieloną część Prateru. To też jest od niedawna jej teren. Rozszerzyła pole działania, zwierzyna w bliższej okolicy dawno już ją zna. Trzeba do tego odwagi. Ma na nogach mocne buty, żeby w razie potrzeby, gdy zostanie odkryta, mogła wdepnąć nawet w krzaki, w psie kiełbaski, puste, fallicznych kształtów plastikowe butelki z płynnymi resztkami trująco zabarwionej dziecięcej lemoniady (reklamowanej śpiewająco w telewizji, każdy smak przez innego zwierzaka), w zużyte do tajemniczych celów góry uświnionego papieru, w tekturowe talerzyki z resztkami musztardy, potłuczone butelki czy też utrzymujące jeszcze częściowo pierwotny kształt fiuta, pełne po brzegi wytwory przemysłu gumowego. Węszy nerwowo, zapobiegawczo. Wciąga powietrze w nozdrza i z powrotem je wydmuchuje.

Lecz tutaj, przy Praterstern, gdzie wysiada, na razie nie ma jeszcze niebezpieczeństwa. Wprawdzie już tutaj goniący się mężczyźni mieszają się z tłumem zwykłych przechodniów i spacerowiczów, ale elegancka dama jak najbardziej ma prawo złożyć wizytę na tym placu, jakkolwiek okolica nie zalicza się do najlepszych. Zdarza się bowiem tutaj, że stojący pojedynczo cudzoziemcy, jeśli nie są gazeciarzami, cichcem wyciągają z ogromnych plastikowych toreb, zachwalając je dyskretnymi okrzykami, sportowe koszule męskie z ozdobnymi kieszonkami, prosto z fabryki, modne damskie suknie w krzyczących kolorach, prosto z fabryki, zabawki dziecięce, prosto z fabryki, chociaż lekko uszkodzone, kilowe worki złomu czekoladowego, prosto z fabryki, części elektryczne i elektroniczne, prosto z fabryki albo z włamania, przenośne radia albo gramofony, prosto z fabryki albo z włamania, jak też kartony papierosów, nieważne skąd. Erika, mimo jak najskromniejszego ubioru, sprawia wrażenie, jakby jej wyjątkowo duża torba na ramię specjalnie została zrobiona albo zabrana z domu po to, aby w niezauważalny sposób pomieścić nowiutki magnetofon kasetowy niewiadomego pochodzenia i sprawności, ale opakowany w nowiuteńką plastikową folię. Lecz torba ta zawiera, oprócz licznych niezbędnych przedmiotów, przede wszystkim doskonałą lornetkę do nocnych obserwacji. Erika wygląda na osobę o dużej sile nabywczej, ponieważ jej buty są z prawdziwej skóry i mają przyzwoite podeszwy, jej płaszcz nie jest krzykliwy, ale też nie jest skromny aż do nijakości, tylko spokojnie i drogo trzyma się swojej właścicielki, dumnie, chociaż niewidocznie na zewnątrz, nosząc metkę słynnej w świecie angielskiej firmy. Jest to płaszcz, który można nosić przez całe życie, jeśli oczywiście wcześniej nas to nie wkurzy. Matka usilnie polecała go Erice, ponieważ jest zwolenniczką możliwie niewielu zmian w życiu. Płaszcz pozostaje na Erice, a Erika pozostaje przy swojej mamusi.

Erika Kohut wywija się wyciągającemu po nią bezczelnie rękę Jugosłowianinowi, który usiłuje jej wcisnąć felerny ekspres do kawy oraz swoje towarzystwo. Musi się tylko szybciutko spakować. Umyślnie odwracając głowę, Erika przestępuje przez coś niewidocznego i zmierza w stronę błoni, na których pojedynczego człowieka bardzo szybko traci się z oczu. Ona jednak nie dąży do utraty własnej osoby, przeciwnie – chce ją zyskać. Zakładając, że jednak by się zgubiła, jej matka, której stan posiadania pomnaża od chwili swych narodzin, natychmiast poszłaby zgłosić swoje roszczenia. A potem przeszukałaby cały kraj, anonsami w prasie, radiu i telewizji. Coś wsysa Erikę w tę okolicę i to nie po raz pierwszy. Była już tutaj wielokrotnie. Orientuje się. Ludzki tłum rzednie. Rozpada się na brzegach, poszczególne jednostki rozchodzą się jak mrówki, z których każda przyjęła określone zadanie w swoim państwie. Po godzinie takie zwierzę dumnie prezentuje kawałek owocu albo ścierwa.

Jeszcze niedawno na przystankach tworzyły się ludzkie grona, grupki i wysepki, aby coś wspólnie szturmować, a teraz, ponieważ jak dobrze wyliczyła Erika, szybko zapada zmrok, gasną też światła ludzkiej obecności. Coraz więcej za to zaczyna się skupiać wokół sztucznego światła latarni. Tutaj, na uboczu, nie wiadomo kiedy znaleźli się już tylko ci, którzy muszą tu być zawodowo. Albo ci, którzy oddają się swojemu hobby, czyli pieprzeniu albo ewentualnie rabowaniu i mordowaniu wypieprzonej przez siebie osoby. Niektórzy tylko w spokoju się przyglądają. Niewielka pozostałość obnaża się umyślnie przy stacji miniaturowej kolejki.

Ostatnie, naszpikowane spóźnionym sprzętem do sportów zimowych dziecko-maruder, potykając się, pędzi w stronę ostatniego światełka przystanku, poganiane

słyszanymi wewnętrznie głosami rodziców, ostrzegającymi przed samotnym przebywaniem nocą na Praterze. I podającymi przypadki, kiedy to – w najlepszym wypadku – nowe narty wystane na pozimowej wyprzedaży, które można wykorzystać dopiero w następnym sezonie, przemocą zmienią właściciela. Dzieciak zbyt długo walczył o te narty, żeby teraz ryzykować ich utratę. Z trudem przebiega, objuczony, tuż obok p. Kohut. Dziwi się samotnej kobiecie, stojącej w żywej sprzeczności ze wszystkim, co twierdzą rodzice.
Erika, przyciągana ciemnością, wkracza na spokojnie rozciągające się tutaj, poprzetykane zaroślami, zagajnikami i strumykami błonia. Leżą sobie po prostu, te błonia, i noszą swoje nazwy. Celem jest to o nazwie Jesuitenwiese. Stąd jest jeszcze ładny kawałek drogi. Erika Kohut jednostajnie odmierza ją swymi turystycznymi butami. Teraz wesołe miasteczko, światła błyskają w oddali i szybko pędzą przed siebie. Słychać strzały, głosy drą się zwycięsko. Młodzież wrzeszczy w salonach gry razem z przyrządami do walk albo w milczeniu szarpie aparaty, które za to ze swej strony tym głośniej łomocą, buczą i brzęczą i ciskają błyskawice. Wszystko to Erika zdecydowanie zostawia za sobą, zanim jeszcze w ogóle do siebie dopuściła. Światła przez krótką chwilę wyciągają palce za Eriką, nie znajdują oparcia, muskają w przelocie jej włosy przykryte jedwabną chustką, ześlizgują się, ciągną za sobą pełen żalu wilgotny barwny ślad na jej płaszczu i spadają za nią na ziemię, gdzie umierają w brudzie. Drobne eksplozje z trzaskiem wstrząsają jej ciałem, ale i one muszą ją przepuścić, nie mogąc wyrwać w niej dziury. Nie są zdolne przyciągnąć Eriki, raczej ją odpychają. Wielki

Diabelski Młyn to wielkie koło z rozproszonych świateł. Przewyższa wszystko. Lecz ma konkurencję w równie, choć o wiele jaskrawiej oświetlonych kolejkach górskich, po których pędzą przeraźliwie piszczące mikroskopijne wagoniki z przeraźliwie piszczącymi ze strachu przed potęgą techniki ludźmi, którzy się w nie wczepiają. A czasem pod nikłym pretekstem także w swoją towarzyszkę. To nie dla Eriki. Jej ostatnim pragnieniem jest, żeby ktoś się w nią wczepiał. Podświetlony duch na wierzchołku tunelu strachu śle przed siebie waciane zaproszenie, które nie przyciąga nawet psa z kulawą nogą, co najwyżej czternastoletnie dziewczynki z pierwszymi chłopakami, które jeszcze jak małe kotki igrają z grozą tego świata, zanim same tej grozy staną się częścią.

Szeregowce i wolno stojące domki jednorodzinne, ostatnia ariergarda dnia, zamieszkana przez ludzi, którzy przez cały dzień muszą słuchać odległego hałasu, nawet nocą. Kierowcy TIR-ów z krajów bloku wschodniego, którzy chcą jeszcze zatankować ostatni łyk wielkiego świata. Dla żony w domu para sandałów, które wyłoniły się z tamtych plastikowych toreb i teraz raz jeszcze poddane zostają ocenie, czy odpowiadają standardowi Zachodu. Ujadanie psów. Rozmigotanie miłości przed ekranami. Przed kinem porno jakiś mężczyzna krzyczy, że jeszcze nikt tego nie widział, co można tutaj zobaczyć, więc zapraszamy do środka. Ledwie zapadły ciemności, a już świat wydaje się składać wyłącznie z męskich uczestników. Przynależna do nich część kobiecości czeka cierpliwie poza ostatnim kręgiem światła na to, że też jeszcze coś zarobi na tym, co kino porno zostawiło z mężczyzny. Do kina mężczyzna idzie samotnie, po kinie potrzebuje kobiety, która zarówno tam, jak i tu odwieczną mami pokusą. Nie wszystko może zrobić sam. Niestety musi zapłacić podwójnie, za bilet do kina, a potem jeszcze za kobietę.

Erika kroczy dalej. Opustoszałe błonia otwierają swe wsysające otchłanie. Ciągną się bardzo daleko w okolicę, i dalej poza nią, w obce kraje. Aż do Dunaju, do portu naftowego Lobau, do portu Freudenau. Port zbożowy Albern. Puszcze błoń przy porcie Albern. Dalej Blaue Wasser i Cmentarz Bezimiennych. Nabrzeże towarowe. Kanały Heustadlwasser i Praterlände. Tam gdzie przybijają statki, a potem ruszają w dalszą drogę. A po drugiej stronie ogromne tereny zalewowe, o które walczy młodzież z organizacji ekologicznych, piaszczyste nadbrzeżne okolice, łęgi, olchy, zarośla. Liżące brzegi fale. Ale tak daleko Erika nie musi iść, zresztą droga byłaby za daleka. Pieszo dałby radę tylko doświadczony wędrowiec, który robi odpoczynki i się posila. Erika ma teraz pod stopami miękki grunt łąki i kroczy przed siebie. Idzie i idzie. Niewielkie zamarznięte wysepki, koronkowe kołderki śniegu, trawa zmrożona jeszcze przez zimę. Żółta i brązowa. Erika z równomiernością metronomu stawia nogę za nogą. Jeśli jedna noga wdepnie w psią kupę, druga od razu o tym wie i unika cuchnącego potem długo miejsca. Pierwsza noga zostaje potem wytarta o trawę. Światła z wolna zostają z tyłu. Ciemności otwierają swe wrota: zapraszamy! Z doświadczenia p. Kohut wie, że w tej okolicy bez większego trudu można zaobserwować rozpoczynające i wykonujące swoje służbowe czynności prostytutki. W torbie Eriki jest nawet bułka z suchą kiełbasą jako prowiant. Jej ulubione jedzenie, chociaż odrzucone przez matkę jako niezdrowe. Niewielka latarka na wszelki wypadek, straszak na wyjątkowy wypadek (nawet nie wielkości palca!), kartonik mleka czekoladowego na pragnienie po jedzeniu, dużo papierowych chusteczek na wszelkie wypadki, trochę pieniędzy, ale w każdym razie wystarczy na taksówkę, żadnych dokumentów, nawet na wszelki wypadek. No i lornetka. Odziedziczona po ojcu, który w czasach jasności umysłu wypatrywał ptaków i gór, nawet nocą. Matka jest przekonana, że dziecko spędza teraz czas na prywatnym muzykowaniu, i wręcz chwali się przed córką, że pozwala jej tam samej chodzić, żeby miała jakieś życie prywatne i nie zarzucała matce bez przerwy, że nie wypuszcza jej z macek. Najpóźniej za godzinę matka po raz pierwszy zadzwoni do jej koleżanki od muzykowania, a ta zaserwuje ustaloną wymówkę. Koleżanka uwierzyła w romans Eriki i uważa się za wtajemniczoną.

Ziemia jest czarna. Niebo odcina się od niej tylko odrobinę jaśniejszą barwą, ale na tyle, że wiadomo, gdzie kończy się ziemia, a zaczyna niebo. Na horyzoncie lekko zarysowane sylwetki drzew. Erika dopuszcza do głosu ostrożność. Staje się cicha i lekka jak piórko. Staje się miękka i nieważka. Staje się niemal niewidoczna. Niemalże rozpuszcza się w powietrzu. Cała zamienia się we wzrok i słuch. Przedłużeniem jej oka jest lornetka. Unika ścieżek, którymi chodzą inni wędrowcy. Wyszukuje punkty, w których inni wędrowcy się zabawiają – zawsze we dwoje. Przecież nie popełniła niczego, co mogłoby spłoszyć ludzi. Za pomocą urządzenia optycznego wypatruje par, przed którymi płoszyliby się inni ludzie. Nie może teraz badać gruntu pod stopami, porusza się więc na ślepo. Kieruje się tylko i wyłącznie słuchem, tak jak przywykła do tego z racji zawodu. Czasem powija jej się noga, czasem o mało się nie przewraca, ale cały czas prze mniej więcej prosto do przodu. Idzie i idzie i idzie. Odpadki wtulają się w protektory jej sportowych podeszew i wygładzają je. Ale ona idzie dalej po podatnym gruncie błonia. Wreszcie ich ma. Z jakiegoś zagłębienia wyrastają przed Eriką Kohut niby płomień wielkiego ogniska krzyki kochającej się pary. Nareszcie coś swojskiego dla patrzącej. Dzieje się to tak blisko, że nawet nie potrzebuje lornetki. Specjalnej nocnej lornetki. Jak swojski dom pieprząca się para wyłania się z pięknego błonia i wchodzi w oczy Eriki. Przy wtórze obco brzmiących okrzyków jakiś mężczyzna wwierca się w kobietę. Kobieta nie jest głośna, lecz wydaje półgłosem burkliwe niemal komendy i polecenia, których mężczyzna pewnie nie rozumie, bo dalej zagrzewa się po turecku czy w jakimś innym rzadkim języku i wcale nie kieruje się okrzykami kobiety. Kobieta warczy gdzieś z głębi krtani jak sprężony do skoku pies, żeby klient stulił pysk. Turek dalej jednak wydobywa z siebie poszumy i świsty jak wiosenny wietrzyk, tyle że głośniej. Wydaje przeciągłe, długie pokrzykiwania, które stanowią dla Eriki doskonały punkt orientacyjny, pozwalający podkraść się jeszcze bliżej, chociaż i tak jest już bardzo blisko. Te same krzaki, które dały przelotne schronienie parze kochanków, dostatecznie kamuflują także Erikę. Turek, czy też turkopodobny cudzoziemiec, wydaje się bardzo cieszyć tym, co robi. Kobieta, jak słychać, też się cieszy. Ale u niej dzieje się to nieco wolniej. Kobieta instruuje mężczyznę, co i gdzie ma robić. Nie sposób stwierdzić, czy on jej słucha, bo idzie za głosem swoich własnych wewnętrznych rozkazów, a wtedy nie da się uniknąć sytuacji, że od czasu do czasu koliduje to z życzeniami partnerki. Erika jest świadkiem, jak to się dzieje. Kobieta mówi hetta, mężczyzna wiśta. Kobieta zaczyna się powoli złościć, że mężczyzna nie puszcza jej przed sobą, tak jak się należy. Kiedy ona mówi: wolniej, on robi: szybciej i w drugą stronę to samo. Być może nie jest to profesjonalistka, tylko jakaś podchmielona standardowa kobieta, która dała się tu przywlec. Może się zdarzyć, że na koniec w ogóle nic nie dostanie za swoje wysiłki. Erika siada w kucki. Układa się wygodnie. Nawet gdyby się tu przytarabaniła w podkutych butach, to tych dwoje i tak by jej nie usłyszało. Tak głośno krzyczy to jedno, to drugie, to oboje naraz. Nie zawsze Erika ma tyle szczęścia w swoich poszukiwaniach. Kobieta mówi teraz do mężczyzny, żeby momencik zaczekał. Erika nie potrafi stwierdzić, czy mężczyzna się z nią w tym względzie zgadza. Wypowiada teraz w swoim języku dość spokojnie brzmiące zdanie. Kobieta naskakuje na niego, że nic nie rozumie. Ty czekać, jasne? Czekać! Nic czekać, słyszy Erika, świadek zdarzenia. Mężczyzna wbija się w kobietę z taką częstotliwością, jakby miał w rekordowym czasie podzelować parę butów albo zespawać karoserię samochodu. Każde z tych pchnięć wstrząsa kobietą aż do samych fundamentów. Gniewnie wrzeszczy, o wiele za głośno w stosunku do przyczyny: wolniej! Nie tak mocno, proszę. A więc przeszła już do próśb. Rezultat taki sam: zero. Turek ma nieprawdopodobną energię i śpieszy się jak oszalały. Wybiera nawet jeszcze wyższe przełożenie swojej wewnętrznej skrzyni biegów, żeby w każ-

dej jednostce czasu, a być może także pieniędzy, pomieścić możliwie dużo pchnięć. Kobieta rezygnuje ze starań, żeby chociaż też coś z tego mieć, i zaczyna mu głośno wymyślać, kiedy wreszcie skończy, czy może ma czekać do pojutrza. Mężczyzna wyrzuca z siebie zdyszane fanfary w języku tureckim, pochodzące gdzieś głęboko z jego trzewi. Strzela z obu stron naraz. Język i odczucia zdają się u niego zbliżać do siebie. Piłuje po niemiecku: Baba! Baba! Kobieta po raz ostatni próbuje ze swoim: wolniej! Erika w swojej kryjówce dodaje dwa do dwóch i decyduje, że to nie kurwa z Prateru, bo taka by go raczej zagrzewała, niż hamowała. W końcu jej zależy na tym, żeby uzbierać możliwie wielu klientów w możliwie krótkich odstępach czasu, w przeciwieństwie do mężczyzny, u którego jest odwrotnie, bo on chce możliwie jak najdłużej coś z tego mieć. Może kiedyś w ogóle już nie będzie mógł, i wtedy zostaną mu tylko wspomnienia.
Tak się składa, że obydwie płcie zawsze chcą czegoś zupełnie przeciwnego.

Erika jest tylko tchnieniem, ledwie oddech wychodzi z jej ust, za to oczy ma szeroko otwarte. Te oczy wietrzą, tak jak dzika zwierzyna wietrzy nosem, to wysokiej czułości narządy, obracają się zwinnie jak chorągiewki na wietrze. Erika robi to, żeby nie być całkiem wykluczoną. Raz odwiedza to miejsce tutaj, raz inne. Zależy wyłącznie od niej, gdzie chce być, a gdzie nie. Nie chce brać udziału, ale też nie może się to odbywać bez niej. W przypadku muzyki raz bywa wykonawczynią, raz widzem i słuchaczką. Tak upływa jej czas. Erika wskakuje weń i wyskakuje z niego jak ze staroświeckiego wagonu tramwajowego, który nie ma

jeszcze pneumatycznie zamykanych drzwi. W nowoczesnych wagonach, kiedy się już wsiadło, trzeba zostać w środku. Aż do następnego przystanku.
Mężczyzna nieprzerwanie przybija okucie za okuciem. Poci się przy tym niezmiernie i trzyma kobietę w żelaznym uścisku, żeby mu nie umknęła. Obślinia ją całą, jakby zamierzał ją połknąć jako łup. Kobieta nic już nie mówi, tylko stęka razem z nim, zaraziła się zapałem partnera. Skamle falsetem całą serię bezsensownych słów. Pogwizduje jak świstak, który zwietrzył wroga. Zakotwicza dłonie daleko na plecach swego vis-à-vis, żeby jej nie umknął. Żeby nie było tak łatwo jej się pozbyć, a i potem, kiedy już powinności stanie się zadość, żeby doczekała się jakiejś czułości czy obdarowania żartobliwym słówkiem. Mężczyzna robi na akord. Wyśrubowuje limit. Jest to dla niego pierwsza od długiego czasu okazja z miejscową, i wypełnia teraz tę okazję gorączkową aktywnością. Wierzchołkom drzew nad tą parą robi się straszno. Nocne niebo zdaje się jeszcze żywe od wiatru. Turek najwyraźniej nie zdoła się już powstrzymać tak długo, jak mu się marzyło. Wyrzuca z krtani coś niezrozumiałego, co nie wygląda nawet na tureckie. Kobieta pogania go okrzykami na ostatniej prostej.
W Erice kłębią się niszczące emocje. Świerzbią ją łapki, żeby tak znaleźć się w służbie czynnej, lecz kiedy się jej tego zabroni, znowu nabierze dystansu. Czeka, żeby zdecydowanie jej zabroniono. Jej działania domagają się stałych ram, na których można je rozpiąć. Niezauważona przez tych dwoje, z pary robi trójkąt. Jakieś narządy zaczynają nagle, poza jej kontrolą, pracować w dwa razy szybszym tempie, albo nawet jeszcze

szybciej. Silne parcie na pęcherz, uciążliwa przypadłość, która zawsze przypomina o sobie wtedy, gdy Erika się rozemocjonuje. Zawsze w najmniej odpowiednim momencie, chociaż tutaj rozciągają się kilometry przestrzeni, która tylko czeka, by pomóc pozbyć się bez śladu tej naturalnej potrzeby i jej rezultatu. Kobieta i Turek pokazują jej pewną czynność. Erika reaguje mimowolnie cichym szeleszczeniem gałązką. Naprawdę chciała zaszeleścić czy nie? Robi się coraz gorzej z tym wychodzącym ze środka parciem. Erika musi nieco unieść się ze swojej pozycji w kucki, żeby jakoś złagodzić to swędzące, piekące parcie. Sprawa robi się pilna. Kto wie, jak długo uda jej się jeszcze powstrzymać. A w dodatku teraz za nic nie można. Szelest i szuranie są całkiem głośne; Erika sama nie wie, czy to ona świadomie dopomogła gałązce, co oczywiście byłoby bezsensowne. Trąciła gałąź i gałąź rewanżuje się złośliwym wydaniem z siebie głosu.

Turek, dziecię natury, o wiele bardziej obeznany z trawami, kwiatami, drzewami niż z maszyną, przy której zwykle stoi, raptownie przerywa wszystko, co robił. Z kobietą zrywa jako pierwszą. Kobieta nie zauważa tego tak od razu i skamle przeraźliwie jeszcze przez dwie sekundy, chociaż turecki gość zdążył przełożyć dźwignię wyłącznika. Turek trwa teraz bez ruchu, i jest pięknie. Właśnie, co za przypadek, skończył, co miał skończyć, i odpoczywa. Jest zmęczony. Nasłuchuje szumu wiatru. Kobieta też zaczyna teraz nasłuchiwać, ale dopiero kiedy mieszkaniec kraju nad Bosforem syknął, żeby się tak nie wydzierała. Turek wyszczekuje krótkie pytanie, a może to jakiś rozkaz? Kobieta uspokaja go bez przekonania, niewykluczone, że jeszcze czegoś od niego chce. Turek nie rozumie, co ona mówi. Może będzie musiał jej przywalić, bo ona dyszkantem prosi, zostań ze mną. Albo coś podobnego, co Erika nie całkiem zrozumiała. Była rozproszona, bo w czasie, kiedy wstrząsany skurczami i spazmami Turek był całkowicie na łasce kobiety, ona uciekła dziesięć metrów w tył. Na szczęście dla niego, kobieta nic nie zauważyła i teraz Turek znowu jest panem samego siebie. I jest mężczyzną całą gębą. Kobieta żąda jazgotliwie pieniędzy albo miłości. Z ust kobiety płyną głośne skargi i wymyślania. Mieszkaniec Złotego Rogu naskakuje na nią szczekliwie i wyszpuntowuje się z niej, zrywając jednocześnie bezprzewodową łączność radiową. Rejterując, Erika narobiła hałasu jak stado bawołów afrykańskich, gdy zbliża się lwica. Może zrobiła to specjalnie, albo specjalnie, choć nieświadomie, co w rezultacie na jedno wychodzi.

Turek zrywa się na równe nogi i chce rzucić się do biegu, zaraz jednak leży znowu na ziemi, jego spodnie i łyskające biało spodenki płoną w ciemnościach gdzieś koło kolan. Klnąc, na czym świat stoi, szarpie się z odzieżą i robi groźny gest rękami. Jeden lewą i jeden prawą. W stronę znajdujących się nieopodal krzaków, w których panna Kohut wstrzymuje oddech, kurczy się w sobie i wgryza w jeden ze swoich dziesięciu fortepianowych młoteczków.

Turek skacze teraz jak w worku w splotach nogawek. Raz nie trafia w jedną, to znów w drugą. Nie daje sobie czasu na zrobienie tego, co najpotrzebniejsze. Niektórzy ludzie nie myślą wcześniej, tylko robią, żeby robić, przelatuje przez głowę obserwatorki, kiedy to widzi. Turek należy do tej właśnie grupy. Pozostawiona na ziemi, rozczarowana dolna część kochającej się pary krzyczy głośno, że to na pewno tylko jakiś pies albo szczur, które próbowały się obżerać prezerwatywami. Pełno tutaj smakowitych odpadków do żarcia. Niech już wraca do niej, skarbek. Niech jej nie zostawia samej. Ładna cudzoziemska głowa z kręconymi włosami wcale tego nie słucha, tylko rośnie na swoim właścicielu do pełnej wysokości – wygląda, że dość pokaźny ten Turek. Wreszcie udało mu się podciągnąć spodnie i rzuca się w krzaki. Na szczęście – być może też specjalnie – przedziera się w zupełnie nieodpowiednim kierunku, mianowicie tam, gdzie krzaki są coraz gęstsze. Erika bez specjalnego wysiłku myślowego wyszukała sobie raczej dość rzadkie zarośla, gdzie nikt nie będzie podejrzewał jej obecności. Kobieta cicho wznosi w oddali błagalne pienia. Ona też doprowadza się do porządku. Wsadza sobie coś między nogi i energicznie się wyciera. Wyrzuca kilka zmiętych papierowych chusteczek. Przeklina w dopiero co wynalezionym groźnym tonie, który zdaje się odpowiadać naturalnemu ustawieniu jej głosu. Woła i woła. Erika wzdryga się. Mężczyzna odszczekuje coś krótko w odpowiedzi i szuka, i szuka. Cały czas człapie od jednego miejsca do drugiego, w którym już był. Potem stereotypowo powraca do pierwszego miejsca. Bardzo możliwe, że ma stracha i wcale nie zależy mu, żeby naprawdę znaleźć podglądacza. Bo oto znowu przechodzi tylko od brzozy do zarośli i od zarośli do brzozy. Ani razu nie idzie w stronę innych krzaków, które też tu przecież są. Z monotonią kwart sygnału wozów strażackich kobieta powtarza, że na pewno nikogo nie ma. Wracaj, domaga się. Tego z kolei nie chce mężczyzna, który po niemiecku żąda,

żeby stuliła pysk. Kobieta wkłada sobie teraz zapobiegawczo między nogi nowy zwitek papierowych chusteczek, na wypadek gdyby coś jeszcze w środku zostało, i też naciąga majtki. Potem wygładza spódnicę. Poświęca teraz trochę uwagi rozpiętej bluzce i wyciąga spod siebie płaszcz, który podłożyła. Uwiła sobie gniazdko, jak to jest w kobiecym zwyczaju. Nie chciała pobrudzić spódnicy, za to płaszcz jest teraz uświniony i pomięty. Turek woła coś nowego, mianowicie: chodź! Kochanica Turka opiera się i nakłania do szybkiego oddalenia się. Teraz Erika widzi także ją w całej okazałości. Kobieta jest już dość stara, ale jak dla Turka, wciąż jeszcze młoda dupcia. Na wszelki wypadek trzyma się z tyłu, w razie czego musi mieć fory z tymi chusteczkami w majtkach. Jakże łatwo można je zgubić! Skoro w miłości nie za bardzo wyszła na swoje, to nie chce być jeszcze w dodatku zamordowana. Następnym razem sama dopilnuje, żeby spokojnie nacieszyć się miłością do samego końca. Z kobiety coraz bardziej staje się Austriaczka, a z Turka Turek, którym był przez cały czas. Kobieta staje się szacowna, a Turek automatycznie szacuje, czy nie ma wrogów i rywali.
Erika stara się teraz, żeby nie zaszeleścił i nie zaszemrał ani listek. Nie rusza się, ani drgnie, jak spróchniała gałąź, która odpadła z drzewa i bezużytecznie gnije w trawie.
Kobieta grozi gastarbeiterowi, że zaraz sobie pójdzie. Gastarbeiter już zamierza odpowiedzieć coś po chamsku, ale w ostatniej chwili się rozmyśla i szuka w milczeniu dalej. Musi teraz wykazać odwagę, żeby ta jakże szybko zamieniona z powrotem w miejscową kobieta miała do niego szacunek. Ośmielony tym, że nic się nie

rusza, zakreśla większy krąg, silniej zagrażając Erice. Kobieta ostrzega po raz ostatni i podnosi z ziemi torebkę. Porządkuje w sobie i na sobie ostatnie drobiazgi. Zapina i wkłada i coś wysypuje. Powoli zaczyna wycofywać się w stronę barów, raz jeszcze rzucając wzrokiem na tureckiego przyjaciela, ale już zwiększając szybkość własną. Na pożegnanie wywrzaskuje jakąś ordynarną niezrozumiałość.

Turek jest niezdecydowany, nie wie, co robić. Jeśli raz wypuści tę kobietę, pewnie przez całe tygodnie nie uda mu się znaleźć żadnego zamiennika. Kobieta wrzeszczy, że takich jak on może mieć na pęczki. Turek stoi bez ruchu i odwraca głowę raz w stronę kobiety, raz w stronę niewidocznego człowieka buszu. Turek jest niepewny, waha się między jednym instynktem a drugim, obydwa instynkty często już napytały mu biedy. Szczeka, jak pies, który nie wie, za którą zwierzyną podążać.

Erika Kohut nie wytrzymuje. Potrzeba okazuje się silniejsza. Ostrożnie ściąga majtki i siusia na ziemię. Ciepły strumień tryska spomiędzy jej ud na łąkę. Rozpryskuje się na miękkim materacu z listowia, gałązek, odpadków, błota, próchnicy. Erika wciąż nie wie, czy chce, żeby ją teraz odkryto, czy nie. Pozwala tylko z nieruchomo zmarszczonym czołem, żeby to z niej wypływało. Robi się w niej coraz puściej, a ziemia nasącza się jak gąbka. Erika niczego nie rozważa, żadnej przyczyny i żadnego skutku. Rozluźnia mięśnie i pryskający początkowo strumień zamienia się w łagodny, jednostajnie płynący. Uchwyciła obraz wyprostowanego, stojącego bez ruchu cudzoziemca w mikrometr źrenic i tam go trzyma, cały czas oddając mocz na ziemię. Jest przygotowana zarówno na jedno rozwiązanie, jak i na inne, obydwa jej odpowiadają. Pozostawia to losowi w postaci przypadku, czy Turek jest dobrotliwy, czy nie. Spódnicę w szkocką kratę starannie zebrała nad ugiętymi kolanami, żeby jej nie zamoczyć. Spódnica nie jest niczemu winna. Swędzenie wreszcie ustaje, zaraz będzie mogła zakręcić kranik.

Turek nadal jeszcze stoi wbity w ziemię jak posąg. Towarzyszka Turka natomiast, wydając z siebie głośne okrzyki, odchodzi, podskakując przez rozległą przestrzeń murawy. Od czasu do czasu odwraca się, pokazując ordynarny międzynarodowy gest. W ten sposób przełamuje barierę językową.

Coś ciągnie mężczyznę raz w jedną, raz w drugą stronę. Oswojone zwierzę między dwoma panami. Nie wie, co może oznaczać ciche ciurkanie i szelest, żadnego strumyka przedtem nie zauważył. Jedno już tymczasem wie na pewno: jego towarzyszka zmysłów umyka mu.

W chwili kiedy Erika Kohut jest już pewna, że zaraz wykona te dwa wielkie susy, jakie go od niej dzielą, w chwili kiedy Erika Kohut wyciska z siebie ostatnią kropelkę, w oczekiwaniu ludzkiego ciosu, który spadnie na nią z nieba (wykonana z grubej dębowej dechy przez artystycznie uzdolnionego stolarza atrapa człowieka, która rozdusi Erikę jak insekta), mężczyzna obraca się na pięcie i początkowo z ociąganiem, stale się oglądając, potem coraz szybciej i z większym zdecydowaniem podąża za swoim myśliwskim łupem, który zagarnął na początku tego miłego wieczora. Co się ma, to się już zostawia. Co się ma dopiero dostać, to nie wiadomo, czy spełni wymagania jakościowe. Turek ucieka

przed niepewnym, które w tym kraju nazbyt często okazywało się dla niego bardzo bolesne, i rusza śladem swojej partnerki. Musi się bardzo pośpieszyć, bo kobieta jest już tylko małym punkcikiem znikającym w oddali. Wkrótce i on zamienia się w musze gówno na horyzoncie.
Ona odeszła, on też odszedł, a niebo i ziemia znowu ciasno podają sobie w ciemnościach dłonie, których uścisk na krótką chwilę rozluźniły.

Erika Kohut dopiero co grała jedną ręką na fortepianie rozumu, a drugą na fortepianie namiętności. Najpierw wpływ wywierały namiętności, teraz przyszedł czas na rozum, który gna ją pośpiesznie przez mroczne aleje do domu. Lecz rezultaty namiętności przypadły w udziale innym, zamiast niej. Nauczycielka tylko się im przyglądała i wystawiła im oceny zgodnie ze swoją skalą. O mały włos nie została przy tym wciągnięta w sam środek jednej z namiętności, gdyby ją przyłapano.
Erika pędzi szpalerami drzew, wśród których już krąży śmierć w postaci różnych rodzajów jemioły. Wiele gałęzi musiało już pożegnać się ze swoim stałym miejscem i kończy żywot w trawie. Erika galopem opuszcza posterunek obserwacyjny, żeby znowu zasiąść w przygotowanym gnieździe. Na zewnątrz nic nie wskazuje na wzburzenie. Lecz podnosi się w niej wicher, kiedy na skraju Prateru widzi włóczących się młodych mężczyzn o młodych ciałach, bo jeśli idzie o wiek, mogłaby już niemal być ich matką. Wszystko, co zdarzyło się przed osiągnięciem tego wieku, nieodwołalnie prze-

minęło i nigdy nie zostanie powtórzone. Lecz kto wie, co przyniesie przyszłość. Przy dzisiejszym stanie medycyny kobieta aż do późnego wieku może spełniać swoje kobiece funkcje. Erika podciąga zamek błyskawiczny. W ten sposób zamyka się przed dotknięciem. Także przed przypadkowym dotknięciem. A w zranionym wnętrzu wicher pustoszy jej wciąż jeszcze soczyste łąki.
Erika wie dobrze, gdzie stoją taksówki, i wsiada do pierwszej w kolejce. Po rozległych błoniach Prateru zostało jedynie trochę wilgoci na butach i między nogami. Spod spódnicy wydobywa się kwaśnawa woń, ale taksówkarz na pewno jej nie zwietrzy, bo jego dezodorant zagłusza wszystko. Kierowca nie chce zmuszać pasażerów do wąchania jego potu i nie ma też obowiązku zapoznawania się ze świństwami pasażerów. W samochodzie jest ciepło i zupełnie sucho, ogrzewanie pracuje cicho, walczy z zimnym powietrzem nocy. Za szybami przelatują światła. Ciemne, niekończące się bryły starych budynków drugiej dzielnicy, bez świateł, śpiące otępiale, most przez Kanał Dunajski. Małe, nieprzyjemne, nasączone stratą knajpy, z których wylatują pijani, szybko zrywają się z ziemi i zaczynają okładać się pięściami. Stare kobiety w chustkach na głowach, które po raz ostatni tego dnia wyprowadzają swoje pieski, w nadziei, że ten jeden raz spotkają samotnego staruszka, który także ma psa, a w dodatku jest wdowcem. Erika błyskawicznie przesuwa się obok tego wszystkiego, gumowa myszka ciągnięta na sznurku, za którą skacze, bawiąc się, ogromne kocisko.
Horda motorowerów. Dziewczyny w obcisłych dżinsach, z czymś na kształt prawdziwych punkowych fryzur na głowach. Lecz ich włosom nie udaje się po-

zostać w pozycji pionowej, ciągle opadają. Sam tłuszcz we włosach jeszcze nie wystarcza. Włosy wciąż rozpaczliwie przywierają do skóry głowy. A dziewczęta wskakują na tylne siedzenia, przywierają do prowadzących motorowery chłopców i odjeżdżają z terkotem.

Instytut Urania wypuszcza z wykładu gromadę żądnych wiedzy uczniów, którzy stadnie skupiają się i tłoczą wokół wykładowcy. Chcą się dowiedzieć jeszcze więcej na temat budowy Drogi Mlecznej, chociaż właśnie usłyszeli wszystko, co było do usłyszenia. Erika przypomina sobie, że już kiedyś publicznie wygłaszała tu przed zainteresowanymi referat o Franciszku Liszcie i jego zapoznanym dziele, luźnym splotem o dużych oczkach. A dwa czy trzy razy regularnym splotem dwa lewe/dwa prawe na temat wczesnych sonat Beethovena. Zeznała wówczas, że w sonatach Beethovena, tych późniejszych czy, jak w tym przypadku, wcześniejszych panuje taka rozmaitość, że trzeba sobie zadać przede wszystkim pytanie, co właściwie oznacza to wielokrotnie wyszydzane słowo sonata. Być może to, co Beethoven określał tym mianem, to w ogóle już nie są sonaty w ścisłym znaczeniu tego słowa. Trzeba tam odkryć nowe zasady, w tej jakże wysoce dramatycznej formie muzycznej, w której niejednokrotnie uczucie ucieka formie. U Beethovena tak się nie dzieje, tutaj jedno i drugie idzie ramię w ramię; uczucie ostrzega formę przed dziurą w ziemi i odwrotnie.

Robi się jaśniej, bo zbliża się centrum miasta, gdzie o wiele hojniej szafuje się światłami, żeby turyści mogli łatwo odnaleźć drogę do domu. Opera jest już zamknięta. W praktyce oznacza to tak późną porę, że pani Kohut seniorka straszliwie szaleje w swoim domowym kręgu oddziaływania, którego nie zwykła przełamywać w celu udania się na spoczynek, nim córka cało i zdrowo dotrze do domu. Będzie krzyczeć. Zrobi obrzydliwą scenę zazdrości. Długo potrwa, zanim matka da się udobruchać. Ona, Erika, będzie w tym celu musiała dostarczyć jej sporo wyspecjalizowanych dowodów miłości. Od dzisiejszego wieczora wiadomo bowiem ostatecznie: matka się poświęca, a dziecko nie poświęca nawet jednej sekundy swego wolnego czasu! Jakże matka mogła zasnąć, skoro się obawia, że i tak się przebudzi, gdy córka będzie wchodziła na swoją połowę małżeńskiego łoża? Matka we wzmożonym tempie krąży jak wilk po mieszkaniu, rzucając ostre jak sztylety spojrzenia na zegar. Zatrzymuje się w pokoju córki, który nie ma ani własnego łóżka, ani własnego klucza. Otwiera szafę i wściekła wyrzuca w powietrze bezsensownie zakupione sukienki, co stoi w sprzeczności z delikatnością tkanin i z zasadami ich użytkowania. Rano, przed wyjściem do konserwatorium, córka będzie musiała najpierw to wszystko posprzątać. Te sukienki są dla matki dowodami egoizmu i samolubstwa. Ale egoizm córki widać także po tym, że minęła już jedenasta, a matka wciąż jeszcze jest sama ze sobą. Nie wolno jej tego robić. Kiedy skończył się film w telewizji, nie ma nikogo, z kim mogłaby porozmawiać. Teraz leci jeszcze jakaś nocna dyskusja, której nie ma ochoty oglądać, bo zaraz by zasnęła, a do tego nie może dopuścić, póki dziecko nie zostanie zmięte w bezkształtny, mokry kłębek. Matka nie ma zamiaru zmrużyć oka. Matka gryzie zębami starą suknię, noszoną przez Erikę na koncertach, która kryje jeszcze w fałdach nadzieję, że będzie należała do czołowej gwiazdy europejskiej pianistyki. Suknia została swego czasu zakupiona za pieniądze odejmowane od ust matki oraz ojca wariata. Teraz te same usta z wściekłością wgryzają się w suknię. W tamtym czasie ta próżna smarkula Erika prędzej by umarła, niżby założyła taftową spódniczkę i białą bluzkę, jak inne. Wtedy ładny wygląd córki w czasie koncertu uważała jeszcze za inwestycję. Skończyło się, wszystko na darmo. Matka depcze suknię kapciami, które są tak czyste, jak podłoga pod nimi, tak że nie mogą zhańbić sukni, zwłaszcza że w dodatku podeszwy są miękkie. W rezultacie suknia wygląda tylko na trochę pogniecioną. Matka bierze kuchenne nożyczki leżące na stole i udaje się z nimi na niesławy pole, aby nadać ostatni szlif temu tworowi na wpół ślepej krawcowej z przedmieścia, która przystępując do szycia sukienki, już od co najmniej dziesięciu lat nie widziała na oczy żurnala. Sukience i tak już nic nie pomoże. Może tylko pokazywałaby nieco więcej ciała, gdyby Erika miała odwagę nosić tę nową rozcinaną kreację z dużą ilością wolnej przestrzeni między poszczególnymi wąskimi paskami materiału. Wraz z sukienką matka kanceruje nożyczkami własne marzenia. Jak ta Erika ma spełnić marzenia matki, skoro nie potrafi porządnie wypełnić swoich własnych? Erika nie ma nawet odwagi domyśleć do końca swoich marzeń, zawsze tylko ogłupiała spogląda ku nim w górę. Matka zdecydowanym ruchem ciacha teraz bordiurę przy dekolcie i urocze bufiaste rękawki, przed którymi swego czasu Erika broniła się zajadle. Potem odcina resztki pomiętego dołu od góry sukienki. Dręczy się. Wcześniej musiała się zarzynać, żeby w ogóle doszło do powstania sukienki. Zaoszczędziła na nią z pieniędzy na dom, a teraz zadręcza się dziełem zniszczenia. Leży przed nią kilka osobnych części, które należałoby wrzucić do niszczarki, której nie ma. Dziecko wciąż jeszcze nie wróciło. Wkrótce stadium wściekłości przejdzie w stadium strachu. W końcu człowiek się przecież martwi. Jakże łatwo kobiecie przytrafić się może coś okropnego, kiedy chodzi po nocy, chociaż nie powinna. Matka dzwoni na policję, która nic nie wie i nie słyszała nawet żadnych pogłosek. Policja oświadcza matce, że pierwsza wiedziałaby, gdyby coś się stało. A ponieważ nikt nie słyszał o niczym, co wiekiem i wzrostem zgadzałoby się z Eriką, nie ma co zgłaszać. No chyba że po prostu jeszcze nie znaleziono ciała. Matka mimo wszystko dzwoni zaraz do jednego czy dwóch szpitali, które także o niczym nie wiedzą. Szpitale oświadczają, łaskawa pani, takie telefony całkowicie mijają się z celem. Niemniej jednak może ktoś właśnie wkłada krwawe pakunki z córczynymi szczątkami do różnych, oddalonych od siebie pojemników na śmieci. Wtedy matka zostanie sama jak palec i czeka ją dom starców, gdzie już nie będzie mogła być sama! A z drugiej strony nikt nie będzie tam z nią spał w małżeńskim łożu, do czego przywykła.

Znowu minęło dziesięć minut, a tu ani chrobotu zamka u drzwi, ani miłego, uprzejmego dzwonka telefonu, który mówi: proszę się natychmiast zgłosić do szpitala Wilhelminen. Ani córki, która mówi: mamusiu, będę za piętnaście minut, coś mnie niespodziewanie zatrzymało. Koleżanka, u której rzekomo miało się odbywać muzykowanie, nie podnosi słuchawki nawet po trzydziestu sygnałach.

Matczyna puma skrada się od sypialni, gdzie wszystko jest już pościelone do spania, do dużego pokoju, gdzie włączony ponownie telewizor rozbrzmiewa hymnem narodowym. Do tego powiewająca na wietrze czerwono-biało-czerwona flaga. Na znak, że to już koniec. Matka wcale nie musiała po to włączać telewizora, bo hymn zna na pamięć. Zamienia miejscami dwie figurki. Przestawia z miejsca na miejsce dużą kryształową misę. W misie sztuczne owoce. Które poleruje białą, miękką szmatką. Córka ma artystyczne wyczucie i mówi, że te owoce są okropne. Matka neguje ten surowy wyrok, w końcu to jeszcze wciąż jej mieszkanie i jej córka. Gdy już umrze, wszystko zmieni się samo. W sypialni następuje ponowne skrupulatne sprawdzenie przygotowania. Polega ono na starannym odchyleniu rożka kołdry, tak by tworzył trójkąt równoboczny. Prześcieradło, sztywne jak włosy kobiety po trwałej. Na poduszce smakołyk na dobranoc w postaci czekoladowej podkówki w staniolu, która została jeszcze z sylwestra. Niespodzianka ta zostaje teraz zabrana, bo jakaś kara musi być. Na nocnej szafce, obok nocnej lampki, książka, którą właśnie czyta córka. W niej zakładka z ręcznie malowanego dzieciństwa. Obok napełniona wodą szklanka na nocne pragnienia, bo kara nie musi być aż tak znów surowa. Wyrozumiała matka właśnie po raz kolejny napełnia szklankę wodą z kranu, żeby woda była możliwie zimna i świeża, i nie puszczała drobnych banieczek na znak, że już się ustała i jest mdła. Po własnej stronie małżeńskiego łoża matka nieco mniej starannie podchodzi do tych drobnych ostrożności. Z przyzwoitości dopiero tuż nad ranem wyjmuje sztuczną szczękę, żeby ją oczyścić. A potem natychmiast z powrotem! Jeśli nocą Erika ma jakieś życzenie, zostaje ono spełnione, o ile można to zrobić od zewnątrz. Swoje wewnętrzne życzenia może sobie Erika zachować dla siebie, bo czyż nie jest jej w domu ciepło i dobrze? Po dłuższym zastanowieniu matka dokłada jeszcze do książki duże zielone jabłko, żeby wybór był w miarę duży. Pociętą sukienkę, podobnie jak każda kocia matka, która nie wierzy w spokój swoich młodych i ciągle nosi je ze sobą, brała w każde z tych miejsc. A potem jeszcze w trzecie, gdzie pobłyskiwała wyraźnie widoczna. Córka powinna natychmiast zobaczyć to dzieło zniszczenia, któremu sama jest winna. Z tym że nie powinno się to jednak nazbyt rzucać w oczy. W końcu pani Kohut rozpościera szczątki sukni na telewizyjnym fotelu córki, bardzo starannie, zupełnie jakby Erika miała ją zaraz włożyć na koncert. Musi uważać, żeby suknia zachowała jako tako ciało i duszę. Matka układa strzępy rękawów w różne warianty. Prezentuje swoje legalne dzieło zniszczenia jak na tacy.

Matka przez krótki moment żywi podejrzenie, że pan Klemmer z dawno minionego domowego muzykowania próbuje wcisnąć się między matkę a córkę. Ten młody człowiek jest dość miły, lecz nie zastąpi matki, którą można mieć w jednym tylko wydaniu, mianowicie w oryginale. Jeśli właśnie miałoby dojść do zespolenia córki z tym Klemmerem, to jest to po raz ostatni. Już wkrótce będzie można wpłacić na mieszkanie w nowym bloku. Matka codziennie wykuwa i porzuca nowy plan, wedle którego córka nadal, już w nowym mieszkaniu, będzie musiała spać z nią w jednym łóżku. Już teraz trzeba kuć żelazo o imieniu Erika, póki

gorące. I póki jeszcze nie gorące z powodu tego Waltera Klemmera. Powody matki: groźba pożaru, groźba kradzieży, groźba włamania, groźba pęknięcia rury z wodą, groźba ataku serca u matki (ciśnienie krwi!), nocne lęki natury ogólnej i szczególnej. Matka każdego dnia na nowo urządza pokój córki w nowym mieszkaniu i to za każdym razem w sposób bardziej wyrafinowany niż poprzednio. Lecz o łóżku dla córki nie może być mowy. Wygodny fotel to maksimum ustępstw.
Matka kładzie się i natychmiast wstaje. Jest już w koszuli nocnej i szlafroku. Chodzi od ściany do ściany, jak tygrys po klatce, usuwając jeszcze więcej ozdobnych bibelotów z ich stałych miejsc i stawiając siebie na ich miejscu. Spogląda na wszystkie zegarki, jakie są w mieszkaniu, i porównuje ich wskazania. Już ona dziecku pokaże.
Stop, nareszcie, teraz będzie mogła pokazać dziecku od razu, bo oto słychać wyraźny trzask zamka, klucz dziurawi go na krótko i już otwierają się wrota do pełnej szarości i okropności krainy matczynej miłości. Erika wkracza do środka. Mruga oczami w jaskrawym świetle przedpokoju, jak ćma, która za wiele wypiła. Wszędzie pozapalane są światła, zupełnie jakby z jakiejś uroczystej okazji. Lecz czas wieczerzy świętej minął niewykorzystany już wiele godzin temu.
Cicho, ale za to z purpurową twarzą, matka wyprysku-je z miejsca swego ostatniego pobytu, przewraca przez pomyłkę jakiś przedmiot, omal nie przewracając też córki, faza walki, która powinna nastąpić dopiero później. Bez słowa zaczyna okładać dziecko, a dziecko, po krótkiej chwili na reakcję, zaczyna okładać ją. Od podeszew Eriki bije zwierzęcy zapach, wskazujący co

najmniej na rozkład. Ze względu na sąsiadów, którzy muszą wcześnie rano wstawać, toczą ze sobą bezgłośną walkę zapaśniczą. O niepewnym wyniku. W ostatniej sekundzie dziecko, być może z szacunku, pozwoli matce wygrać. Matka, być może w trosce o dziesięć rękodzielniczych młoteczków dziecka, pozwoli wygrać dziecku. Właściwie dziecko jest zdecydowanie silniejsze, ponieważ jest młodsze; poza tym matka wyeksploatowała się już w walkach z mężem. Lecz dziecko nie nauczyło się w pełni wykorzystywać swoich sił przeciwko matce. Z soczystymi klaśnięciami matka wali na odlew w rozpuszczoną koafiurę owocu swego żywota z późnego zbioru. Jedwabna chustka w końskie głowy wzlatuje w górę i jak na zamówienie okrywa lampę w przedpokoju, tłumiąc i łagodząc jej światło, tak jak powinno się robić w czasie co bardziej nastrojowych przedstawień. Córka ma też o tyle gorzej, że jej buty, śliskie od gówien, gliny i źdźbeł trawy, uciekają jej spod nóg na wykładzinie przedpokoju. Ciało nauczycielki wali więc o podłogę, z impetem niewiele tylko złagodzonym przez chodnik z czerwonego sizalu. Znaczny poziom hałasu. Matka ponownie syczy do Eriki z myślą o sąsiadach, ciszej! W rewanżu córka także zwraca matce uwagę w związku z sąsiadami: ciszej! Obydwie wpijają się sobie paznokciami w twarze. Córka wydaje okrzyk jak sokół spadający na łup i mówi, że jej wszystko jedno i niech się sąsiedzi jutro rano skarżą na hałasy, bo teraz to matka pożałuje. Matka wydaje krótki wrzask bólu, który natychmiast w sobie dusi. Potem znów tylko na wpół bezdźwięczne, na wpół dźwięczne sapnięcia i skowyty, stęknięcia i zgrzyty. Matka zaczyna naciskać klakson współczucia i ponieważ walka jak dotąd przebiega remisowo, sięga po nieuczciwe środki wskazując na swój wiek i rychłą śmierć. Przedstawia te argumenty półgłosem, w formie szlochanej litanii tanich wykrętów tłumaczących, dlaczego to dzisiaj nie jest w stanie wygrać. Erika jest poruszona skargą matki, nie chce, żeby matka tak bardzo osłabiła się tą walką. Mówi, że to matka zaczęła. Matka mówi, że to Erika zaczęła pierwsza. W ten sposób co najmniej o miesiąc skróciła mamusi życie. Erika drapie i gryzie już tylko na pół gwizdka. Matka szybko dostrzega swoją przewagę i wyrywa Erice kępkę włosów znad czoła, tych włosów, z których Erika jest tak dumna, bo wiją się tutaj takimi ładnymi lokami. Erika natychmiast wydaje z siebie jeden falsetowy pisk, który do tego stopnia przeraża matkę, że od razu przestaje. Jutro Erika będzie musiała chodzić z plastrem na ogołoconym miejscu. Albo niby to una fantasia zostanie w czasie zajęć w chustce na głowie. Obie panie, dysząc ciężko, siedzą naprzeciwko siebie na zsuniętym chodniku w przedpokoju, w przytłumionym blasku lampy. Po kilku niewykorzystanych dyszeniach córka pyta, czy to było konieczne. Gestem kochającej kobiety, która właśnie otrzymała wstrząsającą wiadomość z zagranicy, kurczowo przycisnęła dłoń do szyi, na której skacze i podryguje żyła. Matka, emerytowana Niobe obok komódki, na której stoi komplet czegoś o nieokreślonym przeznaczeniu i bliżej nieznanych zastosowaniach, odpowiada, nie znajdując słów. Odpowiada, że nie byłoby konieczne, gdyby córka zawsze wracała na czas do domu. Potem milczą. Lecz ich zmysły są wyostrzone, są wyszlifowane za pomocą obracających się kamieni szlifierskich w niewyobrażalnie cienkie ostrze.

Nocna koszula zjechała matce trochę w czasie walki i dowodzi, że matka, mimo wszystko, nadal jest przede wszystkim kobietą. Córka w zawstydzeniu prosi ją, żeby się okryła. Zmieszana matka stosuje się do tej prośby. Erika podnosi się i mówi, że chce jej się pić. Matka śpieszy spełnić to skromne życzenie. Obawia się, że jutro Erika na złość kupi sobie nową suknię. Matka wyjmuje z lodówki sok jabłkowy, specjalna promocyjna cena, bo matka rzadko tylko taszczy z supermarketu ciężkie butelki. Najczęściej kupuje koncentrat malinowy, który wystarcza na długo przy tym samym nakładzie sił. Koncentrat rozcieńcza się wodą na całe tygodnie naprzód. Matka powiada, że definitywnie teraz już wkrótce umrze, już tego chce, a i serce jest już słabe. Córka mówi matce, żeby nie przesadzała. Zobojętniała już na nieustające śmiertelne żale. Matka próbuje wybuchnąć płaczem, co przyniosłoby jej zwycięstwo przez nokaut w trzeciej rundzie, a w najgorszym razie zwycięstwo przez poddanie przeciwnika. Erika zabrania tego matce, wskazując na późną porę. Erika chce teraz wypić sok i marzy tylko o pójściu do łóżka. Matka ma zrobić to samo, tyle że po swojej stronie. I ma się do Eriki nie odzywać! Erika bowiem nie wybaczy jej szybko, że tak napadła na nią, niewinnie powracającą do domu z domowego muzykowania. Erika nie chce teraz brać prysznica. Mówi, że nie będzie teraz brać prysznica, bo wtedy rury słychać w całym domu. Tak jak stoi, kładzie się obok matki. Przepaliły się jej dzisiaj ze dwa, trzy bezpieczniki, ale w końcu jakoś wróciła do domu. Ponieważ bezpieczniki te przeznaczone były dla bardzo rzadko używanych urządzeń, Erika nie od razu zauważa, że się przepaliły. Kładzie się i natychmiast zasypia po pozostawionym przez matkę bez odpowiedzi dobranoc. Matka długo jeszcze leży bezsennie i zadaje sobie w duchu pytanie, dlaczego córka zasnęła od razu i bez śladu skruchy. Córka powinna zauważyć, że jej dobranoc świadomie zostało puszczone mimo uszu przez matkę. W zwykły dzień obydwie leżałyby bez ruchu przez jakieś dziesięć minut, każda we własnym sosie we wspólnej trumnie, potem nastąpiłoby nieuniknione pojednanie, z cichymi i szczególnie długimi wyjaśnieniami, przypieczętowane pocałunkiem na dobranoc. Lecz dzisiaj Erika zwyczajnie poszła spać, uniesiona snami, których matka nie pozna, bo następnego dnia nie zostaną jej opowiedziane. Matka zaleca sobie najwyższą czujność przez następne dni i tygodnie, ba, miesiące. Ta myśl jeszcze przez parę godzin nie pozwala jej zasnąć, aż zaczyna szarzeć świt.

Kulturalnie uświadomiony człowiek zwykł twierdzić na temat sześciu Koncertów brandenburskich Bacha m.in. to, że przy ich powstawaniu za każdym razem na niebie tańczyły gwiazdy. Kiedy tacy ludzie mówią o Bachu, zawsze w grę wchodzi Bóg i miejsce jego zamieszkania. Erika Kohut przejęła partię fortepianu po jednej z uczennic, która dostała krwotoku z nosa i musiała się położyć z pękiem zimnych kluczy na karku. Leży na materacu gimnastycznym. Flety i skrzypce uzupełniają zespół, nadając Koncertom brandenburskim walor wyjątkowości, bo obsada zawsze jest bardzo urozmaicona, jeśli idzie o koncertujące grupy instrumentów. Zawsze są to bardzo różne instrumenty, raz nawet aż dwa flety proste!

Pozostający w orszaku Eriki Walter Klemmer przeszedł do nowej, bardzo serio pomyślanej ofensywy. Oddzielił sobie jeden kąt sali gimnastycznej i tam się usadowił. To jego własna widownia, skąd przysłuchuje się próbie orkiestry kameralnej. Udaje, że intensywnie analizuje przyniesioną partyturę, w rzeczywistości jednak patrzy tylko na Erikę. Nie roni ani jednego jej ruchu przy fortepianie, nie po to, aby samemu się czegoś z tego nauczyć, lecz po to, aby w typowo męski sposób zmieszać grającą. Spogląda na nauczycielkę bezczynnie, lecz prowokacyjnie. Pragnie być dla niej jako mężczyzna jednym wielkim, żywym wyzwaniem, jakiemu sprostać może jedynie najsilniejsza kobieta i artystka. Erika pyta go, czy nie zechciałby sam przejąć partii fortepianu? Klemmer odpowiada: nie, nie, i czyni między tymi dwoma jednosylabowymi słowami znaczącą pauzę, w którą wkłada coś niedopowiedzianego. Wymownym milczeniem reaguje na stwierdzenie Eriki, że tylko ćwiczenie czyni mistrza. Klemmer wita się z dziewczyną, którą zna, całując ją w rękę w bardzo teatralny sposób, wraz z inną dziewczyną śmieje się z czegoś błahego. Erika czuje duchową pustkę bijącą od takich dziewcząt, które bardzo szybko zaczynają nudzić mężczyznę. Sama ładna buzia na długo nie starczy.

Tragiczny bohater, Walter Klemmer, który właściwie jest za młody do tej roli, podczas gdy Erika w roli niewinnej ofiary zainteresowania jest właściwie za stara, przesuwa palcami po niemych stronicach partytury zgodnie z przebiegiem utworu. Każdy może od razu rozpoznać, że ma do czynienia z ofiarą muzyki, a nie jej pasożytem. On sam jest wykonawcą, który tylko wskutek niesprzyjających okoliczności nie został uwzględniony.

Klemmer na moment obejmuje ramieniem trzecią dziewczynę w znowu modnej minispódniczce. Wydaje się nieobciążona żadną myślą. Erika myśli sobie: skoro Klemmer zamierza zejść w rejony aż tak niskie, to proszę bardzo, ale ja mu w tym towarzyszyć nie będę. Jej skóra marszczy się z zazdrości jak krepina. Oczy ją bolą, ponieważ wszystko odbiera tylko ich kącikami, nie może się przecież odwrócić w stronę Klemmera. Za żadne skarby nie może dostrzec jej zainteresowania. Klemmer żartuje teraz z trzecią dziewczyną, która zwija się w paroksyzmach śmiechu, pokazując nogi aż do miejsca, gdzie się praktycznie kończą, bo przechodzą w korpus. Dziewczyna jest zalana słońcem. Ciągłe wiosłowanie wymalowało policzki Klemmera na zdrowy kolor, jego głowa płynie wraz z głową dziewczyny, jego jasne włosy błyszczą wspólnie z długimi włosami dziewczyny. Podczas uprawiania sportu Klemmer chroni głowę hełmem. Opowiada koleżance dowcip, przy którym jego oczy rozbłyskują niebiesko, podobne do tylnych świateł auta. Bezustannie czuje obecność Eriki. Jego oczy nie sygnalizują manewru hamowania. Tak, Klemmer niewątpliwie znajduje się w fazie przygotowań do nowego skoku. Wiatr, woda, skały i fale jak najcieplej zaleciły zrezygnowanemu, który już chciał się poddać, który już zamierzał przystąpić do zrywania kwiatków młodszych niż Erika, aby wytrzymał jeszcze odrobinę, ponieważ widać już pierwsze symptomy chwiania się i mięknięcia obiektu potajemnej miłości. Gdyby chociaż jeden jedyny raz udało mu się przesadzić ją do swojej łódki, oczywiście wcale nie musi to być od razu okrzyczany jako trudny w manewrowaniu kajak! Może to być każda spokojnie kołysząca się na

wodzie łódź. A wtedy, na jeziorze, na rzece, Klemmer byłby w swoim żywiole. Mógłby niepodzielnie i pewnie nad nią panować, bo on na wodzie czuje się jak w domu. Mógłby dyrygować chaotycznymi ruchami Eriki i koordynować je. Tu, na klawiaturze, na ścieżce dźwiękowej, to ona jest w swoim żywiole, a dodatkowo jeszcze dyryguje dyrygent, emigrant z Węgier, który z silnym cudzoziemskim akcentem jak wściekły ruga uczniów.
Kiedy już zdiagnozował jako sympatię to, co łączy go z Eriką, Klemmer znowu nie poddaje się, lecz ponownie spręża w sobie, zręcznie sondując przednimi łapami i zaraz szybko dostawia tylne. O mały włos by mu się wymknęła, czy też raczej on by zrezygnował z braku sukcesu. Byłby to gruby błąd. Kiedy tak dziobie w klawisze, strzelając niepewnymi spojrzeniami w jego stronę, w stronę ucznia, który nie wychodzi, ale i nie podchodzi do niej i nie mówi, jaki to stos w nim płonie, wydaje mu się fizycznie bardziej wyrazista, bardziej dostępna niż jeszcze rok temu. Co się tyczy muzycznej analizy tego, co tutaj rozbrzmiewa, to jednak nie wydaje się całkiem obecny. Niewątpliwie fizycznie tu jest. Czy jest tutaj z jej powodu? W muzykujących grupach kolejne ładne młode dziewczyny, wszelkiego formatu, wszelkiego koloru i wielkości. Erika nie daje dowodu, że w ogóle Klemmera zauważyła, i rzuca tym na siebie podejrzenie. Unika Klemmera, dając mu tym samym do zrozumienia, że od samego początku w ogóle tylko jego jednego tutaj zauważała. Poza Klemmerem istnieje dla niej, poskromicielki muzyki, już tylko muzyka. Jak na znawcę rzeczy przystało, Klemmer nie wierzy w to, co zdaje się odczytywać z twarzy tej kobiety: odmowa.

Tylko on jeden jest godzien, by przekroczyć ogrodzenie na tym górskim pastwisku, gdzie widnieje napis „Wchodzenie pod karą wzbronione". Erika wypuszcza biegnik jak sznur pereł z białych mankietów bluzki, jest naładowana nerwowym pośpiechem. Może ten pośpiech bierze się z nadchodzącej wiosny, która od dawna już sygnalizuje swoje zbliżanie się wzmożoną częstotliwością występowania ptactwa oraz niezważających na nic kierowców, którzy ze względów zdrowotno-technicznych oraz ogólnotechnicznych na zimę odstawili samochód na kołki, a teraz wyrastają spod ziemi razem z pierwszymi przebiśniegami i, odzwyczajeni od kierowania, powodują straszliwe w skutkach wypadki. Erika mechanicznie odgrywa łatwiejszą partię. Jej myśli ulatują w dal, w studyjną podróż dwojga pianistów, jej i jej ucznia Klemmera. Tylko ona, on, mały hotelowy pokoik i miłość.
Potem wszystkie myśli pakują się na ciężarówkę, która wyładuje je w małym mieszkanku dla dwojga. Tuż przed końcem dnia myśli znowu muszą się znaleźć w koszyczku, który mamusia z taką miłością wymościła i świeżo posłała, i kolejny raz młodość przytuli się do starości.
Pan Nemeth znowu przerywa stukaniem w pulpit. Skrzypce grały jego zdaniem nie dość miękko. Jeszcze raz od B, proszę. Krwawiąca z nosa wraca już wzmocniona i domaga się zwrotu miejsca przy fortepianie oraz swoich praw solistki, które z takim trudem zdobyła w walce z konkurencją. Jest ulubioną uczennicą pani prof. Kohut, ponieważ i ona ma matkę, która żywi ambicje zamiast dziecka.

Dziewczyna zajmuje miejsce Eriki. Walter Klemmer mruga do dziewczyny, by dodać jej otuchy, i obserwuje uważnie, co na to Erika. Jeszcze zanim pan Nemeth zdążył sięgnąć po pałeczkę, Erika wypada z sali. Klemmer, głęboko jej wdzięczny i znany w całym mieście sprinter w sztuce i w miłości, także zrywa się na równe nogi, chce złapać jej trop. Lecz jedno spojrzenie dyrygenta sprawia, że widz Klemmer opada z powrotem na miejsce. Uczeń musi się zdecydować, czy chce wejść, czy wyjść, ale potem musi już zostać tam, gdzie zdecydował się być.
Skrzypkowie i skrzypaczki rzucają się prawym ramieniem na smyczki i z wielką siłą zaczynają wzbudzać struny. Fortepian dumnie wkracza stępa na maneż, kręci biodrami, wykonuje swobodne taneczne ruchy, serwuje wyszukaną sztuczkę rodem z Wyższej Szkoły Jazdy, której w ogóle nie ma w nutach, tylko została wymyślona w czasie długich bezsennych nocy, i teraz, promiennie oświetlona potokiem różowego blasku, z gracją przechadza się w półkolu. A pan Klemmer musi siedzieć i czekać, aż dyrygent kolejny raz przerwie. Tym razem maestro zamierza za wszelką cenę dociągnąć do końca, no chyba że ktoś całkiem wyłamie się z zaprzęgu. Nie ma takiej obawy, bo tutaj muzykują dorośli. Orkiestra dziecięca i szkolne grupy śpiewacze, kolorowa układanka ze wszystkich tutejszych klas śpiewu, miały próby już o czwartej. Ćwiczono kompozycję prowadzącego klasę fletu prostego, z partiami solowymi śpiewanymi przez nauczycielki klas śpiewu wszystkich filii szkoły muzycznej, owych siostrzanych firm konserwatoryjnej centrali. Śmiałe dzieło z przejściami

od taktów parzystych do nieparzystych, które niejednego malucha przyprawiły o moczenie nocne.
Tu i teraz przyszli zawodowcy pławią się w muzyce. Narybek dla orkiestry Związku Kompozytorów Dolnej Austrii, dla prowincjonalnych oper, dla orkiestry symfonicznej rozgłośni radia austriackiego. Nawet dla Filharmoników Wiedeńskich, jeśli ktoś z męskich krewnych danego ucznia już tam gra.
Klemmer siedzi i duma nad Bachem. Ale robi to jak kokosz, która na razie nie ma ochoty troszczyć się o wysiadywane jajo. Czy Erika niedługo wróci? A może poszła umyć ręce? Nie za dobrze orientuje się w rozkładzie tutejszych pomieszczeń. Nie potrafi się jednak mimo wszystko powstrzymać przed wymianą porozumiewawczych mrugnięć z co ładniejszymi koleżankami. Stara się sprostać swojej opinii kobieciarza. Dzisiaj trzeba było przenieść próbę do tej zastępczej siedziby. Wszystkie duże sale konserwatorium zostały wykorzystane na próby generalne klasy operowej w związku z samobójczym projektem szkoły (*Wesele Figara* Mozarta). Blisko zaprzyjaźniona szkoła podstawowa użyczyła sali gimnastycznej na próbę Bacha. Przyrządy gimnastyczne wycofały się pod same ściany, na jeden dzień kultura fizyczna ustąpiła miejsca kulturze duchowej. W tejże szkole, leżącej w dawnym kręgu oddziaływania Schuberta, na górnych piętrach mieści się dzielnicowa szkoła muzyczna, lecz jej pomieszczenia są jednak za małe na taką próbę.
Uczniom tej filialnej szkoły muzycznej pozwolono dzisiaj przysłuchiwać się próbie słynnego konserwatorium. Niewielu z nich zrobiło z tego użytek. Ma im to ułatwić wybór przyszłego zawodu. Przekonują się, że ręce

mogą nie tylko ordynarnie łapać, ale także delikatnie gładzić. Docelowe zawody, takie jak stolarz i profesor uniwersytetu, odchodzą w dal. Uczniowie siedzą w skupieniu na krzesłach i materacach gimnastycznych i szeroko otwierają uszy. Żaden z nich nie ma rodziców, którzy chcieliby, żeby ich dziecko uczyło się stolarstwa.

Ale dziecko nie powinno też dojść do wniosku, że kiedy zostanie muzykiem, pieczone gołąbki będą mu same wlatywać do gąbki. Dziecko musi poświęcić na ćwiczenia swój czas wolny.

Walter Klemmer czuje się nieswojo w szkolnym otoczeniu, od którego dawno już odwykł, od razu czuje się wobec Eriki jak dziecko. Cementuje to ich relację uczeń/nauczycielka, natomiast relacja kochanek/kochanka odchodzi w dal odleglejszą niż kiedykolwiek. Klemmer nie ma nawet odwagi użyć łokci, żeby szybko przedostać się do wyjścia. Erika uciekła przed nim i zatrzasnęła drzwi, nie czekając na niego. Zespół jeździ po strunach skrzypiec, altówek, dudni i wali w klawisze. Jego członkowie wysilają się szczególnie, ponieważ przed niewykształconymi słuchaczami człowiek zawsze gwałtowniej się stara – oni bowiem cenią jeszcze skupione twarze i skoncentrowane miny. Tak więc orkiestra traktuje swoją działalność poważniej, niż to się dzieje zazwyczaj. Bariera dźwięku zamyka się przed Klemmerem, który już choćby przez wzgląd na swą karierę muzyczną nie ma odwagi jej złamać. Mogłoby się bowiem zdarzyć, że pan Nemeth odrzuci jego kandydaturę solisty koncertu zamykającego rok szkolny, do czego Klemmer już został nominowany.

Podczas gdy Walter Klemmer w sali gimnastycznej spędza czas na ocenie wymiarów koleżanek i porównywaniu ich między sobą, co jako człowiekowi z wykształceniem technicznym przychodzi mu bez specjalnego trudu, jego nauczycielka gry na fortepianie niezdecydowanie przekopuje szatnię. Jest ona dzisiaj pełna futerałów na instrumenty, toreb, płaszczy, czapek, szalików i rękawiczek. Dęciacy ogrzewają głowy, pianiści i skrzypkowie dłonie, zależy, która część ciała służy im do wyczarowywania dźwięków. Wszędzie stoją niezliczone pary butów, ponieważ do sali gimnastycznej wolno wchodzić tylko w trampkach. Niektórzy zapomnieli ich przynieść i siedzą teraz w pończochach czy skarpetach, nabawiając się przeziębienia.
Z daleka do uszu pianistki Eriki dochodzi głośny huk Bachowskiego wodospadu. Ona stoi tutaj na podłodze przystosowanej do przeciętnych osiągnięć sportowych i nie bardzo wie, co tu właściwie robi i dlaczego przed chwilą wypadła z sali prób. Czy to Klemmer ją wypędził? To nie do zniesienia, jak on grzebał wśród tych młodych dziewczyn rzuconych byle jak na stoły w dziale używek. Zapytany, na pewno wyłgałby się tym, że umie docenić kobiecą urodę we wszystkich klasach i kategoriach wiekowych. To obraza dla nauczycielki, która zadała sobie trud, by uciec przed uczuciem aż tutaj.
Muzyka często pocieszała Erikę w sytuacjach krytycznych, dziś jednak boruje w pobliżu wrażliwych zakończeń nerwowych, które odsłonił mężczyzna o nazwisku Klemmer. Miejsce, gdzie wylądowała, to zakurzona, nieogrzewana sala jadalna. Chce się wycofać i wrócić do pozostałych, ale drogę do wyjścia zastępuje jej silnie

umięśniony starszy kelner i radzi łaskawej pani, żeby się w końcu łaskawie zdecydowała, bo inaczej kuchnia kończy wydawać. Zupa z knedelkami wątrobianymi czy z diablotką?
Uczucia zawsze są śmieszne, ale szczególnie wówczas, kiedy dostaną się w ręce osób niepowołanych. Erika przemierza cuchnące pomieszczenie, rzadki ptak brodzący w zoo tajemnych potrzeb. Zmusza się do maksymalnej powolności, w nadziei, że ktoś przyjdzie i ją powstrzyma. Albo w nadziei, że ktoś jej przeszkodzi w dokonaniu okropnego czynu, który planuje i którego straszliwe konsekwencje poniesie: tunel, najeżony przerażającymi, ostrymi aparatami, który zmuszona będzie szybko przebiec w całkowitych ciemnościach. Żadnej poświaty na drugim końcu. A gdzie włącznik świateł w niszach, w których w razie konieczności mogą się ukryć pracownicy torowi?
Wie tylko jedno: na drugim końcu znajduje się zalana jaskrawym światłem arena, gdzie czeka na nią jeszcze więcej sprawdzianów z tresury i świadectw wyników. Kamienne, wznoszące się amfiteatralnie rzędy ławek, z których spada na nią deszcz łupin orzeszków ziemnych, torebek popcornu, butelek po oranżadzie ze zgiętymi rurkami, rolek papieru toaletowego. Taka byłaby jej prawdziwa publiczność. Z sali gimnastycznej słychać niewyraźne krzyki pana Nemetha, że trzeba grać głośniej. Forte! Więcej dźwięku!

Umywalka jest z porcelany, pokrywa ją siateczka pęknięć. Nad nią lustro. Pod lustrem szklana półeczka oparta na metalowej ramce. Na tej półeczce szklanka. Szklanka nie została ustawiona w sposób staranny i przemyślany, lecz bez szacunku dla martwego

przedmiotu. Szklanka stoi tam, gdzie stoi. Do jej dna przywarła odosobniona kropla wody i odpoczywa przed wyparowaniem. Wcześniej z pewnością jakiś uczeń wychylił z tej szklanki łyk wody. Erika przekopuje kieszenie płaszczy i marynarek w poszukiwaniu chusteczki do nosa, którą zresztą szybko znajduje. Produkt sezonu gryp i katarów. Erika ujmuje szklankę przez chusteczkę i starannie nią opatula. Szklanka z niezliczonymi odciskami palców niezręcznych dziecięcych rąk zostaje całkowicie okryta chusteczką. Tak przyodzianą szklankę Erika kładzie na podłodze i mocno uderza w nią obcasem. Rozlega się przytłumiony brzęk. Następnie zraniona już szklanka do wody zostaje jeszcze kilkakrotnie udeptana, aż tworzy pogruchotaną wprawdzie, ale nie bezkształtną breję. Odłamki nie mogą być za drobne! Muszą jeszcze porządnie kłuć! Erika podnosi z ziemi chusteczkę wraz z jej ostrobrzegą zawartością i starannie wsypuje odłamki do kieszeni jednego z płaszczy. Tania, cienkościenna szklanka pozostawiła wyjątkowo perfidne i ostre odłamki. Chusteczka zagłuszyła zgrzytliwy skowyt bólu szklanki.
Erika wyraźnie rozpoznała ten płaszcz zarówno po krzykliwym, modnym kolorze, jak i po znów aktualnej krótkości. Ta dziewczyna wyróżniała się na początku czułymi próbami spoufalenia się z Walterem Klemmerem, który góruje nad nią wszystkim. Erika chciała zobaczyć, czym ta dziewczyna będzie się pysznić, kiedy potnie sobie rękę. Jej twarz wykrzywi brzydki grymas, w którym nikt już nie dostrzeże dawnej młodości i urody. Duch Eriki zwycięży nad zaletami ciała.
Pierwszą falę popularności minispódniczek Erika musiała przeskoczyć na życzenie matki. Nakaz długiego

rąbka matka opakowała w przestrogę, że Erice nie jest dobrze w tej krótkiej modzie. Wszystkie dziewczęta obcinały u dołu i na nowo obrębiały spódniczki, sukienki i płaszcze. Albo nowe rzeczy kupowały od razu krótkie. Koło czasu, nabijane świecami gołych dziewczęcych nóg, toczyło się przed siebie, ale Erika, na rozkaz matki, „przeskakiwała", przeskakiwała czas. Wszystkim, którzy tego chcieli i nie chcieli, oświadczała: to do mnie nie pasuje i osobiście mi się nie podoba! I brała rozbieg do skoku przez przestrzeń i czas w górę. Wystrzelona z matczynej katapulty. Potem, posługując się najsurowszymi z możliwych, wypracowanymi podczas długiej nocnej pracy myślowej kryteriami, ze swoich wyżyn poddawała ocenom te wszystkie odsłonięte do granic możliwości, a nawet jeszcze bardziej!, uda! Rozdzielała osobiste noty nogom we wszystkich odcieniach koronkowych rajstop lub w letniej nagości – co było jeszcze gorsze. Erika mówiła wówczas swemu otoczeniu: na miejscu tej i tej nigdy bym się na coś takiego nie odważyła! Erika obrazowo opisywała, dlaczego tylko nielicznym figura na coś takiego pozwala. Następnie udawała się poza czas i jego mody, przyodziana w ponadczasową długość za kolana, jak brzmi fachowy termin. A jednak szybciej od innych stawała się łupem nieubłaganego wianuszka noży na kole czasu. Uważa, że człowiek nie może niewolniczo trzymać się mody, tylko że to moda powinna niewolniczo trzymać się człowieka, tego, w czym mu dobrze, a w czym nie.
Ta flecistka, uszminkowana jak klaun, rozpaliła jej Waltera Klemmera swoimi wysoko odsłoniętymi udami. Erika wie, że ta dziewczyna, której wszyscy zazdroszczą, uczy się projektowania mody. Kiedy Erika umieszcza

w kieszeni jej płaszcza szkło z umyślnie potłuczonej szklanki, przez głowę przebiega jej myśl, że za żadną cenę nie chciałaby jeszcze raz przeżyć młodości. Jest zadowolona, że ma już tyle lat i że we właściwym czasie mogła zamienić młodość na doświadczenie.

Przez cały czas nikt nie wszedł, chociaż ryzyko było duże. Wszyscy z zapałem oddają się muzyce w sali. Radość, czy też to, co Bach uważał za radość, wypełnia wszystkie kąty i wspina się po drabinkach. Finał jest już bliski. W samym środku granego z zapałem fragmentu Erika otwiera drzwi i skromnie wraca do sali. Pociera ręce, jakby je właśnie wymyła, i bez słowa wtula się w jakiś kąt. Ona, jako osoba ucząca, ma oczywiście prawo otworzyć drzwi, chociaż Bach jeszcze płynie pieniście. Pan Klemmer przyjmuje ten powrót do wiadomości błyskiem swoich już z natury błyszczących oczu. Erika ignoruje go. Klemmer próbuje ją powitać, jak dziecko wita wielkanocnego zajączka. Szukanie kolorowych pisanek sprawia większą przyjemność niż samo ich znalezienie, i to samo Walter Klemmer ma z tą kobietą. Polowanie jest dla mężczyzny większą przyjemnością niż nieuchronne zespolenie. Kiedy, to tylko kwestia czasu. Onieśmielenie czuje Klemmer tylko z powodu tej cholernej różnicy wieku. Ale fakt, że jest mężczyzną, z łatwością wyrównuje te ponad dziesięć lat przewagi, jaką ma nad nim Erika. Poza tym, w miarę przybywania lat i inteligencji, wartość kobiety spada. Technicznie wykształcona połowa Klemmera szybko to wszystko przelicza i suma tych kalkulacji daje pod kreską wynik, że Erice wcale nie zostało tak znowu dużo czasu, nim pójdzie do piachu. Walter Klemmer nabiera śmiałości, kiedy dostrzega zmarszczki na twarzy i ciele Eriki. Z kolei nabiera nieśmiałości, kiedy ona demonstruje mu coś na fortepianie. Lecz w ostatecznym rozrachunku liczą się tylko zmarszczki, rozstępy, cellulitis, siwe włosy, powiększone woreczki łzowe, powiększone pory, sztuczne szczęki, okulary, deformacja figury.

Na szczęście Erika nie poszła wcześniej do domu, jak to zwykła często robić. Lubi ulatniać się po angielsku. Nie ostrzega o tym żadnym słowem, ani nawet nie pomacha. Nagle już jej nie ma, wybrzmiewa, rozpływa się. W takie dni, kiedy ona świadomie od niego ucieka, Klemmer długo puszcza płytę z *Podróżą zimową*, cicho sobie przy tym nucąc. Następnego dnia opowiada swojej nauczycielce, że tylko najsmutniejszy z cyklów pieśni Schuberta był w stanie złagodzić nastrój, w którym znowu się wczoraj z pani powodu znalazłem, Eriko. Coś w moim wnętrzu współbrzmiało z Schubertem, którego wówczas, gdy pisał pieśń *Samotność*, zupełnie przypadkiem musiało wypełniać to samo drganie, co mnie wczoraj. Cierpieliśmy, by tak rzec, w tym samym rytmie, Schubert i ja, maluczki. W porównaniu z Schubertem jestem wprawdzie mały i nieważny, lecz w takie wieczory, jak wczorajszy, wypadam w zestawieniu z Schubertem mniej niekorzystnie niż normalnie. Zazwyczaj grzeszę raczej powierzchownością, sama pani widzi, szczerze się do tego przyznaję, Eriko.

Erika nakazuje, żeby Klemmer tak na nią nie patrzył. Klemmer jednak nadal nie ukrywa swoich pragnień. Są opleceni wspólnie jak bliźniacze owady w kokonie. Ich delikatne jak pajęczyna, kruche powłoki z ambicji, ambicji, ambicji i jeszcze raz ambicji spoczywają nieważko

na szkieletach ich cielesnych pragnień i marzeń. W końcu dopiero te pragnienia sprawiają, że jedno staje się dla drugiego rzeczywiste. Dopiero przez życzenie, by całkowicie przeniknąć i być przenikniętym, stają się osobą Klemmer i osobą Kohut. Dwa kawałki mięsa na dobrze schłodzonej wystawie rzeźnika z przedmieścia, zwrócone do publiczności różowiutkim miejscem przekrojenia; i po długim zastanowieniu gospodyni domowa prosi o pół kilo tego i może jeszcze kilo tamtego. Obydwoje zostają zapakowani w przetłuszczony pergamin. Klientka umieszcza ich w niehigienicznej, podszytej nigdy niemytym plastikiem torbie na zakupy. I obydwa puce, mięso na kotlety oraz schab wieprzowy, wtulają się w siebie czule, jeden ciemnoczerwony, a drugi jasnoróżowy.
W mojej osobie staje przed panem granica, której pańska wola nigdy nie przełamie, nigdy bowiem nie zdoła pan poza mnie wykroczyć, panie Klemmer! Adresat tych słów zaprzecza żywo, ze swej strony z kolei wyznaczając granice i miary.
Tymczasem w szatni wybuchł chaos tupiących nóg i łapiących wszystko rąk. Głosy narzekają, że nie mogą znaleźć tego i owego, co położyły tam a tam. Inne świdrują, że ten czy ten jest im jeszcze winien pieniądze. Z trzaskiem pęka futerał na skrzypce pod nogą młodego człowieka, który sam go nie kupował, bo inaczej obchodziłby się z nim staranniej, tak jak upominali go rodzice. Dwie Amerykanki ćwierkają dyszkantem na temat ogólnego wrażenia muzycznego, które było zakłócane przez coś, czego nie umieją określić, być może chodziło o akustykę. W każdym razie coś im jednak przeszkadzało.

A potem powietrze rozrywa krzyk, z kieszeni płaszcza zostaje wyszarpnięta porozcinana, zakrwawiona dłoń. Krew kapie na nowy płaszcz! Robią się na nim trudne plamy. Dziewczyna, do której należy dłoń, krzyczy z przerażenia i płacze z bólu, który teraz zaczyna odczuwać, po sekundzie przerażenia, w której najpierw poczuła właściwy ból przecinania, a potem zupełnie nic nie czuła. W pociętym narzędziu flecistki, które trzeba będzie zszywać, w tej dłoni, którą przyciska się i zwalnia wentyle, tkwią pojedyncze okruchy i odłamki. Oniemiała nastolatka spogląda na swoją ociekającą dłoń, a po jej policzkach zaczynają spływać w doskonale zgranym porozumieniu tusz do rzęs i cień do powiek. Publiczność milknie, a potem z podwójną energią rzuca się niby wodospad ze wszystkich stron ku środkowi. Jak opiłki żelaza po włączeniu pola magnetycznego. To, że tak przyklejają się do ofiary, na nic im się nie zda. Nie staną się przez to sprawcami, nie wejdą w żaden tajemny związek z ofiarą. Zostaną pogardliwie przepędzeni i pan Nemeth przejmie pałeczkę autorytetu, który woła o lekarza. Trzech prymusów pędzi zatelefonować. Reszta pozostaje widzami, którzy nie mają pojęcia, że tak właściwie incydent został spowodowany żądzą w jej szczególnie nieprzyjemnej postaci. W ogóle nie potrafią sobie wytłumaczyć, kto mógłby być do czegoś takiego zdolny. Oni nigdy nie zdobyliby się na taki zamach.

Pomocna grupa zaciska się w twardy rdzeń wypluwki, która zaraz sama siebie wypluje. Nikt się nie rusza z miejsca, wszyscy chcą wszystko dokładnie widzieć.

Dziewczyna musi usiąść, bo robi jej się słabo. Może teraz nareszcie będzie koniec z tym beznadziejnym dmuchaniem we flet.

Erika symuluje mdłości i mdlące niedogodności w bezpośrednim zasięgu wyziewów krwi.

Dzieje się wszystko, co w ludzkiej mocy w obliczu wypadku. Niektórzy telefonują teraz już tylko dlatego, że inni też telefonują. Wielu krzyczy na całe gardło o spokój, nieliczni się uspokajają. Wypychają się nawzajem z dogodnych pozycji obserwacyjnych. Obwiniają całkowicie niewinne osoby. Postępują wbrew nawoływaniom o porządek. Okazują pełne niezrozumienie dla ponownych próśb o zrobienie miejsca, o ciszę i powściągliwość w obliczu straszliwego incydentu. Już dwóch czy trzech uczniów przechodzi do opozycji wobec najprymitywniejszych nakazów przyzwoitości. Z różnych kątów, do których dyskretnie wycofali się ci lepiej wychowani i ci obojętni, zaczyna dobiegać pytanie o winnego. Ktoś przypuszcza, że dziewczyna sama się skaleczyła, aby wzbudzić zainteresowanie. Ktoś inny zaprzecza energicznie i rozpuszcza plotkę, że to jakiś zazdrosny chłopak. Ktoś trzeci mówi, że z zazdrością to w zasadzie prawda, tylko że była to na pewno zazdrosna dziewczyna.

Jakiś niesprawiedliwie posądzony chłopak zaczyna szaleć. Jakaś niesprawiedliwie oskarżona zaczyna chlipać. Grupa uczniów nie chce zastosować się do kroków podyktowanych rozsądkiem. Ktoś zdecydowanie odrzuca zarzut, tak jak to widział u polityków w telewizji. Pan Nemeth prosi o spokój, który wkrótce zostanie zakłócony sygnałem karetki pogotowia.

Erika Kohut przygląda się temu wszystkiemu gruntownie, a potem wychodzi. Walter Klemmer przygląda się Erice Kohut jak świeżo wyklute zwierzę, które zobaczyło źródło pożywienia, i kiedy ona wychodzi, niemal depcze jej po piętach.

Stopnie klatki schodowej, wyżłobione gniewnymi krokami uczniów, sprężynują pod podeszwami cichobiegów Eriki. Znikają spod jej stóp. Erika wznosi się w górę. W sali gimnastycznej utworzyły się tymczasem grupy doradców, rozpatrujące różne przypuszczenia. I zalecające podjęcie kroków. Biorą pod uwagę obszary występowania sprawców i tworzą szpalery, aby głośno hałasując, przeczesać te obszary. To grono ludzi tak szybko się nie rozproszy. Dopiero o wiele później wszystko zacznie się wykruszać kawałek po kawałku, ponieważ młodzi muzycy muszą wracać do domów. Teraz tłoczą się jeszcze w bezpośredniej bliskości nieszczęścia, które na szczęście nie dotknęło ich samych. Ale są tacy, którzy uważają, że oni będą następni. Erika biegnie schodami w górę. Każdy, kto widzi ją tak uciekającą, myśli, że zrobiło jej się niedobrze. Lecz jej muzyczny wszechświat nie zna zranienia. To tylko jej tradycyjna potrzeba, by w najmniej odpowiednim momencie oddać mocz. Czuje między nogami ciągnięcie w dół, dlatego biegnie schodami w górę. Szuka ubikacji na ostatnim piętrze, bo tam nikt nie zaskoczy nauczycielki na zaspokajaniu banalnej potrzeby fizjologicznej.
Otwiera na chybił trafił jakieś drzwi, nie orientuje się w tej szkole. Ma jednak doświadczenie, jeśli idzie o drzwi ubikacji, ponieważ niejednokrotnie zmuszona

jest wypatrywać ich w najdziwaczniejszych miejscach. W nieznanych budynkach czy urzędach. Widoczne na tych drzwiach ślady wyjątkowo intensywnego używania zdają się wskazywać, że są to drzwi do jednej z toalet tej szkoły. Bijący zza nich odór dziecięcego moczu jeszcze to podkreśla.

Toalety nauczycielskie otwiera się specjalnym kluczem i są one wyposażone w rozmaite wyrafinowane urządzenia higieniczne z wszelkimi udogodnieniami, najnowsze z nowych. Erika ma całkiem niemuzyczne wrażenie, że zaraz pęknie. Marzy tylko o tym, żeby wypuścić z siebie długi, gorący strumień. Często potrzeba taka dopada ją w najmniej odpowiednim momencie koncertu, kiedy pianista gra pianissimo i jeszcze w dodatku wciska lewy pedał.

Erika niesłyszalnie pomstuje na fatalny zwyczaj wielu pianistów, którzy są zdania i jeszcze publicznie tego zdania bronią, że lewego pedału należy używać wyłącznie przy bardzo cichych miejscach. A przecież choćby osobiste wskazówki Beethovena wyraźnie o tym mówią, i to coś wprost przeciwnego. Tak samo mówi także rozum Eriki oraz jej rozumienie sztuki, które wspólnie stoją po stronie Beethovena. Erika żałuje w duchu, że nie mogła do samego dna nasycić się swoim przestępstwem dokonanym na niespodziewającej się niczego uczennicy.

Znajduje się teraz w przedsionku latryny i jest zadziwiona bogactwem inwencji projektanta tego budynku czy też może architekta wnętrz. Po prawej stronie na wpół otwarte niewielkie drzwi prowadzące do pisuaru dla chłopców. Cuchnie jak zaraza. Łatwo dostępna emalio-

wana rynna biegnie wzdłuż pomalowanej olejno ściany tuż przy podłodze. W rynnie kilka ładnie rozplanowanych odpływów, niektóre z nich zatkane. A więc to do tego mali mężczyźni, stojąc jeden obok drugiego, strzelają żółtymi strumieniami albo rysują wzory na ścianie. Widać to po niej.
Do rynny przylepione są też rzeczy, których wcale nie powinno tu być, ścinki papieru, skórki bananów, skórki pomarańczy, a nawet zeszyt. Erika otwiera szeroko okno i dostrzega, poniżej i nieco z boku, rzeźbiony fryz. Ta ozdoba budynku, widziana z ptasiej perspektywy Eriki, pokazuje coś jakby siedzącego nagiego mężczyznę i siedzącą nagą kobietę. Kobieta obejmuje ramieniem małą, nieubraną dziewczynkę, która właśnie zajmuje się jakąś ręczną robótką. Mężczyzna najwyraźniej życzliwie spogląda w górę, w stronę ubranego syna, który czujnie dzierży w dłoniach rozwarty cyrkiel i zdaje się rozwiązywać jakieś naukowe zadania. Erika rozpoznaje w tym fryzie kamienny pomnik socjaldemokratycznej polityki edukacyjnej i stara się za bardzo nie wychylać, żeby nie wypaść. Woli jednak zamknąć okno, chociaż wskutek jego otwarcia smród jeszcze bardziej się rozzuchwalił. Erika nie może się oddawać rozważaniom o sztuce, musi działać dalej.

Małe uczennice zwykły załatwiać się za potiomkinowskim przepierzeniem, przypominającym nieco teatralną kulisę. Kulisa w mało przekonujący sposób tworzy coś w rodzaju szeregu kabin. Jak w szatni basenu. W drewnianych ściankach działowych wywiercono niezliczone dziury najróżniejszych kształtów i wielkości, ciekawe tylko, po co. Mniej więcej na wysokości ramienia nauczycielki Eriki ścianki zostały brutalnie

odpiłowane. Jej głowa wystaje ponad. Uczennica szkoły podstawowej może jeszcze od biedy ukryć się za tym parawanem, dorosła przedstawicielka ciała pedagogicznego już nie. Uczniowie i uczennice muszą podglądać przez dziury, żeby zobaczyć widok z boku na muszlę klozetową i korzystającą z niej osobę. Kiedy Erika podnosi się za tą ścianką, jej głowa wystaje jak głowa żyrafy wynurzająca się zza muru, żeby uskubać rosnącą wysoko gałąź. Być może sensu istnienia tych ścianek działowych należy upatrywać w tym, żeby nauczyciele, jako osoby dorosłe, w każdej chwili mogli sprawdzić, co też dziecko tak długo robi za tymi drzwiami albo czy się przypadkiem niechcący nie zamknęło.
Erika szybko siada na brudnej muszli, odchyliwszy przedtem przynależną do niej deskę. Na ten pomysł wpadli już przed nią inni, więc również zimny fajans pokryty jest bakteriami. W muszli pływa coś, czemu Erika woli się nie przyglądać, tak bardzo ją przypiliło. W takiej sytuacji kucnęłaby nawet nad kłębowiskiem żmij. Byle tylko dało się zamknąć drzwi! Bez zamknięcia za żadne skarby nie dałaby rady czegoś z siebie wypuścić. Zasuwka działa i otwiera w Erice śluzę. Z westchnieniem ulgi Erika przekłada małą dźwigienkę, tak że na zewnątrz czerwone pole pokazuje: zajęte.
Drzwi znowu się otwierają i ktoś wchodzi. Nie odstrasza go to otoczenie. Zbliżające się kroki należą niewątpliwie do mężczyzny i okazuje się, że należą do Waltera Klemmera, który szedł za Eriką. Klemmer także wdeptuje w jedno obrzydlistwo za drugim, co jest nie do uniknięcia, jeśli pragnie się wyśledzić ukochaną osobę. Przez całe miesiące odprawiała go z niczym, chociaż musiała znać jego opinię zawadiaki. Jego

pragnieniem jest, aby wreszcie uwolniła się od swoich zahamowań. Niech odłoży na bok swoją nauczycielską osobowość i zrobi z siebie przedmiot, który mu zaofe-ruje. On już o wszystko zadba. Klemmer jest teraz ide-alnym połączeniem biurokracji i żądzy. Żądzy, która nie zna granic i która, jeśli je napotka, nie będzie ich respektować. To tyle, jeśli chodzi o dotyczące ciała pe-dagogicznego zadanie, które Klemmer sam sobie wy-znaczył. Walter Klemmer zrzuca powłokę zwaną zaha-mowaniami, drugą zwaną wstydem i jeszcze jedną, zwaną powściągliwością. Dalej już Erika z pewnością nie zdoła uciec, za jej plecami jest już tylko solidna ściana. Sprawi, że Erika przestanie cokolwiek widzieć i słyszeć, tylko jego jednego będzie wyraźnie widzia-ła i słuchała. Wyrzuci instrukcję obsługi, żeby nikt poza nim nie mógł w ten sposób zużytkować Eriki. Dla tej kobiety oznacza to jedno: koniec z całą tą nieokreślo-nością i niejasnością. Nie będzie się dłużej zaszywać jak Śpiąca Królewna. Musi stanąć naprzeciw Klemmera jako wolny człowiek, który już wie o wszystkim, czego w głębi duszy chce.

Dlatego Klemmer pyta teraz: Eriko, jest pani tutaj? Nie przychodzi żadna odpowiedź, tylko z jednej z kabin dobiega słabnące ciurkanie, odgłos, który stopniowo zamiera. Zduszone odkaszlnięcie. To podaje kierunek. Klemmer nie otrzymuje żadnej odpowiedzi, którą mógł-by uznać za wyraz pogardy. Brzmienie odkaszlnięcia nie pozostawia wątpliwości co do osoby. Od tej chwili drugi raz nie odpowie pani w ten sposób żadnemu mężczyźnie, mówi Klemmer w las kabin. Erika jest nauczycielką, a zarazem jeszcze dzieckiem. Klemmer jest wprawdzie uczniem, ale jednocześnie jest bardziej dorosły z nich obojga. Zrozumiał, że w tej sytuacji on jest tym, który decyduje, a nie jego nauczycielka. Klemmer przekłada tę nowo zyskaną jakość na działanie prowadzące do celu, mianowicie szukając czegoś, na czym mógłby stanąć. Przytomnie znajduje brudne blaszane wiadro z rozłożoną na nim szmatą do podłogi. Klemmer strząsa szmatę, przenosi wiadro do wiadomej kabiny, odwraca je do góry dnem, staje na nim i zagląda za przepierzenie, za którym spadły ostatnie krople. Dobiega zza niego tylko martwa cisza. Kobieta za parawanem opuszcza spódnicę, aby Klemmer nie dostrzegł nic niekorzystnego. Górna część tułowia Waltera Klemmera pojawia się nad drzwiami i pochyla w jej stronę. Erika robi się czerwona jak burak i nie mówi ani słowa. Klemmer, zdecydowany na wszystko kwiatek na długiej łodydze, odryglowuje od góry drzwi. Klemmer wydobywa nauczycielkę z kabiny, ponieważ ją kocha, z czym ona, niewątpliwie, w jak najdalej idącym stopniu się zgadza. Zaraz udzieli mu koncesji. Tych dwoje odtwórców głównych ról zamierza teraz odegrać scenę miłosną, tylko między sobą, bez statystów, tylko jeden odtwórca głównej roli, z ciężkim brzemieniem, pod drugim odtwórcą głównej roli.

Zgodnie z sytuacją Erika natychmiast rezygnuje z siebie jako osoby. Opakowany w lekko przykurzony cienki papier artykuł prezentowy na białym obrusie. Jak długo gość jest w pobliżu, tak długo jego prezent z czułością obraca się w ręku i ogląda, lecz gdy tylko wręczający się oddali, pakuneczek natychmiast zostaje odłożony obojętnie i z zakłopotaniem, i wszyscy pędzą do stołu. Prezent nie może sam z siebie odejść, lecz przez chwilę ma przynajmniej tę pociechę, że nie zostaje sam.

Pobrzękują talerze i filiżanki, sztućce zgrzytają o porcelanę. Ale wkrótce pakuneczek orientuje się, że te odgłosy pochodzą tylko z magnetofonu kasetowego ustawionego na stole. Brawa i brzęk kieliszków, wszystko z taśmy! Ktoś przychodzi i zajmuje się paczuszką: Erika znajduje oparcie w tej nowej pewności, oto ktoś się o nią zaraz zatroszczy. Czeka na jakąś wskazówkę albo polecenie. To właśnie dla tego dnia tak długo się uczyła, a nie na swój koncert.
Klemmer też ma wybór, może odstawić ją niewykorzystaną na miejsce, żeby ją ukarać. To, czy zrobi z tego użytek, zależy całkowicie od niego. Śmiało może nią nawet rzucić. Ale może ją też wypolerować i umieścić na wystawie. Mogłoby się też zdarzyć, że nigdy jej nie wymyje, lecz wciąż od nowa będzie ją napełniał nowymi płynami; a jej wrąbek będzie całkiem brudny i polepiony od tych wszystkich odcisków ust. Na dnie wielodniowy osad cukru.

Walter Klemmer wydobywa Erikę z kabiny ubikacji. Szarpie na niej ubranie. Na otwarcie wyciska na jej ustach długi pocałunek, który dawno już powinien mieć miejsce. Gryzie jej wargi i sonduje językiem jej przełyk. Po niekończącym się, dewastującym użyciu wyciąga język z powrotem i kilkakrotnie wypowiada z tej okazji imię Eriki. Wiele pracy wkłada w tę Erikę. Sięga jej pod spódnicę i już wie, że wreszcie posunął się wielki krok do przodu. Odważa się na jeszcze więcej, bo czuje, że namiętności to wolno. Wszystko jej wolno. Gmera we wnętrznościach Eriki, jakby zamierzał je z niej wyjąć, żeby je w nowy sposób przyrządzić, napotyka granicę i odkrywa, że wcale nie tak daleko dotarł ręką. Zaczyna sapać, jakby musiał przebiec długą drogę, aby dotrzeć do tego celu. Musi zaoferować tej kobiecie przynajmniej swój wysiłek. Nie ma możliwości wtargnąć w nią całą dłonią, ale może uda mu się tego dokonać przynajmniej jednym czy dwoma palcami. Jak powiedział, tak zrobił. Ponieważ czuje, że palec wskazujący wśliznął się nawet głębiej niż głęboko, z radości prawie wychodzi z siebie i gryzie Erikę gdzie popadnie. Oblepia ją śliną. Przytrzymuje ją drugą ręką, zupełnie niepotrzebnie, bo kobieta i bez tego stoi, gdzie stała. Zastanawia się, czy nie zacząć gmerać drugą ręką pod jej swetrem, ale dekolt w kształcie litery V okazuje się nie dość głęboki. W dodatku pod spodem jest ta idiotyczna biała bluzka. Ze złości jeszcze silniej szczypie i ściska podbrzusze Eriki. Karze ją, bo tak długo się przez nią kisił, że, ze szkodą dla niej samej, o mało już nie zrezygnował. Erika wydaje okrzyk bólu. On natychmiast nieco się hamuje, w końcu nie chodzi mu o to, żeby ją umyślnie uszkodzić, zanim jeszcze tak naprawdę weszła do akcji. Wpada na dość przekonujący pomysł: być może uda mu się dostać pod sweter i bluzkę w pasie, a więc od przeciwnej strony. Ślini się jeszcze bardziej, bo tak się wysila. Raz po raz wyszczekuje prosto w usta Eriki jej imię, które ona i tak zna. Kiedy tak krzyczy w tę skałę, nic nie powraca do niego podwójnym czy wielokrotnym odbiciem. Erika stoi bez ruchu i wypoczywa w Klemmerze. Wstydzi się sytuacji, do której ją doprowadził. Jest to wstyd przyjemny. Klemmer rozpala się nim i ze skowytem ociera się o Erikę. Osuwa się na kolana, nie zwalniając chwytu. Dziko wspina się w górę po jej ciele, tylko po to, aby zaraz znowu zjechać windą w dół, zatrzymując się po drodze w co przyjemniejszych miejscach. Przykleja się do Eriki pocałunkami. Erika Kohut stoi na podłodze jak używany przez wszystkich instrument, który musi sam siebie negować, bo inaczej nie wytrzymałby tego mnóstwa dyletanckich warg, które bez ustanku chcą brać go w usta. Chciałaby, aby uczeń miał absolutną swobodę i mógł odejść, kiedy tylko chce. Ma ambicję pozostać tam, gdzie on ją odstawi. Znajdzie ją dokładnie, co do milimetra, w tym samym miejscu, kiedy przyjdzie mu ochota z niej skorzystać. Zaczyna coś czerpać z siebie, z tego bezdennego naczynia swojego ja, które już nie będzie puste dla jej ucznia. Miejmy nadzieję, że pojmie niewidoczne sygnały. Klemmer angażują całą twardość swojej płci, aby rzucić ją na wznak na podłogę. On by upadł miękko, ale ona twardo. Żąda od Eriki ostatecznego. Dlatego ostatecznego, ponieważ obydwoje wiedzą, że w każdej chwili ktoś może tu wejść. Walter Klemmer wykrzykuje jej do ucha coś zupełnie nowego na temat swojej miłości.

W jaśniejącym nieruchomym kadrze przed Eriką ukazują się dwie dłonie. Dobierają się do niej z dwóch przeciwnych stron. Są zdumione tym, co tak nieoczekiwanie spadło im do fartuszka. Właściciel tych dłoni przewyższa wprawdzie panią nauczycielkę siłą, dlatego ona wypowiada tak często nadużywane słowo: Czekaj! On nie chce czekać. Wyjaśnia jej, dlaczego nie chce. Szlocha z żądzy. Ale szlocha też z oszołomienia, że wszystko tak łatwo poszło. Erika grzecznie współpracowała.

Erika trzyma Waltera Klemmera na długość ręki. Wyjmuje mu ze spodni penisa, do czego on już wcześniej go przewidywał. Brakuje jeszcze tylko tego ostatniego kroku, bo członek jest już gotowy. Z ulgą, że Erika wykonała za niego ten trudny krok, Klemmer usiłuje przewrócić swoją nauczycielkę na wznak. Erika musi zaprzeć się całym ciężarem swojej osoby, żeby ustać na nogach. Trzyma Klemmera za penisa na wyciągnięcie ręki, podczas gdy on buszuje na chybił trafił w jej kobiecości. Ona każe mu przestać, bo inaczej go opuści. Musi to powtórzyć kilkakrotnie cichym głosem, ponieważ jej nagle silniejsza od jego woli wola nie tak łatwo dociera do niego i jego samczej zawziętości. Jego umysł jest otumaniony gniewnymi zamiarami. Zwleka. Zastanawia się, czy aby dobrze zrozumiał. Ani w dziejach muzyki, ani w ogóle nigdzie nie zdarza się przecież, żeby tak po prostu wyłączyć mężczyznę z biegu wydarzeń. Ta kobieta – ani krzty oddania. Erika zaczyna miesić trzymany w palcach czerwony korzeń. Jej wolno, ale jak najsurowiej zabrania robić cokolwiek mężczyźnie. Nie ma już prawa niczego więcej z nią próbować. Czysty rozum Klemmera nakazuje mu nie dać się jej zrzucić, w końcu to on jest jeźdźcem, a ona wierzchowcem! Ona grozi, że natychmiast przestanie go masturbować, jeśli on nie przestanie eksploatować jej podbrzusza. On przypomina sobie, że zabawniej jest samemu odczuwać niż sprawiać, by odczuwali inni, i podporządkowuje się. Po licznych nieudanych próbach jego dłoń ostatecznie ześlizguje się z Eriki. Z niedowierzaniem przygląda się swojemu pozornie oderwanemu od ciała narządowi, który nadyma się w dłoniach Eriki. Erika żąda, żeby patrzył przy tym n a n i ą, a nie na to, jaką wielkość osiągnął jego penis. Nie wolno mu mierzyć ani porównywać z innymi tej miary, która odnosi się tylko do niego. Czy mały, czy duży, taki jej wystarczy. Robi mu się nieprzyjemnie. Nie ma

nic do roboty, a ona pracuje nad nim. Odwrotnie miałoby większy sens, a tak jak teraz dzieje się także w czasie zajęć. Erika trzyma go od siebie z daleka. Między ich ciałami rozwiera się otchłań ziejąca na siedemnaście centymetrów członka, a do tego długość ramienia Eriki i ponad dziesięcioletnia różnica wieku. Grzech to właściwie zawsze miłość do porażki. A Erika zawsze była układana do odnoszenia sukcesów, ale mimo to nigdy żadnego nie odniosła.
Klemmer próbuje przebić się do niej innym tokiem nauczania, w sposób bardziej uwewnętrzniony, i kilkakrotnie wykrzykuje jej imię. Wiosłuje rękami w powietrzu i ponownie zapuszcza się na zakazany teren, bo a nuż pozwoli mu otworzyć swoje czarne festiwalowe wzniesienie. Przepowiada jej, że razem może im być jeszcze piękniej, i od razu deklaruje gotowość. Jego napęczniały sinawo członek dygoce. Lata na różne strony. Z konieczności Klemmer bardziej interesuje się teraz swoim robakowatym wyrostkiem niż Eriką jako taką. Erika rozkazuje Klemmerowi, żeby milczał i w żadnym razie nie ważył się ruszyć. Inaczej sobie pójdzie. Uczeń stoi przed swoją nauczycielką w lekkim rozkroku i nie wie jeszcze, czym to się skończy. Oszołomiony poddaje się obcej woli, zupełnie jakby chodziło o wskazówki interpretacyjne do *Karnawału* Schumanna czy też jakiejś sonaty Prokofiewa, którą właśnie ćwiczy. Bezradnie trzyma dłonie przyciśnięte z obu stron do szwów spodni, bo żadne inne miejsce nie przychodzi mu do głowy. Jego sylwetkę deformuje dzielnie prezentujący się z przodu penis, ten wyrostek, który rozprostowuje się i chciałby wypuścić nadziemne korzenie. Za oknem robi się ciemno. Na szczęście Erika

stoi obok wyłącznika, sięga do niego. Bada kolor i budowę Klemmerowego penisa. Wsadza mu paznokcie pod napletek i zabrania Klemmerowi wydawania jakichkolwiek głośnych odgłosów, czy to radości, czy to bólu. Uczeń zastyga w nieco wykrzywionej pozycji, żeby tylko wszystko przedłużyć. Zaciska uda i napina mięśnie pośladków, aż robią się twarde jak żelazo. Żeby tylko nie skończyło się akurat teraz, w tym momencie! Klemmer powoli zaczyna znajdować przyjemność w całej sytuacji, a także wrażeniach przenikających jego ciało. Wypowiada miłosne słowa, by czymś zastąpić swoją bezczynność, aż ona każe mu zamilknąć. Pani nauczycielka po raz ostatni nakazuje uczniowi powstrzymanie się od wszelkich słów, niezależnie, czy mówi do rzeczy, czy nie. Czy nie rozumie, co ona do niego mówi? Klemmer jęczy, ponieważ ona obrabia jego piękny miłosny narząd na całej długości bez cienia zaangażowania. Specjalnie sprawia mu ból. U góry otwiera się dziura, która prowadzi do wnętrza Klemmera i zasilana jest przez rozmaite przewody. Dziura wciąga w siebie powietrze, pyta o moment eksplozji. Moment ten chyba nadszedł, bo Klemmer wykrzykuje zwyczajowe ostrzeżenie, że dłużej nie może się powstrzymać. Zapewnia o podejmowanych w tym celu wysiłkach i o tym, że nic one nie dają. Erika przykłada mu zęby do korony penisa, która wcale mu od tego nie spada, lecz właściciel wydaje dziki okrzyk bólu. Zostaje upomniany, żeby był cicho. Szepcze więc jak w teatrze, że to się zaraz! teraz! stanie. Erika wyjmuje przyrząd z ust i poucza jego właściciela, że na przyszłość spisze mu wszystko, co wolno mu z nią robić. Moje życzenia zostaną zanotowane i w każdej chwili będzie pan mógł do nich sięgnąć. Oto człowiek w swojej sprzeczności. Jak otwarta księga. Niech się już teraz z tego cieszy!

Klemmer nie bardzo rozumie, co ona ma na myśli, tylko skamle, żeby za żadne skarby nie przerywała, bo on zaraz będzie miał wulkaniczną erupcję. Zapraszająco podsuwa jej swój mały pistolet maszynowy, trzymając go za spust, żeby oddała z niego strzał. Erika jednak mówi, że za żadne skarby go teraz nie dotknie. Klemmer zgina się wpół, dotykając niemal kolan górną połową ciała. W tej pozycji zatacza się po ubikacji. Oświetla go bezlitosne światło białej mlecznej lampy. Prosi Erikę, a ona się nie zgadza. Atakuje się sam, żeby doprowadzić do końca jej dzieło. Przy okazji wyjaśnia swojej nauczycielce, dlaczego ze względów zdrowotnych niedopuszczalne jest tak bezlitosne potraktowanie mężczyzny będącego w takim stanie. Erika odpowiada: Precz z łapami, bo inaczej nigdy więcej nie będzie pan miał okazji oglądać mnie w takiej czy podobnej sytuacji. Klemmer odmalowuje słowami straszliwy ból, wynikający z takiego przeciągania. Nie będzie w stanie dotrzeć na piechotę do domu. To sobie pan weźmie taksówkę, radzi spokojnie Erika i pobieżnie przemywa pod kranem ręce. Pije kilka łyków wody. Klemmer próbuje pokątnie wygrać na sobie melodię, jakiej nie ma w żadnym zeszycie nutowym. Ostre przywołanie do porządku ostudza jego zapały. Ma po prostu stać bez ruchu przed swoją nauczycielką, chyba że rozkaże mu coś przeciwnego. Chce teraz przestudiować fizjologiczne zmiany, jakie zaszły w jego ciele. Teraz na pewno już nie będzie go dotykać, może być tego pewny. Pan Klemmer błaga, drżąc i dygocąc. Cierpi wskutek gwałtownego zerwania stosunków, chociaż nie były one obustronne. Czyni Erice gwałtowne wymówki. Szeroko opisuje poszczególne fazy cierpienia na odcinku od stóp do głów. Jednocześnie jego penis kurczy się w zwolnionym tempie. Klemmer z natury nie jest osobą, która od kołyski przywykła do podporządkowywania się. Jest z tych, którzy zawsze pytają o przyczynę, i zaczyna w końcu obrzucać swoją nauczycielkę ordynarnymi wyzwiskami. Całkowicie stracił nad sobą kontrolę, ponieważ zraniono męską część jego ja. Po skończonej zabawie albo treningu mężczyznę trzeba wypucować i czyściutkiego włożyć z powrotem do futerału. Teraz Erika zabiera głos i mówi: niech się pan zamknie! Mówi to takim tonem, że on się rzeczywiście zamyka.

Stoi w pewnej odległości od niej, wiotczejąc. Skoro już zrobiliśmy sobie małą przerwę, Klemmer ma zamiar wyliczyć, czego to nie wolno z mężczyzną robić. Dzisiejsze zachowanie Eriki rozpoczyna długą litanię zakazów. On chce jej wymienić powody. Ona każe mu być cicho. Więcej tego nie powtórzy. Klemmer nie milknie, tylko obiecuje podjęcie kroków odwetowych. Erika K. idzie w stronę drzwi i żegna się bez słowa. Nie posłuchał jej, chociaż wielokrotnie dawała mu szansę. Teraz już się nie dowie, co mógłby na niej wykonać, jaki wyrok, gdyby mu na to pozwoliła. Już naciska klamkę, kiedy Klemmer zaczyna skamlać, żeby została.

Będzie milczał pod słowem honoru. Erika otwiera drzwi do toalety na oścież. Klemmer zostaje ustawiony w ramie futryny, niezbyt cenne malowidło. Każdy, kto by tu teraz przyszedł, widziałby jego obnażonego penisa, w najmniejszym nawet stopniu się tego nie spodziewając. Eri-

ka zostawia drzwi otwarte, żeby dalej dręczyć Klemmera. Prawdę mówiąc, jej też nikt nie powinien tutaj zobaczyć. Odważnie podejmuje takie ryzyko. Tuż obok drzwi do ubikacji kończą się schody.
Erika, po raz ostatni, krótko przejeżdża dłonią po trzonie Klemmerowego penisa, w którym budzi się nowa nadzieja. Klemmer dygoce jak liść na wietrze. Zrezygnował ze stawiania oporu i pozwala na siebie patrzeć, nie podejmując przeciwko temu żadnych działań. Dla Eriki jest to szczyt programu dowolnego w przyglądaniu się. Jazdę obowiązkową i program skrócony dawno już bezbłędnie wykonała.
Nauczycielka niewzruszenie wyrasta z ziemi. Zdecydowanie odmawia dotknięcia jego miłosnego organu. Miłosny orkan szaleje już tylko słabiutko. Klemmer przestał mówić o wzajemnym odczuwaniu. Zmniejsza się boleśnie. Dla Eriki jest już śmiesznie mały. On godzi się na to. Od tego momentu ona będzie dokładnie kontrolować, co on porabia zawodowo i w czasie wolnym. Za najdrobniejsze uchybienie może dostać nawet zakaz uprawiania kajakarstwa. Będzie go kartkować jak nudną książkę. Pewnie bardzo szybko go odłoży. Wolno mu będzie schować penisa do gatek, dopiero kiedy ona mu pozwoli. Ukradkową próbę zwinięcia majdanu i podciągnięcia zamka błyskawicznego Erika likwiduje w zarodku. Klemmer robi się bezczelny, bo już czuje, że zbliża się koniec. Przepowiada, że na pewno przez trzy dni nie będzie mógł chodzić. Przedstawia wiążące się z tym obawy, ponieważ dla sportowca Klemmera chodzenie to, by tak rzec, szkolenie podstawowe bez broni. Erika mówi, że przekaże mu instrukcje. Pisemnie, ustnie lub zdalnie, przez telefon. Teraz może już zapakować swojego szparaga. Klemmer instynktownie

odwraca się przy tej czynności plecami do Eriki. Ale i tak wszystko robi pod jej okiem. Podczas gdy ona mu się przygląda. Już się cieszy, że znowu wolno mu się ruszać. Robi sobie błyskawiczną rozgrzewkę, podskakując w miejscu i boksując powietrze. Więc jednak poważnie mu nie zaszkodziło. Przebiega latrynę od jednego końca do drugiego. Im bardziej robi się rozluźniony i zwinny, tym sztywniejsza i bardziej spięta zaczyna być nauczycielka. Niestety, znowu całkowicie schowała się w swojej skorupie. Klemmer próbuje ją pobudzić do życia delikatnymi klepnięciami w kark i klapsami otwartą dłonią w policzki. Już ją prosi, żeby się troszkę uśmiechnęła. Co tak poważnie, piękna pani? Życie jest poważne, a sztuka radosna. A teraz wychodzimy na świeże powietrze, bo, jeśli ma być szczery, tego właśnie przez ostatnie długie minuty najbardziej mu brakowało. W wieku Klemmera łatwiej zapomnieć o szoku, niż kiedy się ma lata Eriki.
Klemmer wypada na korytarz i odbywa tam trening w biegu sprinterskim na trzydzieści metrów. Oddychając gwałtownie, mija w pędzie Erikę, raz w jedną, raz w drugą stronę. Głośnym śmiechem wyładowuje swoje zakłopotanie. Grzmiąco czyści nos. Przysięga, że następnym razem pójdzie o wiele lepiej! Ćwiczenia czynią kobietę mistrzem. Klemmer wybucha dźwięcznym śmiechem. Wielkimi susami zbiega po schodach, za każdym razem w ostatniej chwili wyrabiając się na zakrętach. Wygląda to nieomal przerażająco. Erika słyszy z dołu huk zatrzaskujących się ciężkich drzwi szkoły.
Wygląda na to, że Klemmer opuścił budynek.
Erika Kohut powoli schodzi schodami na parter.

Podczas zajęć z Walterem Klemmerem Erika Kohut, która przestała rozumieć samą siebie, bo zaczęło ją opanowywać uczucie, wpada w bezsensowną wściekłość. Ledwie go dotknęła, a już opuścił się w ćwiczeniach. Klemmer myli się w grze z pamięci, czując niekochankę za plecami, utyka przy przetworzeniu. Nie wie nawet, w jakiej grać tonacji! Moduluje na chybił trafił. Coraz bardziej oddala się od A-dur, gdzie jego miejsce. Erika Kohut czuje, jak toczy się w jej stronę groźna lawina, pełna spiczastych odpadków. Dla Klemmera te odpadki są mile widziane, ukochany ciężar kobiety, który na nim spoczywa. Rozprasza to jego muzyczne chcenie, które nie idzie w parze z umiejętnościami. Erika upomina go, niemalże nie otwierając ust, że właśnie grzeszy przeciwko Schubertowi. Aby jakoś to naprawić i zachwycić tę kobietę, Klemmer myśli o górach i dolinach Austrii, o różnych pięknych miejscach, których ten kraj podobno tak dużo posiada. Schubert, który ciurkiem siedział w domu, nawet jeśli tego sam nie widział, to na pewno przynajmniej przeczuwał. I Klemmer zaczyna od nowa i gra wielką *Sonatę A-dur* przerastającego swoje czasy mieszczucha mniej więcej w salonowym duchu niemieckiego tańca tegoż samego mistrza. Wkrótce przerywa, ponieważ nauczycielka szydzi z niego, że chyba nigdy w życiu nie widział wyjątkowo stromej skały, wyjątkowo głębokiej przepaści, wyjątkowo rwącego potoku, pieniącego się w wąwozie, czy choćby Jeziora Nezyderskiego w pełnej krasie. Takie właśnie gwałtowne kontrasty wyraża Schubert, zwłaszcza w tej nadzwyczajnej sonacie, a nie, powiedzmy, senną wioskę Wachau w łagodnym świetle popołudnia w porze five o'clocku, co znalazło wyraz raczej u Smetany, w odniesieniu do Wełtawy. I nie dla niej, Eriki Kohut, poskromicielki muzycznych trudności, lecz dla publiczności przedpołudniowych koncertów niedzielnych w rozgłośni radia austriackiego.

Klemmer pieni się, że jeśli ktoś w ogóle zna dzikie górskie potoki, to na pewno on. Przecież to ona wciąż przebywa w mrocznych pomieszczeniach, mając przy sobie zaawansowany wiek matki, która nic już nie chce i tylko patrzy w dal, za pomocą optycznego przyrządu. Czy nad, czy pod ziemią, nie ma to już dla matki żadnej różnicy. Erika Kohut przypomina o oznaczeniach wykonawczych u Schuberta i jest poruszona. Jej wody szaleją i kipią. Te oznaczenia obejmują wszystko od krzyku do szeptu, a nie od mówienia głośno do mówienia cicho! Anarchia nie jest chyba pana mocną stroną, Klemmer. Na to przedstawiciel sportów wodnych zbyt sztywno trzyma się konwencji. Walter Klemmer ma chęć pocałować ją w szyję. Nigdy jeszcze tego nie robił, ale często o tym słyszał. Erika ma chęć, żeby uczeń pocałował ją w szyję, ale nie sygnalizuje mu jego wejścia. Czuje narastające w sobie oddanie, a w jej głowie oddanie to napotyka skawalającą się dawną i nową nienawiść, głównie do kobiet, które przeżyły mniej życia od niej i dlatego są młodsze. Oddanie Eriki w żadnym punkcie nie przypomina oddania, jakim darzy matkę. Jej nienawiść w każdym punkcie przypomina jej zwykłą, normalną nienawiść.
Aby zamaskować te odczucia, kobieta nerwowo zaprzecza wszystkiemu, co dotychczas publicznie głosiła na temat muzyki. Mówi: W interpretacji utworu muzycznego dochodzi się do pewnego punktu, w którym koń-

czy się dokładność odtwarzania i zaczyna się niedokładność właściwego tworzenia. Wykonawca już nie służy, on bierze! Bierze sobie od kompozytora wszystko, co jest do wzięcia. Może jeszcze nie jest dla Eriki za późno, by rozpocząć nowe życie. Nie zaszkodzi już teraz zacząć głosić nowe tezy. Erika mówi z cienką ironią, że Klemmer osiągnął już taki poziom umiejętności, kiedy uzasadnione może być stawianie przez niego nastrojów i uczuć obok tych umiejętności. Natychmiast rzuca uczniowi w twarz, że nie ma powodu przyjmować milczącego założenia, że on dysponuje już odpowiednimi umiejętnościami. Rozczarowała się, chociaż jako nauczycielka powinna się tego spodziewać. Klemmer lepiej zrobi, kiedy pójdzie sobie powiosłować, ale jak najstaranniej powinien schodzić z drogi duchowi Schuberta, gdyby zdarzyło mu się spotkać go w lasach. Ten okropny Schubert. Najlepszy uczeń zostaje zwyzywany od przystojnych i młodych, przy czym Erika dokłada z lewej i prawej strony kolejny krążek do swoich obciążonych nienawiścią hantli. Z trudem udaje jej się unieść nienawiść do wysokości piersi. Zapatrzony w tę swoją dumną średniznę męskiej urody, nie dostrzega pan przepaści nawet wówczas, kiedy właśnie pan w nią wpada, powiada Erika do Klemmera. Nigdy się pan nie angażuje do końca! Przeskakuje pan przez kałuże, żeby nie zamoczyć sobie butów. Kiedy w czasie pływania kajakiem, tyle przynajmniej z tego zrozumiałam, znajdzie się pan z głową w wodzie, bo kajak się przewrócił, to od razu pan wstaje. Boi się pan nawet wodnej głębiny, tej jedynej w swoim rodzaju ustępliwej materii, w jaką zanurzyła się pańska głowa! Woli się pan taplać w płyciznach, widać to po panu. Litościwie

– litościwie dla siebie! – opływa pan skalne bloki, jeszcze zanim pan takowe dostrzeże.
Erika ze świstem łapie oddech, Klemmer łapie się za głowę, aby jakoś zawrócić swoją kochankę, która nią nie jest, z tej drogi. Niech pani nie zagradza sobie na zawsze dostępu do mnie, radzi jej po dobroci. I dziwnie wzmocniony wychodzi ze zmagań w ramach sportowych pojedynków, takich jak walka płci. Starzejąca się pani wije się w drgawkach na podłodze, z pianą wściekłości na brodzie. Ta kobieta potrafi spoglądać w głąb muzyki jak przez trzymaną odwrotnie lornetkę, tak że muzyka pojawia się w wielkiej oddali i wielce pomniejszona. Nie sposób jej powstrzymać, kiedy uważa, że musi oznajmić coś, co poddała jej muzyka. Wtedy mówi bez ustanku.
Erika czuje się zżerana niesprawiedliwością, że nikt nie kochał tego małego tłustego pijaczka Franusia Schuberta. Kiedy patrzy na ucznia Klemmera, szczególnie gwałtownie odczuwa to coś nie do pogodzenia: Schubert i kobiety. Ponury rozdział pornograficznego pisma sztuki. Schubert ani jako twórca, ani jako wirtuoz nie odpowiadał obrazowi geniusza, jaki mają masy. Klemmer pozostaje w zgodzie z masami. Te masy tworzą sobie jakiś obraz i są zadowolone dopiero wtedy, gdy spotykają takie obrazy na swobodzie. Schubert nie miał nawet fortepianu, widzi pan, jak panu dobrze, panie Klemmer! Jakie to niesprawiedliwe, że Klemmer żyje i nie ćwiczy dostatecznie intensywnie, podczas kiedy Schubert leży w grobie. Erika Kohut obraża mężczyznę, od którego pragnie przecież miłości. Niemądrze rzuca się na niego z pięściami, pełne złości słowa huczą pod membraną rezonansową jej podniebienia, na napiętej

skórze języka. Nocą twarz jej puchnie, podczas gdy niedomyślająca się niczego matka leży obok i chrapie. Rankiem Erika ledwie potem widzi w lustrze swoje oczy w udrapowaniu fałdów skóry. Długo trudzi się nad swoim obrazem, lecz obraz się nie poprawia. Kobieta i mężczyzna znowu zastygają naprzeciw siebie w kłótni.

W aktówce Eriki szeleści między nutami list do ucznia, który mu wręczy, kiedy już dostatecznie go wyszydzi. Wymiociny gniewu wciąż podnoszą się w regularnych skurczach wzdłuż kolumny jej ciała. Schubert musiał być wprawdzie ogromnie utalentowany, bo nie miał nauczycieli dających się porównać choćby z Leopoldem Mozartem, ale na pewno nie był skończonym wirtuozem, wydusza spomiędzy zębów świeżo wypełnioną myślową kiełbaskę Klemmer. Wręcza ją swojej nauczycielce na tekturowym talerzyku z odrobiną musztardy: ktoś, kto tak krótko żył, nie może być skończonym wirtuozem. Ja też mam już ponad dwadzieścia lat, a tak mało umiem, przekonuję się o tym każdego dnia, mówi Klemmer. Jak mało więc musiał umieć Schubert w wieku trzydziestu lat! Ten zagadkowy, kuszący, malutki syn belfra ze szkoły w Wiedniu. Zabiły go kobiety za pomocą syfilisu.

Kobiety wpędzą nas do grobu, dowcipkuje młody człowiek z humorem i mówi trochę o humorach niewieścich. W tym kobiecym temacie waha się to w jedną stronę, to znów w drugą, i nie widać w tym żadnej prawidłowości. Erika mówi Klemmerowi, że on nie jest nawet w stanie domyślić się tragizmu. Jest przystojnym młodym człowiekiem. Swoimi zdrowymi zębami Klemmer rozgryza twardą kość udową, którą podrzuciła mu

nauczycielka. Mówiła o tym, że on nie ma pojęcia o akcentowaniu u Schuberta. Strzeżmy się manieryzmów, takie jest zdanie Eriki Kohut. Uczeń w szybkim tempie płynie z prądem.
Nie zawsze wskazane jest zbyt szczodre szafowanie w fortepianowych dziełach Schuberta efektami instrumentalnymi imitującymi, powiedzmy, blaszane instrumenty dęte. Zanim pan, panie Klemmer, nauczy się tego wszystkiego na pamięć, niech pan się wystrzega grania niewłaściwych nut i nie za dużo pedału. Ale też nie za mało! Nie każdy dźwięk musi brzmieć tak długo, jak jest to zapisane, i nie każdy ma w zapisie taką długość, jaką trzeba zagrać.
Na bis Erika pokazuje mu jeszcze specjalne ćwiczenie na lewą rękę, nad którą musi popracować. Sama chce się nim uspokoić. Każe swojej lewej ręce odpłacić za to, co ten mężczyzna każe jej cierpieć. Klemmer nie marzy o uspokojeniu swoich namiętności techniką pianistyczną, on szuka walki ciał i cierpień, która nie ominie także Eriki. Jest przekonany, że kiedy już lodowato i zwycięsko przejdzie przez tę wyczerpującą walkę, skorzysta na tym w ostatecznym rozrachunku także jego sztuka. Na pożegnanie, po ostatnim gongu, następujący podział punktów: on miałby więcej, Erika miałaby mniej. I ta myśl cieszy go już dzisiaj. Erika będzie o rok starsza, on będzie o rok wyprzedzał innych w rozwoju. Klemmer wczepia się w temat Schuberta. Stwierdza zaczepnie, że jego nauczycielka nagle i zaskakująco odwróciła się o sto osiemdziesiąt stopni i prezentuje jako swoje własne poglądy to, co właściwie zawsze mówił on, Klemmer. A mianowicie, że to, czego nie da się zważyć, nazwać, powiedzieć, zagrać,

zaatakować i dotknąć, jest ważniejsze niż to, co dotykalne, czyli technika, technika, technika i jeszcze raz technika. Czyżbym panią na czymś przyłapał, pani profesor?
Erika oblewa się falą gorąca, że on mówi o niepojętym, co może oznaczać tylko jego miłość do niej. Robi się w niej przejrzyście, jasno, ciepło. Słońce miłosnej namiętności, którego przez cały czas niestety już nie czuła, świeci teraz na nowo. On wciąż żywi do niej to samo uczucie, które żywił dla niej wczoraj i przedwczoraj! Najwidoczniej Klemmer kocha i wielbi ją niewypowiedzianie, jak subtelnie powiedział. Erika spuszcza na ten moment oczy i szepcze znacząco, że miała na myśli tylko tyle, iż Schubert bardzo lubi wyrażać efekty orkiestralne czysto pianistycznymi środkami. Trzeba umieć rozpoznać i zagrać te efekty oraz instrumenty, które symbolizują. Ale, jak już powiedziałam, bez manieryzmów. Erika pociesza raźno i przyjaźnie: Na pewno się uda!

Nauczycielka i uczeń stoją naprzeciw siebie jak kobieta z mężczyzną. Między nimi rozparzenie, nieprzebyty mur. Ten mur uniemożliwia jednemu przedostanie się na drugą stronę i wyssanie drugiego do krwi. Nauczycielka i uczeń wrą z miłości i zrozumiałej tęsknoty za jeszcze większą miłością.
Pod ich stopami bulgoce tymczasem breja kultury, która nigdy nie ugotuje się do końca, breja, którą spożywają małymi, smakowitymi kęsami, ich codzienne pożywienie, bez którego nie mogliby istnieć, bulgoce i wypuszcza mieniące się banieczki gazu.
Erika Kohut w mętnej, zrogowaciałej powłoce swych lat. Nikt nie potrafi i nie chce jej z niej zdjąć. Tej po-

włoki nie da się znosić. Tyle już rzeczy zostało przegapionych, a najbardziej przegapiona została młodość Eriki, na przykład osiemnasty rok życia, o którym mówi się słodka osiemnastka. Trwa tylko przez rok, a potem się kończy. Od dawna już inne w miejsce Eriki sycą się tym słynnym osiemnastym rokiem życia. Dzisiaj Erika ma ponad dwa razy tyle lat, co dziewczyna mająca lat osiemnaście! Bezustannie to sobie oblicza, przy czym dystans dzielący Erikę od osiemnastoletniej dziewczyny nigdy się nie zmniejsza, ale także nigdy nie staje się większy. Niechęć, jaką Erika odczuwa do każdej dziewczyny w tym wieku, niepotrzebnie jeszcze ten dystans zaostrza. Zlana potem Erika wierci się nocami na palu gniewu nad hulającym płomieniem matczynej miłości. Regularnie polewana wonnym pieczeniowym sosem sztuki muzycznej. Nic nie zmieni tej nieodwracalnej różnicy: młody/stary. Także w zapisie nutowym skomponowanej już muzyki nieżyjących mistrzów nic się już nie da zmienić. Jest tak, jak jest. Od najwcześniejszego dzieciństwa Erikę wprzęgnięto w ten system zapisu nutowego. Jest w mocy tych pięciu linii, jak daleko sięga pamięcią. Nie wolno jej myśleć o niczym innym, tylko o tych pięciu czarnych liniach. Ten raster zasznurował ją, wraz z matką, niedającą się rozerwać siatką przepisów, zarządzeń, precyzyjnych nakazów, jak różowiutką szyneczkę na haku u rzeźnika. To daje pewność, a pewność rodzi strach przed niepewnym. Erika boi się tego, że wszystko zostanie tak jak jest, i boi się tego, że coś mogłoby się kiedyś zmienić. Jak w ataku astmy gwałtownie łapie ustami powietrze, a potem nie wie, co z całym tym powietrzem zrobić. Rzęzi i nie może wypłoszyć z krtani żadnego dźwięku.

Klemmer jest wstrząśnięty aż do samych posad swojego niezniszczalnego zdrowia i zadaje sobie pytanie, co się z tą jego kochanką dzieje? Może przynieść szklankę wody, z troską i miłosnym zakłopotaniem w głosie pyta ten reprezentant firmy Rycerskość i Spółka. Nauczycielka zanosi się kaszlem. Tym kaszlem uwalnia się od czegoś znacznie gorszego niż odruch kaszlu. Nie potrafi wypowiedzieć swoich odczuć ustnie, tylko pianistycznie.

Erika wyciąga z aktówki zamknięty hermetycznie dla pewności list i wręcza go Klemmerowi, tak jak w domu tysiące razy widziała to dokładnie oczyma duszy. W liście jest napisane, jaki przebieg ma mieć pewna miłość. Erika spisała wszystko, czego nie chce powiedzieć. Klemmer myśli sobie, że w liście jest coś niewypowiedzianie cudownego, coś, co można tylko napisać, i jaśnieje jak księżyc nad szczytami gór. Jakże za czymś takim tęsknił! On, Klemmer, wskutek bezustannej pracy nad swymi uczuciami i sposobem ich wyrażania jest już dziś wreszcie w tym szczęśliwym położeniu, że potrafi w każdej chwili głośno wypowiedzieć wszystko, co tylko da się pomyśleć! Tak jest, przekonał się też, że sprawia na wszystkich bardzo dobre i odświeżające wrażenie, kiedy gdzie tylko może, przepycha się, żeby powiedzieć coś jako pierwszy. Żadnej nieśmiałości, bo to nic nie daje. Jeśli o niego chodzi, to gdyby to było konieczne, potrafiłby swoją miłość wykrzyczeć na całe gardło. Na szczęście nie jest to konieczne, ponieważ nie chcemy, żeby ktokolwiek usłyszał. Klemmer odchyla się w swoim kinowym fotelu, opycha się słodyczami i przepełniony zadowoleniem ogląda samego siebie na ekranie, gdzie w nadnaturalnych proporcjach pokazuje się śliski temat: młody mężczyzna i starzejąca się kobieta. W drugoplanowej roli śmieszna stara matka, która gorąco pragnie, aby cała Europa, Anglia i Ameryka była zauroczona słodkimi dźwiękami, jakie jej dziecko od wielu lat potrafi wydobyć z instrumentu. Matka pragnie jak najwyraźniej, aby jej dziecko dusiło się raczej w matczynych więzach niż w szybkowarze miłosnych namiętności. Pod ciśnieniem pary uczucia szybciej się gotują i nie niszczy się witamin, udziela matce dobrej rady Klemmer. Najwyżej pół roku potrwa, zanim łapczywie skonsumuje Erikę i będzie się mógł zwrócić ku następnym rozkoszom.

Klemmer pokrywa gwałtownymi pocałunkami dłoń Eriki, wręczającą mu list. Mówi: dziękuję, Eriko. Najbliższy weekend zamierza już poświęcić w całości tej kobiecie. Kobieta jest oburzona, że Klemmer zamierza wedrzeć się w jej najświętszy zamknięty weekend, i reaguje niechętnie. Wynajduje kilka zaimprowizowanych wymówek, dlaczego właśnie tym razem i przypuszczalnie także następnym, i jeszcze następnym nic z tego nie wyjdzie. W każdej chwili możemy do siebie zadzwonić, kłamie kobieta bezczelnie. W dwóch kierunkach przepływa przez nią prąd. Klemmer szeleści tajemniczym listem wiele mówiącym gestem i formułuje tezę, że Erika z pewnością nie chciała, żeby to zabrzmiało tak nieprzyjemnie, jak te nieprzemyślane słowa, które z siebie wyrzuciła. Nie zostawiać mężczyzny tak nieprzyzwoicie długo w zawieszeniu, oto nakaz chwili.

Erika nie powinna zapominać, że każdy rok, który dla Klemmera liczy się normalnie, w jej wieku liczy się co najmniej potrójnie. Erika powinna szybko łapać tę okazję, radzi jej Klemmer dobrotliwie, mnąc list w wilgotnej od potu dłoni, drugą dłonią z wahaniem wodząc po Erice, jak po kurze, którą ewentualnie zamierza nabyć, ale musi jeszcze sprawdzić cenę, czy aby jest odpowiednia, zważywszy wiek kury. Klemmer nie wie, po czym poznać u kury na zupę czy u kurczaka do upieczenia, czy są młode, czy stare. Za to jeśli idzie o jego nauczycielkę, to widzi bardzo dokładnie, przecież ma oczy, że nie jest już dość młoda, ale za to stosunkowo dobrze utrzymana. Można by niemal powiedzieć, że jest apetyczna, gdyby nie to nieco rozwodnione spojrzenie jej oczu. No ale jest jeszcze ta niesłabnąca podnieta, że jednak jest jego nauczycielką! Podnieca perspektywa, że zrobi z niej uczennicę, przynajmniej raz w tygodniu. Erika wymyka się swemu uczniowi. Ponownie odbiera mu swoje ciało i z zakłopotania długo czyści nos. Klemmer odmalowuje jej przed oczami przyrodę. Odmalowuje ją taką, jaką swego czasu poznał i pokochał. Już wkrótce wspólnie z Eriką będzie się napawał i sycił urokami natury. Tam, gdzie las jest najgęstszy, obydwoje będą sobie leżeć na posłaniu z mchu i spożywać przyniesione ze sobą jedzenie. Nikt tam nie zobaczy, jak młody sportowiec i artysta, który zadawał się już z konkurencją, przewala się po ziemi z nadwyrężoną wiekiem kobietą, która musi się już obawiać konkurencji ze strony wszystkich młodszych kobiet. Najbardziej podniecająca w tym przyszłym związku będzie jego sekretność, domyśla się Klemmer. Erika zaniemówiła, ani w oczach, ani w sercu nie znać wzruszenia. Klemmer czuje, że nadeszła właściwa chwila, aby *post factum* gruntownie skorygować wszystko, co jego nauczycielka powiedziała wcześniej o Franciszku Schubercie. Wciśnie się do dyskusji jako osoba.

Troskliwie ustawi Erice odpowiednio obraz Schuberta, a siebie w najlepszym świetle. Spory i dyskusje, w których on będzie zwycięzcą, zaczną się od tej chwili mnożyć, przepowiada kochance. Kocha tę kobietę oczywiście także za jej bogatą skarbnicę doświadczeń w zakresie repertuaru muzycznego, niemniej jednak na dalszą metę nie da się ukryć, że on wie wszystko o wiele lepiej. Sprawia mu to najwyższą rozkosz. Unosi jeden palec dla podkreślenia wagi swoich słów, gdy Erika próbuje mu zaprzeczyć. Jest teraz bezczelnym zwycięzcą, a kobieta zabarykadowała się przed pocałunkami za fortepianem. Kiedyś słowa się kończą i dzięki swej wytrwałości i gwałtowności zwycięża uczucie.

Erika stwierdza z dumą, że nie zna uczuć. Kiedy już będzie musiała zaakceptować jakieś uczucie, to na pewno nie pozwoli, aby odniosło zwycięstwo nad jej inteligencją. Umieszcza między sobą a Klemmerem także drugi fortepian. Klemmer wymyśla ukochanej przełożonej od tchórzy. Ktoś, kto kocha kogoś takiego jak Klemmer, musi umieć wyjść z tym do świata i głośno to oznajmić. Klemmer nie życzy sobie, aby rozniosło się to po konserwatorium, ponieważ zazwyczaj wypasa się na młodszych nieco łąkach. Miłość zaś cieszy tylko wówczas, gdy można sobie pozwolić, by inni zazdrościli nam ukochanej istoty. Czytaj: ewentualne małżeństwo wykluczone. Na szczęście Erika ma matkę, która nie dopuści do małżeństwa.

Klemmer pływa pod samym sufitem na falach wody sodowej, która uderzyła mu do głowy od tej przewagi. A w wodzie Klemmer umie i rozumie. Rozbija w puch ostatnią opinię Eriki o sonatach Schuberta. Erika kaszle i z zakłopotania chodzi tam i z powrotem w szrankach, których Klemmer, zwinny Klemmer, nigdy nie dostrzegał u innych ludzi. Erika wygina się we wszystkich możliwych miejscach i Klemmer czuje niespodziewanie niespodziewane wzbieranie lekkiego obrzydzenia, które jednak zaraz udaje mu się wpleść w wieniec innych odczuć. Jak się chce, to da się dopasować. Wystarczy się tylko tak nie rozkładać. Erika wyłamuje palce w stawach, co nie przyniesie korzyści ani jej grze, ani zdrowiu. Uparcie patrzy w odległe kąty, chociaż Klemmer żąda, żeby patrzyła na niego, szczerze i otwarcie, a nie z zahamowaniami i ukradkowo. W końcu nikt ich przecież tutaj nie widzi.

Czy mogę, bada Klemmer, ośmielony wstrętnym widokiem, zażądać od ciebie czegoś niesłychanego, czego nigdy dotąd nie robiłaś? I natychmiast tego żąda, tej próby miłości. W ramach pierwszego kroku w nowe życie miłosne Erika ma zrobić coś niesłychanego, mianowicie teraz, natychmiast z nim wyjść i odwołać zajęcia z ostatnią uczennicą, przewidzianą na dzisiejszy wieczór. Z tym, że musi starannie przygotować sobie jakąś wymówkę w rodzaju mdłości czy bólu głowy, aby uczennica nie powzięła żadnych podejrzeń i nie zaczęła czegoś rozpowiadać. Erika cofa się przed tym łatwym zadaniem, dziki mustang, który wreszcie rozwalił kopytem drzwi stajni, ale jednak nie wychodzi, bo się rozmyślił. Klemmer opowiada ukochanej kobiecie, w jaki sposób inni zrzucali jarzmo traktatów i zwyczajowych praw. Przytacza *Pierścień Nibelunga* Wagnera jako jeden z licznych tego przykładów. Podaje Erice sztukę jako przykład wszystkiego i przykład niczego. Jeśli tylko gruntownie przeczesać sztukę, ten wilczy dół najeżony wpuszczonymi w beton ostrzami kos i sierpów, znajdzie się mnóstwo przykładów anarchicznych zachowań. Na przykład Mozart, ów przykład WSZYSTKIEGO, który zrzucił jarzmo książęco-arcybiskupie. Skoro uwielbiany przez wszystkich Mozart, którego my obydwoje nieszczególnie cenimy, potrafił, to i pani chyba zdoła tego dokonać, Eriko. Jakże często zgadzaliśmy się już, że każdy, kto uprawia sztukę, obojętnie, czynnie czy biernie, niezbyt dobrze znosi wszelkie ograniczenia. Artysta lubi schodzić z drogi bolesnemu uciskowi prawdy czy zasady. Dziwię się też, nie gniewaj się, że to mówię, jak przez te wszystkie lata możesz znosić przy sobie obecność tej swojej matki. Albo tak naprawdę nie jesteś artystką, albo nie odczuwasz jarzma jako jarzma nawet wówczas, gdy się już pod nim dusisz, zwraca się Klemmer na ty do swojej nauczycielki, zadowolony, że jest matka Kohut, która na szczęście wyrasta między nim a Eriką jak bufor. Ta matka zadba, żeby nie udusił się pod tą podstarzałą kobietą! Ta matka dostarczy niekończącego się tematu do rozmów jako gęstwiny, przeszkody uniemożliwiającej rozliczne spełnienia, z drugiej zaś strony cały czas będzie trzymała swoją córkę w jednym miejscu, tak że córka nie będzie mogła wszędzie za nim chodzić. Gdzie moglibyśmy się tyleż bez umiaru, co w miarę regularnie spotykać, tak żeby nikt się o tym nie dowiedział, Eriko? Klemmer zapala się do myśli o wspólnym sekretnym pokoiku, gdzieś tam, który mógłby wyposażyć w swój stary gramofon i płyty, które i tak ma w dwóch egzemplarzach. W końcu zna przecież muzyczny gust Eriki, który również jest w dwóch egzemplarzach, bo Klemmer ma dokładnie taki sam! Ma kilka płyt Chopina w dwóch egzemplarzach i płytę z nadzwyczajnymi dziełami Paderewskiego, który stał w cieniu Chopina, niesłusznie, jak uważa on i Erika, która dała mu tę płytę w prezencie, a on już wcześniej taką sobie kupił. Klemmer nie może się już doczekać, kiedy wreszcie przeczyta list. Jeśli czegoś nie można powiedzieć, należy to napisać. Czego nie można wytrzymać, tego nie należy robić. Strasznie się cieszę, że będę mógł przeczytać i zrozumieć twój list z 24.04., kochana Eriko. I jeślibym miał umyślnie źle go zrozumieć, z czego również się cieszę, to po kłótni na pewno znowu się pogodzimy. Klemmer natychmiast zaczyna mówić o sobie, a także o sobie, o sobie i o sobie. Ona napisała do niego ten długi list, więc on ma prawo obnażyć nieco swoje najgłębsze wnętrze. Czas, jaki z konieczności będzie zmuszony poświęcić na czytanie, już teraz może wykorzystać na mówienie, aby Erika nie zyskała przewagi w ich związku. Klemmer oświadcza Erice, że walczą w nim dwa ekstremalne ekstrema, a mianowicie sport (zawodniczo) oraz sztuka (zasadniczo).

Erika jak najsurowiej zakazuje uczniowi, którego dłonie aż palą się do listu, nawet myśleć o tym, żeby go dotknąć. Proszę się raczej przypiąć do zgłębiania Schuberta, drwi Erika z drogiego nazwiska Klemmera* i drogiego nazwiska Schuberta.

Klemmer się sprzeciwia. Przez całą sekundę rozważa myśl, by wykrzyczeć w twarz światu tajemnicę nauczycielki. To się odbyło w ubikacji! Ponieważ jednak nie był to jego szczególnie bohaterski wyczyn, milczy na

---

* Nieprzetłumaczalna gra słów, nazwisko Klemmer jest znaczące, oznacza cwikier, binokle, okulary przyczepiane do nosa (przyp. tłum.).

razie. Będzie mógł potem kłamliwie nagiąć to dla potomności, mówiąc, że to on wygrał tę walkę. Klemmer nie jest pewien, czy postawiony przed wyborem między kobietą, sztuką i sportem, nie zdecyduje się na sztukę i sport. Jeszcze zataja swoje głupkowate pomysły przed tą kobietą. Zaczyna odczuwać, co to znaczy, kiedy w swoją misternie utkaną grę wprowadza się element niepewności w postaci obcej osoby. Także w sporcie istnieje ryzyko, na przykład mogą występować znaczne wahania formy. Ta kobieta jest tak stara i wciąż jeszcze nie wie, czego chce. Ja jestem tak młody, a zawsze wiem, co chcę dostać.

W kieszeni koszuli Klemmera szeleści list. Świerzbią go ręce, z trudem się powstrzymuje i wreszcie ten zmienny w nastrojach koneser postanawia, że przeczyta list gdzieś w jakimś spokojnym miejscu na świeżym powietrzu i od razu zrobi notatki. Na potrzeby odpowiedzi, która musi być dłuższa niż ten list. Może w ogrodach Hofburgu? W kawiarence w palmiarni zamówi sobie do tego kawę z mlekiem i szarlotkę. Obydwa przeciwstawne żywioły, sztuka i Kohut, podniosą urok listu do nieskończoności. A między nimi arbiter Klemmer, który gongiem daje znać, kto wygrał daną rundę, przyroda na zewnątrz czy Erika w środku w nim. Klemmer raz mówi gorące, a potem znów zimne.

Ledwie Klemmer opuścił klasę fortepianu, ledwie następna uczennica zaczęła nieporadnie wygrywać swoje rozbieżne gamy, a już nauczycielka udaje, że niestety będziemy musiały przerwać dzisiejsze zajęcia, bo dostała gwałtownego bólu głowy. Uczennica zrywa się jak skowronek i już jej nie ma.

Erika zwija się pod wpływem nieodwzajemnianych natrętnie wstrętnych lęków i obaw. Jest teraz uzależniona od kroplówki z łaski Klemmera. Czy on naprawdę potrafi przechodzić przez wysokie płoty, brodzić w rwących rzekach? Czy jego miłość nie boi się ryzyka? Erika nie wie, czy wolno jej polegać na bezustannych zapewnieniach Klemmera, że nigdy jeszcze nie cofnął się przed ryzykiem, im większym, tym lepiej. Pierwszy raz w ciągu tych wszystkich lat Erika zwalnia uczennicę bez uczenia. Matka ostrzega przed stromymi trasami. Kiedy matka nie macha drabinką sukcesu, która prowadzi w górę, maluje na ścianie odstraszający obraz zjazdu w dół, spowodowanego moralnym upadkiem. Lepsze szczyty sztuki niźli niziny płci. O tej płci artysta, wbrew pokutującemu powszechnie mniemaniu o jego rozwiązłości, ma zapomnieć, uważa matka; jeśli tego nie potrafi, jest po prostu człowiekiem, a tym mu być nie wolno. Nie jest wtedy boski! Niestety, biografie artystów, które są w ogóle ważniejsze nawet od samych artystów, aż nazbyt często roją się od pożądliwości i przebiegłości ich artystycznych mości. Stwarzają mylne wrażenie, jakoby dopiero na kompoście płciowości pojawić się mogła ogórkowa grządka czystego i pięknego tonu.

Dziecku już raz się kiedyś artystycznie powinęła noga; ten zarzut dziecko słyszy od matki przy okazji każdej walki. Ale takie jedno powinięcie się nie liczy, Erika jeszcze się o tym przekona.

Erika idzie z konserwatorium na piechotę do domu.

Między jej nogami zgnilizna, pozbawiona czucia, rozmiękła masa. Próchno, rozkładające się grudy materii organicznej. Żaden powiew wiosny niczego nie budzi.

To nędzna kupa małostkowych pragnień i pośledniego sortu tęsknot, które boją się spełnienia. Wybrani partnerzy życiowi ścisną ją jak obcęgi, jak szczypce raka: matka i uczeń Klemmer. Obydwojga naraz mieć nie może, ale osobno też nie, bo natychmiast straszliwie brakuje jej tego drugiego. Może dać matce polecenie, żeby nie wpuszczała Klemmera za próg, kiedy zadzwoni. Matka radośnie zastosuje się do tego rozkazu. Czy właśnie dla tego obrzydliwego uczucia niepokoju Erika przez cały ten czas tak spokojnie sobie żyła? Miejmy nadzieję, że dziś wieczorem nie przyjdzie, jutro może sobie przyjść, ale dziś nie, bo Erika chce obejrzeć stary film w reżyserii Lubitscha. Matka i jej dziecko czekają na ten film już od zeszłego piątku, bo wtedy właśnie ukazuje się program na następny tydzień. W rodzinie Kohutów czeka się na ten program z większym utęsknieniem niż na wielką miłość, która oby nie ważyła się pojawić.

Erika uczyniła krok, pisząc list. Nie można zrzucić na matkę winy za ten krok, matka nawet nie może się dowiedzieć o tym kroku do przodu, w stronę koryta z zakazanym. Ze wszystkiego, co zakazane, Erika zawsze natychmiast spowiadała się matczynemu oku, które wtedy stwierdzało, że i tak już o wszystkim wie, to oko opatrzności.

Idąc, Erika nienawidzi tego porowatego, zjełczałego owocu, który wyznacza zakończenie jej podbrzusza. Tylko sztuka daje obietnicę nieskończonej słodyczy. Erika odchodzi. Wkrótce ta zgnilizna posunie się dalej i obejmie większe partie ciała. Wtedy człowiek umiera w męczarniach. Erika z przerażeniem odmalowuje sobie, jak leży w trumnie jako długa na

metr siedemdziesiąt pięć niewrażliwa dziura i rozpuszcza się w ziemi; ta dziura, którą pogardzała, którą zaniedbywała, wzięła ją oto całkowicie w posiadanie. Jest Nicością. I nic już dla niej nie ma.
Niezauważony przez Erikę Walter Klemmer gna za kobietą. Przemógł się po pierwszym mocnym pragnieniu. Na razie zdecydował, że jednak nie otworzy listu od razu, bo chce się rozmówić z żywą i ciepłą Eriką, zanim zacznie czytać jej pozbawione życia listy. Ta żywa kobieta, Erika, jest Klemmerowi milsza od martwego świstka papieru, dla którego musiały umierać drzewa. Ten list mogę sobie przeczytać później, w domu, w ciszy i spokoju, myśli Klemmer, który chce pozostać przy piłce. Piłka toczy się, podskakuje, skacze przed nim, zatrzymuje się na światłach, odbija się w szybach wystawowych. Nie pozwoli tej kobiecie, żeby mu dyktowała, kiedy ma czytać listy, a kiedy decyduje się na osobiste działanie. Kobieta nie nawykła do roli śledzonej i nie ogląda się za siebie. A przecież musi się nauczyć, że to ona jest zwierzyną, a mężczyzna myśliwym. Lepiej zacząć już dzisiaj niż dopiero od jutra. Możliwość, że jej dominująca wola przestanie decydować o wszystkim, w ogóle nie przychodzi jej do głowy, chociaż bezustannie decyduje o niej dominująca wola jej matki. To jednak do tego stopnia weszło jej w krew, że przestała to zauważać. Zaufanie to dobra rzecz, ale kontrola jest lepsza.
Bramą i drzwiami radośnie wita dom. Ciepłe promienie prowadzące otaczają już nauczycielkę. Na ekranie matczynego systemu radarowego Erika pojawiła się już jako drobny świetlny punkcik i trzepoce, motyl, owad nabity na szpilkę przez silniejszą istotę. Erika nie

będzie się chciała dowiedzieć, jak Klemmer zareagował na list, bo nie zamierza odbierać telefonów. Natychmiast nakaże matce, aby mówiła mu, że jej nie ma. W poczuciu, że może matce nakazać coś, czego ona nie nakazała wcześniej jej. Matka gratuluje Erice tego pomysłu, żeby zamknąć się przed światem zewnętrznym i zawierzyć matce. Matka kłamie jak najęta, z wewnętrznym żarem, zadającym kłam jej wiekowi: mojej córki, niestety, na razie nie ma w domu. Nie umiem powiedzieć, kiedy wróci. Bardzo proszę nas jeszcze zaszczycić. Dziękuję bardzo. W takich chwilach córka należy do niej jeszcze bardziej niż normalnie. Tylko do niej i do nikogo innego. Dla wszystkich innych dziecko jest: nieobecne.
Klemmer całkowicie przysypany rumowiskiem myśli Eriki podąża Josefstädterstrasse za osobą, której dotyczą jego uczucia. Dawniej stało tutaj największe i najnowocześniejsze kino w Wiedniu, w którym teraz mieści się bank. Erika chodziła tutaj czasem z mamusią dla uczczenia jakiegoś święta. Najczęściej jednak obie panie z oszczędności bywały w mniejszym i tańszym kinie. Ojciec zostawał w domu, aby można było jeszcze więcej zaoszczędzić, w przypadku ojca chodziło o tę resztkę rozumu, której nie chciał ejakulować akurat w kinie. Erika ani razu nie odwraca się za siebie. Jej zmysły niczego nie czują; nie czują także ukochanego, który jest tak blisko. A przecież wszystkie jej myśli nakierowane są na jeden punkt, na ukochanego, który przybiera kolosalne wręcz rozmiary: Waltera Klemmera.

I tak podążają dzielnie jedno za drugim.

Nauczycielka gry na fortepianie Erika Kohut podąża przed siebie, gnana czymś za swoimi plecami, i to mężczyzna jest tym, który wydobędzie z niej diabła lub anioła. Erika zaczyna uchylać rąbka potęgi zmysłów i tego, co ona może oznaczać, lecz nie zauważa za swoimi plecami tak panującego nad wszystkimi jej zmysłami ucznia Klemmera. W czasie tej drogi do domu nie kupiła żadnego nowego zagranicznego żurnala ani uszytego na wzór tego, co tam zaprezentowano, stroju. Nawet nie rzuciła okiem na wystawy pełne wczesnowiosennych kreacji prosto spod igły. Jedyne spojrzenie, jakie jej jeszcze pozostało w tym zmieszaniu spowodowanym męskim żarem, jaki roznieciła, w zamyśleniu i przelotnie poświęca tytułowej stronie jutrzejszej gazety – pokancerowane zdjęcie nowego bandyty, który napadł na bank, zdjęcie z dzisiejszego jeszcze dnia, fotografia ślubna świeżo upieczonego przestępcy. Najwidoczniej dał się sfotografować po raz ostatni z okazji swego szanownego ślubu. Teraz zna go każdy, tylko dlatego że wziął sobie żonę. Erika wyobraża sobie Klemmera jako pana młodego i siebie jako pannę młodą i swoją matkę jako matkę panny młodej, która będzie mieszkać razem z młodą parą, a nie widzi ucznia, o którym bezustannie myśli i który na nią nastaje.

Matka wie, że jej dziecko może się pojawić najwcześniej za pół godziny, i to w sprzyjających okolicznościach, a jednak już teraz czeka z najwyższą tęsknotą. Matka nic nie wie o odwołaniu zajęć, a jednak wypatruje punktualnej córki, która zawsze do niej przybywa. Wola Eriki będzie jagnięciem, które przytuli się do lwa matczynej woli. Z powodu tego gestu pokory matczyna wola nie może rozszarpać miękkiej, nieukształtowanej woli córki i potrząsać ociekającymi krwią szczątkami trzymanymi w pysku. Drzwi do klatki zostają gwałtownie otwarte, wystrzela z nich mrok. Klatka schodowa, ta niebiańska drabinka do *Czasu w obrazach* i dalszych audycji, wypiętrza się w górę; już wionie z pierwszego piętra łagodny, mleczny blask, bo Erika nacisnęła włącznik światła na klatce. Drzwi do domu nie zostaną otwarte, dzisiaj nie każdy krok zostanie poznany, ponieważ córka spodziewana jest najwcześniej za pół godziny. Matka całkowicie poświęca się jeszcze ostatnim pracom przygotowawczym, które mają znaleźć ukoronowanie w rozbratlu z cebulką. Walter Klemmer od pół godziny ogląda swoją nauczycielkę tylko od tyłu. Nawet od tej strony, która nie jest akurat ulubioną stroną Eriki, odnalazłby ją wśród tysięcy innych! On zna kobiety, i to od każdej strony. Widzi miękką, niezbyt twardo wypchaną puchową tapicerkę jej pośladków, spoczywających na solidnych kolumnach nóg. Myśli o tym, jak będzie obsługiwał to ciało, fachowiec, który nie tak łatwo da się zbić z tropu usterkami w działaniu. Ogarnia go lekko przemieszana z przestrachem radość oczekiwania. Erika jeszcze kroczy spokojnie, ale już wkrótce będzie głośno krzyczeć z rozkoszy! Tę rozkosz wywoła całkiem sam on, Klemmer. To ciało, jeszcze niczego nieświadome, wciąż porusza się według różnych programów, ale dopiero Klemmer włączy program „gotowanie". Klemmer nie za bardzo pożąda tej kobiety, właściwie niezbyt go ona podnieca, i sam nie wie, czy nie pożąda jej ze względu na wiek, czy młodość, której jej brakuje. Ale jasnym celem, do którego dąży Klemmer, jest odsłonięcie jej prawdziwego ciała. Dotychczas znał ją tylko w jednej funkcji: jako nauczycielkę. Teraz wydusi z niej także inną funkcję i zobaczy, czy do czegoś się nada: jako kochanka. Jak nie, to nie. Z determinacją zamierza zedrzeć z niej wszystkie te jakże starannie ponakładane warstwy modnych, a czasem też staroświeckich przekonań, i te utrzymywane słabowitą wolą formy powłoki i łupiny, te wszystkie barwne, kamuflujące strzępy i skórki, które do niej przywarły. Ona nie ma pojęcia, ale bardzo szybko nauczy się, jak kobieta naprawdę powinna się zdobić: ładnie, ale przede wszystkim jednak praktycznie, żeby nie krępowała sama sobie ruchów. Jemu, Klemmerowi, chodzi nie tyle o to, by posiąść Erikę, ile raczej o to, by wreszcie rozpakować tę paczkę rozważnie przystrojoną za pomocą zestawień barw i materiałów! Papier pomnie i wyrzuci. Klemmer chce udostępnić sobie tę nieprzystępną kobietę w kolorowych spódnicach i szarfach, zanim ulegnie ona rozkładowi. Czemu sobie to wszystko kupuje? Przecież są powłoki ładne, praktyczne i do tego niedrogie!, będzie jej wymawiał zapóźnienie w modzie, podczas gdy ona będzie wyjaśniać, jak się gra opóźnienie u Bacha. Klemmer chce, żeby ukazało mu się jej ciało, nawet jeśli będzie go to kosztować dużo trudu. Po prostu chce wreszcie posiąść to, co jest POD SPODEM. Kiedy obierze tę kobietę z jej powłok, to przecież musi ukazać mu się Erika jako człowiek, który od dawna mnie interesuje, ze wszystkimi swoimi wadami, myśli sobie Klemmer. Każda z tych tekstylnych warstw jest bardziej zrogowaciała i sprana od następnej. I z całej tej Eriki chce wykorzystać tylko to, co najlepsze, ten mały, najbardziej wewnętrzny rdzeń, j e j c i a ł o, które może się okazać całkiem smaczne. Wykorzystać na swoje potrzeby. Jeśli będzie trzeba, pod przymusem. Ducha zna już dostatecznie dobrze. Tak, w sytuacjach wątpliwych Klemmer zawsze słucha tylko swojego ciała, które nigdy go nie zawodzi i przemawia mową ciała do niego i do innych. Wprawdzie ciało narkomanów i osób chorych często mówi nieprawdę, wskutek osłabienia i złego traktowania, lecz ciało Klemmera jest, dziękuję bardzo, zdrowe. Na psa urok. Odpukać. Podczas uprawiania sportu ciało zawsze mówi Klemmerowi, kiedy ma już naprawdę dość, a kiedy jest jeszcze jakiś zapas w zbiorniku rezerwowym. Aż do pełnego wyczerpania. Potem Klemmer czuje się po prostu wyśmienicie! nie do opisania, z radosnym poruszeniem opisuje Walter Klemmer swój stan. Pragnie nareszcie urzeczywistnić swoje własne ciało w upokorzonych spojrzeniach nauczycielki. Zbyt długo na to czekał. Minęły całe miesiące i dzięki wytrwałości zdobył sobie prawo. Właściwie zinterpretowane zostały oznaki, to, że w ostatnim czasie Erika w widoczny sposób stroiła się dla Klemmera, łańcuszkami, mankiecikami, paskami, sznurowaniami, pantofelkami na obcasach, apaszkami, zapachami, zdejmowanymi futrzanymi kołnierzami, nową, pianistycznie niedogodną plastikową bransoletką. Ta kobieta stroiła się dla tego jednego mężczyzny. Ten mężczyzna natomiast odczuwa potrzebę rozgniecenia całej tej wątłej i niezdrowej dekoracji, bo jedyne, czego pragnie, to wytrząsnąć z pudełka ostatnie resztki pierwotności, jaką ta kobieta jeszcze zachowała. On chce mieć wszystko! Ale nie pożądając jej tak naprawdę. Te wszystkie ozdóbki budzą w Klemmerze, prostolinijnym Klemmerze, bezrozumny gniew. Przyroda też się przecież nie odpicowuje, przystępując do parzenia. Tylko niektóre ptaki, i to w większości samce, mają godowe upierzenie, ale one zawsze tak wyglądają.

Goniąc tak za swoją przyszłą kochanką, Klemmer wciąż jeszcze myśli, że jego zapamiętała wściekłość dotyczy tylko jej starannego, choć niezręcznie stosowanego zadbania. Ten blichtr, ta tandeta, które Klemmer odbiera jako ordynarnie deformujące, muszą jak najszybciej zniknąć! Dla niego! Uświadomi Erice, że jedyna ozdoba, jaką – jeśli już – może zaakceptować na miłej, wcale podobającej mu się buzi, to pedantyczna czystość. Erika ośmiesza się, a wcale nie musi. Dwa razy dziennie prysznic – to właśnie jest dla Klemmera higiena, i to wystarczy. Klemmer wymaga czystych włosów, ponieważ niemyte fryzury to dla niego coś okropnego. A ostatnio Erika przyozdabia się jak, nie przymierzając, cyrkowy koń. Od niedawna plądruje jakże długo nieużywane zapasy ubrań, aby jeszcze bardziej podobać się swojemu uczniowi. To n a p e w n o go powali, i to też! Wszyscy dookoła zauważają i zdumiewają się, jak przesadza z dobrym i za głęboko zagląda do słoiczka z różem. Przechodzi metamorfozę. Nie tylko wyciąga ubrania ze swoich bogatych zasobów, ale jeszcze dokupuje, na kilogramy, stosowne akcesoria, w postaci pasków, torebek, butów, rękawiczek, modnej biżuterii. Chce go ogłupić, tego mężczyznę, jak potrafi, budząc tym jego najgorsze skłonności. Powinna zostawić w spokoju tego drzemiącego tygrysa, aby nie pożarł jej w całości, radzi jej Klemmer, jeśli idzie o jego własną szanowną osobę. Erika wtacza się jak pijana figurynka, w wysokich butach z ostrogami, w kamuflażu i zbroi, ozdobiona i zachwycona. Czemu już wcześniej nie zwymiotowała wszystkich swoich ograniczeń, aby przyśpieszyć ten skomplikowany miłosny związek? Tryskają coraz to nowe wspaniałości! Wreszcie odważyła się

włamać do swoich magazynów z barwnymi strojami z jedwabiu i cieszy się na myśl o nieskrywanych spojrzeniach, których nie będzie, i nie dostrzeże nieskrywanej drwiny ludzi, którzy znają ją już od dawna i poważnie martwią się zmianami w jej wyglądzie. Erika jest śmieszna, ale dobrze i na sztywno zawinięta. Każdy sprzedawca wie: grunt to opakowanie! Dziesięć warstw jedna na drugiej, które zapewniają osłonę, ale nie mają w sobie nic ponętnego. I jeszcze w dodatku wszystkie muszą do siebie pasować! Nie byle jakie osiągnięcie! Matka wymyśla Erice, która do kostiumu kupuje sobie jeszcze nowy kowbojski kapelusz ze wstążką i troczkami z tego samego materiału co kapelusz, które może zawiązać pod brodą, żeby kapelusz nie sfrunął jej z głowy od podmuchu wiatru. Matka żali się na wydawanie pieniędzy i podejrzliwie patrzy na pindrzenie się dziecka, pindrzenie, które z pewnością jest skierowane przeciw komuś, czyli przeciwko niej, matce, i z pewnością jest skierowane na kogoś, czyli na mężczyznę jako takiego. Jeśli to jakiś określony mężczyzna, to już on kiedyś będzie miał z matką do czynienia! I to od najmniej przyjemnej strony. Matka drwi z gustownego zestawienia. Wszystkie te powłoki, skóry, łupiny, przykrywki, które córka tak starannie na siebie nakłada, zatruwa bladym sokiem szyderstwa. Drwi w taki sposób, że córka nie potrzebuje wiele czasu, aby się domyślić, że matka szydzi tak z zazdrości.
Za tym właśnie przystrojonym w bogaty czaprak zwierzęciem, które nie ma sobie równych w przyrodzie, pędzi Walter Klemmer, naturalny wróg tego zwierzęcia. W jednym celu: by jak najszybciej odzwyczaić nauczycielkę od tej nienaturalności. Dżinsy i trykotowa

koszulka w zupełności zaspokajają wymagania Klemmera, jakkolwiek są one wysokie. Brama domu ukazuje mroczne wnętrze, w którym jednak długi czas rosła sobie niezauważona bardzo rzadka roślina. Wszystkie barwy, które jeszcze przed chwilą tak pięknie rozkwitały na zewnątrz, tutaj umierają. Na podeście schodów na pierwsze piętro Erika i Klemmer wpadają na siebie gwałtownie, bez możliwości ominięcia. Żadnego garażu, żadnej zajezdni, żadnego parkingu.
Kobieta i mężczyzna spotykają się, ale nie przypadkowo. A ta niewidzialna trzecia, w postaci matczynej troskliwości, czeka już na górze na hasło. Erika radzi uczniowi poważnie i po dobroci, żeby natychmiast zniknął. Jest wyniosła. Uczeń jak najpoważniej sprzeciwia się, chociaż wcale nie ma ochoty spotkać się z matką. Domaga się, abyśmy poszli gdzieś we dwoje, gdzie wreszcie moglibyśmy porozmawiać bez świadków. Rozmawiać mu się zachciało! Erika przebiera nogami w panice; ten mężczyzna zamierza wtargnąć w jej odizolowanie. Co powie matka, która wabi intymną kolacją we dwie. Dla matki i dziecka przeznaczona miseczka.
Klemmer sięga łapami po Erikę, która sprawdza, czy już przeczytał list. Przeczytał pan już mój list, panie Klemmer? A po co nam listy, bada Klemmer ukochaną kobietę, która oddycha z ulgą, że jeszcze nie przeczytał. Z drugiej strony obawia się, że nie będzie chciał brać udziału w tym wszystkim, czego żąda od niego w liście. Obydwoje zazębionych z sobą miłośnie ludzi jeszcze przed rozpoczęciem działań wojennych myli się co do tego, czego od siebie chcą, i tego, co od siebie dostaną. Nieporozumienia tężeją w granit. Nie mylą się

natomiast co do matki, która wkroczy ostro i natychmiast wyprosi nadprogramową część (Klemmera). Tę część, która jest jej wyłączną własnością, jej wyłączną radością (Erikę), zatrzyma przy sobie. Erika szarpie się to w jedną, to w drugą stronę. Sygnalizuje w ten sposób maksymalne niezdecydowanie. Rozumie jej reakcję Klemmer, który czuje dumę, iż jest przyczyną tego niezdecydowania. Zacznie teraz nieco pomagać, aby Erika mogła wydać na świat decyzje. Delikatnie zdejmuje swojej zdobyczy kowbojski kapelusz z głowy. Jakaż niewdzięczność wobec tego kapelusza, który jak przyjazny drogowskaz pojawiał się w tłumie, jak gwiazda zaranna dla Trzech Króli, tego kapelusza, obok którego nikt nie mógł przejść, nie składając mu szyderczego hołdu. Człowiek widzi ten kapelusz i jest niezadowolony, choć nie zawsze wie, że to z winy kapelusza.

Tu, na tych schodach, jesteśmy tylko my dwoje i igramy z ogniem, ostrzega Klemmer kobietę. Klemmer daje Erice ostrzeżenie, żeby nie pobudzała ciągle jego żądzy, by potem odsunąć się w nieosiągalne rejony. Erika spogląda na mężczyznę, który powinien iść, bo musi zostać. Kobieta kwitnie ponuro w swoim prezentowym opakowaniu. Ten kwiat nie jest dostosowany do surowego klimatu żądzy, nie jest przygotowany na dłuższe przebywanie na klatce schodowej, ponieważ roślina potrzebuje światła, słońca. Najodpowiedniejsze dla niego jest miejsce obok matki przed telewizorem. Erika obscenicznie rozkwita pod zdjętym z głowy nowym kapeluszem, pokryta niezdrowym rumieńcem twarz istoty, która znalazła lepszego od siebie.

Klemmer nie jest w stanie pożądać tej kobiety, lecz od dłuższego czasu pragnie się w nią wedrzeć. Niech go to kosztuje, co chce, a na pewno miłosne wyznania. Erika kocha młodego człowieka i czeka, by ją wybawił. Nie daje żadnej oznaki miłości, żeby nie być podległą. Erika chciałaby okazać słabość, lecz zarazem sama określać formę swojej podległości. Wszystko spisała. Gotowa jest pozwolić temu mężczyźnie dosłownie się wyssać, aż w ogóle jej nie będzie. Zarówno niedotykalność, jak i namiętne dotknięcie muszą znaleźć kryjówkę pod jej kowbojskim kapeluszem. Kobieta chce rozmiękczyć wieloletnie skamieniałości, nawet jeśli mężczyzna ją przy tej okazji połknie! bardzo jej to odpowiada. Chce się całkiem się w tym mężczyźnie zagubić, ale tak, żeby on tego nie dostrzegł. Czy nie dostrzegasz, że jesteśmy sami na świecie, pyta mężczyznę, nie wydając głosu. Na górze czeka już matka. Zaraz otworzy drzwi. Drzwi nie otwierają się jeszcze, bo matka jeszcze nie spodziewa się córki.

Matka nie czuje, jak jej dziecko szarpie więzy, bo brakuje jeszcze pół godziny, żeby mogła zobaczyć i poczuć, jak jej dziecko szarpie więzy. Erika i Klemmer bez reszty zajęci są sondowaniem, kto kogo bardziej kocha i kto jest słabszy w tej parze. Ze względu na wiek Erika udaje, że to ona mniej kocha, ponieważ kochała już zbyt często. Dlatego Klemmer musi być tym, który kocha bardziej. Erika z kolei musi być tą bardziej kochaną. Klemmer zapędził Erikę w kąt, skąd została jej tylko jedna droga ucieczki, mianowicie prosto do gniazda os na pierwszym piętrze; prowadzące do niego drzwi widać już wyraźnie. Stara osa hałasuje za nimi garnkami i patelniami, słychać to i widać w formie cienia przez oświetlone okno kuchni, wychodzące na korytarz. Klemmer wydaje rozkaz. Erika podporządkowuje się temu rozkazowi. Wydaje się zmierzać ku swemu fiasku w ekspresowym wręcz tempie, to jej ostatni, najmilszy cel. Erika wyrzeka się własnej woli. Tę wolę, która dotychczas zawsze była w posiadaniu matki, Erika przekazuje teraz jak pałeczkę w biegu sztafetowym Walterowi Klemmerowi. Odchyla się w tył i czeka, jakie decyzje zapadną w jej sprawie. Rezygnuje wprawdzie z wolności, ale stawia jeden warunek: Erika Kohut wykorzysta swoją miłość do tego, by ten chłopak został jej władcą. Im większą jednak uzyska nad nią władzę, tym bardziej stanie się istotą posłuszną jej, Erice. Klemmer będzie już całkowicie jej niewolnikiem, kiedy na przykład pojadą razem do Ramsau, żeby pospacerować po górach. A przy tym będzie się uważał za jej, Eriki, władcę. Do tego wykorzysta Erika swoją miłość. To jedyna droga, by miłość przedwcześnie nie opadła z sił. On musi być przekonany o jednym: ta kobieta całkowicie oddała się w moje ręce, a tak naprawdę to o n przejdzie na własność Eriki. Tak ona sobie to wyobraża. Jest tylko jedna możliwość, że coś pójdzie nie tak, jeżeli Klemmer przeczyta jej list i go nie zaaprobuje. Z obrzydzenia, wstydu czy strachu, zależy, które z tych uczuć weźmie w nim górę. Wszyscy przecież jesteśmy tylko ludźmi i dlatego jesteśmy niedoskonali, pociesza Erika męską twarz naprzeciwko siebie, która właśnie chce ją pocałować, tę twarz, która staje się coraz bardziej miękka, niemalże się rozpływa. Pod jej nauczycielskim spojrzeniem. Czasami naprawdę ponosimy porażkę i wydaje mi się niemal, że taka zasadnicza porażka jest naszym właściwym celem, kończy Erika, nie całuje, tylko dzwoni do drzwi, za którymi niemal natychmiast rozkwita twarz matki wyrażająca mieszaninę oczekiwania i złości, kto tu jeszcze waży się jej przeszkadzać, i równie natychmiast więdnie, widząc dodatek do córki. Dodatek bezzwłocznie podaje port przeznaczenia: tu, mieszkanie pań Kohut, senior i junior. Właśnie przybyliśmy. Matka sztywnieje. Bardzo niedelikatnie wyrwano ją spod kołdry i stoi teraz w nocnej koszuli przed rozwrzeszczanym tłumem. Wytrenowanym z dawien dawna spojrzeniem pyta córkę, czego ten obcy młody człowiek sobie życzy. Tym samym spojrzeniem żąda, aby tego młodego człowieka dało się usunąć, ponieważ nie jest inkasentem od sprawdzania licznika wody albo prądu, którego można odpisać z konta. Córka odpowiada, że musi coś omówić z uczniem, i najlepiej pójdzie z nim do swojego pokoju. Matka przypomina, że córka nie ma własnego pokoju, ponieważ to, co w swojej manii wielkości nazwała swoim pokojem, w rzeczywistości też należy do matki. W tym mieszkaniu, póki ono jest jeszcze moje, wszystko ustalamy razem, i matka ujmuje w słowa to, co zostało ustalone. Erika Kohut radzi matce, żeby nie szła za nią i za uczniem do pokoju, bo inaczej będzie źle! Panie są dla siebie nieuprzejme i wrzeszczą na siebie. Klemmer się raduje, matka się buntuje. Matka zmienia front i niemalże bezgłośnie zwraca uwagę na niedostateczną ilość pożywienia, którego wystarczy jedynie dla dwóch niewiele jedzących osób, a nie dla dwóch niewiele jedzących i jednego dużo jedzącego. Klemmer dziękuje zdecydowanie: dziękuję bardzo. Już jadłem. Matka traci grunt pod nogami i stoi już tylko na gruncie niemiłych faktów i patrzy. Każdy mógłby ją teraz łatwo wynieść.

Najmniejszy podmuch wiatru mógłby po prostu przewrócić tę żwawą damulkę, która normalnie grozi pięścią każdemu wichrowi i poprzez rozsądne odzienie oprze się każdej ulewie. Matka stoi i widzi, jak rozwiewają się jej nadzieje.

Procesja składająca się z córki i obcego mężczyzny, którego matka zna tylko przelotnie, ale za to trwale, mija matkę i ciągnie do pokoju Eriki. Erika mówi coś od niechcenia na pożegnanie, co nie zmienia faktu, że jest to pożegnanie z matką. Nie żegna się z uczniem, który bezprawnie wtargnął do tego mieszkania. To najwyraźniej spisek w celu podkopania świętego imienia matki. Dlatego matka odmawia modlitwę do Jezusa, której nie słyszy nikt, łącznie z adresatem. Drzwi zamykają się bezlitośnie. Matka nie może się domyślić, co zajdzie między ludźmi w pokoju Eriki, lecz z łatwością może się tego dowiedzieć, ponieważ pokoju, wskutek światłego matczynego daru przewidywania, nie da się zamknąć na klucz. Matka skrada się cichaczem w stronę pokoju dziecka, żeby się dowiedzieć, na jakim tam ma się grać instrumencie. Nie na fortepianie, bo fortepian pyszni się w salonie. Matka uważała, że jej dziecko to uosobienie niewinności, a tu nagle ktoś przychodzi i chce płacić, żeby od czasu do czasu móc wynająć dziecko. Z takich dochodów może zrezygnować. Ten chłopak z pewnością zamierza płacić czynsz w postaci przelotnego, mglistego zakochania, które się nie utrzyma.

Kiedy matka wyciąga rękę w stronę klamki, słyszy wyraźnie, jak za drzwiami przesuwa się jakiś ciężki przedmiot, przypuszczalnie komoda od babci, wypchana świeżo kupionymi częściami zamiennymi i dodatkowym osprzętem do świeżo kupionych, choć niepotrzebnych strojów córki. Komoda zostaje siłą! wyrwana ze swoich wieloletnich zamocowań i przesunięta. Pod drzwiami pokoju córki, którą na jej oczach ktoś specjalnie zabarykadowuje, stoi rozczarowana matka. Nie wiadomo skąd bierze jeszcze resztki sił, by bezsensownie natrzeć na drzwi. Używa w tym celu czubka prawej stopy, która tkwi w papuciach z wielbłądziej wełny, za miękkich do kopania. Matka czuje ból w palcach, ale jeszcze go nie odbiera, bo jest zbyt przejęta. W kuchni zaczyna śmierdzieć jedzenie. Żadna litościwa ręka go nie zamiesza. Nawet nie uznano za stosowne formalnie się do matki zwrócić. Nie udzielono jej żadnych wyjaśnień, chociaż matka także jest tutaj u siebie i stwarza córce wspaniały dom. Matka jest tutaj u siebie nawet bardziej niż córka, bo prawie w ogóle stąd nie wychodzi. W końcu przecież mieszkanie nie należy tylko do dziecka, matka wciąż jeszcze żyje i wcale nie zamierza tego zmieniać. Jeszcze dziś wieczór, kiedy nieprzyjemna wizyta się skończy, matka oświadczy córce, ku jej zmyleniu i zmartwieniu, że się wyprowadza. Do domu starców. Oczywiście nie będzie się upierała, jeśli córka spróbuje dotrzeć do sedna tej decyzji, bo: dokąd miałaby pójść? Do nieuprzejmego umysłu matki docierają niemiłe konstatacje na temat przekazania władzy i zmiany warty. W kuchni ciska wokół siebie niedogotowanym jedzeniem. Robi to bardziej ze złości niż z rozpaczy. Matka widzi w swojej córce trujący zarodek konfliktu pokoleń, który jednak przeminie, gdy tylko dziecko przypomni sobie wysokość sumy, jaką jest winna matce. Będąc w wieku, który tymczasem zdążyła już osiągnąć jej Erika, matka nie przestała liczyć się

z koniecznością abdykacji. Uroiła sobie, że dociągnie tak do ostatniej rundy. Aż do wielkiego gongu. Wprawdzie nie uda jej się może przeżyć dziecka, ale jak długo żyje, będzie nad nim przeważać. Córka wyrosła już z wieku, kiedy następują przykre niespodzianki biorące się od mężczyzn. A tu nagle zjawił się on, mężczyzna, o którym się myślało, że córka już wybiła go sobie z głowy. Skutecznie wyperswadowano go dziecku, a teraz on pojawia się jakby nigdy nic, cały i zdrowy, i to jeszcze w dodatku w jej własnym gnieździe!
Matka osuwa się bez tchu na kuchenny stołek, otoczona gruzami obiadu. Nie kto inny, tylko ona sama musi to wszystko pozbierać. Trochę ją to tymczasowo uspokaja. Przy telewizji dziś wieczorem nie zamieni z Eriką ani słowa. A jeśli nawet się zdarzy, to oświadczy Erice, że wszystko, co robi matka, motywowane jest miłością. Matka wyzna Erice miłość i ewentualne błędy usprawiedliwi tąże miłością. Przy okazji zacytuje Boga i innych przełożonych, którzy także wynosili miłość pod niebiosa, lecz nigdy nie była to miłość egoistyczna, której zarodek tkwi w tym młodym człowieku. Za karę matka nie wypowie ani słowa pochwały pod adresem filmu i ani słowa krytyki. Nie odbędzie się dziś doskonale zadomowiona wymiana myśli, ponieważ matka zdecydowała się jej nie podejmować. Dzisiaj córka będzie musiała kierować się tym, czego życzy sobie matka. Sama ze sobą córka nie może rozmawiać. Żadnych dyskusji, ty już wiesz dlaczego.
Matka, nie zjadłszy nic, idzie do dużego pokoju i wyjątkowo głośno włącza nieustającą pokusę kolorowego telewizora, żeby córka żałowała tam w tej swojej dziupli, że z dwóch przyjemności wybrała bardziej

mdłą. Matka rozpaczliwie szuka pocieszenia i w końcu znajduje je w tym, że córka przyszła z tym mężczyzną tutaj, zamiast iść z nim gdzie indziej. Matka obawia się, że za zastawionymi drzwiami do głosu dochodzi ciało. Matka boi się, że temu młodemu człowiekowi chodzi głównie o pieniądze. Matka potrafi sobie wyobrazić tylko, że ktoś chce pieniędzy, nawet jeśli bardzo sprytnie maskuje to tym, że chce jej córki. Niech sobie bierze wszystko, tylko nie pieniądze, decyduje rodzinna pani minister finansów, która zaraz jutro pójdzie zmienić hasło książeczki oszczędnościowej. Hasło nie będzie już brzmiało Erika. Córka ładnie się zblamuje, kiedy będzie próbowała powierzyć młodemu człowiekowi jej majątek.

Matka żywi obawy, że tam, za drzwiami, jej córka pójdzie wyłącznie za głosem ciała, które być może już teraz rozkwita pod dotknięciem. Nastawia telewizor tak głośno, że musi to być nie do wytrzymania dla sąsiadów. Mieszkanie wibruje od fanfar Sądu Ostatecznego, które obwieszczają początek programu informacyjnego *Czas w obrazach*. Zaraz sąsiedzi zaczną stukać kijami od szczotek albo osobiście pojawią się pod drzwiami ze skargą. I Erika będzie się miała z pyszna, bo to ona zostanie wymieniona jako przyczyna tego akustycznego uchybienia i w przyszłości nie będzie już mogła nikomu w domu spojrzeć w oczy.

Z pokoju córki, gdzie niezdrowo przyrastają komórki, nie dobiega żaden dźwięk. Żadnego krzyku ptaka, żadnego kumkania, żadnego dudnienia grzmotów. Przy najlepszej nawet woli matka nie mogłaby nic usłyszeć, choćby córka głośno krzyczała. Matka nastawia szalejący od złych wiadomości aparat na zwykłą głośność, żeby móc usłyszeć, co dzieje się w pokoju córki. Nadal

nic nie słyszy, ponieważ komoda tłumi także dźwięki, a nie tylko czyny i kroki. Matka wyłącza dźwięk, ale za drzwiami żadnego ruchu. Matka ponownie włącza dźwięk głośniej, żeby zakamuflować, że podkrada się na paluszkach do drzwi córki, żeby podsłuchiwać. Jakie to odgłosy zaraz usłyszy: rozkoszy, bólu, czy może jedne i drugie? Matka przykłada małżowinę uszną do drzwi, szkoda, że nie ma stetoskopu. Na szczęście tylko rozmawiają. Ale o czym i przy czym rozmawiają? Czy rozmawiają o matce? Także matka straciła teraz wszelkie zainteresowanie programem telewizyjnym, chociaż wobec córki stale udaje, że nic nie może się równać z telewizorem pod koniec długiego dnia pracy. To córka wykonuje pracę, ale matka zawsze może z nią oglądać telewizję. Właśnie we wspólnocie z dzieckiem leży dla matki smak tele wizji. Teraz smak się rozgotował i telewizja przestała matce smakować. Jest mdła i nic niemówiąca.
Matka podchodzi do szafki z truciznami w dużym pokoju-salonie. Wypija jeden i więcej trunków. Robi się od tego zmęczona i ociężała. Kładzie się na sofie i wypija jeszcze więcej trunków. Za drzwiami córki rozrasta się coś jak rak, który rośnie nadal, nawet jeśli jego posiadacz już dawno nie żyje. Matka dalej popija alkoholowe trunki.

Walter Klemmer bez oporu poddaje się pragnieniu, by rzucić się na Erikę Kohut, teraz, kiedy prace przygotowawcze zostały zakończone i drzwi są zastawione. Nikt nie może wejść, ale też nikt bez jego zdecydowanej manualnej pomocy stąd nie wyjdzie. To dzięki jego sile komoda znalazła się pod drzwiami, kobieta jest teraz przy nim, a komoda chroni ich oboje przez tym, co na zewnątrz. Klemmer przedstawia Erice utopijną wizję partnerstwa, dobrze przyprawioną miłosnymi uczuciami. Jakże piękna może być miłość, jeśli zakosztować jej z właściwą osobą. Erika chce być kochana dopiero po błądzeniu i zawirowaniach, powiada. Całkowicie oddaje się swojej przedmiotowości i wyłącza uczucia. Kurczowo trzyma przed sobą komodę wstydu, szafę swego dyskomfortu i Klemmer musi siłą odsunąć te meble, jeśli chce się do niej dostać. Erika chce być tylko instrumentem, na którym nauczy go grać. On ma być wolny, ona za to w kajdanach. Lecz o swoich kajdanach decyduje sama. Ona decyduje, że chce stać się przedmiotem, narzędziem; Klemmer będzie się tylko musiał zdecydować na użycie tego przedmiotu. Erika zmusza Klemmera do przeczytania listu i wewnętrznie wznosi błagania, aby potrafił, kiedy już pozna jego treść, wznieść się ponad to, proszę. Nawet gdyby miało to być tylko z tego powodu, że to, co czuje, to naprawdę miłość, a nie tylko luźny jej pozór, rzucający swe blaski na kobierzec traw. Erika zamierza całkowicie się od niego odsunąć, jeśli miałby odmówić traktowania jej z przemocą. Zawsze jednak będzie szczęśliwa z powodu jego sympatii, wykluczającej przemoc wobec stworzenia, które wybrał. Ale Erikę będzie sobie jednak mógł sprawić tylko pod warunkiem zastosowania przemocy. Niech kocha Erikę aż do samozatracenia, to wtedy ona będzie go kochać z samozaparciem. Obydwoje wciąż wręczają sobie nawzajem poświadczone dowody sympatii i oddania. Erika czeka, aby Klemmer z miłości przysiągł, że wyrzeknie się stosowania przemocy. Erika z miłości zaprze się siebie samej i zażąda, aby stało się z nią to, czego, wchodząc w szczegóły, domaga się w liście, a jednocześnie będzie miała gorącą nadzieję, że to, czego domaga się w liście, zostanie jej oszczędzone.

Klemmer patrzy na Erikę z miłością i czcią, zupełnie jakby ktoś na niego patrzył, kiedy on patrzy na Erikę z miłością i czcią. Niewidoczny widz patrzy Klemmerowi przez ramię. Jeśli chodzi o Erikę, to jej patrzy przez ramię zbawienie, na które ma nadzieję. Erika składa siebie w ręce Klemmera i ma nadzieję na zbawienie przez absolutne zaufanie. Życzy sobie od siebie posłuszeństwa, a od Klemmera rozkazów, dla dopełnienia jej posłuszeństwa. Śmieje się: do tego trzeba dwojga! Klemmer śmieje się razem z nią. Potem stwierdza, że nie potrzebujemy wymiany korespondencji, ponieważ całkowicie wystarczy zwyczajna wymiana pocałunków. Klemmer zapewnia przyszłą ukochaną, że może mu powiedzieć wszystko, ale to dosłownie wszystko, i wcale nie musi w tym celu pisać. Kobiecie, która nauczyła się grać na fortepianie, jak najbardziej wolno się wstydzić! Atrakcyjnym wyglądem może zastąpić, permanentnie obumierający wskutek poziomu jej wiedzy, seksualny powab działający na mężczyznę. Klemmer chce nareszcie rzucić się do szturmu pod niebiosa, jak przystało na miłość, a nie trzymać się znaków drogowych, których wykaz otrzymał na piśmie. Tu przecież ma list, dlaczego go nie otwiera? Erika z zakłopotaniem szarpie pęta swojej wolności i woli, które wreszcie mogą wręczyć dymisję; ten mężczyzna w ogóle nie rozumie jej ofiary. Czuje wydobywające się zza tej bezwolności niejasne zauroczenie, które gwałtownie ją podnieca.

Klemmer żartuje lekkomyślnie: Powoli zaczyna odchodzić mnie ochota. Grozi tym samym, że to miękkie, mięsiste i tak bierne ciało, ta ograniczona jedynie do fortepianu ruchliwość nie wzbudzi w nim większego pożądania, jeśli zaczną się piętrzyć tego rodzaju przeszkody. Przynajmniej raz jesteśmy sami, do dzieła! Sytuacja nie zna odwrotu ni pardonu. Zmierzając różnymi bocznymi ścieżkami, dopiął wreszcie tego, że się tu znalazł. Pochłania swoją porcję i łapczywie sięga po więcej, także dodatków nakłada sobie pełną chochlę. Klemmer siłą odpycha od siebie list i mówi Erice, że ją to do szczęścia trzeba zmuszać. Przedstawia jej szczęście, jakie ją spotkało w jego osobie, przedstawia własne zalety i plusy, ale także minusy w porównaniu z martwym papierem: on mianowicie jest żywy! I ona także wkrótce to odczuje, tę swoją żywość, która w niej drzemie. Walter Klemmer daje groźnie do zrozumienia, jak szybko niektórzy mężczyźni zaczynają mieć dosyć niektórych kobiet. Otóż, będąc kobietą, trzeba umieć się przyrządzić na wiele odmiennych sposobów. Erika, idąca o krok przed nim, już to wie. Dlatego wmusza Klemmerowi list, w którym pisze, w jaki sposób ewentualnie przedłużyć rąbek takiego związku. Erika mówi: No dobrze, ale najpierw list. Klemmer nie ma innego wyjścia, jak tylko go wziąć, inaczej musiałby go upuścić na podłogę i tym samym obrazić kobietę. Gwałtownie całuje Erikę w różne miejsca, uradowany, że w końcu jest rozsądna i gotowa do miłosnej kooperacji. Za co czekają ją niewiarygodne miłosne dobrodziejstwa, wszystkie pochodzące od niego, od Klemmera. Erika nakazuje: przeczytaj list. Klemmer z niechęcią odkłada Erikę z rozwartej już dłoni i rozdziera kopertę. Czyta ze zdumie-

niem, co tam jest napisane, czyta na głos fragmenty. Jeśli to prawda, co jest napisane w tym liście, to źle się to dla niego skończy, ale dla tej kobiety jeszcze gorzej, co gwarantuje. Jakkolwiek bardzo się stara, to jednak jako człowiek w zasadzie nie może na nią patrzeć, czegoś takiego dotyka się właściwie tylko w rękawiczkach. Erika wyjmuje stare pudełko po butach i wypakowuje z niego wszystko, co tam naskładała. Nie jest pewna, na co on się zdecyduje, w każdym razie na pewno chciałaby zostać całkowicie unieruchomiona. Chciałaby, aby zastosowane od zewnątrz środki pomocnicze pozbawiły ją wszelkiej odpowiedzialności. Chce się komuś zawierzyć, ale na s w o i c h warunkach. Rzuca mu wyzwanie!
Klemmer oświadcza, że niekiedy potrzeba wielkiej odwagi, by odrzucić wyzwanie i zdecydować się na normalność. Klemmer to normalność. Klemmer czyta i zadaje sobie pytanie, co ta kobieta sobie wyobraża. Zachodzi w głowę, czy ona to wszystko na poważnie. Dla niego natomiast jest to śmiertelnie poważne, tak jak się tego nauczył w dzikich potokach, gdzie często człowiek znajduje się w poważnym niebezpieczeństwie i musi sobie radzić z sytuacją.
Erika prosi, aby pan Klemmer się do niej zbliżył, kiedy ona będzie ubrana tylko w czarną nylonową halkę i pończochy! Coś takiego by jej się podobało. Jej najbardziej wytęsknionym marzeniem jest, czyta uwielbiany pan Klemmer, żebyś mnie ukarał. Chciałaby, aby Klemmer był jej karą i bezustannie deptał jej po piętach. Erika ściąga na siebie Klemmera jako karę. A mianowicie w takiej formie, żeby on ją z rozkoszą tak mocno, tak silnie, gruntownie, dokładnie, mistrzowsko,

okrutnie, boleśnie, wyrafinowanie, jak tylko potrafi, skrępował, związał i powiązał za pomocą sznurków, które uzbierała, a także skórzanych rzemieni i łańcuchów! które także mam. Przy tej okazji ma jej wbijać kolano w brzuch, bardzo cię proszę, bądź tak dobry.

Klemmer śmieje się z tego na całe gardło. Uważa to za dowcip, że ma ją walić pięściami w żołądek, usiąść na niej i tak mocno ją przydusić, żeby leżała jak bela i nie mogła się nawet ruszyć w swoich okrutnie słodkich pętach. Klemmer rży, bo ona na pewno nie mówi tego poważnie i całkiem dobrze to wymyśliła. Ta kobieta ukazuje się teraz od nowej strony i ze swej strony jeszcze mocniej przykuwa mężczyznę do siebie. Szuka rozrywki i nie odstrasza jej żaden z wariantów. Bo na przykład pisze w liście, że jak robak będzie się wiła w twoich okrutnych pętach, w których zostawisz mnie na wiele godzin, a przy tym we wszystkich możliwych pozycjach będziesz mnie bił albo kopał, albo nawet smagał pejczem! Erika oznajmia listownie, że chce się pod nim całkowicie rozpuścić i zniknąć. Jej zadomowione na stałe osiągnięcia w posłuszeństwie domagają się spotęgowania! I matka to nie wszystko, chociaż zawsze ma się tylko jedną. Zawsze jest i będzie w pierwszym rzędzie matką, za to mężczyzna wymaga wykraczających poza to osiągnięć. Klemmer pyta, co ona sobie tak właściwie wyobraża. On odnosi wrażenie, że ona się nawet nie wstydzi.

Klemmer chciałby wydostać się z tego mieszkania, które okazało się raczej pułapką. Nie wiedział przedtem, w co się wdaje. Miał nadzieję na coś lepszego. Kajakarz sprawdza tutaj niepewne wody. Jeszcze nie chce się sam przed sobą przyznać, w co się wma-

newrował, a przed innymi nigdy się do tego nie przyzna. Czego ta kobieta ode mnie chce, zastanawia się z obawą. Czy dobrze zrozumiał, że przez to, iż zostanie jej władcą, nigdy nie zdoła nią zawładnąć? Przez to, że ona określa, co on z nią będzie robił, zawsze ta ostatnia cząstka jej pozostanie niezgłębiona. Jakże łatwo kochający wmawia sobie, że przedostał się już do najgłębszych rejonów i że nie ma już żadnej tajemnicy. Erika uważa, że mając tyle lat, ile ma, ma jeszcze możliwość wyboru, podczas gdy on jest przecież o wiele młodszy i dlatego ma wybór jako pierwszy i jest wyborowy. Erika domaga się pisemnie, aby on przyjął ją jako swoją niewolnicę i nakładał na nią zadania. Klemmer myśli sobie, jeśli to tylko tyle, ale karać jej na pewno nie będzie ten wielkoduszny młody człowiek, któremu zbyt trudno by to przyszło. Jest taki punkt, którego nigdy nie przekroczy w swoich ulubionych przyzwyczajeniach. Trzeba znać swoje granice, a granica przebiega tam, gdzie zaczynałoby się odczuwać ból. Nie o to chodzi, że on nie ma odwagi. Po prostu nie chce. Ona informuje listownie, że zawsze będzie się do niego zwracała listownie lub telefonicznie, nigdy osobiście. A więc nie ma nawet odwagi głośno tego powiedzieć! Patrząc w jego niebieskie oczy.
Klemmer boleśnie wali się w uda z rozbawienia, że ona chce JEMU udzielać wskazówek! I on ma jej jeszcze z miejsca usłuchać. Dalej ona mówi: bardzo cię proszę, zawsze opisuj mi dokładnie, co akurat ze mną robisz. I żebyś mi na głos groził, co się stanie, jeśli odmówię ci posłuszeństwa. Wszystko musi być odmalowane w najdrobniejszych szczegółach. Masz też szeroko opisywać kolejne etapy. Klemmer ponownie wyszydza

milczącą Erikę, co ona sobie myśli, że on to kim jest. Jego szyderstwo zawiera się w podtekście: ona jest nikim albo prawie nikim. Klemmer mówi o dalszej granicy, którą zna tylko on, ponieważ sam wbijał graniczne słupy: ta granica zaczyna się tam, gdzie mam zrobić coś wbrew własnej woli, kpi sobie pan Klemmer z powagi sytuacji. Czyta, ale już tylko dla zabawy. Czyta na głos, lecz już tylko dla własnej rozrywki: że tego, czego ona sobie życzy, nikt by nie wytrzymał i prędzej czy później musiałby od tego umrzeć. Co za inwentaryzacja bólu. A więc mam cię traktować jak zwykły przedmiot. Na lekcjach gry na fortepianie może się to objawiać tylko o tyle, o ile inni niczego nie zauważą. Klemmer pyta, czy ona jest kopnięta. Jeśli sądzi, że nikt nic nie zauważy, to się myli. Bardzo się myli.
Erika nie mówi, tylko pisze, że jej tępe stadko pobierających lekcje zażąda być może wyjaśnień, ale żadnych nie otrzyma. Erika grubo się myli co do swoich uczniów, nie zgadza się z nią Klemmer. On nie ma zamiaru całkiem się obnażać przed ludźmi, którzy wszyscy razem są głupsi od niego. Tego się po naszym związku nie spodziewałem, Eriko. Klemmer czyta w liście, którego przy najlepszej woli nie może brać poważnie, że nie wolno mu przychylić się do żadnej prośby. Jeśli zwrócę się do ciebie, mój kochany, z prośbą, abyś nieco poluzował moje więzy, to jeśli zadośćuczynisz tej prośbie, będę miała ewentualnie możliwość uwolnienia się od nich. Dlatego, bardzo proszę, w żadnym razie nie przychylaj się do moich błagań, to bardzo ważne! Wprost przeciwnie, kiedy będę cię o to błagała, to rób tak, jakbyś chciał mnie posłuchać, ale w rzeczywistości zaciśnij te pęta jeszcze mocniej, jeszcze bardziej je

naciągnij, a pasek zapnij co najmniej o 2–3 dziurki ciaśniej, im bardziej, tym będzie to dla mnie przyjemniejsze, a oprócz tego wciśnij mi w usta moje stare nylonowe pończochy, które będą przygotowane, tak głęboko, jak tylko się da, i zaknebluj mnie w tak wyrafinowany sposób, żebym nie mogła wydać z siebie najmniejszego dźwięku.
Klemmer mówi nie, i że czas z tym wszystkim skończyć. Pyta Erikę, czy ma uderzyć ją w twarz. Erika nie udziela sobie zezwolenia na mówienie. Klemmer grozi, że jeśli w ogóle będzie dalej czytał, to tylko z ciekawości dla klinicznego przypadku, jakim ona jest. Mówi: kobieta taka jak ty tego nie potrzebuje. Przecież nie jest brzydka. Nie ma żadnych widocznych usterek na ciele, wyjąwszy wiek. Jej zęby są z prawdziwych zębów.
Tu jest napisane, tym gumowym wężem zamocuj mi, pokażę ci jak, ten knebel w ustach tak mocno, jak tylko potrafisz, żebym nie mogła go wypchnąć językiem. Wąż jest już przygotowany! Dla wzmocnienia mojej przyjemności obwiąż mi też całą głowę halką i zrób to tak mocno i sprytnie, żebym nie mogła jej ściągnąć. I każ mi cierpieć w tej pozycji przez całe godziny, żebym nie mogła kompletnie nic zrobić, żebym była całkowicie zostawiona w sobie i sama sobie. A gdzie w tym wszystkim moja zapłata, kpi sobie Klemmer. Pyta tak, bo cierpienia drugiej osoby nie sprawiają mu żadnej przyjemności. Cierpienia sportowe, którym dobrowolnie się poddaje, to zupełnie co innego: wtedy cierpi tylko on sam. „Syberyjska" parówka w saunie po najbardziej lodowatych górskich wodach. Sam to na siebie biorę i wyjaśnię ci, co ja rozumiem przez warunki ekstremalne.

Drwij ze mnie i nazywaj mnie głupią niewolnicą albo gorzej, prosi Erika w dalszej części listu. Za każdym razem na głos opisuj, co właśnie robisz, i opisuj coraz intensywniejsze tego stopnie, bez rzeczywistego zapamiętywania się w swoim okrucieństwie. Mów o tym, ale tylko sygnalizuj działania. Rzucaj groźby, ale nie dopuść, aby twoje okrucieństwo wystąpiło z brzegów. Klemmer myśli o tych wszystkich brzegach, które zdążył poznać, ale takiej kobiety nigdy jeszcze nie spotkał! Ku nowym brzegom nie da się z nią wyruszyć, ty cuchnący stary rynsztoku, mówi o niej bez radości, choć tylko w myślach. Już teraz obrzuca ją szyderstwami, jakkolwiek tylko w duchu, na własny użytek. Spogląda na tę kobietę, która pragnie tracić głowę z rozkoszy, i zadaje sobie pytanie: czy w ogóle można nie stracić głowy, próbując zrozumieć płeć niewieścią? Ona myśli tylko o sobie. Na koniec chce mi jeszcze z wdzięczności całować stopy, odkrywa mężczyzna. List mówi o tym bardzo wyraźnie. List proponuje sekrety między nimi, które będą działy się niezauważalnie dla otoczenia. Zajęcia stanowią doskonałą pożywkę dla drożdży sekretnego i skrytego, ale też dla publicznego brylowania. Klemmer spostrzega, że list ciągnie się nieskończenie długo w tym tonie. To, co czyta, może traktować tylko i wyłącznie jako kuriozum. Chciałbym jak najszybciej wyjść już z tego pokoju, to jego ostateczny cel. To, co go tutaj trzyma, to już tylko ciekawość, jak daleko może posunąć się człowiek, który mógłby. sięgnąć gwiazd! Klemmer, ta niewielka stała gwiazda, już od dłuższego czasu oświetla swoje najbliższe otoczenie. Szeroko rozpościera się wszechświat sztuki muzycznej, ta kobieta może tylko sięgnąć, ale ona zadowala się

mniejszym! Klemmera aż korci w środku, żeby wymierzyć kopniaka i żeby ten kopniak dosięgnął Eriki.
Erika patrzy na mężczyznę. Była kiedyś dzieckiem i nigdy więcej już nim nie będzie.
Klemmer żartuje na temat niesprawiedliwości niezasłużonych razów. Ta kobieta chce zasłużyć na razy samą swoją obecnością, a to trochę mało. Erika przypomina sobie stare schody ruchome w domach towarowych swojego dzieciństwa. Klemmer dowcipkuje, że jak najbardziej może się zdarzyć, że ręka mi się omsknie, nie mówię nie, ale co za dużo, to raczej niezdrowo. Tylko żadnych swawoli, bardzo proszę, kiedy dojdzie do intymności. Ona poddaje go próbie w kwestii miłości, ślepy by to zobaczył. To tylko egzamin, jak daleko gotów jest się posunąć z miłości do niej. Ona sprawdza jego wierność na wieki i chce mieć takie zapewnienie, zanim jeszcze w ogóle cokolwiek zaczęliśmy. Kobieta często tak myśli. Wydaje się sondować, jak dalece może opierać się na swojej uległości, a na ile on może walić w mur jej oddania. Absolutna, jeśli w ogóle: jej zdolność oddania. Zdolności stają się umiejętnościami.
Klemmer uważa i jest o tym przekonany, że kobiecie w tym stadium wszystko można przyrzec, a niczego nie trzeba dotrzymać. Żelazo namiętności błyskawicznie stygnie, jeśli kuć je zbyt ostrożnie. I dalej młotem. Mężczyzna uzasadnia słabnące oznaki sympatii dla danego egzemplarza kobiecego modelu. Przepracowanie wycieńcza mężczyznę. Potrzeba bycia samemu go pożera.
Klemmer wyczytuje w liście, że ta kobieta pragnie być wchłonięta przez niego; ze słabnącym apetytem uprzejmie odmawia. Klemmer uzasadnia swoją odmowę tym, że nie rób drugiemu, co tobie niemiło. On też niechęt-

nie widziałby na sobie kneble i pęta. Tak bardzo cię kocham, mówi Klemmer, że nigdy nie umiałbym zadać ci bólu, nawet jeżeli ty tego chcesz. Klemmer od dawna wie, że nie zastosuje się do tego, co przeczytał.
Zza drzwi przytłumione dudnienie telewizora, w którym jakaś osoba płci męskiej grozi osobie płci żeńskiej. Dzisiejszy odcinek rodzinnego serialu boleśnie rani ducha Eriki, który jest na to otwarty i chłonny. We własnych czterech ścianach duch ten rozwija się najpiękniej, bo nie zagraża mu nic, co pachnie konkurencją. Zbliżenie z matką następuje wyłącznie poprzez niezrównane zdolności pianistyczne. Matka mówi, że Erika jest najlepsza. To jest lasso, na które łapie córkę.
Klemmer czyta napisane przez Erikę zdanie, w którym otrzymuje pozwolenie na ustalanie kar dla Eriki wedle swego uznania. Pyta, dlaczego nie napisałaś tu od razu, jaka to ma być kara, i tym pytaniem odbija się od pancernego krążownika Eriki. Tu jest napisane, że to tylko propozycja. Oferuje, że dokupi jeszcze łańcuch z dwiema kłódkami, których na pewno nie dam rady otworzyć. Moją matką w ogóle się nie przejmuj, bardzo cię proszę. Tymczasem matka właśnie się nią przejmuje i zaczyna walić w drzwi. Prawie tego nie słychać, wszystko z powodu komody, która cierpliwie nadstawia karku. Matka ujada, telewizor szczebioce. Zamknięte w aparacie malutkie postacie, o których można decydować, dowolnie włączając je lub wyłączając. Przeciwstawione malutkiemu telewizyjnemu życiu wielkie życie, i prawdziwe życie zwycięża, mając swobodę decydowania o obrazie. Życie kieruje się telewizją, a telewizja jest ściągnięta z życia.

Postacie z jadowicie napęczniałymi utapirowanymi fryzurami ze strachem patrzą sobie w twarze, lecz tylko te postacie poza ekranem mogą coś zobaczyć, tamte patrzą z ekranu i nie odbierają niczego.

Musimy też nabyć, rozszerza Erika wachlarz propozycji, zamek albo przynajmniej zasuwę do tych drzwi! Spokojnie możesz to pozostawić mnie, ukochany. Chciałbym, abyś uczynił ze mnie pakunek, całkowicie bezbronny i zdany na twoją łaskę i niełaskę.

W obliczu takiej władzy dysponowania drugą osobą Klemmer nerwowo przejeżdża językiem po wargach. Zupełnie jak w telewizorze otwierają się przed nim miniaturowe światy. Noga prawie nie ma miejsca, żeby dać kopniaka. Ta mała figurka skacze mu w mózgu. Kobieta przed nim kurczy się do miniaturowych wymiarów. Można ją podrzucić jak piłkę, nie łapiąc. Można też spuścić z niej powietrze. Ona umyślnie robi się taka mała, chociaż wcale nie musi. On przecież szanuje jej umiejętności. Ona nie chce już mieć przewagi, bo inaczej nie znajdzie nikogo, kto będzie mógł czuć przewagę nad nią. Erika zamierza później dokupić nieco dodatków, aż zbierzemy sobie całe małe instrumentarium udręczeń. Na tych prywatnych organach będziemy potem grać we dwoje. Żaden dźwięk tych organów nie może się jednak przedostać na forum publiczne. Uczniowie nie mogą nic zauważyć, martwi się Erika. Pod drzwiami matka szlocha cicho i z wściekłością. A w aparacie telewizyjnym nieoglądana rodzina szlocha bezgłośnie, ponieważ ściszono głos odpowiednim regulatorem. Matka jest zdolna i jak najbardziej gotowa pozwolić tej kobiecie z telewizyjnej rodziny szlochać tak głośno, że mieszkanie zadrży. Jeśli już ona, własna

matka, nie może wkroczyć i dokonać przeszkodzenia, to ta ondulowana teksańska imitacja kobiety na pewno zdoła przeszkodzić, i to wskutek prostego przyciśnięcia guzika na pilocie.
Erika Kohut posuwa się do tego, że popełnia grzech zaniedbania, za co chce zostać natychmiast ukarana. Nie wykaże się osiągnięciem. Matka się o tym nie dowie, ale jednak Erika nie wypełni obowiązku. O moją matkę w ogóle się nie martw, bardzo cię proszę. Walter Klemmer jak najbardziej mógłby się obejść bez martwienia się o matkę, matka natomiast za nic nie może się obejść bez roztrąbienia swoich zmartwień rykiem telewizora. Twoja matka strasznie przeszkadza, skarży się mężczyzna płaczliwie. Właśnie otrzymał propozycję, żeby wystarał się dla Eriki o coś w rodzaju fartuszka z mocnego czarnego plastiku albo nylonu i powycinał w nim dziury, przez które Patrzy Się Na Narządy Płciowe. Klemmer pyta, skąd wziąć taki fartuszek, a nie ukraść albo samemu zmajstrować. A więc ma do zaproponowania mężczyźnie tylko wycięcia przeglądarki, na tym wyczerpują się jej mądrości, szydzi mężczyzna. Czy to też zapożyczyła z telewizji, że nigdy nie widać całości, tylko małe wycinki, z których każdy jest dla siebie całym światem? Każdy z wycinków dostarcza reżyser, pozostałą część dostarcza własna głowa. Erika nienawidzi ludzi, którzy oglądając telewizję, nie myślą. Jeśli się otworzyć, to można skorzystać ze wszystkiego. Aparat dostarcza prefabrykatów, głowa sporządza zewnętrzne powłoki. Dowolnie zmienia okoliczności życiowe i modyfikuje albo kontynuuje wątek. Rozdziela kochających i zbliża do siebie to, co scenarzysta chciał-

by widzieć rozłączone. Głowa nagina wszystko tak, jak jej pasuje.

Erika życzy sobie, aby Walter Klemmer dokonał na niej aktu dręczenia. Klemmer nie zamierza dokonywać na Erice żadnego aktu dręczenia, mówi, nie taka była umowa, Eriko. Erika prosi, żeby Klemmer, bardzo proszę, tak silnie powiązał wszystkie sznurki i liny, że aż tobie samemu trudno będzie je rozsupłać. Nie oszczędzaj mnie w najmniejszym nawet stopniu, wprost przeciwnie, użyj całej swojej siły! I tak postępuj we wszystkim. Co ty tam w ogóle wiesz o mojej sile, pyta retorycznie Walter Klemmer Erikę, która jeszcze nigdy nie widziała go wiosłującego. Zbyt nisko wyobraża sobie granicę jego siły. Nawet się nie domyśla, co on by mógł z nią zrobić. Dlatego napisała do niego: wiesz, że można zwiększyć skuteczność, jeśli wcześniej dłuższy czas moczy się sznurki w wodzie? Rób to proszę, kiedykolwiek będę miała na to ochotę, i spokojnie się tym napawaj. Zaskocz mnie pewnego dnia, o którym powiadomię cię jeszcze pisemnie, dokładnie wymoczonymi w wodzie sznurkami, które będą się zaciskać, gdy zaczną podlegać procesowi wysychania. Ścigaj przewinienia! Klemmer próbuje opisać, jak Erika, która milczy, popełnia przewinienie wobec najprostszej zasady dobrego wychowania. Erika nadal milczy, ale nie spuszcza głowy. Uważa, że jest na właściwej drodze, i chce, aby wszystkie klucze do wszystkich kłódek i zamków, na które wkrótce ją zamknie, dobrze schował! Nie zgubił. O matkę się nie martw, zażądaj od niej wszystkich zapasowych kluczy, a jest ich mnóstwo! Zamknij mnie razem z matką od zewnątrz! Już dzisiaj nie mogę się doczekać, że pewnego dnia będziesz musiał raptownie wyjść i zostawisz mnie taką według moich najgorętszych pragnień związaną, skrępowaną pasami i poskręcaną, wraz z matką, ale całkowicie dla niej nieosiągalną, i to aż do następnego dnia. O matkę się nie martw, bo moja matka to wyłącznie moja sprawa. Weź ze sobą wszystkie klucze do pokoju i mieszkania, nie zostawiaj tu ani jednego!

Klemmer ponownie pyta, co on z tego będzie miał. Klemmer śmieje się. Matka drapie. Telewizor ryczy. Drzwi są zamknięte. Erika milczy. Matka śmieje się. Klemmer drapie. Drzwi ryczą. Telewizor jest zamknięty. Erika jest.

Abym nie mogła skowyczeć z bólu, z rozkoszą wepchaj mi, bardzo proszę, pończochy i rajstopy i temu podobne jako knebel do ust. Przymocuj mi ten knebel gumowym wężem (do nabycia w specjalistycznych sklepach) i kolejnymi pończochami, z rozkoszą i zgodnie z zasadami sztuki, w ustach i wokół ust, żebym nie mogła się go pozbyć. Miej przy tym na sobie małe slipki z dwóch trójkącików materiału, które więcej odkrywają, niż zakrywają. Nikomu nie pisnę ani słowa!

Nie żałuj mi ludzkiego odezwania i przemawiaj do mnie: Zobaczysz, jaką to piękną zrobię z ciebie paczuszkę i jak dobrze się po moich zabiegach będziesz czuła. Przypochlebiaj mi się, że w tym kneblu tak mi do twarzy, że mnie zostawisz zakneblowaną na co najmniej 5–6 godzin, w żadnym razie na krócej. Zwiąż mocnym sznurkiem moje obciągnięte nylonowymi pończochami nogi w kostkach równie mocno, co nadgarstki, i obwiąż mi sznurem, nie czekając na moje pozwolenie, całe uda aż do samej góry. Wypróbujemy to. Za każdym razem objaśnię, jak chcę, żebyś to zrobił, i będzie tak, jak już to kiedyś robiłeś. Czy może tak być, proszę, żebyś mnie zakneblował i osznurowaną na podobieństwo rzeźby postawił przed sobą? Wtedy podziękuję ci naprawdę serdecznie. Przywiąż mi wówczas ręce do ciała skórzanym pasem tak mocno, jak tylko potrafisz. Na koniec musi być tak, żebym nie mogła prosto ustać.

Walter Klemmer pyta: proszę? I sam daje sobie odpowiedź: no proszę! Przytula się do kobiety, która jednak nie jest jego matką i okazuje mu to, bo nie zamyka go w ramionach jak zamiennik syna. Trzyma dłonie po bokach, opuszczone i spokojne. Młody człowiek domaga się czułego gestu i ze swojej strony czule gestykuluje tuż przy niej. Prosi o miłą reakcję, której odmówić mu po takim wstrząsie mógłby tylko ktoś kompletnie wyzuty z człowieczeństwa. Erika Kohut otula tylko siebie samą, nikogo innego. Proszę, proszę powtarza monotonnie uczeń, pani nauczycielka nie dziękuje za to uprzejmie. Brzmi to jak przywołanie do porządku, kiedy ona mówi, że pozwoli mu napawać się sobą, ale ze swej strony nie ma mu do zaoferowania czerwonych usteczek. Czytanie niczego nie zastąpi, mężczyzna klnie ordynarnie. Kobieta nadal proponuje list. Klemmer obwinia ją: i dalej nie masz nic do zaproponowania. To niewybaczalne. Nie można tylko brać. Klemmer zgłasza się na ochotnika, że pokaże jej wszechświat, jakiego ona jeszcze w ogóle nie zna! Erika nie daje, Erika też nie bierze.

Grozi jednak listownie, że będzie nieposłuszna. Jeśli będziesz świadkiem wykroczenia, radzi Walterowi Klemmerowi, uderz mnie, proszę, choćby grzbietem dłoni, mocno w twarz, kiedy będziemy sami. Zapytaj mnie, czemu nie poskarżę się matce albo ci nie oddam. W każdym razie, bardzo proszę, mów do mnie takie rzeczy, żebym dokładnie odczuła swoją bezbronność. We wszystkich przypadkach traktuj mnie tak, jak ci napisałam. Punkt kulminacyjny, o którym jeszcze nawet nie mam śmiałości teraz myśleć, będzie polegał na tym, że ty, sprowokowany do tego moją pilnością, siądziesz na mnie okrakiem. Usiądź, proszę, całym ciężarem na mojej twarzy i ściśnij mi głowę udami tak mocno, żebym nie mogła wykonać najmniejszego ruchu. Opisz, ile mamy na to czasu, i zapewnij mnie: czasu mamy dosyć! Zagroź mi, że zostawisz mnie w tej pozycji na wiele godzin, jeśli nie wykonam porządnie tego, czego ode mnie żądasz. Możesz przez całe godziny kazać mi cierpieć z twarzą przygniecioną twoim ciężarem! Rób to tak długo, aż całkiem zsinieję. Listownie domagam się od ciebie rozkoszy. Nietrudno ci będzie zgadnąć, jakich to jeszcze większych rozkoszy pragnę. Nie mam odwagi ich tutaj spisać. Ten list nie może się dostać w niewłaściwe ręce. Wymierz mi mnóstwo siarczystych policzków! Nie zważaj na żadne Nie. Nie słuchaj krzyków. Nie zwracaj uwagi na prośby. Jeśli idzie o moją matkę: nie patrz w jej stronę!

Za drzwiami telewizor grucha już tylko cichutko. Matka zaczyna spijać coraz więcej likieru. To jest to zapomnienie, którego szukała. Wszędzie jedzące rodziny. Małych ludzi w telewizji w każdej chwili można wymazać naciśnięciem guzika. Ich losy toczyłyby się dalej w sposób niewidoczny, czego matka nie potrafiłaby znieść. Przygląda się jednym okiem. Na życzenie będzie mogła jutro złożyć córce relację z tego odcinka, aby dziecko przy kolejnym odcinku specjalnym nie gapiło się jak cielę.

Klemmer uważa się za stojącego poza pożądaniem i obiektywnie obserwującego punkt widzenia tego kobiecego ciała. Niepostrzeżenie jednak zaczyna go to wciągać. Klej żądzy zlepia jego różne sposoby myślenia, a biurokratyczne rozwiązania, które podpowiada mu na piśmie Erika, dają mu wytyczne do działania w duchu jego żądzy.

Pragnienia tej kobiety łagodnie zaczynają wciągać Klemmera, czy tego chce, czy nie. Jeszcze odczytuje te pragnienia z kartki papieru jako ktoś z zewnątrz. Lecz już wkrótce radość użycia go zmieni!

Erika pragnie jednego, aby na mocy pożądania pragnąć jej ciała. Tego chce być pewna. Im dalej czyta, tym bardziej chciałby to już mieć za sobą. Nadciąga zmrok. Nie zapala się światła. Światło latarni ulicznych wystarczy w zupełności.

Czy to prawda, co tutaj jest napisane, że kiedy on będzie na niej siedział okrakiem, to ona musi mu wsadzić język w tyłek? Klemmer nie bardzo jest pewien tego, co czyta, i zrzuca winę na słabe oświetlenie. To niemożliwe, żeby tego chciała kobieta, która tak gra Chopina. Tego i niczego innego życzy sobie jednak ta kobieta, ponieważ zawsze tylko grała Chopina i Brahmsa. Teraz pragnie zgwałcenia, które wyobraża sobie raczej jako bezustanną zapowiedź zgwałcenia. Kiedy już w ogóle nie będę się mogła ruszyć, mów mi proszę o gwałcie, że nic mnie przed nim nie uchroni. Ale zawsze mów więcej, niż będziesz w rzeczywistości robił! Powiedz mi z góry, że nie będę się posiadała z rozkoszy, kiedy brutalnie, ale starannie się ze mną obejdziesz. Brutalność i staran-

ność to trudne w wychowywaniu rodzeństwo, które przy każdej próbie rozdzielenia głośno krzyczy. Jak Jaś i Małgosia, gdy pierwsze z nich jest już w piecu Baby Jagi. List żąda od Klemmera, żeby Erika nie posiadała się z rozkoszy, kiedy on we wszystkich punktach będzie się kierował listem. Z rozkoszą ma jej wymierzyć mnóstwo siarczystych policzków. Z góry dziękuję! Proszę cię, nie spraw mi bólu, mówią nieczytelne słowa między wierszami.
Kobieta życzy sobie dławić się twardym jak kamień penisem Klemmera, podczas gdy będzie tak ciasno skrępowana, że nie uda jej się nawet drgnąć. To, co tu napisane, stanowi owoc wieloletnich przemyśleń Eriki. Teraz ma nadzieję, że wszystko to z miłości się nie zdarzy. Będzie przy tym obstawała, lecz jego odmowa zostanie jej wynagrodzona zasadniczym miłosnym wyznaniem. Miłość zapomina i wybacza, takie jest zdanie Eriki. Taki jest też powód, dlaczego może jej się spuścić w usta, proszę bardzo, i to tak, żeby jej o mało nie wymiotło języka i żeby ewentualnie musiała zwymiotować. Pisemnie i tylko pisemnie wyobraża sobie, że powinien posunąć się tak daleko, by ją obsikać. Chociaż przypuszczalnie na początku będę się przed tym opierać, na ile pozwolą mi pęta. Rób to ze mną często i obficie, aż przestanę się opierać.
Brzęczące uderzenie matki w fortepian, ponieważ dziecko nieodpowiednio układało rękę. Nieprzekupne wspomnienia wyskakują z niewyczerpanego pudełka czaszki Eriki. Ta sama matka pije tymczasem jakiś alkoholowy trunek, a potem jeszcze inny, kontrastujący kolorystycznie. Matka zbiera swoje członki, ale nie od razu każdy

z nich znajduje, i podejmuje środki w celu udania się na spoczynek. Już czas i już późno.
Klemmer doczytał list do końca. Nie zaszczyca Eriki łaską zwracania się do niej wprost, bo ta kobieta nie jest tego godna. W swoim ciele, które niechcący reaguje, Walter Klemmer, chcąc nie chcąc, znajduje mile widzianego współwinnego. Za pomocą pisma kobieta nawiązała z nim kontakt, ale zwyczajne dotknięcie dałoby znacznie więcej punktów. Świadomie nie wybrała drogi czułego kobiecego dotknięcia. Niemniej jednak zdaje się w zasadzie zgadzać na jego pożądanie. On sięga po nią, ona po niego nie sięga. To go zmraża. Tak więc odpowiada kobiecie na list milczeniem. Milczy tak długo, aż Erika proponuje mu odpowiedź. Prosi, aby ten list wziął sobie do serca, a nie do pokazywania. Co do reszty, kieruj się uczuciem. Klemmer kręci głową. Erika protestuje, że przecież głodem i pragnieniem też się kieruje. Erika mówi, że ma jej numer telefonu i może przecież zadzwonić. Zastanów się nad tym wszystkim na spokojnie. Klemmer milczy bez obiegnika i bez opóźnienia. Pocą mu się dłonie i stopy oraz całe plecy. Mija mnóstwo minut. Kobieta, która spodziewała się reakcji emocjonalnej, jest rozczarowana, bo on pyta tylko po raz dwudziesty, czy ona to wszystko na poważnie. A może to tylko kiepski żart? Klemmer emanuje ociężałym spokojem, który zaraz eksploduje! Tak wyglądają tylko ludzie ogarnięci najwyższą żądzą posiadania, ale przed jej zaspokojeniem. Erika usiłuje dociec, gdzie się podział jego dar stałości uczuć. Czyżbyś był na mnie zły? Mam nadzieję, że nie. Erika próbuje nieśmiałego ataku prewencyjnego, że to wcale nie musi być dzisiaj. Jutro też jest dzień, na który można to przesunąć.

W każdym razie w pudełku po butach już dziś znajdują się przewidziane do tego celu sznurki i liny. Jest tego cały asortyment. Uprzedzając zarzuty, mówi, że bez trudu może dokupić tego więcej. Można sobie kazać zrobić łańcuchy na miarę, w specjalistycznych punktach. Erika wypowiada kilka zdań pasujących do barwy jej woli. Mówi jak na zajęciach, jest panią nauczycielką. Klemmer nic nie mówi, bo na zajęciach mówi tylko nauczyciel. Erika żąda: teraz ty mów!
Klemmer uśmiecha i odpowiada żartobliwie, że przecież o tym nie da się rozmawiać! Ostrożnie stara się wybadać, czy straciła wszelką miarę. Delikatnie pyta, czy ona aby nie wpadła w erotyczny obłęd.

Wtedy Erika po raz pierwszy odczuwa lęk, że Klemmer zaraz ją uderzy, zanim to wszystko się jeszcze zaczęło. Pośpiesznie usprawiedliwia się z banalnego języka listu, żeby jakoś rozładować atmosferę. Bez obrzydzenia i w pogodnym nastroju Erika mówi, że osad miłości sam jest w końcu jak najbardziej banalny.
Czy mógłbyś, proszę, ewentualnie przychodzić zawsze do mojego mieszkania? A to dlatego, że jeśli zbierzesz się na odwagę, mógłbyś tam od piątku wieczorem do niedzieli wieczorem! kazać mi cierpieć w twoich okrutnie słodkich pętach. Bo ja chciałabym jak najdłużej cierpieć w twoich pętach, za którymi od tak dawna już tęsknię.
Klemmer nie traci wielu słów: może da się coś zrobić. W niedługi czas potem stwierdza, że teraz mówi jak najbardziej poważnie i że ani myśli! Erika pragnie, aby ją teraz czule pocałował, a nie bił. Uprzedzając fakty, mówi, że akt miłosny może wprowadzić ład w wiele spraw, które wydawały się bez szans. Powiedz mi coś

miłego i zapomnij o liście, prosi bezgłośnie. Erika ma nadzieję, że jej wybawca już przybył, ma też nadzieję na dyskrecję i milczenie. Erika panicznie boi się razów. Dlatego od razu proponuje, że przecież możemy pisać do siebie kolejne listy. Nie będziemy nawet musieli wydawać na znaczki. Pyszni się, że mogą być jeszcze bardziej ordynarne od tego listu. To przecież dopiero początek, który w końcu nastąpił. Czy wolno napisać jeszcze jeden list? Może tym razem lepiej pójdzie. Kobieta pragnie, aby ją mocno pocałował, a nie bił. Spokojnie może ją pocałować boleśnie, byleby tylko nie bił. Klemmer na to, nic nie szkodzi. Mówi: dziękuję bardzo, i: proszę proszę. Mówi niemal bezdźwięcznie. Erika zna ten ton u matki. Mam nadzieję, że Klemmer mnie nie uderzy, myśli z lękiem. Podkreśla, że on wszystko, podkreśla: wszystko możesz ze mną zrobić, byleby tylko bolało, bo prawie nie ma rzeczy, za którą bym nie tęskniła. I niech Klemmer jej wybaczy, że jak jej się wydaje, nie napisała ładnie. Mam nadzieję, że nie uderzy znienacka, obawia się kobieta. Zdradza mężczyźnie, że tę tęsknotę za razami czuje już od wielu lat. Wydaje się jej, że wreszcie znalazła władcę, za którym tęskniła.

Ze strachu Erika mówi o czymś zupełnie innym. Klemmer odpowiada: dziękuję, dobrze. Erika pozwala Klemmerowi, żeby od dzisiaj wybierał jej stroje. Wolno mu ostro karać wykroczenia przeciwko przepisom ubraniowym. Erika otwiera dużą szafę i pokazuje, co jest do wyboru. Zdejmuje to i owo z wieszaków, inne rzeczy zostawia, bo tylko je prezentuje. Mam nadzieję, że on ceni sobie elegancką garderobę, okazuje mu barwną paletę. Mogę też specjalnie kupić coś, co ci się szczególnie podoba! Pieniądze nie grają roli. Dla matki ja gram rolę pieniędzy, których skąpi. Więc moją matką w ogóle nie musisz się przejmować. Jaki jest twój ulubiony kolor, Walterze? To, co ci napisałam, to nie był żart, kuli się nagle pod jego ręką. Chyba nie będziesz na mnie zły? Jeśli mogłabym cię prosić, żebyś zechciał poświęcić mi kilka osobistych zdań, zrobisz to, prawda. Co o tym myślisz i co na to powiesz?

Klemmer powiedział: do widzenia. Erika kuli się z nadzieją, że jego ręka spadnie czule, a nie miażdżąco. Zaraz jutro każę założyć zamek w drzwiach. Erika oferuje Klemmerowi jedyny klucz do tych drzwi. Pomyśl sobie, jakie to będzie miłe. Klemmer milczy na tę propozycję, Erika łaknie czułości. Mam nadzieję, że zareaguje przyjaźnie, proponuje mu stały dostęp do siebie. Obojętnie kiedy. U Klemmera żadnej reakcji, która wykraczałaby poza oddychanie.

Erika przysięga, że zrobi to wszystko, co napisała Klemmerowi. Podkreśla: napisane nie znaczy wcale nakazane! A co się odwlecze, to nie uciecze! Klemmer zapala światło. Nie mówi i nie bije. Erika bada, czy będzie mogła wkrótce znowu do niego napisać, czego bym chciała. Pozwolisz, proszę, że nadal będę ci odpowiadała drogą pocztową? Klemmer nie daje żadnej wskazówki, na co miałaby odpowiadać.

Walter Klemmer odpowiada: na razie się wstrzymajmy! Jego głos unosi się nad ciemną liczbą Eriką, która w przerażeniu umiera. Rzuca jej na próbę wyzwisko, ale przynajmniej nie bije. Nadaje Erice nazwę i dodaje do niego przymiotnik stara. Erika wie, że trzeba być przygotowanym na takie reakcje, i osłania twarz rękami. Zaraz odejmuje ręce, jeśli koniecznie musi ją uderzyć, to proszę bardzo. Klemmer posuwa się do stwierdzenia, że nie dotknąłby jej nawet szczypcami. Przysięga, że przedtem była w nim miłość, ale już minęła. Jeśli o niego chodzi, nie pójdzie jej szukać. Boi się jej. Miała czelność złożyć mu taką propozycję! Erika chowa głowę między kolanami, tak jak robi się w czasie katastrofy samolotu, żeby uchronić się od śmierci. Chroni się przed razami Klemmera, które przypuszczalnie przeżyje. On jej nie bije, bo nie chce sobie nią ubrudzić rąk, jak informuje. Rzuca jej list, niby w twarz. Ale trafia tylko w pochyloną potylicę. List spada śniegiem na Erikę. Między kochankami nie potrzeba listów, wyszydza Klemmer kobietę. Tylko przy oszukiwaniu w miłości potrzebne są pisemne wymówki.

Erika siedzi twardo na sofie. Stopy w nowych butach ustawiła jedną obok drugiej. Dłonie spoczywają każda na jednym kolanie. Bez nadziei czeka na coś w rodzaju przypływu miłości u Klemmera. Czuje nieodwołalne: tej miłości grozi przeminięcie! Przecież jego miłość nie może przeminąć, tęskni. On jeszcze tu jest, na razie żyje nadzieja. Ona liczy przynajmniej na namiętne pocałunki, bardzo proszę. Klemmer odpowiada na to pytanie za pomoc: dziękuję nie. Ona pragnie najgoręcej, żeby on, zamiast ją dręczyć, zrealizował z nią miłość według norm austriackich. Gdyby zamierzał wyładować na niej swoją namiętność, odepchnęłaby go słowami: na moich warunkach albo w ogóle. Od ucznia, który jest niedoświadczony, spodziewa się zalotów ustami i dłońmi. Ona mu pokaże. Ona mu pokaże.
Siedzą naprzeciwko siebie. Bliskie jest zbawienie przez miłość, lecz kamień na grobie jest zbyt ciężki. Klemmer nie jest aniołem, kobiety też nie są aniołami. Odwalić

kamień. Erika jest surowa wobec Waltera Klemmera, jeśli idzie o swoje pragnienia, które mu opisała. Poza listem nie ma w zasadzie żadnych pragnień. Dziękuję pięknie! Co tu więcej mówić, pyta Klemmer. Przynajmniej nie bije.

Oplata nieczułą komodę z całej siły, do jakiej jest zdolny, i napiera na nią, milimetr po milimetrze, bez pomocy Eriki. Ruszą ją z miejsca, aż powstaje śluza powietrzna, do której wnętrza otwiera drzwi. Nie mamy już sobie nic więcej do powiedzenia, nie mówi Klemmer. Bez słowa pożegnania wychodzi, zatrzaskując za sobą drzwi mieszkania. Zaraz potem idzie sobie.

Matka chrapie głośno na swojej połowie małżeńskiego łoża, pod wpływem alkoholu, do którego nie przywykła, bo jest on przeznaczony tylko dla gości, którzy nie przychodzą. Przed wielu laty, w tym samym łożu, pożądanie doprowadziło matkę do św. macierzyństwa, i pożądanie skończyło się, gdy tylko cel został osiągnięty. Jeden jedyny wytrysk zabił pożądanie i stworzył przestrzeń dla córki; ojciec załatwił dwie rzeczy za jednym zamachem. Przy okazji załatwił i siebie. Wskutek wewnętrznej bierności i słabego umysłu nie był w stanie przewidzieć następstw tej ejakulacji. Erika wślizguje się na swoją połowę małżeńskiego łoża, a ojciec jest pogrzebany pod ziemią. Erika nie umyła się, poza tym też nie jest czysta. Czuć ją silnie potem, zupełnie jak zwierzę w klatce, gdzie woń potu miesza się z wonią dzikości i nie może się ulotnić, bo klatka jest za mała. Kiedy jedno zwierzę chce się odwrócić, drugie musi przywierać do ściany. Erika kładzie się zlana potem obok matki i trwa w bezsenności.

Kiedy Erika zdążyła przeleżeć co najmniej dwie godziny bez snu i bez żadnej myśli w swoim własnym sosie, matka nagle się budzi. Tylko jakaś myśl dziecka mogła ją obudzić, bo poza tym dziecko nawet się nie poruszyło. Matka natychmiast przypomina sobie wszystko, przed czym wieczorem uciekła w alkohol. Z żywością srebra, nie odbijając jeszcze promieni słonecznych, odwraca się do dziecka i obrzuca je ciężkimi zarzutami, sprzężonymi z niebezpiecznymi groźbami oraz utopią uszkodzenia ciała. Następują hałdy czekających na odpowiedź pytań o nieokreślonych priorytetach i stopniach pilności. Ponieważ Erika milczy, matka odwraca się obrażona. Swoją obrazę interpretuje w tym duchu, że czuje do córki obrzydzenie. Zaraz jednak odwraca się do córki z powrotem i wypuszcza nowe akustyczne wydanie gróźb, tyle że głośniej. Erika wciąż jeszcze zaciska zęby, matka klnie i wyzywa. Wskutek miotania dzikich wyrzutów matka wprawia się krzykiem w coś, co wymyka jej się spod kontroli. Matka poddaje się alkoholowi, który wciąż szaleje w jej żyłach. Ajerkoniak wywiera swoje podstępne działanie. A likier czekoladowy robi to samo.

Erika wykonuje niezbyt zdecydowany atak miłością, ponieważ matka wymyśla sobie właśnie jakieś daleko idące konsekwencje dla ich wspólnego życia, których najbardziej boi się sama matka, na przykład osobne łóżko dla Eriki!

Erika daje się porwać swoje próbie okazania miłości. Rzuca się na matkę i okrywa ją całą pocałunkami. Całuje matkę tak, jak tego od lat nie brała pod uwagę.

Łapie matkę mocno za ramiona, a matka gniewnie wali na oślep rękami, nikogo nie trafiając. Erika całuje w środek między ramionami, również nikogo nie trafiając, bo matka każdorazowo rzuca głową w drugą stronę, tam, gdzie akurat Erika nie całuje. Twarz matki to w półmroku jedynie jasna plama, otoczona sztucznoblond włosami, które pomagają w orientacji. Erika całuje na chybił trafił w tę właśnie jasną plamę. Z tego ciała została zrodzona! Z tego rozpadającego się matczynego łona. Erika wielokrotnie przyciska mokre usta matce do twarzy, trzymając ją w żelaznym uścisku, żeby nie mogła się bronić. Erika kładzie się z początku do połowy, potem w trzech czwartych na matce, bo ta zaczyna na poważnie walić na oślep rękami i wywija nimi jak cepem. Usta matki próbują umknąć między stulonymi ustami Eriki z prawej i stulonymi ustami Eriki z lewej. Matka rzuca dziko głową, żeby ujść jakoś przed pocałunkami, wygląda to zupełnie jak miłosne zapasy, ale to nie orgazm jest celem, lecz matka sama w sobie, matka jako osoba. I ta właśnie matka rozpoczyna zdecydowaną walkę. Na próżno, bo Erika jest silniejsza. Jak bluszcz wokół starego domu oplata się wokół matki, która wcale nie budzi takich uczuć jak stary swojski dom. Erika ssie i gryzie to wielkie ciało, jakby zaraz miała z powrotem się w nie wczołgać, ukryć się w nim. Erika wyznaje matce miłość, a matka, dysząc, wyrzuca z siebie coś przeciwnego, mianowicie że też kocha swoje dziecko, ale dziecko ma natychmiast przestać! Na co czekasz? Matka nie może się obronić przed wichrem uczuć, który wieje w jej stronę od Eriki, ale to jej pochlebia. Nagle czuje, że komuś na niej

zależy. Podstawowy wymóg miłości to poczucie dowartościowania przez to, że druga osoba zgłasza zapotrzebowanie właśnie na nas. Erika wgryza się w matkę. Matka zaczyna się bronić, bijąc Erikę. Im bardziej Erika całuje, tym bardziej matka ją tłucze, po pierwsze, aby chronić siebie, a po drugie, aby odepchnąć dziecko, które wygląda, jakby zaczęło tracić nad sobą kontrolę, chociaż nic nie piło. Matka powtarza w różnych tonacjach krzyku: przestań! Energicznie nakazuje położyć kres. Erika w niesłabnącym szale całowania zwala się na matkę raz tu, raz tam. Ponieważ matka nie wykazuje pożądanej reakcji, Erika zaczyna ją prowokować lekkimi, ale jednak uderzeniami. Bije matkę, żądając, a nie karząc, matka zaś opacznie interpretuje to jako akt złośliwości i grozi, i wyzywa. Matka i córka zamieniły się rolami, bo bicie zawsze przysługuje matce; to ona ma lepszy widok z góry na dziecko. Matka uważa, że musi się bronić przed paraseksualnymi zapędami swojej latorośli, i na ślepo wali w ciemność.
Córka siłą rozkłada matce ręce i całuje ją w szyję, z kryptoseksualnym zamiarem, dziwna i niewprawna kochająca. Matka, która także nie ma za sobą subtelniejszej edukacji w miłości, stosuje błędną technikę i zaczyna kopać wszystko naokoło. Stare ciało ucierpi na tym najbardziej. Nie jest traktowane jak matka, tylko wyłącznie jak ciało. Erika oskubuje ciało matki zębami. Całuje i całuje. Całuje matkę dziko. Matka oświadcza, że to świństwo, co jej tracąca nad sobą kontrolę córka wyprawia z matką. Nic jej to nie da – matka od dziesiątków lat nie była tak całowana, a czeka ją jeszcze więcej! Bo całowanie staje się coraz gwałtowniejsze, aż

wreszcie, po niekończącym się werblu pocałunków, córka wyczerpana nieruchomieje, na wpół leżąc na matce. Dziecko płacze nad twarzą matki, a matka spycha dziecko z siebie, pytając, czy dziecko postradało zmysły. Kiedy nie przychodzi żadna odpowiedź i żadna nie jest oczekiwana, matka nakazuje natychmiastowy sen, bo jutro też jest dzień! Przypomina się o zawodowych powinnościach, które czyhają za dnia. Córka zgadza się, że trzeba spać. Córka raz jeszcze, jak ślepy kret, po omacku szuka zasadniczego ciała matki, ale matka spycha ręce córki. Przez bardzo krótki czas miała możliwość przyglądania się przerzedzonym już, cienkim włosom łonowym matki, zamykającym od spodu otłuszczony już matczyny brzuch. Był to widok niezwyczajny. Jak dotąd matka trzymała te włosy łonowe pod ścisłym zamknięciem. Córka specjalnie szarpała w czasie walki koszulę nocną matki, żeby wreszcie ujrzeć te włosy, o których przez cały czas wiedziała: przecież muszą tam być! Oświetlenie było jednak bardziej niż niewystarczające. Erika z rozmysłem odkryła matkę, żeby móc sobie wszystko, ale to wszystko dokładnie obejrzeć. Matka bezskutecznie przeciwko temu protestowała. Erika jest silniejsza od swojej lekko zużytej matki, jeśli spojrzeć na rzecz czysto fizycznie. Córka ciska matce w twarz, co właśnie zobaczyła. Matka milczy, żeby sprawa stała się niebyła.

Obydwie kobiety śpią przytulone do siebie. Nocy zostało już niewiele, zaraz dzień zapowie swoje pojawienie się nieprzyjemną jasnością i uciążliwymi głosami ptaków.

Walter Klemmer jest całkiem porządnie zdumiony tą kobietą, bo ona ma odwagę zrobić to, co inne tylko obiecują. Ochłonąwszy nieco, po chwili zastanowienia zaczyna wbrew samemu sobie być pod wrażeniem granic, o które ona się zapiera, by przesunąć je odrobinę do przodu. Plac zabaw jej żądzy z pewnością ulega rozszerzeniu. Klemmer jest pod wrażeniem. U innych kobiet na tym placu, pokrytym zakurzonym i popękanym betonem, jest miejsce co najwyżej na drabinki do wchodzenia i jedną czy dwie huśtawki. A tutaj na uszczęśliwionego użytkownika czeka wręcz boisko do piłki nożnej plus korty tenisowe i bieżnia! Erika od lat zna swoje ogrodzenie, jeszcze matka wbiła w ziemię jego słupy, ale ona na tym nie poprzestaje; wyrywa te słupy i nie waha się mozolnie wbijać nowych, myśli z uznaniem uczeń Klemmer. Jest dumny, że tej próby zamierza ona dokonać właśnie z nim, do czego dochodzi po dłuższym zastanowieniu. Jest młody i gotowy do nowego. Jest zdrowy i gotowy na chorobę. Jest otwarty na wszystko i wszystkich, obojętne, z jakiej strony przyjdzie. Jest chłonny i chętny, gotów rozewrzeć na oścież jeszcze dalsze drzwi. Może się nawet ewentualnie wychylić z okna, i to tak daleko, że omal nie straci równowagi. Może stać nawet na samych czubkach palców! Świadomie podejmuje jakiś ryzyko i cieszy się z tego ryzyka, bo to on sam je na siebie bierze. Był dotąd niezapisaną kartką papieru, czekającą na farbę nieznanego mu jeszcze drukarza, i nikt nigdy nie czytał czegoś podobnego. Pozostawi to na nim ślad na całe życie! Potem nie będzie już taki sam, jak był przedtem, bo będzie kimś więcej i będzie miał więcej.

Jeśli będzie trzeba, zdecyduje się nawet na okrucieństwo wobec tej kobiety, myśli sobie. Bez zastrzeżeń przyjmie jej warunki i podyktuje swoje: jeszcze większe okrucieństwo. Wie dokładnie, jak to będzie przebiegało, kiedy przez kilka dni będzie się trzymał z dala od niej, aby wypróbować, czy uczucie przetrwa nieludzką próbę wytrzymałości rozumu. Stal jego ducha przegięła się, ale nie pękła pod obciążeniem obietnic, które złożyła ta kobieta. Ona odda się w jego ręce. On jest dumny z prób, które przejdzie, być może prawie pozbawi ją życia!

Mimo wszystko uczeń cieszy się, że stworzył dystans kilku dni. Lepiej zostawić w niepewności niż pokazać mały palec. Od paru dni czeka, co ta kobieta, na którą przyszła kolej, by być kochaną, przyniesie w pysku, zabitego zająca czy kuropatwę. A może tylko stary but. Zajęcia z nią opuszcza samowolnie i samolubnie. Ma nadzieję, że wskutek tego kobieta będzie się bezwstydnie starała o jego względy. Wtedy powie na próbę: nie i poczeka, jaki będzie jej następny krok. Przez ten czas młody człowiek woli trzymać się sam, wilk nie zna lepszego przyjaciela na okres przed spotkaniem kózki.

Jeśli idzie o Erikę, to słowo rezygnacja poznała już przed laty, a teraz pragnie się całkowicie zmienić. Intensywnie eksploatowana prasa jej żądzy naciska na jej pragnienia, już zaczyna wyciekać czerwona ciecz. Stale spogląda na drzwi, czy wejdzie przez nie uczeń, ale wchodzą wszyscy inni uczniowie, tylko on nie. Jest stale nieobecny nieusprawiedliwiony.

W swoim nienasyconym nałogu brania lekcji, który każe mu wiele rozpoczynać i niewiele kończyć, nawet japońskie sztuki walki, języki, wycieczki krajoznawcze, wystawy artystyczne, żądny wiedzy młody człowiek pobiera także od pewnego czasu lekcje gry na klarnecie w sąsiedniej klasie, by zgłębić podstawowe tajniki instrumentu, które później pragnie rozszerzyć na saksofonie w kierunku jazzu i improwizacji. Tylko fortepianu i jego władczyni unika ostatnio. Po zgłębieniu podstawowych tajników różnorodnych dziedzin ludzkiej działalności Klemmer najczęściej przerywa naukę. Nie grzeszy wytrwałością. Teraz jednak chciałby zostać wyczynowym kochankiem, ta kobieta rzuciła mu takie wyzwanie. Innym znów razem, jeśli ma na to czas, uskarża się na gorset klasycznej edukacji muzycznej, który dla niego, lubiącego mieć kawałek ładnej perspektywy niezeszpecony granicami, jest o wiele za ciasny. Przeczuwa rozległe krainy, domyśla się pól, których nigdy nie widział i oczywiście nikt inny przed nim. Podnosi rąbki zasłon i natychmiast opuszcza je przerażony, tylko po to, by zaraz znowu je unieść, czy na pewno dobrze widział? Nie może wprost uwierzyć. Erika Kohut wciąż stara się zabronić mu dostępu do tych pól i łąk, prywatnie natomiast bezustannie nimi wabi. Uczeń czuje wsysający wir bezkresu. Na zajęciach ta kobieta jest nieubłagana, już z daleka słyszy najmniejszy, najdrobniejszy błąd, w życiu chce być zmuszaną do błagań. Na pianinie potrafi go przecież całkowicie owinąć w ten elastyczny bandaż z palcówek, trylowania *Szkoły biegłości* Czernego. Będzie dla niej policzkiem, że dopiero konkurencja klarnetu uwolniła go od krępującego kontrapunktu. Jak on później będzie mógł improwizować na saksofonie sopranowym! Klemmer ćwiczy na klarnecie. O wiele mniej ćwiczy teraz na fortepianie. Z głębokim przekonaniem zamierza zgłębić

nowe obszary muzyki i planuje zacząć w studenckim zespole jazzowym, który zna osobiście, by później, kiedy już go przerośnie, założyć własną grupę, która będzie grała muzykę według jego wyobrażeń i jego wskazówek i której nazwę już zna, ale jeszcze trzyma ją w tajemnicy. Coś takiego będzie odpowiednie dla jego silnie wykształconego pędu do wolności w muzyce. Już się zgłosił do klasy jazzowej. Chce się uczyć aranżacji. Najpierw zamierza się dopasować, podporządkować, ale w odpowiednim czasie niby strumień fontanny wytryśnie ponad formację zapierającą dech w piersiach solówką. Trudno podporządkować czemuś jego wolę; jego chcenie i jego umiejętności niełatwo dają się dopasować do szkatułki zeszytu nutowego. Jego łokcie żwawo wiosłują przy bokach, pogodnie płynie w ustnik jego oddech, o niczym nie myśli. Cieszy się. Trenuje zadęcie i przekładanie nut. W dalszej przyszłości rysują się już piękne postępy, stwierdza jego nauczyciel gry na klarnecie i cieszy się z ucznia, który ma już znaczącą wiedzę wyniesioną od Kohut i którego, miejmy nadzieję, uda mu się koleżance podebrać. Aby na koncercie z okazji zakończenia roku grzać się w blasku jego słońca.
Kobieta w wyrafinowanym stroju turystycznym, i dlatego nie od razu możliwa do rozpoznania, zbliża się do drzwi klasy klarnetu, aby czekać. Musi tu przyjść, dlatego też chce tu przyjść. Erika Kohut wystroiła się odpowiednio do okazji, tak jak to zwykle ona.
Czyż jej uczeń Klemmer nie obiecywał jej przyrody, przyrody prosto z tygla, i czyż nie on wie najlepiej, gdzie tej przyrody szukać? Zaskoczonemu, wychodzącemu z drzwi z małym czarnym futerałem instrumentu

w ręku uczniowi proponuje, jąkając się niepewnie, wspólną przechadzkę nad rzeką. Teraz natychmiast! Chyba zorientował się już po jej ubiorze, co ma w planie. Powód mojego przyjścia, mówi: przez rzekę i w lasy. Z tak odpowiednio wyposażoną damą można myśleć od razu o kamienistych rumowiskach osiągnięć, dudniących, mało apetycznych lodowcowych morenach. W mało gościnnym górskim schronisku da dowód świadomych swego celu wysiłków; skórki od bananów i ogryzki z jabłek na podłodze, ktoś narzygał w kąt, i wszystkie te bezwartościowe już świadectwa pobytu, te uświnione strzępy papieru we wszystkich kątach, te poprzedzierane bilety, czy tych śmieci w ogóle nikt tu nie zamiata.

Erika, jak zauważy Klemmer, całkowicie po nowemu się ubrała; jej strój w pełni odpowiada okazji, a okazja strojowi. Strój wydaje się, jak zawsze u niej, sprawą najważniejszą, w ogóle ta kobieta zawsze wymaga ozdoby, aby nadać sobie znaczenie, a sam las nigdy jeszcze dla żadnej kobiety nie stanowił wystarczającej ozdoby. W końcu kobieta ma przecież w rewanżu przystroić las swoją obecnością, jest w tym równa zwierzęciu oglądanemu przez szkła myśliwskiej lornetki. Erika kupiła mocne turystyczne buty i dobrze nasączyła je tłuszczem, żeby nie przeszły wilgocią. W takich butach spokojnie może przejść i parę kilometrów, jeśli będzie trzeba. Włożyła sportową bluzkę w kratę, ludowego wzoru kurtkę i spodnie do kolan, do tego czerwone wełniane getry. Wzięła nawet niewielki plecaczek ze smacznotkami! Nie ma natomiast liny, bo nie jest za wyczynem. A jeśliby nawet była za wyczynem, to bez siatki ochronnej i bez liny; pozbawiona kotwicy ratunkowej, mogłaby się oddać dzikości cielesnego wysiłku, w którym zdanym się jest tylko na siebie i na partnera. Erika ma plan, jak udostępniać się temu mężczyźnie malutkimi kąskami. Nie może się nią przejeść, musi stale odczuwać przenikliwy głód jej osoby. Tak to sobie wyobraża, kiedy jest sama z matką. Skąpi siebie i wydaje siebie tylko z najwyższą niechęcią, po wielorakich rozważaniach najróżniejszego rodzaju. Uprawia lichwę swoimi kilogramami. Drobniaki swego nowoczesnego ciała będzie wyliczać Klemmerowi na stół, tak żeby zawsze mu się zdawało, że jest ich dwa razy więcej, niż ona wydaje w rzeczywistości. Po swoim bezczelnym listownym ataku całkowicie się teraz wycofała, co nie przyszło jej łatwo. Tkwi w skarbonce swego ciała, w tym nabiegniętym fioletowo tumorze, który wszędzie taszczy ze sobą, tak napiętym, że o mało nie pęknie. Za ten turystyczny strój na przykład, który ma teraz na sobie, musiała sporo wyłożyć w salonie z odzieżą sportową. Kupuje tylko rzeczy dobrej jakości, ale jeszcze bardziej liczy się dla niej piękno. Jej życzenia są daleko idące. Klemmer taksuje kobietę ze spokojem, w którym kryje się siła. Jego spojrzenie dostojnie wędruje po imitacjach autentycznych ludowych guzików i srebrnym łańcuszku o drobnych oczkach (też imitacja) w stylu myśliwskim, który to łańcuszek, odporny na jelenie zęby, opasuje brzuch Eriki. Erika skamle, że na dziś miała obiecaną wyprawę turystyczną, którą właśnie przyszła wyegzekwować. On pyta, dlaczego akurat tutaj, teraz i dzisiaj? Ona mówi: Nie pamiętasz, że powiedziałeś d z i s i a j? Bez słowa wyciąga w jego stronę kupony nieostrożnych obietnic. Wyraźnie otrzymała takie zapewnienie, mianowicie: dzisiaj. Swego

czasu zaproponował: dzisiaj. Niech sobie uczeń nie myśli, że nauczycielka może o czymś zapomnieć. Klemmer mówi, że to nie jest odpowiedni czas ani miejsce. Erika natychmiast roztacza przed nim perspektywę lepszych czasów i odleglejszych miejsc. Już wkrótce kochankowie nie będą musieli nadkładać drogi przez lasy i jeziora. Dziś jednak widok na szczyty i wierzchołki być może spotęguje pragnienia mężczyzny.
Walter Klemmer zastanawia się. Decyduje, że wcale nie musi się specjalnie oddalać, żeby wypróbować coś nowego. Z naukową ciekawością, tak dla siebie charakterystyczną, proponuje, ku zdumieniu Eriki! zrobić to tu, na miejscu. Po co szukać dali? Poza tym wygodnie dotrze jeszcze potem na zajęcia z judo o trzeciej! Tylko jednego nie wolno sobie robić z miłości: żartów. Jeśli mówiła poważnie, to jemu od dawna jak najbardziej to odpowiada. Bardzo proszę. Dotychczas był czuły i tkliwy, ale potrafi też być brutalny, czego zaraz dowiedzie. Tak jak ona sobie tego życzyła. Erika Kohut zamiast mu dla porządku odpowiedzieć, ciągnie ucznia do pakamery sprzątaczek, która, jak wie, nigdy nie jest zamknięta. Niech teraz pokaże, co on za jeden. Od kobiety bije siła sprawcza. On musi teraz pokazać to, czego nigdy się nie uczył. Środki czystościowe wydzielają ostrą, gryzącą woń, wszędzie piętrzą się narzędzia do sprzątania. Erika prosi na początek o wybaczenie, ponieważ nie powinna jednak wręczać wtedy młodemu człowiekowi tego listu. Rozwija tę myśl w dalszym ciągu. Opada przed Klemmerem na kolana i niezręcznymi pocałunkami wwierca się w jego opierający się brzuch. Jej rozlatane kolana nieoblatane w wyższej sztuce miłości

kąpią się w kurzu. Akurat pakamera ze środkami czystości musiała się okazać najbrudniejsza. Nowiuteńkie protektory butów błyszczą. Uczeń i nauczycielka, przyspawani każde do swojej własnej planety miłości, umieszczeni na krach, które – odpychające, niegościnne kontynenty – odpływają od siebie. I już Klemmer jest nieprzyjemnie poruszony pokorą i przestraszony żądaniami, jakie ta pokora bez przygotowania, ale za to tym głośniej, uważa się za uprawnioną stawiać.
Ta pokora wrzeszczy głośniej, niż kiedykolwiek mogłaby wrzeszczeć nieudawana żądza. Klemmer odpowiada: proszę natychmiast wstać! Widzi, że ona wyrzuciła przy nim swój honor za burtę, i on od razu stawia sobie za punkt honoru nigdy nie wypaść za burtę. W najgorszym razie przywiąże się do wiosła. Chociaż wszystko właściwie jeszcze się na dobre nie zaczęło, już nie da się tych dwojga ze sobą połączyć, a oni mimo wszystko uparcie dążą do tego, żeby się jednak połączyć. Uczucia nauczycielki, letnie tchnienie, wzlatują w górę. Klemmer w zasadzie wcale nie chce, ale musi, bo tego się od niego żąda. Zaciska kolana, zakłopotany uczniak. Kobieta pośpiesznie pędzi po jego udach i prosi o wyrozumiałość oraz natarcie. Jak pięknie może nam teraz być! Kłąb jej ciała z plaskiem uderza o podłogę. Erika Kohut składa wyznanie miłosne polegające na tym, że nie proponuje nic więcej ponad nudne żądania, wyrafinowane umowy i opatrzone niezliczonymi zabezpieczającymi klauzulami układy. Klemmer nie daje miłości. Mówi: hola, nie tak szybko. Co za szybko, to niezdrowo. Erika opisuje, jak daleko w tych czy innych warunkach gotowa jest się posunąć, a Klemmer planuje co najwyżej przechadzkę przez park wokół ratusza

w tempie umiarkowanym. Prosi: nie dzisiaj, w przyszłym tygodniu! Wtedy będę miał więcej czasu. Kiedy jego prośby nie skutkują, ukradkiem zaczyna pocierać się tu i ówdzie, ale nadal jest jak martwy. Ta kobieta zapędza go do wysysającego pomieszczenia, w którym jego instrument jest wprawdzie pożądany, ale nie reaguje na pożądanie. Klemmer zaczyna histerycznie ciągnąć, klepać, potrząsać. Ona nic jeszcze nie zauważyła. Jak lawina miłości pędzi w jego stronę. Już teraz szlocha, wycofuje się z niektórych rzeczy, które wcześniej mówiła, w zamian obiecuje coś lepszego. Jakże czuje się teraz wybawiona: Nareszcie! Klemmer zimno majstruje przy swoim podbrzuszu, skręca swój detal, uderza w niego żelaznymi narzędziami. Sypią się iskry. Klemmer czuje lęk przed tak długo niewietrzonymi wewnętrznymi światami tej nauczycielki gry na fortepianie. One go całkiem pochłoną! Erika najwyraźniej od razu na początku oczekuje od niego wszystkiego, co ma, a on jeszcze nie wyciągnął i nie pokazał nawet samego czubka. Ona wykonuje miłosne poruszenia, tak jak je sobie wyobraża. I jak to widziała u innych. Daje sygnały niezręczności, które myli z sygnałami oddania, i otrzymuje w zamian sygnały bezradności. On MUSI właśnie teraz i dlatego nie MOŻE. W formie wykrętu mówi: ze mną tego nie próbuj, pamiętaj! Erika zaczyna szarpać zamek błyskawiczny. Wyciąga mu koszulę i wije się dziko, jak to jest przyjęte i w zwyczaju u kochających się. W Klemmerze nie dzieje się nic, czym można by cokolwiek udowodnić. Z rozczarowaniem, skrzypiąc podeszwami, Erika zaczyna wędrować po pakamerze tam i z powrotem. Oferuje w zastępstwie całkowicie urządzony świat uczuć. Wyjaśnia coś nadmierną ekscy-

tacją i nerwowością i jak bardzo się cieszy z tego najwyższego dowodu miłości. Klemmer nie może, bo musi. Ten przymus emanuje z kobiety magnetycznymi falami. Ona jest ucieleśnionym przymusem. Erika kuca, wyrośnięta niezgrabota, podstępnie składające kości fatum, i pocałunkami wkręca się między uda ucznia. Młody człowiek sapie, jakby ta wytrwałość coś w nim wyzwalała, dyszy ostatnie słowa, mianowicie: w ten sposób mnie nie opętasz. Nie opętasz mnie. Lecz w zasadzie w każdej chwili jest gotowy wypróbować coś nowego w miłości. W końcu z czystej bezradności odpycha Erikę i lekko uderza ją kantem dłoni w kark. Jej głowa posłusznie opada do przodu i zapomina o otoczeniu, którego już nie widzi. Tylko podłogę pakamery. Kobieta zapomina też trochę w tej miłości o sobie, bo tak mało jej z niej, o czym należałoby pamiętać. Klemmer nasłuchuje i wzdryga się. Szybko nasadza usta kobiety jak starą rękawiczkę na swoją po krótkiej chwili zainteresowania ponownie opadającą męskość. Rękawiczka jest za duża. Nic się z nią nie dzieje i z Klemmerem też nic się nie dzieje, podczas gdy istota nauczycielki skromnie rozmywa się w oddali.
Klemmer dziko zadaje pchnięcia w jej usta, i nadal jest winien dowodu. Jego zwiotczały penis pływa jak nieczuły korek na jej wodach. Mimo to trzyma ją mocno za włosy, bo może coś mu od tego urośnie. Połowę uwagi Klemmer skupia na odgłosach z korytarza, czy nie nadchodzi sprzątaczka. Cała reszta skupia się na męskości, czy drgnie. Poskromiona, a zarazem krótko przycięta miłością, nauczycielka liże Klemmera jak krowa swoje nowo narodzone cielę. Przyrzeka, że jeszcze coś z tego będzie i że oboje mają przed sobą całą

wieczność, teraz, kiedy ich namiętność jest niepodważalna. Tylko się nie denerwować! Obietnice, dyszane niewyraźnie, doprowadzają do szału młodego człowieka, który słyszy w nich ukryty rozkaz. Czy nie jest tak, że ta przełożona wciąż nakazuje mu uderzenia określonymi palcami i naciskanie pedału w określonych miejscach utworu? Stawia nad nim swoją muzyczną wiedzę i kiedy teraz pod nim ginie, budzi w nim większe obrzydzenie, niż jest on w stanie wyrazić. Kuli się przed jego penisem, który ze swej strony pozostaje skulony. Klemmer wpycha i wtłacza się w usta Eriki, której zaczyna zbierać się na wymioty, ale wciąż bez skutku. Kobieta pociesza go półgębkiem, wciąż jeszcze czule, i mówi o tym, co będzie w przyszłości. Będą przyszłe rozkosze! Nie widać jej oczu; nie jest tą, która wydaje rozkazy, jest tylko włosami, potylicą, karkiem, niezgłębionością. Automat do kochania, który nie reaguje nawet na kopnięcia. A uczeń myśli tylko o tym, by naostrzyć na nim swój instrument. Jego instrument nie ma w zasadzie nic wspólnego z resztą ciała. Podczas gdy miłość ogarnia całą kobietę. Kobieta czuje potrzebę wydania całej miłości i niebrania reszty. Erika i Walter Klemmer mówią zgodnie, dzisiaj nic z tego, na pewno uda się później. Erika widzi w tym najwyższy dowód miłości: w tym, że się nie udało. Klemmer wścieka się na swoją niemoc i za karę trzyma kobietę za włosy, trzyma boleśnie, żeby mu teraz nie uciekła w te swoje zwykłe wyblakłe niezdecydowania. Skoro już tu jest, wykorzystajmy to i zgodnie z umową wytargajmy ją mocno za włosy. Każde z nich zgodnie wykrzykuje coś o miłości.

Lecz przy tym zadaniu gaśnie gwiazda ucznia. Nie udaje mu się na nim urosnąć. Labirynt nie chce się przed nim otworzyć, obojętnie, jak bardzo ciągnie i szarpie nitkę. Między niepoprzycinanymi drzewami i krzewami nie ukazuje się prosta ścieżka żądzy. Kobieta bredzi o lasach pełnych najbardziej szalonych spełnień, a odróżnia od biedy tylko jeżyny i prawdziwki. Lecz twierdzi, że zasłużyła na nie długim czekaniem. Uczeń był pilny, więc czeka nagroda. Nagrodą jest miłość Eriki, którą uczeń niniejszym otrzymuje. Nieporadnie wałkując miękkiego pędraka między podniebieniem a językiem, spodziewa się po swej przyszłej rozkoszy czegoś w rodzaju pouczającej ścieżki, wiodącej pośród starannie opisanych krzewów. Człowiek czyta tabliczkę i cieszy się, rozpoznając znany od dawna krzak. Kiedy dostrzeże w trawie węża, jest oburzony, bo wąż nie ma tabliczki. Kobieta ogłasza to niegościnne miejsce ich miłosnym gniazdkiem. Tu i teraz! Uczeń bez słowa wbija się w miękką jamę jej ust, ten niewydający dźwięku róg, w którym niejasno wyczuwa zęby i doradza dobrze je chować. Zębów mężczyzna obawia się w takiej sytuacji bardziej niż chorób. Poci się i sapie, symulując sukces. Wyrzuca z siebie, że nie potrafi zapomnieć jej listu. Co za pech. Przez ten list ponosi winę za to, że nie może kochać, bo potrafi tylko myśleć o kochaniu. To ta kobieta spiętrzyła przeszkody.
Znane i swojskie rozmiary jego męskości, o których podnieconym głosem opowiada kobiecie, która nigdy jeszcze tej jego męskości nie miała okazji należycie docenić, cieszą go zawsze, jak żądnego wiedzy chłopczyka cieszy nowe pudełko klocków. Rozmiary nie pojawiają się. Z przyjaznym zapałem dyktowanym żądzą

nauczycielka, która nigdy jeszcze żądzy nie czuła, wczuwa się w szczegółowy opis. Przytakuje, ciesząc się już dziś, że to i jeszcze więcej! dane jej będzie już wkrótce z nim przeżyć. Próbuje przy tej okazji niepostrzeżenie wypluć jego penisa, ale zaraz musi ponownie wziąć go w usta, nakazuje uczeń Klemmer, zapominając o nauczycielskiej pozycji swojej pani nauczycielki. On się tak szybko nie poddaje! Musi zażyć to gorzkie lekarstwo bez cukru. Pierwsze fale przestrachu wywołanego niepowodzeniem, któremu być może jest winna, spływają na Erikę Kohut. Jej młody uczeń wciąż jeszcze próbuje pozbyć się myśli i osiągnąć seksualną satysfakcję, co mu się nie udaje. W kobiecie, która takie otchłanie wypełnia całym swoim jestestwem, wyrasta mroczny statek lęku, już stawia żagle. Mimo woli, ocknąwszy się już z transu, koncentruje się na szczegółach mikroskopijnego pomieszczenia. Przez okno pakamery widać daleko poniżej koronę drzewa. Kasztanowiec. Pozbawiony smaku lizak miłosnego wyrostka Klemmera z uporem tkwi w jej jamie ustnej, mężczyzna jako całość przyciska się do jej twarzy i stęka bezsensownie. Kątem oka Erika widzi niemalże niedostrzegalne kołysanie się gałęzi w dole, które zaczynają być gnębione przez krople deszczu. Liście zostają niestosownie obciążone i zwieszają się. Potem niesłyszalny szum kropel, początek ulewy. Wiosenny poranek nie dotrzymał obietnicy. Świeże liście bezgłośnie poddają się naporowi kropel. Pociski z nieba trafiają w gałęzie. Mężczyzna raz jeszcze wtyka się kobiecie w usta, przytrzymując ją równocześnie za włosy i za uszy, podczas gdy na dworze wszechpotężnie króluje potęga natury. Ona wciąż jeszcze chce, a on wciąż jeszcze nie może. Nadal jest mały i wiotki, zamiast być zwarty i twardy. Uczeń wydaje okrzyk wściekłości, zgrzyta zębami, bo nie może dzisiaj pokazać się od najlepszej strony. Dzisiaj na pewno już nie zdoła się wyładować w otwór jej ust, położony w lepszej, bo górnej części jej ciała.

Erika nic nie myśli, dławi się, chociaż prawie nic nie ma w ustach. Ale jej wystarczy i to. Wzbierają w niej mdłości i spazmatycznie łapie oddech. W zastępstwie seksualnej twardości uczeń gwałtownie ociera teraz o jej twarz drapiące twardymi jak druty włosami podbrzusze i klnie na swoje narzędzie. W Erice coraz bardziej wzbierają mdłości. Wyrywa się siłą i wymiotuje do starego blaszanego wiadra, które uprzejmie czekało w pogotowiu. Słychać kroki, jakby ktoś zamierzał wejść, ale mija drzwi, nie zaglądając. Między kolejnymi fanfarami wymiotów nauczycielka uspokaja Klemmera, że nie jest tak źle, jak na to wygląda. Pluje żółcią wydobywającą się z głębi trzewi. Kurczowo przyciska dłonie do żołądka i półprzytomna zwraca uwagę na późniejsze i o wiele większe przyjemności. To dzisiejsze trudno wprawdzie nazwać przyjemnością, ale już wkrótce prawdziwa przyjemność niepowstrzymanie wystrzeli do przodu z bloków startowych. Złapawszy oddech, oferuje niezmordowanie jeszcze gwałtowniejsze i bardziej szczere uczucia, poleruje je do połysku miękką szmatką i dumnie prezentuje klientowi. Wszystko to zaoszczędziłam dla ciebie, Walterze, a teraz już pora! Przestała nawet rzygać. Przepłukuje usta wodą i dostaje za to lekki, zabawowy policzek. Mężczyzna jest wściekły, żebyś mi się nie ważyła tego robić w samym środku przedgórza mojego absolutnego szaleństwa. A teraz całkiem mnie rozkojarzyłaś. Nie mogłaś się wstrzymać,

aż dojdę do ośnieżonego szczytu. Nie waż się płukać po mnie ust. Erika na próbę jąka jakieś trywialne miłosne zaklęcie i zostaje wyśmiana. Deszcz bębni jednostajnie. Przemywa szyby. Kobieta oplata ramiona wokół mężczyzny i opisuje coś z przesadą. Mężczyzna na to odpowiada, że ona cuchnie! Czy ona wie, że cuchnie? Powtarza to zdanie kilkakrotnie, ponieważ tak ładnie brzmi, czy pani wie, pani Eriko, jak pani cuchnie? Ona tego nie rozumie i zaczyna znowu z lekka go lizać. Ale nic nie jest tak, jak mogłoby być. Na dworze robi się coraz ciemniej od chmur. Klemmer powtarza bezsensownie, bo został zrozumiany już za pierwszym razem, że Erika tak cuchnie, że cała pakamera przesiąkła jej obrzydliwą wonią. Napisała do niego list, a teraz jego odpowiedź brzmi: nic od niej nie chce, a poza tym ona cuchnie nie do zniesienia. Klemmer lekko pociąga Erikę za włosy. Niech się wynosi z miasta, żeby nie musiał wdychać swoimi młodymi i świeżymi nozdrzami tego jej całego wyjątkowo specyficznego i obrzydliwego odoru, tych zwierzęcych wyziewów zgnilizny. Tfu, nawet pani sobie nie wyobraża, jak pani cuchnie, pani nauczycielko.
Erika wślizguje się do ciepłego gniazdka, do letniego strumyczka wstydu jak do kąpieli, w którą trzeba się zanurzać ostrożnie, gdyż woda jest trochę brudna. Pieniście podnosi się wzdłuż jej ciała. Brudne, spienione grzywy zawstydzenia, martwe szczury porażki, strzępy papieru, potrzaskane kawałki drewna brzydoty, stary materac nasączony plamami spermy. Jest wyżej i wyżej. Podnosi się coraz bardziej. Gulgocąc, kobieta wspina się w górę po mężczyźnie, wyniesiona aż do bezlitosnej betonowej korony jego głowy. Głowa wypowiada

monotonne zdania, mówiące o jeszcze większym smrodzie niż ten, którego źródło wytropił uczeń w osobie swojej nauczycielki gry na fortepianie.
Erika czuje dystans dzielący zamieszkany świat od nicości. Ona, Erika, podobno śmierdzi, twierdzi uczeń. Jest gotów przysiąc. Erika jest gotowa iść przed siebie, aż umrze. Uczeń jest gotów opuścić to pomieszczenie, w którym się nie sprawdził. Erika szuka bólu, którego ujście jest w śmierci. Klemmer zamyka drzwi swoich spodni i odwraca się do wyjścia. Erika chciałaby wyłażącymi z orbit oczami patrzeć, jak on miażdży jej krtań. Jej oczy przechowają jego obraz aż do ostatniego stadium rozkładu. On przestaje mówić, że ona cuchnie, przestała dla niego istnieć. Chce iść. Erika chce poczuć uderzenie jego niosącej śmierć dłoni, a na jej ciele jak wielka poducha kładzie się wstyd.
Już idą korytarzem. Jedno idzie obok drugiego. Jest między nimi dystans. Klemmer zaklina się cicho, jak to przyjemnie, kiedy jej starożytny odór gubi się nieco w tych rozleglejszych odległościach. W pakamerze odór był naprawdę nie do zniesienia! może mu wierzyć. Serdecznie zaleca jej wynieść się z miasta.
Po jakimś czasie nauczycielka i uczeń spotykają na korytarzu pana dyrektora, którego Klemmer pokornie wita po uczniowsku. Erika wita przełożonego po koleżeńsku, bo przełożony nie uznaje dystansu. Dyrektor nie poprzestaje na tym, tylko serdecznie wita w panu Klemmerze solistę najbliższego koncertu na zakończenie roku. Potem wypowiada odpowiednie życzenia powodzenia. Erika odpowiada mu, że jeśli idzie o solistę, to nie podjęła ostatecznej decyzji. Ten uczeń wyraźnie się opuścił, nie ulega wątpliwości. Musi się jeszcze zastanowić, czy

to będzie uczeń K., czy ktoś inny. Jeszcze tego nie wie. Na pewno we właściwym czasie o tym powiadomi. Klemmer stoi i nic na to nie mówi. Słucha, co mówi nauczycielka. Dyrektor aż mlaska językiem, słysząc o tych okropnych uchybieniach, które wymienia Erika, bo uczeń Klemmer stale je popełnia. Erika na głos wymienia nieprzyjemne fakty dotyczące ucznia, ażeby uczeń nie zarzucił jej, że coś ukrywa. Zaniedbuje się w ćwiczeniach, czego ma dowody. Zmuszona jest stwierdzić, że wykazuje coraz mniejszą ambicję i pilność. Nie można go jeszcze za to nagradzać! Dyrektor odpowiada na to, że ona niewątpliwie zna ucznia lepiej niż on, a więc do widzenia. Powodzenia, życzy na odchodnym uczniowi K.
Dyrektor odchodzi do swego gabinetu.
Klemmer powtarza Erice Kohut, że potwornie cuchnie i jak najszybciej ma się wynieść z miasta. Mógłby opowiedzieć o niej także inne rzeczy, ale nie chce sobie brudzić ust. Wystarczy już, że o n a cuchnie, to on już nie musi! Idzie teraz przepłukać sobie usta, bo nawet w jamie ustnej czuje jej odór. Aż w żołądku czuje ten jej obrzydliwy nauczycielski smród. Ona nawet nie zdaje sobie sprawy, jak wstrętne są wyziewy jej ciała i jak to dobrze, że nawet nie potrafi sobie wyobrazić, jak piekielnie śmierdzi.
Obydwoje rozchodzą się w przeciwne strony, nie ustaliwszy nawet wspólnego tonu podstawowego ani wspólnej tonacji, poza budzącym mdłości smrodem wydzielanym przez Erikę Kohut.

Z zapałem i rozwagą Erika Kohut bierze się do dzieła. Chciała przeskoczyć samą siebie i nie udało się. Wiele rzeczy sprawia jej ból. Przynajmniej na niej dokonano wyboru. Jest całkowicie zdezorientowana. W jednej z tele wizji ukazało jej się, jak zabarykadować drzwi inaczej niż szafami. Zademonstrował jej to film kryminalny. Przez włożenie oparcia krzesła pod klamkę. Wysiłek jest niepotrzebny, bowiem matka śpi, jak ostatnio często, słodko i spokojnie, bezwzględnie wyparowując wszystkimi porami i polipami nosa słodkawy alkohol. Erika sięga do swej miejscowej skrzynki skarbów i przeczesuje bogate zasoby. Piętrzą się tutaj bogactwa, których Walter K. nawet nie zdążył jeszcze poznać, ponieważ zbyt wcześnie rozbił ich związek ordynarnymi wyzwiskami. A przecież dla kobiety wszystko dopiero się zaczynało! W końcu nadeszła właściwa pora, a wtedy on całkiem wycofał się do swojej skorupy. Erika wybiera spinacze do bielizny i, po wahaniu, także szpilki, całą garść szpilek, które wyjmuje z plastikowego pudełka.

Wśród łez Erika przyczepia sobie do ciała łapczywe pijawki plastikowych klamerek do bielizny, cieszących oko wesołymi kolorami. W miejscach łatwo dla niej dostępnych i poznaczonych potem sinymi plackami. Erika z płaczem wciska w nie ciało. Wyprowadza powierzchnię swego ciała z równowagi. Wybija skórę z rytmu. Szpikuje się narzędziami kuchennymi i domowymi. Skonsternowana patrzy na siebie, szukając jeszcze jakichś wolnych miejsc. Gdy tylko w rejestrze jej ciała pokaże się wolne miejsce, natychmiast zostaje ściśnięte pożądliwymi szczypcami klamerek do bielizny. Napięta przestrzeń między nimi zostaje gwałtownie pokłuta szpilkami. Kobieta jest przerażona swoim postępowaniem, które nie pozostanie bez następstw, i wybucha głośnym płaczem. Jest zupełnie sama. Kłuje się szpilkami, które mają różnobarwne plastikowe główki, każda szpilka ma własną główkę we własnym kolorze. Większość zaraz wypada. Erika nie ma odwagi kłuć się pod paznokciami, ze względu na ból. Łąkę jej skóry pokrywają wkrótce mikroskopijne poduszeczki krwi. Kobieta zanosi się gwałtownym płaczem i jest zupełnie sama ze sobą. Po jakimś czasie Erika przerywa i staje przed lustrem. Jej obraz wgryza się jej w mózg słowami o szkodach i szyderstwach. Jest to barwny obraz. W zasadzie jest to obraz dość pogodny, gdyby nie to, że okazja jest tak smutna. Erika jest całkowicie sama. Matka znowu głęboko śpi, zmorzona alkoholem. Gdy tylko Erika, korzystając z pomocy lustra, znajdzie jakieś niespustoszone miejsce na ciele, z miejsca chwyta klamerkę albo szpilkę, cały czas przy tym płacząc. Wtłacza i przyczepia sobie instrumenty w ciało i do ciała. Spływają po niej łzy i jest całkiem sama.

Po jakimś czasie Erika własnoręcznie zdejmuje klamerki do bielizny i szpilki i starannie odkłada do odpowiadających im pojemniczków. Ból słabnie, łzy słabną.

Erika idzie do matki, by dokończyć swoją samotność.

Znowu robi się wieczór, ulice wylotowe wypełniają się bezrozumnie pędzącymi z powrotem autami, także Walter Klemmer wydziela lepką nić gorączkowej aktywności, żeby nie być zmuszonym do bezproduktywnego próżnowania. Nie robi nic szczególnie ekscytującego, ale w ruchu utrzymuje się zawsze. Nie wysila się wprawdzie zanadto, ale czas szybko mija na zaspokajaniu pędu do ruchu. Klemmer wyrusza najpierw jotką, potem metrem w skomplikowaną i pod względem ko-

munikacyjnym długotrwałą podróż, o której już teraz wie, że skończy się w parku miejskim, ale cel i drogę do tego celu musi sobie dopiero wyszukać. Wyrusza na energiczny spacer, żeby zrobiło się jeszcze później. Zabija czas. Wolę czynu ma, to pewne. Dokona bezprzykładnych występków na bezbronnych zwierzętach zamieszkujących podobno park. W tym parku chodzą sobie wolno flamingi i inne tego rodzaju egzotyczne szkaradztwa, które nigdy jeszcze nie widziały ojczyzny i dosłownie aż się proszą, żeby się na nie rzucić i rozerwać na strzępy. Walter Klemmer jest człowiekiem przyjaźnie nastawionym do zwierząt, ale co za dużo, to i człowiekowi takiemu jak on może się znudzić, i czasem nawet niewinna ofiara musi w to uwierzyć. Ta kobieta go obraziła, a on ją za to uraził. Ten rachunek jest wprawdzie wyrównany, ale jakaś ofiara śmiertelna za karę musi jednak być. Musi umrzeć jakieś zwierzę. Na tę myśl naprowadzają Klemmera gazety, w których pojawiły się informacje na temat dziwacznych obyczajów tych niespodziewających się niczego egzotycznych mieszkańców parku, a przy okazji o kilku bójkach połączonych z mordem na nich.
Młody człowiek wystrzela z ruchomych schodów na swobodę. Bez szelestu i bez ruchu rozciąga się park; rozjarzony i rozgwarzony natomiast jest hotel naprzeciwko. Żadna z zakochanych par nie płoszy się na widok pana Klemmera, ponieważ nie przybył on tutaj na niedozwolone podglądanie, lecz by to jego nikt nie widział przy brutalnych czynach. Niewykorzystane popędy, wywołane przez kobietę, szybko teraz w nim złośliwieją. Klemmer przechadza się po okolicy, szukając, ale nie spotyka ani jednego ptaka. Dokonuje zabronio-

nego czynu, wchodząc na trawnik, i nie oszczędza nawet zagranicznych krzewów, przedzierając się przez nie. Z pełną świadomością zadeptuje równiutko wytyczone rabatki. Jego obcasy miażdżą wczesne zwiastuny wiosny. To, co zaoferował tej obrzydliwej kobiecie, nie zostało przyjęte, to miłosne brzemię, z którym teraz musi żyć. To brzemię jest tylko umiarkowanie ciężkie, lecz ciężar jego konsekwencji będzie dla świata zwierząt miażdżący. Także cielesne popędy Klemmera nie zdołały znaleźć ujścia, żeby wystrzelić ze swojej kryjówki. Ta kobieta wybrednie wyłowiła z jego głowy tylko jeden czy dwa muzyczne rezultaty. Zabrała mu to, co najlepsze, żeby po sprawdzeniu wyrzucić! Walter K. obrabia czubkiem buta bratki, ponieważ w samym środku miłosnych zalotów został jak najordynarniej rozczarowany. To nie jego zatem wina, że zawiódł. Jeśli Erika będzie dalej szła tą drogą, to spotkają ją rzeczy znacznie gorsze, niż w ogóle potrafi sobie wyobrazić. Klemmer kłuje się wielkimi cierniami jakiegoś krzewu, elastyczne gałęzie smagają go po twarzy, kiedy przedziera się na siłę, bo po drugiej stronie wyczuł wodę. Klemmer jest miękko strzeloną zwierzyną, którą myśliwy postrzelił i, wbrew jakimkolwiek myśliwskim obyczajom, pozwolił jej odejść. Ten myśliwski dyletant nie trafił w serce. Dlatego Klemmer stanowi teraz dla każdego, ale to dosłownie dla każdego, potencjalne zagrożenie!
Złośliwy karzeł miłości sunie po terenie nocnego parku rozrywki, który właściwie pomyślany był jako miejsce użytkowane za dnia, i szuka okazji, by odreagować na niewinnych zwierzętach. Szuka jakiegoś kamienia, którym mógłby cisnąć, ale nic takiego nie znajduje. Pod-

nosi krótki kij, który spadł z jakiegoś drzewa, ale drewno jest zmurszałe i lekkie. Ponieważ pewna kobieta zażądała rzeczy okrutnych od niego, który oferował jej miłość, musi się teraz pilnie nachylać, żeby znaleźć broń lepszą od zmurszałego drewna. Ponieważ nie mógł zapanować nad tą kobietą, musi teraz zginać plecy i niezmordowanie zbierać drewno. Z takim patykiem każdy flaming go wyśmieje. To nie kij, tylko cienka gałązka. Klemmer, który nie ma doświadczenia, ale chce przeżyć coś nowego, nie ma pojęcia, gdzie przebywają nocą ptaki, aby ujść swoim prześladowcom. Może mają jakiś domek tylko dla siebie! Klemmer w żadnym razie nie chce wypaść gorzej od chuliganów, którzy zatłukli już mnóstwo ptaków. Coraz silniej wietrzy wodę, znajomy mu żywioł. Jak opisano w gazetach, tam gdzieś właśnie trzyma się różowa zdobycz. Różności szumią na wietrze i nie przestają. Jasne serpentyny ścieżek wiją się we wszystkie strony. Skoro już tak daleko zaszedł, chętnie zmierzy się nawet z łabędziem, zwierzęciem, które łatwo da się zastąpić. Już po tej myśli Klemmer orientuje się, jak bardzo potrzebny mu jest wentyl, żeby upuścić trochę gotującego się w nim gniewu. Jeśli ptaki odpoczywają bezczynnie na wodzie, postara się je przywabić. Jeśli odpoczywają spokojnie na brzegu, nie będzie się musiał moczyć.

Zamiast głosów ptactwa słychać tylko szum rzeki jadących w oddali samochodów. Tak późno i ciągle jadą? Aż tutaj miasto prześladuje swoim hałasem szukającego wytchnienia człowieka, aż po miejskie tereny zielone, zielone płuca Wiednia. Klemmer, zanurzony w szarej strefie gniewu, szuka kogoś, kto nareszcie chociaż raz mu się nie sprzeciwi. Dlatego szuka kogoś, kto go nie zrozumie. Taki ptak może i ucieknie, ale nie będzie sprzeciwiał się słowem. Klemmer wydeptuje w trawie swoje własne nocne ścieżki. Czuje wewnętrzne pokrewieństwo z nocnymi samotnikami, którzy również gdzieś się tu kręcą. Nad nocnymi markami, którzy przechadzają się, trzymając w swoich dłoniach dłonie pań, czuje przewagę, ponieważ jego gniew jest o wiele silniejszy niż płomień miłości. Aż dotąd młodemu człowiekowi udało się uniknąć bliskości kobiet. Od niewielkiego źródła dźwięku we wszystkie strony rozchodzi się koliście jakiś krzyk, tak niemelodyjny, że mógł go wytworzyć tylko ptasi dziób albo początkujący adept gry na jakimś instrumencie. A więc jest jakiś ptak! Już wkrótce pojawią się informacje o kolejnym akcie wandalizmu i z pachnącą świeżą farbą gazetą w ręku będzie można stanąć przed niedoszłą kochanką, bo zniszczyło się jakieś życie. A wtedy równie brutalnie można będzie zniszczyć życie kochanki. Można przeciąć nici życia. Ta pani Kohut permanentnie wyśmiewała jego uczucia, jego miłość niezasłużenie spadała na nią miesiącami! Jego namiętność sypała się na nią z rogu obfitości jego serca, a ona wetknęła mu ten słodki deszcz z powrotem do gardła. A teraz, i sama jest temu winna, dostanie rachunek w formie okrutnego dzieła zniszczenia.

Przez cały czas, który Klemmer marnotrawi na poszukiwaniu konkretnego ptaka, ta kobieta, która dzisiaj wyjątkowo .wcześnie poszła do łóżka, śpi w swoim domu, pogrążona w mętnych snach. Niczego nie podejrzewając, przedziera się przez sen, tak jak Klemmer przedziera się przez nocne połoniny miasta. Klemmer szuka, a nie znajduje. Idzie teraz za kolejnym krzykiem, nie potrafi jednak zlokalizować jego autora. Nie ma odwagi zapuścić się naprawdę daleko, żeby to jemu nie przyszło haniebnie osunąć się na kolana pod ciosem drewnianej pały. Ulice, które jeszcze niedawno rozbrzmiewały dla orientacji na skraju parku, pod innymi nazwami prowadzą teraz pod ziemią, gdzie ich nie słychać. Klemmer nie może się zorientować, dokąd prowadzi jego wyprawa. W każdym razie jest całkiem możliwe, że wiedzie jeszcze głębiej w dzicz, gdzie obowiązuje zasada: pożreć lub zostać pożartym. Zamiast znaleźć potrawę, Klemmer sam stałby się łupem! Klemmer szuka flaminga, a tymczasem kto inny szuka jelenia z pełnym portfelem. Tupiąc, mężczyzna przedziera się przez krzaki i wypada na rozciągające się za nimi łąki. Z prawej i z lewej czeka tylko na jakąś banalną uwagę rzuconą przez spacerowicza, takiego jak on sam, i już z góry się z niej wyśmiewa. Dobrze wie: taki wędrowiec rozmyśla tylko o pożywieniu i rodzinie, i o zewnętrznych formach zasobów zwierzęcych i roślinnych wokół, które budzą jego troskę, bo przecież ich niezastąpiona skarbnica wciąż ubożeje na skutek zatrucia środowiska. Spacerowicz wyjaśni, z jakiego powodu przyroda ginie, a Klemmer sprawi, aby drobna część tej przyrody stanowiła dowodny tego przykład, grozi w ciemność. Jedną ręką Klemmer obejmuje portfel, drugą przywarł do swojego kija. Czuje, że ten spacerowicz jest zatroskany.

Chociaż przeczesał taki kawał terenu, nie trafił na żadnego ptaka. Niespodziewanie jednak, na krańcu porzuconych nadziei, coś się mimo wszystko znajduje – splątana para w nader zaawansowanej fazie pożądania. Nie da się dokładnie określić tej fazy. Walter Klemmer prawie nadeptuje na kobietę i mężczyznę, którzy tworzą wspólną istotę o stale zmieniającym się kształcie. Jego stopa niezdarnie następuje na porzucony fragment odzieży, druga stopa niemalże wdeptuje w rozszalałe ciało, które w amoku konsumpcji pochłania drugie ciało. Nad tym wszystkim szumi potężne drzewo, które samo będąc pod ochroną i niezagrożone, prawie do ostatniej chwili maskowało gwałtowne oddechy. W swojej żądzy dopadnięcia ptaka Klemmer nie zważał, w co wdeptuje. Jego nienawiść wyładowuje się na tym ciele, które niespodziewanie rozkwitło na skraju drogi, bezwstydnie łamiąc inne kwiaty, bo akurat przewalać się musiało po miejskich rabatkach. Te kwiaty nadają się teraz już tylko do wyrzucenia. Klemmer nie znajduje nic prócz swego lekkiego kija, aby wziąć aktywny udział w walce ciał. Teraz się okaże: bić czy być bitym. W końcu wdziera się w powszechne współzawodnictwo miłosne jako ten trzeci, co śmieje się ostatni. Klemmer wykrzykuje głośno coś ordynarnego. Wykrzykuje to z najgłębszej głębi serca. Nabiera odwagi, bo para się nie sprzeciwia. Wymachuje narzędziem. Ktoś pośpiesznie podciąga ubranie, ktoś z kolei opuszcza, na oczach Klemmera odbywa się porządkowanie. W milczeniu i na miękkich jak z waty nogach współuczestnicy majstrują przy sobie i swoich powłokach. Coś zostaje zrobione nie tak i jest pobieżnie poprawiane. Zaczyna padać lekki deszcz. Trwa przywracanie poprzedniego stanu. Klemmer mało przyjaźnie wyjaśnia, jakie będą konsekwencje pewnych zachowań. Rytmicznie uderza kijem o prawe udo. Czuje się niezmordowanie coraz silniejszy, bo nikt nie zdobywa się na sprzeciw. Zwierzęcy strach pary ciąży na Klemmerze i jest lepszy, niż gdyby płynął od prawdziwego zwierzęcia. Wyczuwa się chęć dania nauczki. Tylko na to czekają. To właśnie jest powód, dlaczego park przyciąga ich nocą. Wokół rozciąga się otwarta przestrzeń. Otoczona przez Klemmera para zaczyna się już oswajać, bo nie odpowiada na liczne okrzyki wściekłości. Klemmer mówi: świnie i bydlaki! Pomysły, które podczas słuchania muzyki niepostrzeżenie przychodzą mu w nadmiarze do głowy, w obliczu życia i żądzy sprawiają wrażenie oklepanych. W muzyce wie, o czym mówi, tutaj widzi to, o czym mówić wciąż się wzdraga: o tym banale cielesności. Nie jest to romantyczny ogród miłości, ale bądź co bądź ogród miejski. Para zakochanych trwa w pozbawionym konturów cieniu drzewa. Widać gotowi są pokornie wszystko przyjąć, czy to denuncjację, czy pośpieszny cios. Deszcz pada mocniej. Nie pada żadne uderzenie. Zmysły pary wyczulone są tylko na bezpieczeństwo i schronienie: czy spadnie jeszcze cios? Napastnik waha się. Para wycofuje się rakiem w ukrycie, licząc na to, że uda jej się to zrobić niezauważenie. Mają ochotę: zerwać się! uciekać! uciekać! Obydwoje są jeszcze bardzo młodzi. Klemmer właśnie zobaczył nieletnich przewalających się po ziemi jak świnie. Pragnie wreszcie cisnąć kij od siebie, cisnąć go w obcą uległość, ale broń nadal cały czas uderza o jego własne udo. Tej nocy nie można pozostać bez łupu. Gdy tak stoi, a strach powstaje, Klemmer zdobywa coś, co może zanieść śpiącej w tym momencie Erice. Do tego jeszcze wiew świeżego powietrza z rozległych połaci, którego pilnie mu potrzeba. Klemmer buja się swobodnie w przestrzeni, świeżo naoliwiony zawias w drzwiach. Bujnie się w przód, kochankom grozi ból, bujnie się w tył, udostępni być może drogi ucieczki. Dwójka dzieciaków cofała się tak długo, aż poczuli za plecami coś twardego, co na razie przeszkadza w ucieczce. Nie pryskając w bok, nie znajdą drogi, chociaż mają chęć. Sytuacja nagle zaczyna odpowiadać Klemmerowi, wykonuje kilka zwyczajowych ćwiczeń mięśni. Na stojąco robi jeden, dwa ruchy wiosłem, tyle że bez wody. Ten żywy obraz ma swoją treść, ale jest łatwy do przejrzenia. Przeciwnik: sztuk dwie. Coś poręcznego, co w dodatku jest tchórzliwe i nie chce walczyć. Czy Klemmer skorzysta z tej okazji, czy też pozwoli, żeby przeszła mu koło nosa. On jest panem sytuacji. Może wykazać zrozumienie albo wystąpić jako mściciel zakłóconej ciszy parku i zepsucia wśród młodzieży. Może też zawiadomić siły porządkowe. Musi się tylko szybko zdecydować, ponieważ panująca wokół pustka coraz gwałtowniej skłania do próby ucieczki. Klemmerowe Łapać Złodzieja nie dałoby żadnych owoców, stałby tylko bezproduktywnie wśród zieleni, kraina jego gniewu kurczyłaby się, a jego ofiary dawno już dałyby nogę. Młoda para zauważa niepewne brzmieniowo zastrzeżenie w tym, co mówi ten człowiek. Być może niezdecydowanie Klemmera, zupełnie nieświadome, które nazbyt szybko okazał, to dla dzieciaków sygnał! Wygląda na to, że niepostrzeżenie zszedł z pozycji władzy. Oni to wykorzystują. Chwytają byka za rogi. Ponieważ to nie woda, Klemmer zadaje sobie pytanie: co teraz? Obydwoje nadkładają drogi wokół pnia drzewa i szybko uciekają. Intensywna obecność Klemmera formalnie odrzuca ich w tył. Podeszwy butów głucho dudnią po łące. W niektórych miejscach jasno rozbłyskuje podpinka łąki, ziemia. Uciekając, zostawili coś jakby kurtkę, a może to krótki płaszcz? Dziecięcy płaszczyk. Klemmer nie podejmuje wysiłku pościgu. Woli podeptać zostawioną na ziemi kurtkę. Nie szuka w niej portmonetki. Nie szuka w niej dokumentu tożsamości. Nie szuka w niej wartościowych przedmiotów. Kilkakrotnie depce po kurtce, w tym swoim deptaniu zaczyna się już oswajać, spętany słoń, który przez te swoje pęta u nóg ma tylko kilkucentymetrową swobodę manewru, ale umie ją wykorzystać. Wdeptuje kurtkę w ziemię. Nie umiałby podać powodu, dlaczego to robi. Jest jednak coraz bardziej rozwścieczony, cała trawa to teraz jego zaprzysięgły wróg. Z uporem i bez wewnętrznego ukojenia Walter Klemmer we właściwym sobie rytmie kopie tę miękką poduszkę, na której spoczywali tamci. Nie pozwala poduszce na spoczynek. Klemmer depce po robionym na drutach kaftanie i powoli zaczyna czuć się zmęczony.

Po wyjściu z parku Walter Klemmer spaceruje jakiś czas ulicami i nie zadaje sobie serio pytania o cel. Jego ogarnia dezorientacja, połączona ze zwinną siłą. Kiedy inni już śpią, w jego trzewiach pęczniejący balon przemocy. Balon nie natrafia nigdzie na ścianę ciała. Klemmerowi to chodzenie wydaje się pozbawione celu, ale już na wpół zmierza w określoną stronę, w stronę określonej kobiety, którą zna. Wiele rzeczy po drodze wydaje się Klemmerowi wrogimi, lecz nie zatrzymuje się przed żadną z tych przeciwności, zbyt cenny jest dla niego zasadniczy cel: zupełnie wyjątkowa kobieta z talentem. Waha się między dwiema, trzema kobietami, by wreszcie, mimo wszystko, zdecydować się na tę jedną. Tej kobiety nie poświęci dla jakichś tam działań bojowych. Dlatego od tej chwili definitywnie będzie schodził przemocy z drogi, co nie znaczy, że nie stawi jej czoła, gdy stanie z nią twarzą w twarz. Schodzi ruchomymi schodami do niemal pustego pasażu. Przy niewielkim wózku kupuje na wpół roztopione lody. Lody wręcza mu niedbale i nieczule przebrany w czapkę człowiek, który nawet nie wie, jak niewiele brakowało, żeby przez tę niedbałość został pobity. W końcu jednak nie został. Jego czapka miała symbolizować marynarza, a może kucharza, czy jedno i drugie, pozbawiona wieku twarz symbolizuje zmęczenie. Zwinięte w lejek usta Klemmera dwoma szybkimi łykami wybierają lody od góry z rożka. Niewielu przychodzi, niewielu odchodzi. Niewielu siedzi w oszklonej klatce baru szybkiej obsługi. Lody były letnie i sflaczałe. W wygodnym spokoju Klemmera gnieździ się wytrwałość. Jego trzon powoli twardnieje, delikatnie, starannie formuje się do ataku. Ważny jest dla niego już tylko końcowy punkt jego podróży, do którego, jeśli wszystko pójdzie po jego myśli, wkrótce dotrze. W bojowym nastroju, ale nie staczając bojów, Klemmer przemierza ulice, zmierzając w stronę określonej kobiety. Wiadoma osoba z pewnością na niego czeka. A teraz on wraca do niej, nieskromny w swoich pragnieniach, bezkompromisowy w swoich żądaniach. Ma jej co nieco do zakomunikowania, co będzie dla niej całkiem nowe, i ma co nieco do dodania. Ma też co nieco do rozdania. W ogóle bumerang Klemmer tylko po to oddalił się od miejsca pobytu tej kobiety, aby tam, naładowany nowymi wizjami celu, powrócić. Klemmer szuka samego środka swojego wewnętrznego cyklonu, w którym rzekomo ma panować bezwietrzna cisza. Rozważa krótko, czy nie wstąpić jeszcze do jakiejś kawiarni. Chciałby

przez chwilę pobyć wśród prawdziwych ludzi, wymyśla sobie Walter Klemmer, wcale słuszne pragnienie, jak na kogoś, kto przecież także przede wszystkim chciałby być człowiekiem i wciąż coś mu w tym przeszkadza. Nie wstępuje do kawiarni. Brudne ścierki pozostawiają lepkie ślady na aluminiowych kontuarach, pod którymi w szklanych gablotach spoczywają barwnie polukrowane albo spuchnięte od bitej śmietany torty i ciastka. Zastygłe krople, tłuste zacieki na laminatowych blatach smażalni kiełbasek. Jeszcze nie ma porannego wietrzyka, który daje się wywęszyć jak ranne zwierzę. Tempo wzrasta. Na postoju taksówek tylko jeden wóz, ale i on zaraz dostaje zlecenie.
Klemmer dotarł już pod bramę domu Eriki. Ożywiona radość z przybycia, kto by pomyślał. Gniew zamieszkał w chatce Klemmera. Nie próbuje zwrócić na siebie uwagi, rzucając kamykami, jak to robią chłopcy chodzący do swoich dziewczyn. Uczeń Klemmer wydoroślał, wydoroślał przez tę jedną noc. Sam by się tego nigdy nie spodziewał, że tak szybko dojrzeje jego owoc. Nie robi nic, żeby zostać wpuszczonym. Spogląda w górę ku różnym nieoświetlonym oknom, bezgłośnie zdobywając orientację. Spogląda w górę ku określonemu oknu, o którym nie wie, do kogo należy. Domyśla się, że to okno częściowo należy do Eriki, a częściowo do jej matki. Wydaje mu się, że to okno małżeńskiej komnaty sypialnej. Małżeństwa Erika/matka. Klemmer przecina czule napiętą więź z Eriką i nawiązuje więź z czymś nowym, w czym Erika odgrywa tylko uboczną rolę, rolę środka do celu. Praca i przyjemność będą się u niego w przyszłości równoważyć. Wkrótce ukończy studia i znowu będzie miał więcej czasu na swoje

mokre hobby. Nie chce już żadnej niechcianej czułości ze strony tej kobiety. Nie chce niczego niezałatwionego. Może ewentualnie okazać czułość tej kobiecie, albo i nie. Spływająca już jakiś czas od szybkiego biegu strużka potu wżera się w jego prawą skroń. Oddech świszczy. Przebiegł całe kilometry, i to przy dość ciepłej pogodzie. Wykonuje odpowiednie do sytuacji ćwiczenie oddechowe, które każdy sportowiec musi znać. Klemmerowi przychodzi do głowy, że unika myśli, aby nie być zmuszonym do myślenia o czymś, co nie da się pomyśleć. Wszystko w jego głowie szybkie i nietrwałe. Zmienne wrażenia. Cel jasny, środki określone.
Klemmer wciska się w niszę bramy domu i rozsuwa zamek błyskawiczny dżinsów. Wtula się w macierzyńską jamę bramy, myśli o pani Erice i onanizuje się. Jest ukryty przed widzami. Jest przy tym rozproszony, ale w sposób skoncentrowany świadom swego trzonu, który utworzył się na dole. Ma przyjemną świadomość ciała. Czuje rytm młodości. Wykonuje pracę samą w sobie i dla siebie. Nikt nie korzysta oprócz niego. Odchyliwszy głowę do tyłu, onanizuje się w kierunku ciemnego okna na górze, co do którego nawet nie ma pewności, że jest tym właściwym. Jest niewzruszony i nieubłagany. Jest zupełnie wolny od emocji, kiedy się tak zawzięcie obrabia. Okno rozciąga się nieoświetlone nad jego głową jak pejzaż. Jego podparta męskością pozycja znajduje się o jedno piętro niżej. Klemmer masturbuje się energicznie, nie chodzi mu wcale o to, by kiedykolwiek skończyć. Obrabia pole swego ciała bez chęci i radości. Nie chce niczego odbudować ani niczego zniszczyć. Nie chce iść na górę do tej kobiety; gdyby jednak ktoś otworzył bramę, natychmiast by do niej

poszedł. Nic by go nie powstrzymało! Klemmer pociera się tak dyskretnie, że każdy, kto by go zobaczył, bez cienia podejrzeń otworzyłby mu bramę. Mógłby tu stać całą wieczność, dalej robiąc, to co robi, a mógłby też natychmiast podjąć próbę spowodowania żeby go wpuszczono. Od niego zależy, co zrobi. Nie podejmując świadomej decyzji, by czekać tutaj na późno powracającego mieszkańca, który otworzy mu bramę, Klemmer czeka tutaj na późno powracającego mieszkańca, który otworzy mu bramę. Nawet gdyby to miało trwać do białego rana. Nawet gdyby przyszło mu czekać, aż rano ktoś pierwszy otworzy bramę, żeby wyjść. Klemmer ciągnie swojego napęczniałego penisa i czeka na otwarcie bramy.

Walter Klemmer stoi w swojej niszy i zastanawia się, jak daleko mógłby się posunąć. Czuje wyraźnie dwie chęci, głód i pragnienie, jedno i drugie naraz. Lecz do chęci na tę kobietę ustosunkowuje się, dokonując masturbacji. Przekonuje się na własnym ciele, a ona ma się przekonać na własnym, czym to się kończy, kiedy się z nim próbuje zabawy dla wprawy. Kiedy się mu wciska opakowania bez zawartości. Jej miękka cielesna powłoka musi go w siebie przyjąć! Wydrze ją z jej letniego łóżka, od boku matki. Nikt nie przychodzi. Nikt nie otwiera mu szeroko bramy. W tym podlegającym zmianom świecie, w którym zrobiła się już noc, Klemmer zna tylko stałą swoich uczuć i idzie w końcu zatelefonować. Pomijając dyskretne obnażenie, zachowywał się przy bramie spokojnie i zdyscyplinowanie. W oczekiwaniu na powracających późno do domu. Od zewnątrz sprawiał wrażenie kogoś spokojnego i bez gniewu. W środku zmysły kopią jego ciało. Powracający nie mogą go takim zobaczyć, nie mogą powziąć podejrzeń. Jest owładnięty uczuciami. Jest poruszony sobą. Ta kobieta zaraz zsiądzie z wysokiego rumaka sztuki i wstąpi w rzekę życia. Stanie się częścią sprzedajności i hańby. Sztuka to nie koń trojański, mówi Klemmer bezgłośnie do tej kobiety na górze, która grzebie tylko w sztuce w poszukiwaniu treści. Budka telefoniczna stoi całkiem niedaleko. Zaraz ktoś z niej skorzysta. Klemmer czuje pogardę dla wandala, który powyrywał z zamocowań książki telefoniczne, może się teraz zdarzyć, że nie da się uratować jakiegoś życia, bo ktoś będzie szukał jakiegoś numeru i go nie znajdzie.

Erika Kohut śpi niespokojnym snem sprawiedliwego obok matki, która często niesprawiedliwie ją traktowała, a jednak śpi spokojnie. Na ten sen Erika nie zasłużyła, bo przecież ktoś z jej powodu niespokojnie krąży po okolicy. Z przyrodzoną swojej płci próżnością jeszcze we śnie ma nadzieję na dobre zakończenie i finałową rozkosz. Śni sobie, jak ten mężczyzna zdobywa ją szturmem. Proszę, bądź tak dobry. Dzisiaj dobrowolnie zrezygnowała z telewizji. A przecież właśnie dzisiaj mogła oglądać swój ulubiony motyw, zagraniczne ulice, na których od razu widzi siebie pławiącą się w poczuciu bezpieczeństwa. Pragnie tak przesadnego zainteresowania i względów, jakie spotykają telewizyjne postacie. Najczęściej amerykańskie krajobrazy bez kresu, bo ten kraj prawie nie ma granic. Może nawet wyruszę z tym mężczyzną w niewielką podróż, myśli Erika Kohut lękliwie, ale co będzie w tym czasie z matką. Nie każdemu udaje się ustąpić we właściwym momencie.

Jej ciało mimowolnie reaguje wydzielaniem wilgoci, wola już nie potrafi nim sterować. Matka śpi z łaski, niczego się nie domyślając. Dzwoni telefon, kto to może być o tak późnej porze. Erika wyrywa się ze snu i z miejsca wie, kto to może być o tak późnej porze. Mówi jej to wewnętrzny głos, z którym jest spokrewniona. Ten głos bezprawnie nosi nazwę miłości. Kobieta cieszy się ze swojego miłosnego zwycięstwa i ma nadzieję na puchar. Postawi go we własnym nowym mieszkaniu na honorowym miejscu pośród wazonów z kwiatami. Czuje się całkowicie uwolniona. Przez ciemny pokój i przedpokój człapie do telefonu. Telefon dzwoni przeraźliwie. Z przyczyn uczuciowych będzie teraz mogła odstąpić od swoich warunków, cieszy się już na zapas, że może odciąć się od swoich warunków. Co za ulga. Miłosna wzajemność to w końcu przypadek wyjątkowy, bo kocha przeważnie tylko jedna strona, a druga zajęta jest uciekaniem przed tym uczuciem, gdzie oczy poniosą. Do tego trzeba po prostu dwojga, i jedno z nich właśnie dzwoni do drugiego, które czuje to samo; czy to nie wspaniałe. W porę się stało. Dobrze się składa.
Nauczycielka pozostawiła po sobie w łóżku wyłącznie ciepłe zagłębienie, które już powoli się ochładza. Pozostawiła w łóżku matkę, która jeszcze się nie obudziła. Niewdzięczne dziecko, które tak szybko zapomina swoją wieloletnią sprawdzoną towarzyszkę niedoli. Mężczyzna żąda telefonicznie, aby natychmiast otworzyć mu bramę domu. Erika ściska słuchawkę. Takiej bliskości jednak się nie spodziewała. Spodziewano się tutaj raczej wyrażonej w najczulszych słowach zapowiedzi nocnych pragnień i nieodległej całkowitej bliskości,

może jutro około trzeciej, w tej i tej kawiarni. Erika spodziewała się po mężczyźnie precyzyjnego planu, jak uwić gniazdko. Jutro i przez następne dni muszą to dokładnie omówić! Przedyskutują, czy ten związek ma być na stałe, wtedy dopiero się na niego zgodzą. Mężczyzna używa i nie lubi na to czekać, kobieta w tym samym miejscu wznosi całe bloki mieszkalne, ponieważ u niej zawsze dotyczy to całości w całej jej przerażającej i groźnej pełni. Wciąż ten sam przykry fakt: kobieta i świat jej uczuć. Ta kobieta zaraz zacznie stawiać skomplikowany, podobny do gniazda os dom, żeby się w nim urządzić, a kiedy już zacznie budować, nie sposób będzie się jej pozbyć, obawia się Walter Klemmer tak całkiem ogólnie. Znowu stoi pod bramą i czeka na jej otwarcie na zewnątrz, co dobrze zrobiłoby Erice. Teraz albo nigdy! rozważa Erika pedantycznie do ostatniego szczegółu i wyciąga pęk kluczy. Matka śpi dalej. Nic nie przelatuje jej w czasie snu przez czaszkę, ponieważ swój dom i swoją córkę już tam ma. Plany wydają się jej niepotrzebne. Córka w każdej sekundzie oczekuje wynagrodzenia za długoletnie osiągnięcia w dyscyplinie. Dlatego się opłacało. Bardzo niewiele kobiet czeka na tego wreszcie właściwego, większość bierze sobie najmniejszego pierwszego lepszego. Erika wybiera ostatniego, który się trafił, i ten okazał się rzeczywiście najlepszy ze wszystkich. Nikt nie zdoła go przewyższyć! Kobieta myśli w liczbach i ekwiwalentach, jakby z przymusu. Roi sobie, że on przysługuje jej za wierną służbę w dziedzinie sztuki. Skoro męska wola odbiera ją nawet sprawdzonej od dawna matce, to dzieło może się udać, proszę, mnie to odpowiada. Student prawie już

skończył studia, ona zarobi pieniądze. Różnica wieku jest nieznaczna, decyduje kobieta za niego.
Erika otwiera bramę i całkowicie oddaje się w ręce mężczyzny, mając w dodatku zaufanie. Żartuje, że jest w jego mocy. Zapewnia, że najchętniej zrobiłabym coś, żeby tego mojego głupiego listu w ogóle nie było, ale co się stało, to się nie odstanie. Zło już się stało, ale ona to wszystko naprawi, mój kochany. Po co nam listy, skoro i bez tego znamy się do najdrobniejszego i najtajniejszego szczegółu. Mieszkamy sobie nawzajem w najbardziej wymyślnych myślach! A te myśli bezustannie żywią nas swoim miodem. Erika Kohut, która za żadne skarby nie chce przypominać mężczyźnie o jego fizjologicznej wpadce, mówi: wejdź, proszę! Walter Klemmer, który najchętniej zapomniałby o swojej fizjologicznej wpadce, wchodzi do domu. Wiele zaproponowano mu do wykorzystania i mężczyźnie pochlebia wybór. To i owo sobie dzisiaj po prostu weźmie! Mówi do Eriki: żeby wszystko było jasne! Nie ma nic gorszego od kobiety, która uprze się pisać na nowo historię stworzenia. Ten odwieczny motyw czasopism satyrycznych. Klemmer jest motywem na wielką powieść. Napawa się sobą samym, ale nigdy nie do końca. Wprost przeciwnie, napawa się swoim chłodem, tą kostką lodu w ustach. Na swobodzie nabycie własności znaczy tyle, co móc w każdej chwili odejść. Własność zostaje i czeka. Etap tej kobiety opuści już wkrótce, jest tego pewny. Wzajemność uczuć, traktowaną przez niego z początku bardzo poważnie propozycję, ta kobieta przecież odrzuciła. Teraz już za późno. Teraz na moich warunkach, proponuje K. Po raz drugi nie da się wyśmiać, zapewnia K. pod słowem honoru. Pyta groźnie, za kogo

ona go uważa. Kilkakrotne użycie wcale nie wychodzi temu pytaniu na dobre.
Walter Klemmer wpycha kobietę do mieszkania. Następstwem jest stłumiona wymiana słów, bo jej się to nie podoba. Niekiedy takiej wymianie słów udaje jej się nawet zapobiec. W czasie tej wymiany słów Erika uskarża się przed mężczyzną, że wepchnął ją do jej własnego mieszkania, w którym jest tylko gościem. Potem porzuca jednak swoje złe przyzwyczajenie: narzekanie. Muszę się jeszcze wiele nauczyć, mówi skromnie. Nawet przeprosiny przynosi mu w pazurach, kładzie je u stóp mężczyzny jako swoją zdobycz, jeszcze ociekające krwią. Nie chce wszystkiego zepsuć od razu na samym początku, myśli. Żałuje, że już tyle zrobiła nie tak, większość od razu na początku. Początki zawsze są trudne, Erika dowodzi znaczenia właściwego rozpoczęcia. Matka zaczyna się powoli i z ociąganiem budzić wskutek przenikliwego tonu rozmowy, jak przychodzi jej zauważyć. Matka ma ambicje panować. Kto to rozmawia w środku nocy tak głośno jak w dzień, i to w dodatku w moim domu i z moją córką? Mężczyzna reaguje groźnym gestem. Obydwie kobiety przystępują już do montowania kontrataku w formie wspólnej fali uderzeniowej, która toczy się w stronę samotnego mężczyzny. Nim Erika się spostrzegła, dostaje w twarz, niczego się nie spodziewając. Nie, dobrze spostrzegła, to mężczyzna Klemmer zadał to uderzenie, i to skutecznie! Zdumiona trzyma się za policzek i nic na to nie odpowiada. Matka zdębiała. Jeśli już ktoś tutaj bije, to ona. Nieco później, kiedy Klemmer się nie odzywa, Erika mówi, żeby się natychmiast wynosił! Matka przyłącza się do żądania i już odwraca się na

pięcie. Daje tym samym do zrozumienia, że całe to przedstawienie ją brzydzi. Klemmer, cicho i bezgłośnie triumfując, pyta córkę, tak sobie tego pierwotnie nie wyobrażałaś, prawda. Matka jest zdumiona, że mężczyzna chce się wynieść dopiero po kłótni. Zupełnie jej nie interesuje, o czym oni rozmawiają, rzuca w przestrzeń. Jeszcze nie podnosi się żaden głos, aby przenikliwie się uskarżać. A tu już drugie uderzenie spada na drugi policzek pani Eriki. Nie jest to czułe zetknięcie skóry ze skórą. Ze względu na sąsiadów Erika pozwala sobie tylko na ciche skomlenie. Matka zaostrza uwagę i orientuje się, że jej córka została zdegradowana przez tego mężczyznę do czegoś w rodzaju worka treningowego. Z oburzeniem stwierdza, że dochodzi tu do uszkodzenia cudzej własności, mianowicie jej własnej! Matka konkluduje: proszę się natychmiast wynosić. I to najszybciej, jak pan potrafi.

Mechanicznym gestem narzędzia mężczyzna przywłaszczająco obejmuje córkę tej matki. Erika jest jeszcze na wpół odurzona snem i nie rozumie, jak to możliwe, żeby tak źle wynagradzać miłość, i to j e j miłość. Za nasze osiągnięcia zawsze oczekujemy wynagrodzenia. Uważamy, że osiągnięć innych nie trzeba wynagradzać, mamy nadzieję, że zawsze jeszcze można je dostać taniej. Matka przystępuje do działań, w które zamierza wciągnąć także policję. Dlatego energicznym pchnięciem zostaje wtrącona do swojego pokoju i mało delikatnie pada na wznak na podłogę. Przy okazji Klemmer oznajmia jej, że to nie z nią rozmawia! Dla matki jest to coś niepojętego. Zawsze wszelki wybór należał do niej. Klemmer zapewnia, mamy czas, jak będzie trzeba, to i całą noc. Erika już nie rośnie tak w górę

do światła. Klemmer wypytuje ją, czy tak właśnie to sobie wyobrażała. Ona mówi głosem narastającym jak syrena, że nie. Matka gramoli się do pozycji siedzącej i roztacza przed studentem perspektywę czegoś przerażającego, w czym matka będzie miała swój znaczny udział. Jeśli dojdzie do ostateczności, to skorzysta nawet z pomocy osób postronnych, zaklina stara pani święta. I jeszcze gorzko pożałuje, że dopuścił się takiego postępku wobec tej obyczajnej kobiety, która właściwie sama mogłaby być matką. Niech pomyśli o s w o j e j matce! Aż jej żal jego matki, że musiała go urodzić. Kiedy matka z tymi słowami przedarła się do drzwi, raz jeszcze została brutalnie odepchnięta. Walter K. musiał w tym celu na chwilę odłożyć swoją Erikę. Potem zamknął pokój matki, wraz z matką w jego ciasnych granicach. Klucz do sypialnej komnaty służy do tego, aby za karę zamykać w niej córkę, jeśli jest takie życzenie i potrzeba. Jestem zamknięta, myśli matka w pierwszym szoku i zaczyna drapać drzwi. Matka skamle i obficie ciska groźby. Klemmer wzmacnia się przejawami oporu. Kobieta: zagrożenie dla sportowca wyczynowego przed trudnymi zawodami. Pragnienia jego i Eriki załamują się w sobie. Erika płaczliwie: nie tak to sobie wyobrażałam. Wypowiada formułkę publiczności teatralnej: spodziewałam się czegoś więcej! Z jednej strony owładnęło nią jej własne ciało, z drugiej strony obca potęga, powstała z odrzuconej miłości.
Erika oczekuje, że on teraz przynajmniej przeprosi, jeśli już nic więcej, ale nie. Odpowiada jej, że matka nie może się wtrącić. Nareszcie można prywatne sprawy załatwiać prywatnie. Kto by teraz myślał o matce i matczynej miłości, poza kimś, kto zamierza wyprodukować

dziecko? Przez Klemmera przemawia mężczyzna. Erika stara się aktywnie podsycić wolę mężczyzny poprzez świadomie zastosowane, jakkolwiek niewielkie obnażenie. Błaga tak, że drzazgi buchają płomieniem i już wkrótce będzie można dołożyć grubszy kloc pożądania. Po raz kolejny zostaje uderzona w twarz, chociaż mówi: tylko proszę nie w głowę! Słyszy coś na temat swojego wieku, który wynosi pewnie grubo ponad trzydzieści pięć lat, czy jej się to podoba, czy nie. Z wolna poraża go jego seksualna odraza. Jej źrenice coraz bardziej zachodzą mgłą. Przed Klemmerem wreszcie otwierają się dobrodziejstwa nienawiści, jest oczarowany; rzeczywistość rozjaśnia się jak zachmurzony późny letni dzień. Tylko dzięki samooszustwu mógł tę cudowną nienawiść tak długo ukrywać pod płaszczem miłości. Ten miłosny płaszcz bardzo długo mu odpowiadał, ale teraz z niego opadł. Kobieta na podłodze różne rzeczy uważa za namiętną tęsknotę, a jego zachowanie dałoby się w miarę wyjaśnić tylko namiętnością. Tyle przynajmniej słyszała kiedyś Erika Kohut. Ale teraz już dosyć, mój kochany. Zacznijmy coś lepszego! Chciałaby skreślić ból z repertuaru miłosnych gestów. Teraz czuje to na własnym ciele i prosi, aby dane jej było powrócić do miłości w normalnym wydaniu. Zbliżmy się ze zrozumieniem do drugiej osoby. Walter Klemmer przemocą przejmuje władzę nad tą kobietą, która utrzymuje, że już się rozmyśliła. Proszę, nie bij. Moim ideałem jest teraz znowu wzajemność uczuć, zmienia Erika zbyt późno stare opinie. Wypowiada nową opinię, że jako kobieta potrzebuje dużo ciepła i przychylności, jednocześnie trzyma dłoń przy kąciku ust, które krwawią. To ideał niemożliwy, odpowiada mężczyzna. Czeka tylko, żeby kobieta chociaż trochę się cofnęła, wtedy ruszy do niej. To instynkt myśliwego pcha go do przodu. To instynkt przedstawiciela sportów wodnych i przedmiotów technicznych ostrzega go przed głębiami i skałami. Gdy kobieta próbuje go schwycić, już go nie ma! Erika błaga Klemmera, żeby pokazał swoje dobre strony. Lecz on poznał już smak wolności.

Walter Klemmer wali Erikę prawą pięścią w żołądek, nie za mocno i nie za silnie. To wystarczy, aby ponownie upadła ta, która wcześniej zdążyła się już podnieść. Erika łamie się wpół nad przyciśniętymi do brzucha rękami. To żołądek. Mężczyzna okazał się do tego zdolny bez specjalnego wysiłku. Nie odrywa się od siebie, wprost przeciwnie, jeszcze nigdy nie był tak bardzo w zgodzie ze sobą. Wychodzą z niego szyderstwa, a gdzie to mamy sznurki i liny? A gdzie pęta? Wypełniam tylko pani rozkazy, łaskawa pani. Teraz nic ci nie pomogą kneble i rzemienie, szydzi Klemmer, który i bez tych środków pomocniczych potrafi osiągnąć efekty, jakie dają kneble i rzemienie. Zamroczona alkoholem matka bębni w drzwi i nie wie, co się z nią dzieje i co robić. Denerwuje ją także to, że nie widzi, co się dzieje z córką. Matka widzi, nawet nie widząc. Nie szanowała wolności swojego dziecka, a teraz ktoś inny nieostrożnie się z tą wolnością obchodzi. Od dzisiaj będę pod tym względem podwójnie uważała, obiecuje sobie matka i ma tylko nadzieję, że ten młody człowiek zostawi jeszcze po sobie coś, co będzie warto nadzorować. Wreszcie udało jej się właściwie uformować dziecko, a on znowu wszystko psuje. Matka zaczyna lekko szaleć.

W tym czasie Klemmer wyśmiewa się ze skulonego przed nim ciała, że to przecież w twoim wieku ostatni dzwonek! Erika maże się w intencji tego, co wspólnie przeżyli i przecierpieli na zajęciach. Zaklina go, czy nie lubisz sobie przypominać, jakie są różnice między sonatami? On naśmiewa się z mężczyzn, którzy pozwalają kobietom wszystko ze sobą robić. On do takich nie należy, a ona przeciągnęła strunę. Zresztą jest walnięta, ciekawe, gdzie są teraz jej sznury i pejcze? Klemmer daje jej do wyboru: albo ty, albo ja. Jego rozwiązanie brzmi: ja. Lecz w mojej nienawiści odrodzisz się na nowo, pociesza ją mężczyzna, wypowiadając tym samym na głos swoje zdanie. Maltretując delikatnie jej niedostatecznie osłoniętą ramionami głowę, rzuca jej twardy orzech do zgryzienia: Gdybyś nie była ofiarą, nie mogłabyś nią zostać! Tłukąc ją, pyta, co teraz z jej wspaniałym listem? Odpowiedzi nie są konieczne.

Matka za drzwiami obawia się najgorszego dla swojego jednoosobowego prywatnego zoo. Erika z płaczem wymienia dobrodziejstwa, jakie okazała uczniowi, mianowicie niezmordowany zapał w kształtowaniu muzycznego gustu i muzycznym doskonaleniu. Erika beczy, wymieniając dobrodziejstwa miłości, jakie zadała mężczyźnie i uczniowi jako lekcje dodatkowe. Próbuje zapanować i tylko czysta przemoc jej to uniemożliwia. Mężczyzna jest silniejszy. Erika jazgocze, że on jest w stanie panować tylko dzięki swojej czysto fizycznej przewadze, i zostaje za to podwójnie i potrójnie sprana.

W nienawiści Klemmera kobieta nagle wyrasta swobodnie jak drzewo. To drzewo zostaje przycięte i musi się nauczyć wiele znosić. Głuche plaśnięcie dłoni w twarz;

matka za drzwiami nie wie, co się dzieje, ale z przejęcia płacze razem z córką i rozważa, czy nie wykonać jednego z licznych tego wieczora spacerów do już w połowie opróżnionej szafeczki z alkoholami, do małego domowego barku. Telefonowania o pomoc nie bierze pod uwagę. Telefon stoi bowiem nieosiągalny w przedpokoju.

Klemmer energicznie wyklina Erikę z powodu jej wieku, i że kobieta w takim stanie nie może od niego w kwestii miłości niczego oczekiwać. Jeśli o to idzie, to zawsze wobec niej tylko udawał, był to dla niego naukowy eksperyment, wypiera się Klemmer uczciwych potrzeb. No i gdzie są teraz te twoje słynne sznurki, przecina powietrze jak brzytwą. Powinna się trzymać ludzi w jej wieku albo jeszcze starszych, uderza w nią i w obraźliwy ton. W relacjach damsko-męskich mężczyzna jest przeważnie starszy od przynależnej mu damy. Klemmer, nawet nie celując, bije kobietę. Ta wściekłość nie szukała okazji w rodzaju wyrządzonej krzywdy czy nieprawości, wprost przeciwnie. Ta wściekłość tworzyła się z wolna, acz właśnie z powodu zakochania. Po szczegółowym sprawdzeniu tego mężczyzny Erika okazała mu wdzięczność swoją miłością, a tu bum, co się dzieje?...

Aby dalej rozwijać się w życiu i uczuciach, trzeba zniszczyć tę kobietę, która nawet śmiała się z niego w okresie, kiedy jeszcze miała nad nim lekką przewagę! Domagała się i wymagała krępowania, kneblowania, gwałcenia, więc teraz ma, na co zasłużyła. Becz sobie, becz, domaga się Klemmer. Kobieta głośno płacze z tego powodu. Matka kobiety również płacze za drzwiami swojego pokoju. Nawet nie wie dokładnie, dlaczego.

Erika, lekko krwawiąc, zwija się w pozycji embrionalnej, a dzieło zniszczenia posuwa się dalej. W osobie Eriki wyrastają mężczyźnie liczne inne, których zawsze chciał się pozbyć. Ciska jej w twarz, że jest jeszcze młody. Mam jeszcze przed sobą całe życie, tak, tak, teraz dopiero zacznie być naprawdę pięknie! Po zakończeniu studiów zrobię sobie długie wakacje za granicą, podsuwa jej przynętę, żeby ją natychmiast zabrać: Ale sam! O tobie trudno powiedzieć, żebyś była specjalnie młoda, Eriko, prawda. Jeśli on jest młody, ona jest stara. Jeśli on jest mężczyzną, ona jest kobietą. Walter Klemmer kapryśnie kopie leżącą na podłodze Erikę w żebra. Robi to akurat w takiej dawce, żeby nic nie złamać. Przynajmniej nad swoim ciałem zawsze umie zapanować. Walter Klemmer przekracza leżący na podłodze próg zwany Eriką i wkracza w wolność. To ona sama osobiście to wywołała, pragnąc zapanować nad nim i jego pożądaniem. Tyle teraz z tego ma. Klemmer ma ponure przeczucie i uczucie odnośnie do tej kobiety. Kobieta dezaprobuje teraz na głos jego nienawiść, ale tylko dlatego, że przysparza jej ona fizycznych cierpień. Wydaje z siebie głośny wrzask i zasypuje go chaotycznymi prośbami. Ten wrzask słyszy matka i przyłącza się do niego z tępą wściekłością. Możliwe, że ten mężczyzna nie zostawi jej już w córce nic, nad czym mogłaby panować. Poza tym matkę uskrzydla zwierzęcy strach, że coś się może stać jej dziecku. Ma teraz bodziec, by kopać w drzwi i grozić, lecz te drzwi poddają się w jeszcze mniejszym stopniu niż swego czasu dziecięca wola. Matka wyraża obawy, których, ze

względu na drzwi, nie można wyraźnie zrozumieć. Matka wykrzykuje straszne rzeczy o konsekwencjach wtargnięcia. Przypomina córce przepowiadane konsekwencje męskiej miłości, ale córka tego nie słyszy. Córka płacze teraz niepohamowanie i zostaje kopnięta w brzuch. Ten sposób postępowania Klemmera rozkosznie pławi się w powszechnej żeńskiej dezaprobacie. Klemmer cieszy się, że może na tę dezaprobatę nie zważać. Mężczyzna chce zniszczyć to, czym kiedykolwiek była Erika, i nie udaje się. Erika wciąż przypomina mu, czym kiedyś dla niego była. Błagam cię, błaga. Matka wyraża zadrzwiową obawę, że jej dziecko kurczy się i kuli ze strachu przed mężczyzną. Do tego jeszcze uszkodzenia ciała. Matka obawia się o podstarzałą serwatkę wydaną przez swoje ciało. Wznosi błagania do Boga i jego Syna. Ponieważ strata byłaby ostateczna, matka boi się, że mogłaby postradać córkę. Długie lata mozolnej tresury i wszystko psu na budę. Na to miejsce przyszłyby nowe sztuczki z mężczyzną. Matka zrobi herbaty, jeśli tylko ktoś ją stąd wypuści i będzie miał ochotę. Popiskuje coś o zemście! i oficjalnym zawiadomieniu władz! Erika popłakuje nad miłosną otchłanią. Zbyt frywolne wydawały się temu mężczyźnie jej pisemne prośby, jak powiada. Zbyt upokarzająca jego porażka, jak powiada. Jak dotąd, nigdy jeszcze tak długo nie pokazywała siebie publicznie i myślała, że będzie przez to najlepsza. Lecz skonfrontowany z życiem społecznym, jej udział okazuje się mikroskopijnie mały. A wkrótce będzie już za późno na cokolwiek.
Erika leży na podłodze, pod nią przekrzywiony chodnik z przedpokoju. Mówi: oszczędź mnie. Za sam ten list nie zasłużyła na taką karę. Klemmer jest rozpętany,

Erika nie jest spętana. Mężczyzna uderza od niechcenia i pyta jadowicie, no i gdzie teraz jest ten twój list. Tyle ci z tego przyszło. Pyszni się, że wcale nie musiał jej wiązać, jak sama widzi. Zwraca się do niej z pytaniem, czy ten list na coś by się przydał? To wszystko, co ci z tego przyszło. Klemmer wyjaśnia kobiecie, zadając lekkie ciosy, że tego właśnie chciała. Erika z płaczem protestuje, że wcale nie tego chciała, tylko czego innego. No to następnym razem musisz się bardziej precyzyjnie wyrażać, uderza w nią i w obraźliwy ton. Kopiąc, udowadnia kobiecie proste równanie, że ja to ja. I wcale się tego nie wstydzę. Przyznaję się do tego. Grozi kobiecie, że musi go brać takim, jakim jestem i już. Jaki jestem, taki jestem. Od kopnięcia Erika ma pękniętą kość nosową i jedno żebro. Kryje twarz w dłoniach, a Klemmer mówi, że bardzo słusznie. Ta twarz jest nie za szczególna, prawda. Bywają ładniejsze, powiada specjalista i czeka, żeby kobieta powiedziała, że bywają też brzydsze. Koszula nocna jej się podwinęła i Klemmer zastanawia się nad gwałtem. Ale jako wyraz pogardy dla jej kobiecych wdzięków mówi, że najpierw musi wypić szklankę wody. Daje Erice do zrozumienia, że działa na niego mniej niż na niedźwiedzia pusty pień drzewa, w którym mieszkają pszczoły. Erika nigdy nie wpadła mu w oko z powodu urody, lecz przez osiągnięcia muzyczne. Więc teraz spokojnie może sobie parę minut poczekać. Ja rozwiązałem ten problem na mój własny sposób, zadowala się student studiów technicznych. Matka drapie. Erika myśli, żeby drapnąć. Jest wprawiona w myśleniu, ale nie w działaniu. Swoją hermetyczną osobnością nie zdobyła żadnej nagrody.

W kuchni długo leci woda, mężczyzna woli na zimno. Zdaje sobie sprawę, że jego działanie może mieć konsekwencje. Jako mężczyzna godzi się na to. Woda ma posmak niesmaku. Ona też będzie musiała ponieść konsekwencje, myśli już z większą radością. Z lekcjami gry na fortepianie na pewno już koniec, więc za to serio będzie mógł się zająć sportem. Nikomu z obecnych nie sprawia to specjalnej przyjemności. Ale trzeba to zrobić. Nikt nie wykonuje pojednawczego gestu. Klemmer wsłuchuje się, czy kobieta nie weźmie chociaż częściowo winy na siebie. Przynajmniej w jakiejś drobnej części też jesteś winna, sama to musisz przyznać, przyznaje kobiecie Klemmer. Nie można człowieka podniecić do ostateczności, a potem odstawiać obojętności. Kiedy już komuś robi się za dobrze, nie otwiera się przecież krat.

Klemmer z pasją kopie w drzwi czarodziejskiej szafki o nieznanej zawartości, która otwiera się raptownie, ukazując nieoczekiwanie kubeł na śmieci z włożoną do środka plastikową torbą. Pod wpływem fali uderzeniowej z góry wyskakują liczne odpadki i rozsypują się po podłodze kuchni. Głównie kości. W garnku spalone mięso. Mimowolnie Klemmer wybucha na to śmiechem. Jego śmiech wywołuje w kobiecie ból. Proponuje, że możemy o wszystkim porozmawiać, proszę. Już przyznaje się publicznie do częściowej winy. Dopóki on tu jest: nadzieja. Tylko nie odchodź, proszę. Chce się podnieść, ale nie może i opada z powrotem. Matka krzyczy zza swojej barykady, którą nie ona zbudowała, do córki: co z tobą? Córka odpowiada jej, dziękuję, dobrze. Wszystko się załatwi. Córka błaga mężczyznę, żeby wypuścił mamusię. Przy akompaniamencie mamo, mamo czołga się do drzwi, a matka coraz głośniej wykrzykuje zza drzwi imię Eriki. Na tym samym oddechu matka wyrzuca przekleństwo, tak jak to ma w zwyczaju. Klemmer wzmocnił się zimną wodą. Ochłodził się nieco zimną wodą. Erika prawie dotarła do drzwi matki, zostaje jednak odepchnięta przez ucznia. Prosi ponownie, nie w głowę i nie w ręce. Klemmer informuje ją, że nie może teraz wyjść w tym stanie na ulicę; tylko by co poniektórych wystraszył. To z jej winy znalazł się w takim stanie, bądź dla mnie chociaż trochę miła, Eriko. Proszę. Zaczyna na wysokich obrotach dobierać się do kobiety. Oblizuje jej całą twarz i prosi o miłość. Któż rozdaje ją hojniej i na dogodniejszych warunkach niż kochająca kobieta? Wśród miłosnych próśb Klemmer otwiera się, rozpinając zamek błyskawiczny spodni. Z prośbą o miłość i zrozumienie wdziera się bez zastanowienia w kobietę. Energicznie domaga się teraz prawa do czułości, które ma każdy, nawet ten najgorszy. Klemmer, ten najgorszy, wwierca się w kobietę. Czeka na jęki rozkoszy. Erika nic nie czuje. Nic nie wychodzi. Nic się nie dzieje. Albo jest na to za późno, albo jeszcze za wcześnie. Kobieta otwarcie wyznaje, że musiała paść ofiarą oszustwa, bo nic nie czuje. Ta miłość to w gruncie rzeczy zniszczenie. Ma wielką nadzieję, że Klemmer pragnie, aby go kochała. Klemmer lekko obija twarz Eriki, żeby wyczarować jęki. W gruncie rzeczy jest mu wszystko jedno, z jakiego powodu ona będzie jęczeć. Erika pragnie pożądania, lecz nie pożąda niczego i nie odczuwa niczego. Dlatego prosi mężczyznę, żeby szybko przestał! Przez to, że teraz znowu zaczyna ją bić silniej, otwartą dłonią, przy akompaniamencie coraz wątlejszych zaklęć miłosnych, wszystko to staje się jednym wielkim aktem przemocy. Ekstremalną wspinaczką. Kobieta nie oddaje się z radosną wolą, za to mężczyzna Klemmer życzy sobie tego od niej po dobroci. On żadnej kobiety nie musi zmuszać. Wrzeszczy na nią, że ma go przyjmować z radością! Widzi nieporuszoną twarz, na którym jego obecność nie odcisnęła żadnego piętna poza piętnem bólu. Czy to ma oznaczać, że równie dobrze mógłbym sobie pójść, pyta Klemmer przy akompaniamencie uderzeń. Klemmer zdobywa się dla tej kobiety na swoje osobiste rekordowe osiągnięcie, żeby wreszcie pozbyć się żądzy. Raz na zawsze, jak grozi. Erika skamle: przestań, bo sprawia jej to ból. Z czystej inercji, a może lenistwa Klemmer nie może rozłączyć się z kobietą, zanim skończy. Prosi: kochaj mnie, całą ją oblizuje i obtłukuje na zmianę. Porusza się czerwony z wściekłości i przytula głowę do głowy. Matka żąda zakończenia. Z szybkością karabinu maszynowego wali w drzwi. Prowadzi szybki ogień, nie zważając na sąsiadów. Klemmer zwiększa tempo, jego szybkość staje się w końcu całkiem znaczna. Nie przestrzeliwuje celu, lecz strzela w sam jego środek. Mistrz sportu dokonał czynu. Niemal w tym samym momencie zwinnie ociera się papierową chusteczką, którą jako wilgotny kłębek rzuca na podłogę obok Eriki. Prosi, aby nikomu o tym nie wspominała. Dla swojego własnego dobra. Przeprasza za swoje zachowanie. Wyjaśnia swoje zachowanie tym, że go naszło. Tak to bywa. Mętnie przyrzeka coś Erice, która nadal leży na podłodze. Niestety bardzo się teraz śpieszę, mężczyzna domaga się na swój sposób wybaczenia. Niestety, muszę już iść, mężczyzna na swój sposób wyraża kobiecie miłość i uszanowanie. Gdyby miał teraz przy sobie jedną czerwoną różę, z miejsca by ją Erice podarował. Żegna się z nią skonsternowanym: to cześć i szuka na szafce w przedpokoju pęku kluczy z kluczem do bramy. To niedobry układ: dwie kobiety, tak same ze sobą, udziela Erice na odchodnym porady życiowej. Ściąga jej wodze. Niech sobie tak bezstronnie pomyśli o różnicy pokoleń! Klemmer proponuje Erice częściej wychodzić między ludzi, jeśli nie z nim, to samej. Oferuje się jako osoba towarzysząca na imprezy, o których wie: nigdy tam z Eriką nie pójdzie. Przyznaje: no to byłoby na tyle. Czy będzie miała ochotę jeszcze raz czegoś takiego spróbować z mężczyzną, pyta kobietę z ciekawości. Sam daje sobie jedyną logiczną odpowiedź: dziękuję, nie. Wywołuje niejako wilka z lasu, mówiąc, że trudno się pozbyć duchów, które się samemu wywołało, i śmieje się. Nie może powstrzymać się od śmiechu: widzisz, tak to bywa. Radzi: uważaj! Niech sobie teraz puści jakąś płytę, żeby się uspokoić. Nie żegna się po angielsku, bo pożegnał się głośno już po raz drugi. Pyta, czy z nią wszystko w porządku, i sam odpowiada sobie na to pytanie: jakoś to będzie. Do wesela się zagoi, tą ludową mądrością Klemmer kieruje swoje myśli w przyszłość. Znów musi wracać do domu niecałowany, ale za to on całował. Nie wychodzi bez zapłaty. Zainkasował zapłatę. Kobieta także otrzymała stosowne wynagrodzenie. Kto nie chce, ten dostaje, reaguje Klemmer na Erikę, kiedy ta nie zareagowała na niego ciałem. Sadzi w dół po schodach, otwiera sobie bramę, wrzuca pęk kluczy do środka, na posadzkę. Lokatorzy zostają bez ochrony w niezamkniętym domu, podczas gdy Klemmer rusza w swoją stronę. Postanawia jeszcze, idąc bezczelnie i arogancko, patrzeć w twarz wszystkim przechodniom, jeśli w ogóle jeszcze jakichś spotka. Będzie dzisiaj chodzącą prowokacją i spali za sobą wszystkie mosty. Ćwiczy na poręczach pewności, że obydwie kobiety nie pisną ani słówka o tym, co się stało, w swoim własnym interesie. Przez krótką chwilę rozważa ewentualne koszty, procenty. Nie jeżdżą już żadne samochody, a jeśli nawet jakiś się pojawi, to pomaga młodzieńczy refleks i zawsze zdąży się odskoczyć gwałtownie na bok. Młody i szybki, Klemmer mógłby sobie dzisiaj poradzić z każdym! Mówi: dzisiaj jestem w stanie wyrywać drzewa z korzeniami! Uspokaja go, że jest mu teraz o wiele lepiej niż przedtem. Odlewa się z mocą na pień drzewa. Całkiem świadomie przepuszcza przez mózg tylko pozytywne myśli, to cała tajemnica jego sukcesu. Jego mózg działa po prostu w jedną stronę! Raz wykorzystać, potem skasować. Klemmer nie chce już dźwigać ze sobą żadnych ciężarów, tak sobie postanawia. Idzie teraz środkiem ulicy, jak wyzwanie.

Nowy dzień zastaje Erikę samą, ale przez troskliwość matki poklejoną, zaplastrowaną. Ten dzień Erika równie dobrze mogła zacząć wspólnie z mężczyzną. Niedostatecznie przygotowana kobieta wychodzi na spotkanie dnia. Nikt nie występuje do organów ścigania z wnioskiem o aresztowanie Klemmera. Natomiast pogoda jest ładna. Matka milczy, jak nigdy. Od czasu do czasu próbuje jakiejś wrzutki, ale nie trafia do kosza, który ze względu na córkę zawiesiła za wysoko. Z roku na rok kosz był wieszany odrobinę wyżej. Teraz nieomal go nie widać. Matka odzywa się, że córka po-

winna bardziej wychodzić między ludzi, żeby poznać nowe twarzy i nowe tapety! W jej wieku to już najwyższy czas. Matka skrupulatnie pokazuje swemu milczącemu dziecku, że ciągłe przebywanie ze starą kobietą to czysta strata, ty moja smarkata. Nieznajomość ludzi, jakiej Erika całkiem niedawno dowiodła, może sprawić, że drugi raz w ciągu roku spotka nie tego, co trzeba. Matka mówi o tym, co dla Eriki dobre. To, żeby Erika zrozumiała, stanowi pierwszy krok do poznania samej siebie. Są jeszcze inni mężczyźni, pociesza matka, lękliwie wskazując jakąś mglistą przyszłość. Erika milczy nie całkiem nieprzyjaźnie. Matka obawia się, że Erika się zastanawia, i daje tym obawom wyraz. Kto nie mówi, może sobie coś myśleć. Matka domaga się otwartego wypowiadania myśli, a nie gryzienia się w środku. Trzeba mówić matce, o czym się myśli, żeby była poinformowana. Matka obawia się ciszy. Czy córka jest żądna zemsty? Czy odważy się na jakieś bezwstydne słowa?
Słońce wschodzi, pod nim pokryte kurzem pustynie. Zmywa czerwienią fasady. Drzewa okryły się zielenią. Decydują się służyć za ozdobę. Kwiaty wypuszczają pączki, żeby dodać swoje. Wśród nich chodzą ludzie. Z ust wypływają im słowa.

Sporo w ciele Eriki sprawia jej ból i na wszelki wypadek stara się nie poruszać gwałtownie. Opatrunki nie zawsze są dopasowane do ciała, ale za to zrobiono je z czułością. Poranek mógłby natchnąć Erikę do szukania przyczyny, dla której przez wszystkie te lata od wszystkiego się odcinała. Aby pewnego dnia wystąpić z tych murów i wszystkich przewyższyć! Dlaczego nie miałoby to być teraz. Dzisiaj. Erika wyciąga starą sukienkę z czasów minionej krótkiej mody, sukienka nie jest tak krótka, jak inne sukienki w tamtym czasie. Sukienka jest za ciasna i nie chce się do końca zapiąć na plecach. Jest kompletnie przestarzała. Matce też się sukienka nie podoba, jest za krótka i za obcisła. Córka wystaje z niej we wszystkich miejscach.

Erika wstąpi na ulice, by wszystkich zdumieć, do tego wystarczy sama jej obecność. Ministerstwo spraw zewnętrznych Eriki nosi przestarzałą sukienkę, za którą ten i ów ogląda się drwiąco.

Matka proponuje jakąś odmianę w postaci wycieczki, ale żebyś mi się nie ważyła wyjść w takim stroju. Córka tego nie słyszy. Zachęcona tym matka wyciąga mapy turystyczne. Ze starych zakurzonych szuflad, w których grzebał jeszcze ojciec, wypróbowując palcem ścieżki, szukając celów, wypatrując miejsc na piknik. W kuchni córka ukradkiem wkłada do torebki ostry nóż. Normalnie widzi on i smakuje tylko martwe zwierzęta. Córka nie wie jeszcze, czy popełni morderstwo, czy raczej rzuci się całować mężczyźnie stopy. Później się zdecyduje, czy go zadźga. Albo czy będzie go namiętnie i jak najpoważniej błagać. Nie słucha matki, która obrazowo opisuje różne trasy.

Córka czeka na mężczyznę, który ma przyjść, żeby ją błagać. Siada spokojnie przy oknie i rozważa za i przeciw wyjścia i pozostania. Na początek głosuje za pozostaniem. Może pójdę jutro, decyduje. Patrzy w dół na ulicę, zaraz potem wychodzi. Wkrótce rozpoczną się poranne wykłady na uczelni, na które chodzi Klemmer. Dowiedziała się tego kiedyś od niego. Miłość jest drogowskazem, który ją tam doprowadzi. Tęsknota jej nieświadomą doradczynią.

I już Erika Kohut wychodzi, pozostawiając za sobą matkę, która usiłuje zgłębić jej powody. Czas jest matce doskonale znany od dawna jako najzłośliwsza ze wszystkich mięsożernych roślin, lecz czy to nie jest niezwyczajnie wczesna pora, by się wystawiać na jego działanie?

Dziecko przeważnie rozpoczyna dzień później, dlatego też później rozpoczyna się jego proces erozyjny.

Erika obejmuje ciepły nóż w torebce i na piechotę zmierza ulicami do celu. Stanowi niezwykły widok, jakby stworzony do tego, by uciekać przed ludźmi. Ludzie nie wstydzą się gapić. Odwracając się, rzucają uwagi. Nie wstydzą się swojego zdania o tej kobiecie, wypowiadają je. W swojej niezdecydowanej sukience półmini Erika wyrasta na całą wysokość, rozpoczynając ostre współzawodnictwo z młodzieżą. Widoczna wyraźnie we wszystkich miejscach młodzież otwarcie wyśmiewa się z pani nauczycielki. Młodzież śmieje się z Eriki z powodu jej wyglądu zewnętrznego. Erika śmieje się z młodzieży z powodu jej wyglądu wewnętrznego, pozbawionego wszelkiej treści. Jakieś męskie oko sygnalizuje Erice, że nie powinna nosić tak krótkiej sukienki. Aż takich znowu pięknych nóg to nie ma! Kobieta ze śmiechem idzie przed siebie, sukienka nie pasuje do jej nóg, a nogi do sukienki, jak powiedziałby każdy poradnik mody. Erika wznosi się ponad siebie samą i ponad innych. Opada ją lęk, czy da sobie radę z tym mężczyzną. Młodzież drwi sobie także w centrum. Erika odpowiada na głos taką samą drwiną. To, co potrafi młodzież, potrafi też Erika, i to lepiej. Robi to od dawna.

Erika przechodzi przez place przed muzeami. Wzbijają się gołębie. Przed jej zdecydowaniem! Turyści gapią się najpierw na cesarzową Marię Teresę, potem na Erikę, potem znów na cesarzową. Furkocą skrzydła. Godziny otwarcia na drzwiach. Tramwaje na Ringu ruszają spod świateł. Słońce prześwieca przez kurz. Za ogrodzeniem pałacowego parku młode matki rozpoczynają swój codzienny marsz. Na żwirowe alejki padają pierwsze zakazy. Matki toczą ze swych wysokości pierwsze krople piany. W odpowiedzi narastający płacz, ta cudowna broń. Wszędzie wokoło zaczynają się rozmowy, po dwoje albo więcej. Zbierają się koledzy, przyjaciele zaczynają się kłócić. Kierowcy energicznie suną przez skrzyżowanie przed operą, bo piesi zeszli im z oczu i trzymają się już tylko pod ziemią, gdzie sami ponoszą odpowiedzialność za wyrządzone przez siebie szkody. Nie ma tam kozłów ofiarnych: kierowców. Ludzie wchodzą do sklepów po uprzednim dokładnym otaksowaniu ich od zewnątrz. Ten i ów włóczy się już bez celu. Gmachy biur na Ringu osoba za osobą pochłaniają tłum zajmujący się eksportem albo importem. W cukierni „Aida" matki spoglądają w oczy seksualnym zachowaniom swoich córek, które od samego początku wydają się im niebezpiecznie uwodzone. Wychwalają wyniki swoich synów w szkole i w sporcie.
Erika Kohut obejmuje dłonią zabłąkanie prawdziwego noża w swojej torebce. Czy to nóż uda się w podróż, czy też Erika wyruszy do Canossy po męskie wybaczenie? Jeszcze tego nie wie i zdecyduje dopiero na miejscu. Jak na razie nóż jest faworytem. Niech sobie zatańczy! Kobieta steruje w stronę pawilonu Secesji i swobodnie unosi głowę, patrząc w stronę kopuły z liści

wawrzynu. Pod nią znany w mieście artysta wystawia coś, po czym sztuka nie będzie już taka sama jak dotychczas. Z tego miejsca widać już w oddali technikę, przeciwny biegun sztuki. Erika musi jeszcze tylko przemierzyć skrzyżowanie i przejść przez park. Chwilami powiewa wiatr. Już tutaj gęstnieją głosy młodocianej żądzy wiedzy. Spojrzenia prześlizgują się po Erice, która stawia im czoło. Nareszcie i na mnie spoczywają czyjeś spojrzenia, raduje się Erika. Takim spojrzeniom całe lata schodziła z drogi, trzymając się domu. Ale co długo rośnie, w końcu przecież musi ostro rzucić się w oczy. Erika nie wystawia się na te spojrzenia bezbronnie, mój ty dzielny nożyku. Ktoś wybucha śmiechem. Nie wszyscy śmieją się tak głośno. Większość się nie śmieje. Nie śmieją się, ponieważ poza samymi sobą niczego nie widzą. Nie zauważają Eriki.

Grupy młodych ludzi odłączają się od płynącego tłumu. Tworzą oddziały szturmowe i ariergardy. Pełni zaangażowania młodzi ludzie zdecydowanie zbierają doświadczenia. Bezustannie na ten temat rozmawiają. Jedni pragną zdobywać doświadczenia sami z sobą, inni wolą doświadczenia z innymi, zależy, co kto lubi.

Przed frontem uczelni na kolumnach metalowe męskie głowy słynnych uczonych tego instytutu, którzy wynaleźli bomby i spiętrzające wodę tamy.

Ogromny kościół św. Karola Boromeusza niby ropucha rozkraczył się pośród szczerej pustyni, gdzie przynajmniej nie zagrażają mu już spaliny samochodów. Wokół gadatliwie szemrze pewna siebie woda. Wszędzie chodzi się wyłącznie po chodnikach, z wyjątkiem parku, który ma stanowić zieloną oazę. Można też pojechać metrem, jeśli się chce.

Erika Kohut odkrywa Klemmera w grupie złączonych wspólnym dążeniami studentów w różnych stadiach wiedzy, którzy rozmawiają, głośno się śmiejąc. Ale nie z Eriki, której wcale nie dostrzegają. Walter Klemmer na cały głos demonstruje, że nie jest dzisiaj na wagarach. Nie odpoczywał po tej nocy dłużej niż po innych. Erika naliczyła trzech chłopaków i jedną dziewczynę, która widocznie też studiuje coś technicznego na uczelni, przez co stanowi techniczną nowinkę. Walter Klemmer radośnie otacza dziewczynę ramieniem. Dziewczyna wybucha głośnym śmiechem i na moment wtula swoją blond głowę w szyję Klemmera, na której także trzyma się blond głowa. Dziewczyna nie może ustać na nogach ze śmiechu, co daje do zrozumienia językiem ciała. Dziewczyna zmuszona jest oprzeć się o Klemmera. Pozostali wtórują. Także Walter Klemmer śmieje się na całe gardło, potrząsając włosami. Obejmują go promienie słońca. Igrają wokół niego promienie światła. Klemmer dalej głośno się śmieje, a pozostali wtórują mu na całe gardło. Co jest takiego śmiesznego, pyta ktoś, kto doszedł później, i natychmiast też wybucha jasnym śmiechem. Zaraził się od tamtych. Opowiadają mu coś, parskając ze śmiechu, i dopiero teraz wie, z czego się śmieje.

Śmieje się jeszcze głośniej od innych, bo ma do nadrobienia ich poprzedni śmiech. Erika stoi i patrzy. Przygląda się. Jest jasny dzień, a Erika się przygląda. Kiedy grupa naśmiała się już do woli, kieruje się w stronę gmachu uczelni, aby do niego wejść. Przez cały czas co chwila wybuchają serdecznym śmiechem. Sami sobie przerywają wybuchami śmiechu.

Okna rozbłyskują w słońcu. Ich skrzydła nie rozwierają się dla tej kobiety. Nie dla każdego się rozwierają. Nigdzie dobrego człowieka, choć się go wzywa. Wielu chce pomóc, ale tego nie robią. Kobieta wykręca szyję daleko w bok i obnaża uzębienie, jak chory koń. Nie spoczywają na niej niczyje ręce, nikt niczego z niej nie zdejmuje. Erika słabowicie ogląda się przez ramię. Niech ten nóż wejdzie jej w serce i tam się obróci! Resztki niezbędnej do tego siły zawodzą, jej spojrzenia nie padają na nic, i bez porywu gniewu, wściekłości, namiętności Erika Kohut wbija sobie nóż w ramię, z którego natychmiast tryska krew. Niegroźna to rana, byle tylko nie dostały się do niej brud i ropa. Świat, niezraniony, nie zatrzymał się. Młodzi ludzie z pewnością na długo zniknęli w budynku. Domy graniczą jedne z drugimi. Nóż zostaje schowany z powrotem do torebki. Na ramieniu Eriki zieje cięcie, miękka tkanka rozdzieliła się, nie stawiając oporu. Wniknęła w nią stal i Erika ruszyła przed siebie. Nie wnika dlaczego. Przykłada sobie dłoń do rany. Nikt za nią nie idzie. Wielu idzie z naprzeciwka, rozdzielając się na niej, jak woda na tępym dziobie statku. Nie pojawia się żaden spodziewany w każdej sekundzie straszny ból. Rozbłyskuje szyba jakiegoś samochodu.

Erika czuje ciepło na plecach, gdzie zamek błyskawiczny sukienki nie jest podciągnięty do końca. Plecy Eriki lekko ogrzewa coraz silniejsze słońce. Erika idzie i idzie. Jej plecy rozgrzewają się na słońcu. Wycieka z niej krew. Ludzie przenoszą spojrzenia z ramienia na twarz. Niektórzy nawet się odwracają. Nie wszyscy. Erika zna kierunek, w którym trzeba iść. Erika idzie do domu. Idzie i z wolna przyśpiesza kroku.

Redakcja: Donata Lam, Katarzyna Leżeńska
Korekta: Jadwiga Piller
Redakcja techniczna: Urszula Ziętek

Projekt okładki i stron tytułowych: Joanna Szachowska
Fotografia autorki: © by Hilde Zemann

Wydawnictwo W.A.B.
02-502 Warszawa, Łowicka 31
tel./fax (22) 646 01 74, 646 01 75, 646 05 10, 646 05 11
wab@wab.com.pl
www.wab.com.pl

Skład i łamanie: Komputerowe Usługi Poligraficzne
Piaseczno, Żółkiewskiego 7
Druk i oprawa: Drukarnia Wydawnicza
im. W.L. Anczyca S.A., Kraków

ISBN 83-7414-100-X